Heinrich von Melk

Von des todes gehugde
Mahnrede über den Tod

Mittelhochdeutsch / Neuhochdeutsch

Übersetzt, kommentiert und mit einer Einführung in das Werk herausgegeben von Thomas Bein, Trude Ehlert, Peter Konietzko, Stephan Speicher, Karin Trimborn (†) und Rainer Zäck

Mit Beiträgen zu Text, Übersetzung und Kommentar von Susanne Kramarz-Bein

Philipp Reclam jun. Stuttgart

Universal-Bibliothek Nr. 8907

Gesamtherstellung: Reclam, Ditzingen. Printed in Germany 1994

ISBN 3-15-008907-7

Inhalt

Vorwort 5

Von des todes gehvgde eine rede 7
Mahnrede über den Tod

Zu dieser Ausgabe 75
Überlieferung 75
Editionsprinzipien 75
Zur Übersetzung 77
Zum Kommentar 78

Kommentar 83

Einführung in das Werk 157
Der *arme chnecht* Heinrich: Autor, Wirkungsort und zeitliche Einordnung . . . 157
Von des todes gehvgde eine rede. Aufbau und Titel 168
Omnes declinaverunt. Die Auslegung von Psalm 13,3 172
Zur literarischen Einordnung 189

Abkürzungen 217
Biblische Bücher 217
Literatur 219

Literaturverzeichnis 221

Vorwort

Heinrichs in der Forschung zumeist unter dem wenig glücklichen Titel ›Erinnerung an den Tod‹ behandelter Text hat immer im Schatten der höfischen Literatur gestanden. Die beiden letzten Einzelausgaben, die Richard Heinzels (1867) und Richard Kienasts (1946, ²1960), sind ebenso wie das dreibändige Werk ›Die religiösen Dichtungen des 11. und 12. Jahrhunderts‹ (1964–70) von Friedrich Maurer nur Bibliotheksbenutzern zugänglich und unter diesen nahezu ausschließlich von Altgermanisten beachtet worden.
Dies ist um so bedauerlicher, als es sich bei der Dichtung des sonst unbekannten Heinrich um ein Stück geistlicher Literatur, ein Memento mori, handelt und zugleich um eine fulminante Kritik an den neuesten Moden, Mißbräuchen und sozialen Mißständen, die selbst vor schonungslosen Angriffen auf den Klerus bis in dessen höchste Ränge und auf die Spitzen der adligen Gesellschaft nicht zurückschreckt – vorgetragen in einer an der Bibel geschulten, außerordentlich wirkungsvollen Sprache mit den rhetorischen Mitteln von Exhorte und Predigt.
Wir haben den nicht immer leicht verständlichen Text so sinngenau wie möglich ins Neuhochdeutsche übersetzt und im Kommentar nicht nur Hinweise auf Forschungsprobleme zu geben versucht, sondern uns auch bemüht, die Besonderheit mittelalterlicher Argumentationsweise mit Hilfe der Autorität schlechthin, der Bibel, zugänglich zu machen. Nach Abschluß der Arbeiten im Jahre 1989 konnte das Manuskript nicht mehr aktualisiert werden. Auf dem Weg zu einem gesicherten textkritisch-exegetischen Kommentar will diese Ausgabe nur ein erster Schritt sein.
Unser Vorhaben ist von vielen einzelnen befördert worden, die wir hier nicht alle nennen können, nicht zuletzt von zahlreichen Studierenden in unseren Seminaren. Die Arbeiten begannen in einem Oberseminar von Gerhard Meissburger,

der das Projekt angeregt und bis zu seinem Tod 1980 geleitet hat. Von ihm betreut wurde auch eine Bonner Staatsarbeit von Gerd-Willi Germes († 1978) mit dem Titel ›*Von des todes gehugde* des *armen chnecht Heinrich*. Studien zur Verwendung biblischer und theologischer Elemente‹ (1977), die wichtige Vorarbeiten geleistet und viele Anregungen gegeben hat. An der Erarbeitung von Text, Übersetzung und Kommentar beteiligt war über längere Zeit auch Doris Walch-Paul. Zur Entstehung des Werks hat Karin Trimborn bis zu ihrem Tod 1986 mit ihrem umfassenden Wissen und ihrer kritischen Kompetenz Wesentliches beigetragen. Dem Gedenken an Gerhard Meissburger, Gerd-Willi Germes und Karin Trimborn sei das Bändchen gewidmet.

Von des todes gehvgde eine rede

Mahnrede über den Tod

Mich laeitet meines gelouben gelvbde, 165a
daz ich von des todes gehvgde
eine rede fvr bringe.
dar an ist aller mein gedinge,
daz ich werltlichen livten
beschaeidenlichen mvze bedivten
ir aller vraeise vnt ir not,
die ovf den taeglichen tot,
der allen livten ist gemaeine,
sich beraeite*n*t laeider saeine.
die mache vns der weissage chunt;
er sprichet: "omnes declinauerunt."
daz sprichet: "si hant sich alle genaeiget."
er maeinet, die da habent gesaeiget
von got zedem ewigem valle.
er mac wol sprechen "alle",
wan vnder tovsent svndaeren
mvg wir vil chovm einen bewaeren,
der dvrnechtic mvge haeizzen.
owe, waz wir alle tage gefraeischen
vnchristenlicher svnden!
man hoeret vns niender chvnden,
wa einer stech ineiner chlivse,
der seine svnde also berivse
oder anderswa gebvzze,
als Maria, div svzze,
div nach christes ovf verte
ceit vnt stat bischerte
ineiner aeislichen wste,
da si inne wonen mvste

1–5 Vgl. Anm. z. St. 10 *beraeitet*; Konj. mit Hzl

Mich drängt mein Glaube,
mahnend
vom Tod zu reden.
Dabei ist meine ganze Hoffnung, daß es mir gelinge,
Leuten, die nur an das Diesseits denken,
einfach und verständlich
ihrer aller Gefährdung und Bedrängnis vor Augen zu führen
Leuten, die sich auf den jederzeit möglichen Tod,
der alle in gleicher Weise trifft,
leider gar nicht vorbereiten.
Diese soll uns der Prophet nennen;
er sagt: »Omnes declinaverunt.«
Das heißt: »Sie haben sich alle abgekehrt.«
Er denkt an die, die von Gott abgefallen sind
zum ewigen Verderben.
Er kann gut sagen »alle«,
denn inmitten von tausend Sündern
können wir nicht einmal einen einzigen finden,
der wirklich ohne Fehl genannt werden könnte.
Ach, wie oft erfahren wir jeden Tag,
daß Christen sich versündigen!
Es wird uns nirgends berichtet,
wo einer in einer Klause stecke,
der auf diese Weise seine Sünde bereut
oder sie anderswo büßt,
wie Maria, die heilige,
die nach der Himmelfahrt Christi
das Leben in der Welt
in einer trostlosen Wüste verachtete,
in der zu bleiben sie sich entschieden hatte,

ane der livte mit wist,
die si nach vnserm herre*n* christ
nimmer mer bischowen wolde, 165b
seit si in nicht lenger sehen solde.
Owe armiv phaffhaeite,
div den laeien ein gelaeite
solde zudem himelreiche geben!
wie harte si zeruke mvzen streben
andem ivngistem gerichte –
vnt moechte iemen zegotes gesichte
sich des tages da verbergen!
vnt ist, daz si gehorsam svlen werden,
des anden buochen geschriben stat,
als in vnser herre got geboten hat,
– wan er in allen hat gedrot
inden ewigen tot,
die so nicht lebent, als er in gebivtet
vnt in sein schrifft bedivtet,
svlen seiniv wort nicht zer gen,
si mvzzen ander warhaeit gesten,
daz si der christenhaeit wellent phlegen,
nach den si solden leben,
als si an den buochen hant gelesen! –
so mocht ir einer nicht genesen.
christenlicher orden,
der ist harte *er*worden.
svmlich habent den namen an daz ambet.
laeider vil lvtzel im iemen enblandet
vf den wuocher der armen sele.
die der obristen ere
vnder der phaffhaeit solden phlegen,
den daz vingerl vnt der stap ist geben

32 *herrem*; Konj. mit Di 55 f. Vgl. Anm. 56 *worden*; Konj. mit Di

abseits von den Leuten,
die sie
niemals mehr sehen wollte,
da sie unsern Herrn Christus nicht mehr länger sehen durfte.

Weh über die erbärmlichen Priester,
die die Laien
ins Himmelreich geleiten sollten!
Wie sehr werden sie zurückweichen
beim Jüngsten Gericht –
als ob sich jemand vor Gottes Angesicht
an diesem Tag da verbergen könnte!
Wenn auch für sie gilt,
was in der Heiligen Schrift geschrieben steht,
wie es ihnen unser Herr geboten hat
– denn er hat allen denen
mit der ewigen Verdammnis gedroht,
die nicht so leben, wie er ihnen befiehlt
und wie seine Schrift ihnen zu verstehen gibt,
und wenn seine Worte nicht vergehen sollen,
nach denen sie leben sollten, 52
müssen gerade sie zu der Wahrheit stehen, 50
daß sie als Christen leben wollen, 51
wie sie in der Heiligen Schrift gelesen haben! – 53
dann kann eigentlich keiner von ihnen gerettet werden.
Die christliche Ordnung des Lebens
ist sehr gestört.
Manche haben den Namen, ohne die entsprechenden Pflichten zu erfüllen.
Leider bemüht sich niemand
um den Gewinn für die arme Seele.
Die aus der Priesterschaft, die
dem höchsten Ansehen gerecht werden sollten,
denen Ring und Stab verliehen sind

vnt ander vil bezaeichenlich gewant,
da von si bischof sint ginant, 2,30
zeden ist daz recht enzwaei:
pharre, probstei vnt abtei,
weihe, zehende, phrvnde,
die si nicht zeverchovfen bestvnde,
daz gebent si ander niemen, 2,35
wan der ez mit schatze mac verdienen.
Ir ivnger habent ovch wol erchant, 3,1
wie in ir maeister hant
vor gitragen daz bilde: 166a
beichte vnt bivilde,
misse vnt salmen, 3,5
daz bringent si allenthalben
ze etlichem chovfe.
ez sei der chresem oder div tovfe
od ander swaz si svlen began,
daz lant si niemen vergeben stan, 3,10
wan als div miete erwerben mac.
owe, ivngister tac,
welhen lon soltv in bringen!
ir dehaeiner hat den gedingen,
ob sein des tages svl werden rat. 3,15
swer gaeistliche gabe verchovfet hat,
wie moechte des missetat
immer mere werden rat!
wirt er dar an funden,
er muz immer sein gebunden 3,20
inder haeizzen fivres flamme.
zespate chlaeit er danne.
swaz er halt guter dinge bigat,
die weile er andem vnrecht stat,
daz ist vor got verfluchet. 3,25
sein gebet wirt vervnruchet:
wan ez zegotes oren nicht steiget.
sein gehvgde wirt ewichlich versweiget.

sowie höchst bedeutungsvolle Gewänder,
aufgrund derer sie Bischof genannt werden,
die brechen das Recht:
Die Würde des Pfarrers, des Propstes und Abtes,
die Weihen, den Zehnten und die Pfründe,
die sie keineswegs verkaufen dürften,
geben sie an den nur,
der mit Geld und Gut dafür zahlen kann.
Ihre Jünger haben auch genau erkannt,
wie ihnen ihre Meister
Vorbild gewesen sind:
Beichte und Begräbnis,
Messe und Bußpsalmen –
damit treiben sie überall
irgendwelchen Handel.
Sei es nun Ölung oder Taufe
oder was immer sie noch spenden sollen,
das lassen sie niemandem umsonst zukommen,
sondern nur nach Bezahlung.
O weh, Jüngster Tag,
welchen Lohn wirst dann du ihnen einbringen!
Für keinen von ihnen gibt es die Hoffnung,
daß ihm an jenem Tag geholfen wird.
Wie könnte einem, der geistliche Gnadengaben verkauft hat,
der Frevel
jemals vergeben werden!
Wird er in dieser Schuld befunden.
muß er auf ewig
in der heißen Flamme des Feuers gebunden liegen.
Zu spät klagt er dann.
Was immer er auch an Gutem tut,
solange er in solchem Unrecht verharrt,
ist alles vor Gott verflucht.
Sein Gebet wird verschmäht:
es steigt nicht auf zu Gottes Ohr.
In Ewigkeit wird seiner nicht gedacht werden.

Die zebriester sint gezalt, 4,1
die hant der zwelf poten giwalt,
daz si mit dem gotes worte, daz si bredigent,
die svndaer bindent vnt erledigent.
ouch svlen si ir leben behalten; 4,5
anders muoz si got engalten,
daz si den nutz ane mvo wellent haben.
in geit got von seine*m* weissagen
ein vorchtliche vrchvnde:
“dise verswelhent meiner livte svnde.” 4,10
vnser herre ouch selbe chivt:
“dise ladent vf daz arm livt
solhe burde, die niemen mac erheben, 166b
vnt wellent si selbe nicht er*wegen*.”
svmliche, die aber so senfte sint, 4,15
die trostent vber recht des tivels chint
vnt liebent in die maeintat.
swer in zegebene hat,
der mac tvon, swaz er wil,
daz er dehaeine weis so vil 4,20
mac getuon boser dinge,
ez bvzen die phenninge.
die muken si lichent,
die olbenden si verslichent.
si refsent niewan die armen, 4,25
die solden in erbarmen.
swaz der reiche man getuot,
daz dunchet siv svz vnt guot.
got enwelle seiniv wort verwandelen,
swer vordert ein sel vor der anderen, 4,30
wa sol der mensch denne erschaeinen,
der von den schulden seinen
verlivset mit seiner ger

---

106 *seinen*; Konj. mit Di; vgl. Anm. 112 *erg*; Konj. mit Di

Die zu den Priestern gehören,
haben die Gewalt der Apostel,
mit dem Wort Gottes, das sie verkünden,
die Sünder zu binden und zu lösen.
Auch sind sie verpflichtet, sich um deren Seelenheil zu sorgen;
sonst wird Gott sie dafür strafen,
daß sie den Ertrag ohne die Mühe haben wollen.
Ihnen nämlich hält Gott durch seinen Propheten
ein schreckliches Urteil vor:
»Sie verschlingen die Sünden meines Volkes.«
Auch unser Herr selbst sagt:
»Sie bürden dem armen Volk
eine solche Last auf, die niemand emporheben kann,
und wollen selbst nicht einmal daran rühren.«
Viele wiederum sind so gefällig,
daß sie den Kindern des Teufels falsche Zuversicht geben
und ihnen so die Sünde angenehm machen.
Wer ihnen etwas zu geben vermag,
der kann alles tun, was er will,
unmöglich
kann er so viel Schlechtes tun,
daß Geld es nicht gut machte.
Sie seihen die Mücke
und verschlucken das Kamel.
Strafpredigten halten sie nur den Armen,
mit denen sie doch Erbarmen haben sollten.
Alles, was der Reiche tut,
ist ihnen recht und wohlgefällig.
Wenn Gott seine Worte nicht ändert,
wo wird dann der Mensch wohl hinkommen, 129
der die eine Seele gegenüber der anderen begünstigt 128
und damit durch seine Schuld
in seiner Habsucht

tovsent sel oder mer?
als wir div buoch horen schreiben,
ir aller weitze er muz leiden
nach der ivngisten schidunge,
so laeider ane barmunge
gotes zorn vber siv erget.
wie tiwer si danne gestet
dirre werltliche reichtuom
vnt der vnsaelige freituom,
daz si lebent ane twanch sal!
nv wellent die phaffen vber al
in daz haben ze einem rechte gar,
daz sich vnder der phaffen schar
svl der weibe iemen anen.
ia solden si sich von ir vnder tanen,
– als ich ein eben mazze wil fvr ziehen –
als der vihirt *von* den vihen
vnt der maeister von den ivngern, 167a
svs solten si sich svndern.
vnt wellent leichtichaeit phlegen!
durh waz ist in div maeisterschaft geben?
bediv, *vn*zuht vnt haeilichaeit,
vnchivsche vnt raeinechaeit,
die sint nicht wol ensamt.
swenne des briesters hant
wandelt gotes leich namen,
sol si sich danne nicht zamen
von weiplichen ane greiffen?
entriwen, si sint dar an beswichen!
Unser geloube daz bivangen hat:
swenne der brister ob dem alter stat
vnder dem gerivne da,
entsliezent sich die himel sa,

---

148 Ergänzt mit Di 153 *zuht*; Konj. mit Di

tausend Seelen oder noch mehr ins Verderben stürzt?
Wie wir hören – so steht es in den Büchern geschrieben –, muß er
nach dem Jüngsten Gericht die Höllenstrafe für sie alle erleiden,
wenn zu ihrem Unglück ohne Erbarmen
Gottes Zorn über sie kommt.
Wie teuer kommt sie dann
dieser irdische Reichtum zu stehen
und die unselige Freiheit
eines zügellosen Lebens!
Vor allem beanspruchen die Priester jetzt
für sich auch noch das Recht,
als Priester
nicht auf Frauen verzichten zu müssen.
Dabei sollten sie sich von denen, die ihnen anvertraut sind,
– um einen Vergleich zu ziehen –
so wie der Viehhirt vom Vieh
und der Meister von den Jüngern
abheben.
Und gerade sie wollen ein liederliches Leben führen!
Wozu ist es ihnen dann aufgetragen, die Gläubigen zu leiten?
Unsittlichkeit und Heiligkeit,
Wollust und Reinheit,
die passen nicht zusammen.
Wenn die Hand des Priesters
die Wandlung zu Gottes Leib vollzieht,
muß sie sich dann nicht scheuen,
Frauen zu berühren?
Wahrlich, sie sind am Ende die Betrogenen!
Unser Glaube schließt dies ein:
Wenn der Priester am Altar steht,
öffnen sich während seiner leisen Gebete
sogleich die Himmel,

daz seiniv wort dar durch varn. 6,5
im sendet ouz allen englischen scharn
vnser herre seine dienst man.
daz opher wirdet lobesam.
ez vertilget alle die missetat,
die div christenhaeit bigat, 6,10
die des mit warem gelouben gedingent.
die daz ampt fvr bringent,
sprechet, welher raeinichaeit er bedvrfe!
dar vmbe heb wir vns ze ruffe
vnt sprechen: ez svl got missecemen, 6,15
daz wir der misse vernemen,
die wir so nicht sehen leben
noch den segen so rechte geben,
als si von rechte solden.
dar vmbe sei wir in erbolgen! 6,20
swa aber daz gotes wort vnt div geweihte hant
ob dem gotes tische wrchent ensant,
da wirt der gotes leichnamen in der misse
von einem svndaer so gewisse
so von dem haeiligstem man, 6,25
der briesterlichen namen ie gewan. 167b
getorst ich iv sagen, daz ich waeiz! 7,1
die ir christenlichen anthaeiz
mit andern gehaeizzen habent gemeret, –
swie wol si div buoch sein geleret,
die sich von dirre werlt habent gezogen, – 7,5
eintweder div schrift ist gelogen,
oder si choment in ein vil michel not.
si solten in dirre werlt wesen tot
vnt solten daz vlaeisch an in rewen,
daz ez taeglich mvse slewen 7,10
vnt die sele ane schowen
sam ein div ir rechten frowen.
nu habent si haz vnt neit,

damit seine Worte hindurchgelangen.
Ihm sendet aus allen Engelsscharen
unser Herr seine Diener.
Das Opfer findet Wohlgefallen.
Es tilgt all die Sünde,
die die Christenheit begeht,
wenn sie nur in wahrem Glauben darauf hofft.
Wer die Messe liest –
sagt, welcher Reinheit er bedarf!
Erheben wir uns darum voller Empörung
und rufen: Es muß Gott mißfallen,
daß wir die Messe von denen hören,
die wir weder so leben
noch so den Segen richtig geben sehen,
wie es ihre Pflicht wäre.
Darum treffe sie unser Zorn!
Wo aber Gottes Wort und die geweihte Hand
auf dem Altar zusammenwirken,
vollzieht sich während der Messe die Wandlung in
Gottes Leib
durch einen Sünder so gewiß
wie durch den heiligsten Mann,
der je Priester wurde.
Wagte ich euch zu sagen, was ich weiß!
Die ihr christliches Glaubensgelöbnis
noch um andere Gelübde vermehrt haben, –
wie gut auch immer sie die Schrift kennen mögen,
sie, die sich von dieser Welt zurückgezogen haben, –
entweder die Schrift lügt,
oder sie kommen in größte Bedrängnis.
Sie sollten für diese Welt tot sein
und sollten ihr Fleisch abtöten,
damit es von Tag zu Tag mehr abstumpfe
und zur Seele aufblicke
wie eine Magd zu ihrer rechtmäßigen Herrin.
Stattdessen zeigen sie Haß und Mißgunst,

missehellunge vnt streit.
wol chvnnen si spoten vnt greinen
vnt lazzent vbel scheinen,
ob si die waren minne
in dem hercen svlen gewinnen.
iriv wort sint vil manic valt.
sine haben ampt oder gewalt,
anders dunchet ez siv zenichte.
si dienent niwan zegesichte,
durch vorchte, nicht durch minne.
si gesitzent nimmer inne,
si wellent vmbetwungen sein.
daz ist an svmlichen schein,
die ir dinc so schaffent vzze;
die wellent inso gitaner buzze,
die si so swanzunde tragen.
der inder werlt niht einen esel mochte haben,
zeboeser gewinnunge
ist sein herce vnt sein zunge
inwunderlicher weise.
vnt möcht iemen mit herlicher speise
daz himelrich beherten
vnt mit wol gistraelten baerten
vnt mit hoh geschornem hare,
so waeren si alle haeilich z ware.
Dar vf hab wir laeien ein archwan: 168a
swaz wir die wandelwaere sehen bigan,
des verwaene wir vns ouf die andern alle.
si sint ein schande vnt ein galle
gaeistlicher samnunge.
von wie getaner ordenunge
sold er ze eine*m* herren werden gehabt,
fvr daz er der werlt hat wider sagt,

---

231 *einene*; Konj. mit Di

Zwist und Streit. 200
Gut können sie spöttisch reden und hämisch lachen,
und schlecht lassen sie erkennen,
ob sie die wahre Liebe
in ihrem Herzen erlangen werden.
Sie reden vielerlei. 205
Nur Amt und Macht
gelten ihnen etwas.
Sie dienen nur, wenn man es sieht,
aus Furcht, nicht aus Liebe.
Sie bleiben nicht in ihrem Kloster, 210
sie wollen ohne Zwang leben.
Das wird an vielen deutlich,
die ihr Leben so nach außen wenden;
sie suchen sich eine Buße aus,
mit der sie einherstolzieren können. 215
Wer sich in der Welt noch nicht einmal einen Esel leisten konnte,
dessen Herz und Zunge
sind in befremdlicher Weise 219
auf üblen Gewinn aus. 217
Könnte jemand mit Speisen vornehmer Herren 220
und mit gut gebürstetem Bart 222
und mit hoch geschnittenem Haar 223
das Himmelreich erlangen, 221
so wären sie wahrhaftig alle heilig.
Darauf richtet sich das Mißtrauen von uns Laien: 225
Was wir die Unbeständigen tun sehen,
unterstellen wir auch allen übrigen.
Sie sind eine Schande und das Verderben
eines jeden Konvents.
Nach welchem Recht 230
sollte einer, der vorher von geringem Stand war, 233
als Herr angesehen werden, 231
nachdem er der Welt entsagt hat? 232

der vor des ein arm mensch was?
indem winde wirt dvrre daz gras,
daz des sumers was grvne.
der sich inder werlt dunchet chvne,
so der greiffet an gaeistlich leben,
da er mit dem tievel muz streben,
so zimt vil weisleichen,
daz er ander sein geleichen
aller erst inne bringe
seiner tugentlicher dinge.
gerne hab wir geredet,
daz die phaffen biweget
vnt die mvniche zegrozem zorne.
die solden hinden vnt vorne
der ougen also wesen vol,
daz si allenthalben wol
die veinde gesaehen,
wa si sich wolden naehen
ze den, die in bevolhent sint.
wellent si nu bedenthalben wesen blint,
so werdent si ewichlichen erblendet.
daz ist vns offenlichen verendet
mit den worten der warhaeite:
“swa ein blinde dem anderm git gelaeite,
da vallent si bede indie grube.”
dise rede verstent genvge:
div gruob ist div helle;
swer nu die blinden wizzen welle:
daz sint die boesen leraere,
die die verworchten hoeraere
mit in laeiten in den ewigen val. 168b
noch hoeret ein ander sturm schal
von vnsern her horne tiezzen,
des ouch die laeien mac verdriezzen.
Werltliche richtaere
daz sint wider vechtaere

Im Wind verdorrt das Gras, 234
das im Sommer grün war. 235
Wenn einer, der sich in der Welt für kühn hält,
sich zum geistlichen Leben entschließt,
wo er mit dem Teufel kämpfen muß,
so ist es angemessen und klug,
daß er die Mitbrüder 240
von seiner Eignung dafür 242
zuallererst einmal überzeuge. 241
Mit Absicht haben wir ausgesprochen,
was unter Priestern
und Mönchen großen Zorn erregt. 245
Sie sollten hinten und vorn
ganz voller Augen sein,
um überall
die Feinde genau zu erkennen,
wo diese sich denen zu nähern versuchen, 250
die ihnen anvertraut sind.
Wenn sie aber jetzt auf beiden Seiten blind sein wollen,
dann werden sie auf ewig geblendet.
Das ist uns deutlich offenbart worden
mit den Worten der Heiligen Schrift: 255
»Wo ein Blinder den andern führt,
da fallen sie beide in die Grube.«
Dieses Gleichnis verstehen alle:
Die Grube ist die Hölle.
Wenn nun jemand wissen will, wer die Blinden sind: 260
Das sind die schlechten Lehrer,
die die von ihnen verführten Zuhörer
mit sich in den ewigen Abgrund führen.
Hört noch ein weiteres Kampfsignal
aus unserem Horn ertönen, 265
das jetzt auch bei den Laien Ärger erregen wird.

Die weltlichen Herren
sind Widersacher

gotes vnt aller gvte;
die tragent wlfein gemvte:
si bebirsent, swaz si mvgen be iagen.
div triwe ist gaerlich erslagen
vnder den, die laeien sint.
der vater mvz hazzen daz chint;
er wirt des nimmer an sorgen,
vol waehset ez hivt oder morgen,
ern verstozze in alles des er hat.
ob sein dinc vnhaeilich ergat,
daz er nach reichtum erarnet, –
owe, wie lvtzel sich iemen erbarmet
alles seines chvnnes vber in!
so vaste strebet ir muot vf gewin:
swa er sich des nvtzes nicht versicht,
dehaeiner dem anderm vergiht
dehaeiner chvnneschefte.
der herre versicht sich zedem chnechte,
noch der chnecht zu dem herren
weder triwen noch eren.
Reiter vnt frowen 10,1
der leben svl wir lazzen schowen,
daz got vil wider wertic ist.
die cherent allen ir list,
wie si niwer site megen gedenchen,
da mit si die sele chrenchen.
daz ist ein strich der hohverte
de*r* de*n* tivel des himelriches beherte.
er wirbet ouch nicht so gerne,
so daz er vns vz goetlichem scherme
mit dem selbem laster verschvnde.
ez sint die aller maeisten svnde,
die man wider gotes hulde mac getuon. 169a

---

296 *den der*; Konj. mit Di; zwischen *beh*^{s} und *te* Loch im Pergament

Gottes und alles Guten;
sie sind wie Wölfe:
sie stellen allem nach, was sie erjagen können.
Alle Treuebindungen sind ganz und gar zerstört
unter den Laien.
Der Vater muß seinem Kind mißtrauen;
niemals wird er frei von der Sorge,
daß es ihn, wenn es heute oder morgen erwachsen ist,
von allem, was er besitzt, verjagt.
Wenn es ihm schlecht ergeht,
so daß er, nachdem er reich war, verarmt, –
ach, daß sich dann aus seiner ganzen Familie
niemand seiner erbarmt!
So sehr streben sie nach Gewinn:
wo nicht auf Nutzen zu rechnen ist,
erweist sich keiner dem andern
als Verwandter.
Weder kann der Herr vom Knecht
noch der Knecht vom Herrn
Treue oder Anerkennung erwarten.
Die Lebensweise der Ritter und vornehmen Frauen,
die Gott sehr mißfällt,
wollen wir euch jetzt vor Augen führen.
Sie wenden all ihren Verstand daran,
sich neue Moden auszudenken,
wodurch sie die Seele zugrunde richten.
Das ist ein Fangstrick des Hochmuts,
der den Teufel um das Himmelreich gebracht hat.
Nichts strebt er so sehr an,
wie uns aus dem Schutz Gottes
durch eben dieses Laster herauszulocken.
Die Sünden des Hochmuts sind die allerschwersten,
die man gegen Gottes Huld begehen kann.

der hohvertige man ist des tivels svon.
swa er mit vbermvte gevaehet den man, 10,15
dem hat er den sic behabet an.
des gestet vns Iobes schrifft bei.
er sprichet, daz er sei
ein fvrste vber elliv chint der vbermvte.
da vor vns got behvte, 10,20
daz wir im icht werden genozsam,
von dem div vber muot anegenge nam.
si ist alles vbeles vollaeist
vnt enlaet den haeiligen gaeist
bei dem menschen nicht beleiben. 10,25
div laster svl wir vertreiben:
si benement vns gaeistlich zuht;
si sint der sele misel suht.
si reichsent almaeiste an den weiben;
hie mvge wir der frowen wol gesweigen. 10,30
Vvir sehen cegazzen vnt ze chirchen 11,1
vm die arm tage wrchen,
div nicht mer erwerben mac;
si gelebt ir nimmer guoten tac,
si en mache ir gewant also lanc, 11,5
daz der gevalden nach swanc
den stoub erweche da si hin ge,-
sam daz reiche al deste baz ste!
mit ir hohvertigem gange
vnt mit vroemder varwe andem wange 11,10
vnt mit gelwem gibende
wellent si*ch* die gebivrinen an allem ende
des reichen mannes tochter ginozzen
mit ir chratzen vnt mit ir stozzen,
daz si tunt an ir gewande. 11,15
daz sol den von recht wesen ande,

---

330 *si*; Konj. mit Ki

Der Hochmütige ist ein Kind des Teufels.
Wo immer dieser einen Menschen durch Hochmut einfängt,
da hat er ihn schon besiegt.
Darin bestätigt uns das Buch Hiob.
Es heißt dort, daß der Teufel ein Fürst
über alle Kinder des Hochmuts sei.
Gott behüte uns davor,
daß wir uns dem etwa zugesellen,
der den Hochmut in die Welt brachte.
Der Hochmut ist Ursprung allen Übels
und läßt den Heiligen Geist
beim Menschen nicht verweilen.
Gegen solche Sünden müssen wir ankämpfen:
Sie verhindern, daß wir uns Gott wohlgefällig
verhalten;
sie sind der Aussatz der Seele.
Am meisten herrschen sie bei den Frauen;
von den vornehmen allerdings können wir hier schweigen.
Überall in den Gassen und Kirchen
sehen wir die arme Tagelöhnerin,
die sonst nichts verdienen kann;
sie wird ihres Lebens nicht froh,
wenn sie ihr Kleid nicht so langmacht,
daß der Faltenwurf der Schleppe
den Staub aufwirbelt, wo sie geht, –
als ob es dadurch um das Reich um so besser stünde!
Mit ihrem hochmütigen Gang
und mit künstlicher Farbe auf den Wangen
und mit gelbem Gebände
wollen sich die Frauen niederer Herkunft überall
der Tochter des vornehmen Mannes gleichstellen
mit dem Glattstreichen und Zurechtrücken
ihrer Kleidung.
Das muß denjenigen mit Recht zuwider sein,

die daz recht minnent.
swes svmlich biginnent,
dar nach brvttent sich die andern.
des rechtes ist lvtzel bistanden 11,20
vnder armen vnt vnder reichen. 169b
daz muz got von schulden misseleichen.
von den frowen svl wir nicht vbel sagen,
doch mvg wir der reiter nicht verdagen.
zwene geverten hat div vber muot, 11,25
die setz*en*t die reiter an die gluot
de*r* ewigen fivres vanchen.
er hat got vil cedanchen,
der sich andie beiaget:
der hat der hohverte wider saget. 11,30
die verlaeitent si vil diche
indes ewigen todes striche,
da si verliesent ir leben.
so mac dem armen niemen geben:
er mvz sein verdampnet. 11,35
swa sich div reiterschaft gesamnet,
da hebet sich ir wechsel sage,
wie manige der vnt der behuret habe.
ir laster mvgen si nicht versweigen,
ir ruom ist niwan von den weiben. 11,40
swer sich inden ruom nicht enmachet,
der dunchet sich verswachet
vnder andern seinen geleichen.
swa aber von svmleichen
der manhaeit wirt gidacht, 11,45
da wirt vil selten fvr bracht,
wie gitaner sterche der svl phlegen,
der wider den tievel muze streben.
da nennent si genvge

---

344 *setzet*; Konj. mit Di 345 *des*; Konj. mit Di

die die rechte Ordnung achten.
Was immer einige sich einfallen lassen,
danach verlangen aufgeregt auch die anderen.
Von der Ordnung ist wenig übriggeblieben
unter Geringen und Mächtigen.
Das kann Gott ja nur mißfallen.
Über die vornehmen Frauen wollen wir nichts Schlechtes sagen,
doch die Ritter können wir nicht mit Schweigen übergehen.
Zwei Gefährten hat der Hochmut,
die die Ritter den glühenden Funken
des ewigen Feuers aussetzen.
Wer ohne die sein Leben führt,
hat Gott sehr zu danken:
Er hat dem Hochmut widerstanden.
Sie führen die Ritter immer
in die Fallstricke des ewigen Todes,
wo sie ihr Leben verlieren.
Dann kann niemand dem Armen mehr helfen:
Er wird verdammt sein.
Wo immer sich die Ritter versammeln,
brüsten sie sich,
mit wie vielen sie herumgehurt hätten.
Ihre Schande können sie nicht für sich behalten,
sie tun sich nur mit Weibergeschichten groß.
Wer bei der Prahlerei nicht mithält,
fühlt sich zurückgesetzt
unter seinen Standesgenossen.
Wo aber einige
auf männliche Tüchtigkeit zu sprechen kommen,
da wird niemals erwähnt,
welche Kraft der aufbringen muß,
der gegen den Teufel kämpfen soll.
Da führen sie

vil manic vngefvge. 11,50
si bringent sich mer zeschanden,
swenne si sprechent: “den mag man inallen landen
ze einem guotem chnecht wol haben,
der hat so manigen erslagen.”
Die machet vns der weissage chunt: 12,1
“si vrevnt sich, so si tuont
daz boesiste an allen dingen,
swaz si des mvgen fvr bringen.”
die wir andisen worten bewaeren, 170a 12,5
von solhen rvmaeren
wi*rt* dise werlt nivwe
laeider vngetrivwe.
div chlaget von rechte
die vordern guote chnehte 12,10
die ir so gar sint benomen.
sol disiv werlt an ir ende chomen,
owe vnser ivngiste erben!
wie harte si muzzen verderben
gotes vnt ir christentuom! 12,15
wa schaeinet der altherren weistuom,
den niemen ercellen maechte
vnder allem ir geslaechte?
alle, die bei disen ceiten lebent,
dehaeines anders listes si phlegent, 12,20
wan wie si ane nander betrigen,
bespoten vnt beliegen.
verboeset ist div niwe ivgent.
ere, zucht vnt tugent,
die neigent sam vm ein rat. 12,25
Rome, aller werlde houpt stat,
div hat ir alten vaters nicht.
man vindet da dehaein zu versicht

---

379 *wie*; Konj. mit Di

lauter Dinge an, die nicht dazugehören.
Noch mehr bringen sie sich in Schande,
wenn sie sagen: »Den kann man überall
sehr wohl als tüchtigen Kerl ansehen,
der hat viele erschlagen.«
Die läßt uns der Prophet deutlich erkennen:
»Sie freuen sich, wenn sie
in allem das Böseste tun,
was ihnen möglich ist.«
Durch solche Prahler, 378
die durch diese Worte kenntlich gemacht werden, 377
wird unsere Zeit
zu unserem Unglück treubrüchig.
Sie trauert mit Recht
den hervorragenden Männern aus früheren Zeiten nach,
die ihr so ganz und gar genommen sind.
Wenn diese Welt einmal an ihr Ende kommen wird,
wehe dann über unsere letzten Erben!
Wie sehr werden sie zuschanden werden
vor Gott und ihrem Christentum!
Wo zeigt sich heute noch die Weisheit der Väter,
die niemand unter all ihren Nachfahren
ganz erfassen kann?
Alle, die in dieser Zeit leben,
verwenden ihre geistigen Fähigkeiten nur darauf,
einander zu hintergehen,
lächerlich zu machen und zu belügen.
Ganz und gar verdorben ist die heutige Jugend.
Mit Ehrerbietung, Anstand und Wert
geht es abwärts wie auf dem Rad.
Rom, die Hauptstadt der ganzen Welt,
hat keinen solchen Vater mehr wie früher.
Man darf dort weder

rechtes noch genaden,
wan wie man dem schatze mvge gelagen. 12,30
der reiche man ist edele
vnt ist der fvrsten gesedele,
er ist weise vnt starch,
er ist schoene vnt charch
vnt inden landen lobesam. 12,35
allenthalben ist verworfen der arm man.
gaeistlich*e* richtaere,
die mvgen reichsnaere
baz denne maeister gehaeizzen.
mvgen si der schilde vil gelaeisten, 12,40
helme vnt brvnne,
daz ist elliv ir wnne,
daz si mit menige reiten 170b
vnt haeizzen in die gegende weiten
dienen swes so *sei*. 12,45
ir vnder tanen wellent wesen fri
ze tunen allez daz in gevalle.
die reichen l*e*bent mit schalle,
die armen mit gesuoche.
daz vindet man andehaeinem buoche. 12,50
Die phaffen die sint geitic, 13,1
die gebovr die sint neidic,
die chovflivt habent triwen nicht,
der weibe chivsche ist enwicht.
frowen vnt reiter 13,5
dine durfen nimmer ge*streiten*,
weder ir leben bezzer sei.
ir vnder tanen wellent wesen frei.
die guot sint vnt bi*derbe*,

---

409 *gaeistlicher*; Konj. mit Di 417 *sie*; Konj. mit Di 420 *lobent*; Konj. mit Di 428 *gefristen*; Konj. mit Hzl 431 *biberde*; Konj. mit Di

Gerechtigkeit noch Erbarmen erwarten,
sondern nur Überlegungen, wie an die Reichtümer zu kommen ist.
Der Mächtige ist natürlich von edler Herkunft
und sitzt mit Fürsten zu Tisch,
er ist weise und zugleich stark,
er ist schön von Gestalt und klug,
und weit und breit soll er gelobt werden.
Der Schwache gilt nirgendwo etwas.
Die hohen Geistlichen
sollten eher Herrscher
als Lehrer genannt werden.
Wenn sie viele Schilde,
Helme und Brustpanzer aufbieten können,
besteht ihre ganze Freude darin,
mit einer Schar auszureiten
und weithin in der Gegend
alles sich zu unterwerfen, wem immer es gehört.
Die von ihnen Abhängigen wollen frei sein,
all das zu tun, was ihnen gefällt.
Die Mächtigen leben in Saus und Braus,
die Geringen als Bittsteller.
Davon ist in keiner Schrift die Rede.
Die Geistlichen sind habgierig,
die Bauern sind mißgünstig,
die Kaufleute sind unehrlich,
Keuschheit bei den Frauen gibt es nicht.
Vornehme Damen und Ritter
brauchen nicht lange zu streiten,
wessen Lebensführung besser sei.
Die von ihnen Abhängigen wollen frei sein.
Den Guten und Rechtschaffenen

da setze wir in tousent widere,
den niemen mac vrchvnde geben,
ob si tugentlichen leben.
michel mere han ich gereit,
denne ich het vf geleit,
do ich des liedes bigan.
dar vmbe sei mir niemen gram,
daz ich die warhaeit han gesprochen.
swa aber ich den orden han zebrochen
der materie, di ich ane viench,
daz machent laesterlichen dinch
vnt ditzes leibes getrvgde,
der vns von des gehvgde
manigen ende laeitet,
als wir iv vor haben gebraeitet.
hie welle *wir* enden ditz liet:
daz vorder gehillet disem niet,
daz wir haben zeredene.
“von dem gemaeinem lebene”
mag ez einen besunderen nam wol haben.
swaz wir von dem tode wellen sagen,
daz vindet ir geschriben hie bei: 171a
des beginne wir in nomine domini.
Nv gedench aber mensch deines todes
nach den worten des herren Jobes,
der sprichet: “churz sint meine tage,
mein leben nahet zu dem grabe.”
des er ouch anderswa ist gehvgende:
“gedenche deines schephaeres indeiner ivgende,
e dich div zeit bevahe,
daz dir dein vngemach nahe,
vnt e dein stovp werde
wider zuo der erde!”

---

447 Ergänzt mit Di

können wir Tausende gegenüberstellen,
von denen niemand bezeugen kann,
daß sie ein einwandfreies Leben führen.
Nun habe ich viel mehr vorgetragen,
als es meine Absicht war,
als ich mit dem Werk begann.
Niemand möge es mir übelnehmen,
daß ich die Wahrheit gesagt habe.
Wenn ich aber den Rahmen des Themas verlassen habe,
das ich in Angriff nahm,
dann liegt das an den schlimmen Zuständen
und der Täuschung dieses Lebens,
das uns in vielerlei Weise abhält,
daran zu denken,
so wie wir es euch vor Augen geführt haben.
Hier wollen wir diesen Teil des Werkes beenden;
das Vorhergehende entspricht nicht dem,
was wir jetzt zu sagen haben:
»Von dem Leben, wie es allgemein ist«
kann es recht gut gesondert überschrieben werden.
Was wir hingegen über den Tod zu sagen haben,
das findet ihr im folgenden niedergeschrieben.
Beginnen wir damit in nomine domini.
  Nun denke aber, Mensch, an deinen Tod
mit den Worten des edlen Herrn Hiob,
der sagt: »Kurz sind meine Tage,
mein Leben nähert sich dem Grab.«
Dies hat er auch an anderer Stelle im Sinn:
»Gedenke deines Schöpfers in deiner Jugend,
bevor die Zeit dich ergreift,
wo Beschwernis dir naht,
und ehe der Staub, der du bist,
wieder zur Erde wird.«

dem ouch div wort wol geleich sint:
“mein leben ist sam ein wint,
sam ein wazzer, daz da hin streichet.
ich bin dem aschen geleichet;
mein eben mazze ich mische 14,15
zedem aschen vnt zedem valwische.”
daz ist ein swaerer trost, der hie schillet,
dem ouch ein ander weissag gehillet.
er sprichet: “mein leben ist staete so daz gras,
daz hivte dorret vnt gester grvn was.” 14,20
da bei chieset weisen man,
der seines todes nicht vergezzen chan.
ouch manet vns Salomones scrift;
er sprichet: “svn, nv vergiz nicht
deiner ivngisten stunde! 14,25
so lebestu immer ane svnde.”
we im, der sin heile vnt sein beichte gespart
an sein ivngiste hinvart!

Armer mensch! broeder laeim! 15,1
div zwei svlen werden en aein.
so du des ersten chvmst her,
e dein muoter dich geber
mit sere vnt mit ache 15,5
zegrozzem vngemache,
aller der werlt hastu nicht mere gemaeines,
wan der hivte vnt des gebaeines.
duo wirst ouch geborn ane waete; 171b
durch waz bistu so staete 15,10
an boeser gewinnunge?
vnt wolde div gotes ordenunge
dich aller der werlt machen froemde,
er het dir doch geben ein hemde,
da mit du deine scham bedachtest. 15,15

---

481 *wie*; Konj. mit Di

Und auch die folgenden Worte besagen dasselbe:
»Mein Leben ist wie der Wind,
wie das Wasser, das dahinfließt.
Ich bin wie Asche;
mein Ebenbild stelle ich
der Asche gleich und der Flugasche.«
Das ist ein bitterer Trost, der hier zu hören ist,
mit dem auch ein anderer Prophet übereinstimmt.
Er sagt: »Mein Leben ist so beständig wie das Gras,
das heute verdorrt und gestern noch grün war.«
Daran erkennt den Weisen:
er kann nicht vergessen, daß er sterben muß.
Auch Salomos Schrift ermahnt uns;
er sagt: »Sohn, vergiß
deine letzte Stunde nicht!
Dann lebst du immer, ohne zu sündigen.«
Weh dem, der seine Rettung und seine Beichte hinausschiebt
bis zu seinem Tod.
Armseliger Mensch, brüchiger Lehm!
Diese zwei werden wieder eins werden.
Ganz zuerst, wenn dein Leben anfängt,
ehe deine Mutter dich gebiert
unter Schmerz und Wehklagen
und zu großer Beschwernis,
dann gehört dir auf der ganzen Welt nichts
als Haut und Knochen.
Du wirst auch ohne Kleider geboren;
weshalb bist du so hartnäckig
auf nichtigen Gewinn aus?
Wenn auch die Ordnung Gottes
dich der ganzen Welt entfremden wollte,
so hat er dir doch ein Hemd gegeben,
damit du deine Blöße bedecktest.

vf dirre erde dv nimmer benachtest:
du mvzest ertoten vnt erblaeichen,
e du dein her ceichen
mit waeinen belivtest,
da mit dv wol bedivtest, 15,20
daz dv zeder armchaeit giborn bist.
so dir nu chumt dein ivngiste vrist,
so mustv vil offte rvffen we.
mit grimme ist recht, daz er zerge,
der geborn ist mit grimme. 15,25
also div erste stimme
nach der geburte wol erschaeinet,
so daz niweborn chint waeinet.
eines chvniges svn welle wir iv nennen, 16,1
ob ir andem mvget erchennen,
weder er sei geborn maere
zelaeide *vnt* cesere
oder cevreuden *vnt* ze gemache? 16,5
wir mvgen iv maniger slahte sache
hie zestet lazzen vnder wegen,
da mit wir div chint mochten biwegen
ze einer langen siechaeite.
nv lazze wir in zu der swert laeite 16,10
mit allen vrevden vol chomen.
wie moecht er dar an vol wonen?
so get im alrest arbaeite zuo:
er muz spat vnt fruo
vm dise arme ere sorgen, 16,15
wie er hivt oder morgen
mvge gemeren seiniv lehen.
er endarf sich nimmer versehen

---

514 *oder*; Konj. mit Hzl 515 *oder ze vngemache*; Konj. mit Hzl
527 f. Zwischen *le* und *hen* sowie zwischen *ver* und *sehen* Loch im Pergament

Auf dieser Erde verweilst du keine Nacht:
Es könnte sein, daß du sterben mußt,
ehe du noch deine Losung
durch Weinen kundtust,
womit du deutlich zu erkennen gibst,
daß du zum Elend geboren bist.
Wenn aber nun deine letzte Stunde kommt,
dann wirst du noch sehr oft wehklagen.
Es ist die Ordnung, daß stirbt unter Schmerzen,
wer unter Schmerzen geboren wird,
wie schon der erste Laut
nach der Geburt zeigt,
wenn das Neugeborene weint.
Den Sohn eines Königs wollen wir euch vor Augen führen,
ob ihr an ihm erkennen könnt,
wozu er eher geboren ist,
zu Leid und Schmerz
oder zu Freude und Wohlergehen.
Mancherlei können wir hier
in diesem Zusammenhang übergehen,
womit wir bereits den Kindern
eine lange Krankheit auferlegen könnten.
Lassen wir ihn lieber die Schwertleite
in ungetrübter Freude erreichen.
Wie könnte er sich wohl auf immer darin einrichten?
Vielmehr kommt jetzt erst recht Mühsal auf ihn zu:
spät und früh muß er sich
um dieses armselige Ansehen kümmern,
nämlich, wie er heute oder morgen
seine Lehen vermehren kann.
Er darf niemals

voller triwen noch genaden 172a
von seinen naehsten magen. 16,20
Hat er im senfte erchorn, 17,1
so ist sein ere schier verlorn,
so wirt er verstozzen
von andern seinen genozzen.
wil er aber vngetriv wesen, 17,5
so mag er zeder sele nicht genesen.
swelhes lebens er beginnet,
wie leicht im dar an misselinget!
sein sorge ist fruo vnt spate,
daz in einer icht ver rate, 17,10
oder daz im einer icht vergebe.
des geschiht mere denne ich mege
iv oder ander iemen gesagen.
doh mvg wir iv manige not niht verdagen,
die den armen vnt den reichen 17,15
geschent misleichen.
einer hat daz vieber oder daz vergiht;
einer verlivset daz hoeren oder daz liecht;
einem wirt etlich lit enzogen;
einer laeit gaerlich versmogen, 17,20
daz er gen vnt sten nicht enmach;
einer verlivset waz vnt smach;
einer verlivset seine sprache.
svs getane rache,
die einem ieglichem menschen geschaden megen, – 17,25
wer mac sich da vor entreden,
swie reiche oder swie her er sei,
daz er von solhen svchten beleibe frei?
Doch verhenge wir, daz etwer 18,1
mvge an aller slachte ser
geleben seinen ivngisten tac,

auf die vollständige Einhaltung der Treuepflicht noch den Dank
seiner nächsten Verwandten rechnen.
Hat er sich ein ruhiges Leben gewählt,
so ist sein Ansehen schnell dahin,
und er wird
von seinesgleichen vertrieben.
Wenn er selbst aber seine Treueverpflichtung nicht einhalten will,
dann kann seine Seele nicht gerettet werden.
Welches Leben er auch anfängt,
wie leicht schlägt es ihm fehl!
Er sorgt sich von früh bis spät,
daß ihn einer etwa verraten
oder einer ihn etwa vergiften könnte.
Das geschieht öfter, als ich
oder sonst jemand euch sagen kann.
Doch viele Leiden können wir euch nicht verschweigen,
die den Armen wie den Reichen
in mannigfacher Form treffen.
Der eine hat das Fieber oder die Gicht;
ein anderer verliert das Gehör oder das Augenlicht;
einem anderen wird irgendein Glied genommen;
wieder ein anderer liegt gänzlich verkrümmt da,
so daß er weder gehen noch stehen kann;
ein anderer verliert Geruchs- und Geschmackssinn,
wieder ein anderer die Sprache.
Solche furchtbaren Dinge,
die einem jeden Menschen schaden können, –
wer kann die durch Reden von sich abwenden,
wie mächtig oder vornehm er auch sei,
auf daß er von solchen Krankheiten verschont bleibe?
Doch nehmen wir einmal an, daß jemand
ohne jeglichen Schmerz
seinen letzten Tag erleben könnte,

daz doch vil vbel geschehen mac, –
nv, waz ist der rede mere?
als schier so div arm sele
den leichnamen begeit,
nu sich, armer mensch, wie er leit.
het er gephlegen drier reiche, 172b
im wirt der erden eben geleiche
mit getaeilet als einem dvrftigen.
ouch sehe wir svmlich ligen
mit schoenen phellen bedechet,
mit manigem liechte bestechet.
mirre vnt weirovh
wirt da gebrennet ouch.
vnt wirt des verhenget,
daz div bivilde wirt gelenget
vnt sich seine vrivnde gar
gemaeinleichen gesamnen dar,
so ist daz in ir aller phlege,
wie man in herlichen bestaten mege.
owe, vertaeiltiv herschaft,
swenne div tivellich helle craft
die armen sele mit gewalte verswilhet!
waz hilfet, swa man bevilhet
daz vil arme gebaeine
so der armen sele mit gemaeine
allen haeiligen wider taeilet wirt?
we der nacht, div in danne gebirt!
nv lazze wir des sein verhenget,
daz *div* bivilde werde gelenget
zwene tage oder dr*ei*
oder swaz ez laenger dar vber sei:
daz ist doch ein chlaeiglich hine vart!

590 Ergänzt mit Di 591 *dri* mit Superskript *ei* oder *er*; Mau liest *dr*^{a}*î*

was aber kaum möglich ist, –
nun, wie geht es dann weiter?
Sobald die arme Seele
den Leib verläßt,
sieh, armer Mensch, wie er dann daliegt.
Hätte er auch über drei Reiche geherrscht,
so wird ihm doch nur ebensoviel Erde
zugeteilt wie einem Bettler.
Nun sehen wir aber manche
mit schönen und kostbaren Stoffen bedeckt liegen,
mit vielen Lichtern umstellt,
auch wird da Myrrhe und Weihrauch
verbrannt.
Und geschieht es,
daß die Totenfeier in die Länge gezogen wird
und sich die Freunde des Verstorbenen alle
dabei versammeln,
so sorgen sie sich nur darum,
wie man ihn möglichst vornehm bestatten kann.
Weh über dich, verderbenbringende Pracht,
wenn das teuflische Höllenheer
die arme Seele mit Gewalt verschlingt!
Was macht es denn aus, wo man
die armseligen Knochen bestattet,
wenn der armen Seele die Gemeinschaft
mit allen Heiligen beim göttlichen Gericht abgesprochen wird?
Weh über die Nacht, die ihn einst wieder hervorbringen wird!
Nehmen wir nun einmal an,
daß die Totenfeier
über zwei oder drei Tage in die Länge gezogen wird
oder noch darüber hinaus:
es bleibt doch ein jämmerliches Hinscheiden!

nicht des, daz ie geborn wart,
wirt so wider zaeme
noch der werlt so vngenaeme.
Nv ginc dar, wip wolgetan 19,1
vnt schowe deinen lieben man
vnt nim vil vlaeizchlichen war
wie sein antlvtze sei gevar,
wie sein schaeitel sei gerichtet, 19,5
wie sein har sei geslichtet!
schowe vil ernstleiche,
ob er gebar icht vroeleichen,
als er offenlichen vnt tovgen 173a
gegen dir spilte mit den ovgen. 19,10
nv sich, wa sint seiniv mvzige wart,
da mit er der frowen hohvart
lobet vnt saeite?
nv sich, in wie getaner haeite
div zunge lige in seinem munde, 19,15
da mit er div trovt liet chunde
behagenlichen singen!
nvne mac si nicht fvr bringen
weder wort noch die stimme.
nv sich, wa ist daz chinne 19,20
mit dem niwen barthare?
nv sich, wie recht vndare
ligen die arm*e* mit den henden,
da mit er dich in allen enden
trovt vnt vmbe vie! 19,25
wa sint die fvze, da mit er gie
hoefslichen mit den frowen?
dem mvse dv diche nach schowen,
wie die hosen stunden an dem baeine;
die brovchent sich nv laeider chlaeine! 19,30

---

619 *armen*; Konj. mit Di

Nichts, was je geboren wurde,
wird schließlich so abstoßend
und den Menschen so widerwärtig.
  Nun geh hin, schöne Frau,
und betrachte deinen geliebten Mann
und sieh genau hin,
wie sein Gesicht aussieht,
wie sein Scheitel gezogen ist,
wie sein Haar geglättet ist!
Achte genau darauf,
ob er sich nun etwa so fröhlich gebärdet
wie früher, als er dir in Gesellschaft und heimlich
zärtliche Blicke zuwarf.
Nun sieh, wo sind seine Schmeicheleien,
mit denen er die Damen in ihrem Stolz
bestärkte?
Nun sieh, wie
die Zunge in seinem Mund liegt,
mit der er die Liebeslieder
so einschmeichelnd singen konnte!
Nun kann sie weder Worte
noch Töne hervorbringen.
Nun sieh, wo ist das Kinn
mit dem modischen Bart?
Nun sieh, wie wirklich kläglich
liegen die Arme und die Hände,
mit denen er dich überall
liebkoste und umarmte!
Wo sind die Füße, mit denen er
neben den Damen so anmutig einherschritt?
Du mußtest oft hinterherschauen,
wie die Hosen den Beinen anlagen;
da schmiegt sich nun leider gar nichts mehr an!

er ist dir nv vil fremde,
dem dv e die seiden indaz hemde
mvse in manigen enden weiten.
nv schowe in an *al enm*itten:
da ist er geblaet als ein segel. 19,35
der boese smach vnt der nebel
der vert vz dem vber donen
vnt laet in vnlange wonen
mit samt dir vf der erde.
owe, dirre chlaegliche sterbe 19,40
vnt der wirsist aller tode,
der mant dich, mensch, deiner broede.
nuo sich enceit vmbe, 20,1
e dich dein ivngiste stunde
begreiffe, div dir ie zefvrchten was:
"repentina calamitas",
daz sprichet: sorge zesogetanem tode 173b
vnt sprich mit dem herren Jobe: 20,5
"chvrzlichen vervarent meiniv iar.
ich gen einen steic, daz ist war,
andem ich nicht chvm widere."
e dich dein ivngistez geligere
begreiff an dem bete, 20,10
chere dein schef zestete,
daz dich enmitten vf dem mer
die sundern winde hin vnt her
denne icht ane bozzen
vnt dv ez nicht zestade macht gestozzen. 20,15
so dich begreiffet der siechtuom,
so machtv der svnde nicht mer getun:
so lazzent dich die svnde *vnt nicht* du siv.
nv sage, armer mensch, vmbe wiv 20,20
wil dv den phaffen denne gesprechen?

---

630 *allen mitten* 657 *nicht vnt*; Umstellung nach Di

Er ist dir nun nicht mehr vertraut,
dem du früher an vielen Stellen
in das Hemd Seidenfäden einziehen mußtest.
Nun schau ihn auch in der Mitte an:
Sein Bauch ist wie ein Segel gebläht.
Übler Gestank und Ausdünstungen
dringen aus dem Leichentuch hervor
und lassen ihn nicht mehr lange
zusammen mit dir auf der Erde bleiben.
Ach, dieses jammervolle Sterben
und der schlimmste aller Tode
erinnern dich, Mensch, an deine Vergänglichkeit.
Nun sieh dich beizeiten vor,
ehe dich deine letzte Stunde einholt,
die du schon immer zu fürchten hattest:
»Repentina calamitas«,
was sagen will: Bereite dich auf solchen Tod vor
und sprich mit Hiob:
»Meine Jahre eilen dahin.
Wahrlich, ich gehe einen Weg,
auf dem ich nicht wiederkehren werde.«
Bevor dir plötzlich dein Bett 649
zum letzten Lager wird, 648
wende dein Schiff auf der Stelle um,
damit dich dann nicht mitten auf dem Meer
die Südwinde
hin und her werfen
und du es daher nicht ans Ufer lenken kannst.
Wenn dich erst die Krankheit überfällt,
bist du ohnehin nicht mehr imstande zu sündigen:
dann verlassen dich die Sünden und nicht du sie.
Nun sag, du armseliger Mensch, warum
willst du dann noch den Priester sprechen?

waz wil dv deines dinges cechen,
so du gebvzzen nine macht?
dv hast dich ze vnceit bedacht.
reicher vnt edeler ivngelinc,
merche aengestlichiv dinc
vnt ginc zu deines vater grabe.
nim den obristen staein dar abe
vnt schowe sein gebaeine,
sivffte vnt waeine.
du macht wol sprechen, ob dv wil
– ez nimt dir deiner herscheft nicht vil –:
“lieber vater vnt herre,
nv sage mir, waz dir werre.
ich siche dein gebaein rozzen,
daz hat div erde gar vernozzen.
ez chrivchet boeser wrme vol.
ditz stinchunde hol
erzaeiget meinem sinne
einen aeislichen waz dar inne.
ouch ist mir inrchlichen swaere,
so schoene so du waere,
daz du so schier bist erworden.” 174a
daz ist ein iaemerlicher orden:
daz e blvt sam div lilie,
daz wirt als daz gewant daz die milwe
beneget vnt frizzet.
er ist vnsaelic, der des vergizzet.
Dv moechtest ouch leichte han geredet,
ob dich der iamer hete beweget
vaeterlicher minne.
nv gedenche an die sinne,
wie er dir antwurten solde,
ob ez der natawer *re*chte verdolde

---

692 *chte*; Konj. mit Di

Was an deinem Leben willst du in Ordnung bringen,
wenn du keine Buße mehr tun kannst?
Du hast dich nicht zur rechten Zeit besonnen.
Du mächtiger und vornehmer junger Mann,
führe dir etwas Schreckliches vor Augen
und geh zur Gruft deines Vaters:
nimm die Grabplatte ab
und sieh seine Gebeine an,
seufze und klage.
Du kannst sehr wohl sagen, wenn du willst
– das tut deiner Stellung als Herr keinen Abbruch –:
»Lieber Vater und Herr,
sage mir, was dich quält.
Ich sehe deinen Leichnam verfaulen;
den hat die Erde schon fast ganz verzehrt.
Es wimmelt darin von ekelhaftem Gewürm.
Dieses stinkende Loch
betäubt mich
mit scheußlichem Geruch.
Auch trifft mich tief,
daß du, schön wie du warst,
so schnell vergangen bist.«
Es ist die traurige Ordnung der Dinge:
Was einmal blühte wie die Lilie,
wird wie das Gewand, das die Motte
zernagt und frißt.
Der ist verloren, der das vergißt.

Du hättest vielleicht auch Worte gefunden,
wenn dich die Trauer aus Liebe zu deinem Vater
bewegt hätte.
Nun bedenke, wie weise
er dir antworten würde,
wenn es die Ordnung der Natur zuließe

oder ob sein got wolde verhengen.
ich wil die rede nicht lengen,
ich spriche fvr in vnt mit im;
mit rechter andacht dv daz vernim: 21,10
“ich wil dir, mein trovt svon,
des dv mich hast gefraget, chvnt tuon.
meiniv dinc stent mir vngeraeite.
von der witze grimmechaeite
mag ich mich nicht entreiden, 21,15
die ich taeglich muz leiden.
ich han fiwer vnt vinster
zeder zeswen vnt zeder winster,
oben vnt nidene.
funde mein not iemen geschribene, 21,20
der het immer da von zesagene.
daz han ich, trovt sun, dir ze chlagene.
waz bedarfstu aber nv langer sprache?
div cheten der gotes rache
hat mich starche gebunden. 21,25
ich han haerwen lo*n* funden
alles, des ich ie begie,
daz ich laeider mir vngebvzzet lie.
aller mazze het ich vergezzen 22,1
mit trinchen vnt mit ezzen;
nv wurd ich betwungen
mit durst vnt mit hunger.
e bran ich an meinem vlaeische 174b 22,5
mit hurlichem swaeizze;
nu brennet mich der gotes *b*an
indem fiwer, daz niemen erleschen chan.
ich leide ser vnt vngemach.
owe, daz ich dise werlt ie gesach! 22,10
gaeitichaeit vnt hohvart,

---

712 *lon̄*; Konj. mit Di 721 *zan*; Konj. mit Di

oder wenn Gott es gestattete.
Ich will nicht zu weit ausholen
und spreche an seiner Stelle und in seinem Sinn.
Höre du dem recht aufmerksam zu:
»Ich will dir, mein lieber Sohn,
auf das antworten, wonach du mich gefragt hast.
Meine Lage ist ausweglos.
Der furchtbaren Höllenstrafe,
die ich täglich neu erleiden muß,
kann ich nicht entfliehen.
Feuer und Finsternis umgeben mich
rechts und links,
oben und unten.
Fände jemand meine Qual beschrieben,
der hätte unendlich lange daran vorzutragen.
Das, lieber Sohn, muß ich dir klagen.
Was brauche ich lange zu reden?
Die göttliche Strafe hält mich
unauflöslich gefesselt.
Ich habe bitteren Lohn erhalten
für alles, was ich jemals beging,
wofür ich zu meinem Verderben keine Buße getan habe.
Ich kannte keinerlei Maß
beim Trinken und beim Essen;
nun haben mich
Hunger und Durst überwältigt.
Früher brannte mein Körper
im Schweiß der Wollust;
nun brennt mich die Strafe Gottes
in dem Feuer, das niemand löschen kann.
Ich leide Schmerz und Pein.
Ach, daß ich je geboren wurde!
Habgier und Hochmut,

div zwaei habent mir verspart
div tor der innern helle.
da sint die swarcen pech *w*elle
mit den haeizen fivre*s* flammen.
ich hoere da grisgrammen,
waeinen vnt wffen;
vil chlaeglich rvffen
die, di des habent dehaeinen trost,
daz si immer werden erlost
vz dem abgrvnde.
ach, daz ich ie des icht gefrvmde,
da mit ich ir genoz werden muoz!
moecht mir des immer werden buoz,
daz mir so wol geschaehe,
daz ich den tivel icht an saehe
vnt sein antlutze verbaere,
wie vro ich des waere!
mein chlage ich nv cespate tuon.
iedoch rat ich dir, lieber suon,
daz du mich ze einem bilde habest
vnt der werlt so nicht muot vagest;
dv endenchest die not, die ih besezzen han,
oder ez muz dir alsam mir ergan.

Nv sage mir, mein trovt sun,
waz hilfet aller mein reichtum
vnt manic vnsaeliger gewin?
ich wolde allen meinen sin
ie dar an erzaeigen,
daz ich chovfte lehen vnt aeigen,
bvrge, meirhof vnt huobe
vnt ander herschaft genvoge.

---

728 *velle*; Konj. mit Di 729 *fivre flammen*; Konj. mit Di
748 *mit* vor *mir* durch Unterpungierung getilgt

die beiden haben
die Tore der inneren Hölle hinter mir geschlossen.
Dort brodeln Wogen schwarzen Pechs
mit heißen Feuersflammen.
Ich höre dort Zähneknirschen,
Weinen und Wehklagen.
Jammervoll klagen
die, die keinerlei Hoffnung haben,
daß sie jemals erlöst werden
aus diesem Abgrund.
Ach, daß ich jemals etwas getan habe,
wodurch ich mich ihnen zugesellen muß!
Könnte mir doch Abhilfe zuteil werden,
so daß ich das Glück hätte,
den Teufel nicht ansehen zu müssen
und sein Gesicht meiden zu können,
wie froh wäre ich darüber!
Mein Klagen kommt nun zu spät.
Doch dir, lieber Sohn, rate ich,
du mögest dir mein Beispiel vor Augen halten
und dieser Welt nicht so wie ich willfahren;
wenn du dir nicht die Qual vor Augen führst, die ich erleide,
wird es dir wie mir ergehen.
Sage mir nun, mein geliebter Sohn,
was nützt all mein Reichtum
und der ganze unheilvolle Gewinn?
Immer wollte ich meine große Klugheit
dadurch beweisen,
daß ich Lehen und Eigenbesitz erwarb,
Burgen, Meierhöfe und Hufen
und andere Herrschaftsrechte.

dar vmbe ist nu mein sel gevaeil*et*. 175a
wie hastu daz mit mir getaeilet,
seit ich hie von dir schiet?
des ist laeider vil lvtzel oder nicht.
war sint nu div almusen div du begast?
wa sint die dvrftigen, die dv get*r*oest*et* hast?
wenne gedaechte dv mein mit den messen?
dv hast mein gar vergezzen,
sam ich nie geborn wurde.
ach, daz ich sogetane burde
durch dich vf mich han gevazzet,
dar vmbe ich nv bin gehazzet
von dem rechtem richtaere!
verfluchet sei der tac, der mih gebaere!
manige gewinnunge,
die ich ane barmunge
nam von witwen vnt von waeisen,
die lazzent mih nicht vz den fraeisen.
nv schowe, mein vil lieber suon,
– daz ist war, dv macht ez gern tuon –
wie mich mein sin habe gelaeitet
vnt dar ovf gearbaeitet,
daz dv bist reich vnt her,
ich laeide angest vnt ser.
du sitzest ingrozen wirtschefften,
ih laeider in des tivels zovm hefften.
man lobt dich weiten indem lande,
dar vmbe laeide ich die grozen schande.
doch waer ich nicht gar verdampnet,
het ih dir den reichtum niht gesamnet,
da mit dv nv laesterlichen lebest.
swie harte dv wider got strebest:

757 *gevaeileit*; Konj. mit Di 762 *getroͤstest*; Konj. mit Di 787 ergänzt mit Di

Darum ist meine Seele jetzt preisgegeben.
Wie hast du diesen Besitz mit mir geteilt,
seit ich von dir schied?
Leider überhaupt nicht!
Wo sind denn die Almosen, die du gibst?
Wo sind die Bedürftigen, denen du geholfen hast?
Wann hast du meiner mit Seelenmessen gedacht?
Du hast mich ganz vergessen,
als wäre ich nie geboren worden.
Ach, daß ich mir eine solche Bürde
um deinetwillen aufgeladen habe,
weshalb ich nun
dem gerechten Richter verhaßt bin!
Verflucht sei der Tag, der mich gebar!
Was ich zu meiner Bereicherung
ohne Erbarmen
Witwen und Waisen entrissen habe,
das hält mich in den Bedrängnissen fest.
Nun sieh, liebster Sohn,
– du tust wahrhaftig gut daran –
wie mich meine Klugheit geführt
und wie sie darauf hingearbeitet hat,
daß du mächtig und vornehm bist,
ich aber leide Angst und Qualen.
Du sitzt als Herr bei üppigen Gelagen,
ich zu meinem Unglück in den Fesseln des Teufels.
Du genießt Ansehen überall im Lande,
deshalb erleide ich diese große Schmach.
Doch wäre ich der Verdammnis nicht völlig ausgeliefert,
wenn ich dir nicht den Reichtum angehäuft hätte,
mit dessen Hilfe du jetzt auf lasterhafte Weise lebst.
Wie sehr du dich auch gegen Gott auflehnst:

als ein diep begreiffet dih der iungiste tac;
dein guot dich nicht gefristen mac.
Wil dvnv wizzen, war ich dich lade?
daz tuon ih dar, da dv von tage zetage
indaz inner abgrvnde vellest.
des bechere dich, ob dv wellest!
nv gib ich meinem vlaeische 175b
die vil vnsaeligen gehaeizze,
so ich ez an dem ivngistem tage wider nim,
so muz div arme sel mit sampt im
chomen zuo dem todlichem lebene.
so stet mic*h* nicht vergebene,
swaz mir zevrevden ie geschah.
ach, daz ich dise werlt ie gesach!
seine chestenvnge
moecht nimmer dehaein zvnge
zerechte fvr bringen,
daz ich nv bin *ane* den gedingen,
daz ich nv got nimmer gesehen sol,
wan denne so ich sein vrtaeil dol.
het ich dehaein ander not,
daz waer doch mein ewiger tot.
nv becher dich enceit, mein trovt chint!"
alle, die geirisch indirre werlt sint,
genist der einer, daz ist wunder.
den ist der ewige chumber
mit samt dem ertaeilet,
der hat sich also lebentige gesaeilet
mit seiner geirischaeite beien,
da si immer mvzzen heien
indes fivers flamme grivlicher esse.
owe, der die grozzen not wesse,

---

800 *micht*; Konj. mit Di 806 Nach Fleck nur noch *e* lesbar; Konj. mit Di

wie ein Dieb überfallt dich der letzte Tag;
dein ganzer Besitz wird dir keinen Aufschub erwirken
können.
Willst du nun wissen, wohin ich dich bestelle?
Dorthin, wo du von einem Tag auf den anderen
in den tiefsten Abgrund stürzt.
Deshalb entscheide dich und kehre um!
Meinem Körper mache ich jetzt
die unheilvolle Prophezeiung,
daß, wenn ich ihn am Jüngsten Tag wiedererlange,
die arme Seele zusammen mit ihm
in ein Leben eingehen muß, das Tod ist.
So kommt mich alles teuer zu stehen,
was mich je erfreut hat.
Ach, daß ich diese Welt je sah!
Gottes Strafe
vermag niemals jemand
angemessen zu schildern,
daß ich jetzt nämlich ohne die Hoffnung bin,
Gott jemals zu sehen,
außer wenn über mich sein Urteil ergehen wird.
Müßte ich auch keine andere Qual erleiden,
so wäre allein dies schon mein ewiger Tod.
Kehre um, solange noch Zeit ist, mein geliebtes Kind!«
Wenn von allen, die habgierig sind in dieser Welt,
auch nur einer seine Seele retten kann, so ist das ein Wunder.
Denen ist die ewige Verdammnis
zusammen mit dem beschieden,
der sich ebenso bei lebendigem Leibe
mit den Ketten seiner Habgier gefesselt hat,
dort, wo sie ewig brennen werden
in den Flammen des grauenvollen Feuerofens.
O weh, wer um die große Qual wüßte,

div den reichen ist gesatzt,
der mvse dirre werlt immer wesen ein gast.
Swer an dem reichtum begriffen wirt,
den im div geirischaeit gebirt,
dem ist daz himelreich vor bislozzen.
so hat er vbel genozzen,
swaz er guotes ie gewan;
also hat vns der gotes sun chunt gitan:
er sprichet offenleichen, daz
ein oelbende mvge baz
durch einer nadel oere gevarn,
denne der reiche choem in Abrahames barn.
swer mit dem reichtum wil genesen, 176a
der frage die phaffen, waz si lesen:
“als er nicht enhabe, alsus sol er haben”;
vnt enbit im daz niemen sagen,
ob er in niezen sol eine:
mache in allen den gemaeine,
die sein gern in got.
sant Paulus, der gotes bot,
sprichet, ditzes reichtum geirischaeit
sei der abgot schalchaeit.
daz ist an den geirischen wol gewaere:
fvr ir schephaere
nement si, daz er geschaffen hat.
ez sei golt, silber oder wat
oder icht, des iemen gewan,
ez muz allez hinder im bistan.
als ein diep begreiffet dich der iungist tac;
dein guot dich nicht gefriden mac.
dv laest ez allez hinder dein.
so ist dein riwe chupherein,
lvtzel hilfet dein beichte.
ouch erget daz vil leichte,
ob du ez e hast versmaehet,

die den Reichen bestimmt ist,
der müßte in dieser Welt immer ein Fremder sein.
Wer in dem Reichtum angetroffen wird,
den ihm die Habgier verschafft hat,
dem ist das Himmelreich verschlossen.
Dann hat er schlecht genutzt,
was er jemals an Besitz erwarb;
genauso hat es uns Gottes Sohn verkündet:
Er sagt ganz deutlich, daß
eher ein Kamel
durch ein Nadelöhr gehe,
als daß der Reiche in Abrahams Schoß komme.
Wer glaubt, als Reicher das Heil erlangen zu können,
der frage die Geistlichen, was sie in der Schrift lesen:
»Als habe er nichts, so soll er haben;«
und er braucht niemanden zu bitten, ihm zu sagen,
ob er den Reichtum allein genießen soll:
Er soll alle die daran teilhaben lassen,
die darum im Namen Gottes bitten.
Der heilige Apostel Paulus
sagt, die Gier nach diesem Reichtum
sei Götzendienst.
Das wird an den Habgierigen offenbar:
An die Stelle ihres Schöpfers
setzen sie das, was er geschaffen hat.
Gleich ob Gold, Silber oder Kleidung
oder sonst etwas, das irgend jemand erworben hat,
das muß er alles hinter sich zurücklassen.
Wie ein Dieb überfällt dich der Jüngste Tag;
dein Besitz kann dir keinen Schutz gewähren.
Du läßt ihn ganz hinter dir zurück.
Dann ist deine Reue unvollkommen,
wenig hilft dir deine Beichte.
Und leicht kann es geschehen,
– wenn du diesen Gedanken auch früher von dir gewiesen hast –

daz vns der tot vnder vaehet.
wie gerne dv denne woldest, daz dv enmaht! 25,35
die weile dir got verleihe die macht,
daz du beder dinge wol hast,
swaz du guoter dinge begast,
ein phenninch frvmt dir mere,
de*n* dv selbe geist vmbe dein sele, 25,40
denne tovsent phunt nach deinem leibe.
nicht gihalt ez deinem weibe!
ir ist lvtzel, die der triwen phlegen;
wanchel vnt vnstaete ist ir leben.
Uersvnder dih nicht durh deine chint! 26,1
der leben ist ouch als ein wint.
ir gemvte ist vntugentleich,
ze allem laster gebrovchleich,
zeder frvmchaeit vngehorsam. 176b 26,5
vnt gemachest aber dv sei lobesam,
daz gestet dich nicht vergebene.
ih hete vil mit dir zeredene,
daz muz ich versweigen.
wan ob dv groz not wellest vermeiden, 26,10
so bedenche dich enceit!
owe, wie lvtzel dir div helle vergeit,
geschihest dv ir zerbarmen!
die enlazze dih got nimmer erarnen!
die dro solher warte, 26,15
die mustv, dv armer mensch, harte
immer erfvrchten vnt verstan,
wie ez dir her nach svl ergan.
nv sage mir mensch, wer du bist!
wie ob vnser herre christ 26,20
mit dir reden begunde
vnt spraech vz sein selbes munde:

---

862 *denne*; Konj. mit Di; vgl. Anm. 869 *vngmvte*; Konj. mit Di

daß uns der Tod ein jähes Ende bereitet.
Wie gerne würdest du dann tun wollen, was du nicht mehr kannst!
Was immer du an guten Werken tust,
solange dir Gott die Macht verleiht,
zwischen beidem zu wählen:
ein Pfennig,
den du selbst um deines Seelenheils willen gibst, nützt dir mehr,
als tausend Pfund nach deinem Tod.
Heb es nicht für deine Frau auf!
Kaum eine ist verläßlich;
wankelmütig und unbeständig sind sie.
Versündige dich nicht deinen Kindern zuliebe!
Auch deren Leben gleicht dem Wind;
ihr Sinn ist schlecht,
jedem Laster zugeneigt,
allem Guten gegenüber verschlossen.
Erziehst du sie aber so, daß sie Lob verdienen,
wird es für dich nicht vergeblich sein.
Ich hätte dir viel zu sagen,
muß aber darüber schweigen.
Doch wenn du großem Unheil entgehen willst,
besinne dich rechtzeitig!
Wehe, wie wenig vergibt dir die Hölle,
wenn du erst einmal auf ihr Erbarmen angewiesen bist!
Gott lasse niemals zu, daß du sie verdienst!
Die Drohung, die in solchen Worten liegt,
mußt du, Mensch, in deiner Armseligkeit
jederzeit fürchten und mußt dir vor Augen halten,
wie es dir einst ergehen wird.
Und nun sage mir, Mensch, wer du bist!
Wie, wenn Christus, unser Herr,
mit dir reden würde
und spräche mit eigenem Munde:

“mein liebistiv hant gitat,
war vmbe verwurfe dv den rat,
den dir mein leraer taten
vnt dich zedem himelreich ladten?
dvne wellest dirz enblanden,
swie tiwer ez mir sei gestanden,
daz ich dirz han wider gewunnen,
ich wil dir sein nicht gunnen,
wil du laesterlichen leben
vnt der vngehorsam phlegen,
als deine vordern taten e.
ouch habe des dehaein sorge me,
daz ich dir dar vmbe icht welle
vertaeilen zu der helle.
ist dir daz nicht ein grozze vnere?
mich selben gesihestu nimmer mere,
ist dir lieber werltlicher gemach,
den niemen lange gehaben mach,
denne div himelische ere.
ich sage dir nicht mere:
der gewinnestv nimmer taeil; 177a
anders fvrchte dehaein vnhaeil.”

Hastv die rede nv wol vernomen,
die la nicht vz deinem hercen chomen
vnt habe ditz ze einem spelle,
daz der tivel oder div helle
vns nach disem leibe icht mvgen geschaden.
wie gitane frevde mac der haben,
der got nimmer gesehen muoz?
wenne wirt im vngenaden buoz,
wurde er gesundert von seiner mit wist,
an de*n* dehaein vrevde ist?
nv gesweige wir der grozzen not,

---

920 *dem*; Konj. mit Di

»Du, mein Geschöpf, das ich am meisten liebe,
warum hast du den Rat verworfen,
den dir die Verkünder meiner Lehre gegeben
und womit sie dich zum Himmelreich geladen haben?
Wenn du dich darum nicht mühen willst,
obwohl ich viel dafür hingegeben habe,
es dir wiederzuerwerben,
werde ich dir keinen Anteil daran geben,
wenn du eben in Sünden leben
und im Ungehorsam verharren willst
wie schon deine Vorfahren.
Fürchte auch nichts mehr,
als daß ich dich darum
zur Höllenstrafe verurteilen werde.
Empfindest du das nicht als große Schande?
Niemals mehr wirst du mich sehen,
wenn dir Wohlleben in der Welt,
das niemand lange genießen kann,
wichtiger ist als hohes Ansehen im Himmel.
Mehr sage ich dir nicht:
du wirst daran niemals Anteil haben;
fürchte kein anderes Unheil als dieses.«
  Hast du die Worte richtig verstanden,
so bewahre sie in deinem Herzen
und halte für törichtes Gerede,
daß der Teufel oder die Hölle
uns nach diesem Leben nichts anhaben können.
Welche Freude kann der noch haben,
der Gott niemals mehr sehen darf?
Wann wird er aus der Verdammnis erlöst,
wenn er erst einmal aus der Gemeinschaft mit dem verbannt wurde,
ohne den es keine Freude gibt?
Jetzt wollen wir nicht mehr von der großen Qual sprechen,

d*iv* den verworchten ist gedrot,
die si inder helle mvzzen leiden,
vnt lazzen die rede nv beleiben.
wie moecht in *i*mmer wirs geschehen, 27,15
die got nimmer svlen gesehen?
er waer vnsaelich geborn
wie aber der, vber den der gotes zorn
vnt sein rache wirt ertaeilet.
swer sein leip hat gemaeilet 27,20
mit maniger slachte svnden,
sol den der tivel nicht gebunden
werffen in daz ewige ellende,
da *er* immer ane ende
mvz rvffen ach vnt we, 27,25
da sein schvntaer ob im ste,
mit grivlichem antlvtze,
da die vnerfvlte bvtze
des abgrvndes vz tiezzen
vnt da er sehe vliezzen 27,30
die bech welligen bache
vnt fiver schober chrache
vnt anderthalb da engegene
wie sich der helle vrost megene,
vnt ob hvndert perge fivrin 27,35
sein temprvnge solden sein,
sine moechten in nicht erlawen, 177b
vnt die tivel mit fivrin chlawen
schuoffen in solhes weters sovs,
entriwen, daz ist ein vbel chvel hovs! 27,40
Da wirt iv ruomaeren gelonet, 28,1
da wirt ein vbel gehoenet.
du da hie ein huraer bist,

---

922 *dar*; Konj. mit Di 925 *nimmer*; Konj. mit Di 934 Ergänzt mit Ki

die den Verdammten angedroht ist
und die sie in der Hölle erleiden werden,
und sagen dazu nichts mehr.
Wie könnte ihnen je Schlimmeres widerfahren,
die Gott niemals sehen werden?
Wem das geschähe, der wäre zu seinem Verderben geboren
wie jener, über den Gottes Zorn
und sein Strafgericht ergeht.
Wer sich
mit vielerlei Sünden befleckt hat, –
soll den der Teufel nicht gefesselt
in die ewige Verbannung stürzen,
wo er immerzu und ohne Ende
weinen und wehklagen wird,
wo sein Verführer
in grauenvoller Gestalt über ihm steht,
wo die unerschöpflichen Brunnen
des Abgrunds tosend emporschwellen
und wo er sieht, wie die Bäche von brodelndem Pech
fließen,
wie Feuerhaufen prasseln,
und andererseits,
wie das Eis der Hölle anwächst:
und wenn auch hundert feuerglühende Berge
zum Ausgleich da wären,
könnten sie es nicht schmelzen,
und selbst wenn die Teufel mit Feuerklauen
sich noch so ein Wetterbrausen veranstalteten.
Wahrlich, das ist ein schlimmer Eiskeller!
  Dort empfangt ihr Ruhmsüchtigen euren Lohn:
dort wird dieses Laster mit Schande bedeckt.
Der du hier herumgehurt hast,

da haeizze *d*ich deinen truge list
vnt deine honchust beschirmen.
da mvzet ir rednaere gehirmen,
da wert ir vnrechtes gewert;
da zuchet i*v*riv swert,
wert ivch, ob ir meget!
da wert i*r* scheltaere gideget;
ir da dehaein ander rache suchet
niwan daz ir fluchet.
da mvzzen die mansleken schowen,
wie man siv an swert mac verhowen.
da mvzzen si schreien vnt chlagen
vnt den gewalt dem tivel vertragen.
diebe vnt rovbaere –
wie vngelovbich ez waere,
der in daz moechte fvr gerechen,
wie man siv beginnet zechen
mit bech welliger hitze!
ez ist ein groz vnwitze,
der daz nicht bedenchet:
der muoz immer sein gesch*r*enchet
inder ewigen not schrange
vnt chumt ouch nimmer danne,
als wir da vor haben gesprochen.
waer dem tivel sein recht an im zebrochen,
daz er vns nicht moechte geschaden,
so solde wir doch die minne haben
zuo dem obristen reiche
vnt solden sivfften taegleiche
vz disem ellende*m* wuofftal
zuo dem himelischem sal.

---

954 *ich* 958 *iriv*; Konj. mit Di 960 *iv*; Konj. mit Di 974 *geschenchet*; Konj. mit Grimm 983 *ellende*; Konj. mit Hzl; vgl. Anm.

laß deine Verstellungskunst
und deine Arglist dich dort beschützen.
Dort müßt ihr Wortfechter schweigen,
dort wird euch euer Unrecht vergolten;
dort zieht eure Schwerter
und wehrt euch, wenn ihr könnt!
Dort werdet ihr Verleumder zum Schweigen gebracht;
dort fallen euch keine anderen Worte ein
als Flüche.
Dort werden die Mörder sehen,
wie man sie ohne Schwert erschlagen kann.
Dort werden sie schreien und klagen
und müssen sich doch der Macht des Teufels
unterwerfen.
Diebe und Räuber –
wie unglaublich erschiene es denen,
wenn einer ihnen das vorhersagen könnte,
wie man sie dort
mit heißen Pechwellen tränkt!
Es ist eine große Torheit,
wenn jemand dies nicht bedenkt:
er wird auf immer
eingesperrt sein im Kerker der ewigen Pein
und kommt auch nie wieder heraus,
wie wir schon gesagt haben.
Selbst wenn der Teufel sein Recht auf ihn verloren hätte
und uns daher nicht mehr schaden könnte,
so sollten wir doch aus Liebe
nach dem obersten Himmel streben
und sollten täglich
aus diesem elenden Jammertal
nach dem himmlischen Festsaal seufzen.

da ist elliv chlage fremde 178a
vnder dem himelischem sende,
da sint die gedanch alle vrei,
dane waeiz niemen, waz angest sei;
mer vrevden mvgen si da iehen,
denne iemen habe gehoert oder gesehen
oder iemen gedenchen chvnne.
ir aller maeiste wnne,
daz ist gotes antlvtze:
daz geit die saelde an vrdrvtze
vnt fride ane lage,
genade an vngenade.
ir vrevde ist immer ane cil.
da ist wnne also vil,
daz sei niemen ercellen mac.
da sint tovsent iar sam ein tac.
Er ist saelic vnt weise,
der daz ewige paradeise,
vnser erbe, inseinem mute hat.
owe, wie vnhohe den gestat,
swaz vf dirre erde beschaffen ist!
er fvrchtet ez nicht mere denne einen mist.
er gedenchet inseinem gemvte,
daz div gotes gvte
mit grozzer weishaeite
hat geschaffen mit antraeite
div gewrchte seiner haeiligen.
ouch ist vns offenbar geschriben,
daz paradeis sei vff dirre erde,
daz besliezen die hohisten berge,
die dehaein ovge mag vber raeichen,
da got div tovgenlichen zaeichen
seinen trovten hat verborgen.

Dort in der himmlischen Gemeinschaft
kennt man kein Klagen.
Dort sind die Gedanken alle befreit,
dort weiß niemand von Bedrängnis;
dort können sie von mehr Freude sagen,
als irgendeiner je gehört oder gesehen hat
oder sich vorzustellen vermag.
Ihre größte Seligkeit
ist der Anblick Gottes:
der schenkt die Seligkeit, deren man nicht überdrüssig wird,
und Frieden, der durch keinen Hinterhalt bedroht wird,
Gnade ohne Ungnade.
Ihre Freude gelangt niemals an ein Ende.
Dort ist so viel Glückseligkeit,
daß niemand vermag, sie mit Worten zu beschreiben.
Dort sind tausend Jahre wie ein Tag.
Der ist glückselig und hat die wahre Einsicht,
der auf das ewige Paradies,
unser Erbe, beständig seine Gedanken richtet.
Ach, wie gering achtet er,
was von dieser Welt ist!
Er sorgt sich darum noch weniger als um einen Haufen Mist.
Er ist sich stets in seinem Denken bewußt,
daß die Güte Gottes
mit großer Weisheit
nach göttlichem Plan
die Wohnungen seiner Heiligen geschaffen hat.
Auch sagen uns die Schriften deutlich,
daß das Paradies auf dieser Erde liege,
es werde von sehr hohen Bergen umschlossen,
über die kein Blick hinwegreichen kann;
dort hat Gott die geheimnisvollen Zeichen
für die, die er liebt, verborgen.

daz reich ist immer ane sorgen,
doch div himelische ere
sei zeloben michel *m*ere;
wan aller menschen zungen, 178b
die disen leip ie gewunnen,
wolden die svnder lingen
etwaz fvr bringen
der genaden, div cehimel ist,
dennoch maecht vns div minnist
nimmer werden fvr gebraeitet.
er ist saelich, der dar gearbeitet.
dar bringe dv, got here,
durch deiner muter ere
vnt durch aller deiner haeiligen recht
  Haeinrichen, deinen armen chnecht.
vnt den abt Erchennenfride,
den habe dv, herre, indeinem fride
vnt alle, die dirs getrowen,
daz wir mit samt dir bowen
daz frone himelreiche,
daz wir taegleiche
mit der engel vollaeiste
indem haeiligem gaeiste
loben den vater vnt den svn
in secula seculorum.
Amen.

1020 *ere*; Konj. mit Di

1043 *Amen* in V. 1042 nach Reimpunkt angeschlossen

Dieses Reich ist ewig frei von Sorgen,
doch hohes Ansehen im Himmel
sei noch viel mehr zu preisen;
denn wollten auch alle Menschen,
die je geboren wurden,
einzeln
etwas von der Gnade sagen,
die im Himmel ist,
könnte uns doch nicht der geringste Teil davon
jemals bekannt gemacht werden.
Selig, wer mit allen Kräften dahin strebt!
Dorthin führe du, erhabener Gott,
der Herrlichkeit deiner Mutter wegen
und auf die Fürsprache aller deiner Heiligen hin
Heinrich, deinen geringen und sündigen Diener.
Und den Abt Erkenfried
erhalte du, Herr, in deinem Frieden
und ebenso alle, die dir darin vertrauen,
daß wir mit dir zusammen
das himmlische Gottesreich bewohnen
und daß wir täglich aufs neue
mit allen Engeln
im Heiligen Geiste
den Vater und den Sohn preisen
in saecula saeculorum.
Amen.

Anhang

Zu dieser Ausgabe

Überlieferung

Heinrichs ›Von des todes gehugde‹ [TG] ist lediglich in einer Handschrift, dem Wiener Codex 2696 (dort fol. 83ra [165^{a}] – 89vb [178^{b}]) überliefert. Es handelt sich hierbei um eine Sammelhandschrift mittelhochdeutscher geistlicher Dichtung, die nach den Untersuchungen von Peter-Erich Neuser um 1300 in einem Kloster des bairisch-österreichischen Raumes entstanden sein dürfte. Die 1042 Verse des Textes sind zweispaltig geschrieben, jeweils mit abgesetzten Reimpaarversen; das Schriftbild der gotischen Minuskel ist ausgesprochen deutlich und sorgfältig ausgeführt und war für uns auch in der photographischen Reproduktion, die uns die Österreichische Nationalbibliothek in Wien freundlicherweise zur Verfügung stellte, einwandfrei lesbar.

Editionsprinzipien

1. Bei der Edition des Textes sind wir so handschriftengetreu wie möglich verfahren, ohne jedoch einen diplomatischen Abdruck vorlegen zu wollen: Wo immer die handschriftliche Überlieferung einen Sinn ergibt, haben wir ihr die Priorität eingeräumt gegenüber der Möglichkeit, durch eine Konjektur die betreffende Stelle leichter verständlich zu machen. Dementsprechend haben wir auch auf eine Angleichung der handschriftlichen Fassung an den ›normalmittelhochdeutschen‹ Sprachstand verzichtet. Wenn dialektale Färbung und Schreibereigenarten dem heutigen Leser älterer Texte die Lektüre zwar einerseits meist noch zusätzlich erschweren, so geben sie ihm andererseits auch einen Eindruck von der konkreten Existenzform, wo nicht des Originals, so doch zumindest einer mittelalterlichen Überlieferungsform des Werkes.

2. Bei der Interpunktion des mhd. Textes haben wir uns an den im Nhd. gültigen Regeln orientiert. Wir sind uns bewußt, daß in der dadurch erreichten Strukturierung zugunsten der Lesbarkeit bereits ein Stück Interpretation steckt, insofern die moderne Interpunktion dem mhd. Text nicht selten eine Eindeutigkeit verleiht, die er von sich aus nicht besitzt.
3. Der Text ist fortlaufend in einzelnen Versen abgedruckt. Die Ausgabe folgt damit dem Prinzip der Handschrift, das nur an wenigen Stellen (bei der großen Initiale am Anfang und bei den überlangen Versen 181 ff.) vom Schreiber durchbrochen ist. Die jeweils linke Kolumne der Handschrift gliedert den Text außerdem in einzelne Reimpaare, und zwar dadurch, daß der erste Vers mit einer Majuskel beginnt und der zweite gegenüber dem ersten eingerückt wird. In der rechten Kolumne findet sich dieses Prinzip – wohl aus Platzgründen – nur noch unvollständig durchgeführt. Auf eine Wiedergabe dieser Gliederungsprinzipien haben wir verzichtet.
4. Die halbfett ausgezeichneten Versalbuchstaben der Ausgabe entsprechen den Initialen in der Handschrift. Ansonsten wurden Großbuchstaben nur bei Eigennamen verwendet, hier aber durchgängig, obwohl die Handschrift in dieser Beziehung nicht einheitlich verfährt.
5. Die Zählung der Verse ist links neben dem Text fortlaufend; rechts haben wir die Verszählung der Ausgabe von Friedrich Maurer hinzugefügt.
6. Soweit wir Konjekturen vorgenommen haben, sind diese im Text durch Kursivdruck kenntlich gemacht. Kursiviert ist grundsätzlich jeder konjizierte Buchstabe. Wird ein Buchstabe der Handschrift ausgelassen, so sind der vorhergehende und der folgende Buchstabe kursiviert, am Wortanfang oder am Wortende nur der nachfolgende bzw. der vorhergehende Buchstabe. Nur wenn ein ganzes Wort in den Text ergänzt ist oder wenn das von uns konjizierte Wort in seiner gesamten graphischen Gestalt erheblich von der Hand-

schrift abweicht, ist das ganze Wort kursiviert. Der textkritische Apparat gibt in jedem Fall Aufschluß über die handschriftliche Lesart. Haben wir uns dabei auf die Herstellung eines früheren Herausgebers gestützt, so ist dies vermerkt; die übrigen Eingriffe früherer Ausgaben, die von unserer Textherstellung abweichen, sind nicht angegeben.
7. Abbreviaturen (z. B. Nasalstriche oder das Kürzel für ›er‹), Ligaturen (z. B.: æ, dе, da) sind aufgelöst, ebenso diakritische Zeichen (z. B. v̊, ů, ő) entsprechend der lautgeschichtlichen Entwicklung der betreffenden Wörter. Das lange ſ wird als s wiedergegeben.
8. Getrennt- und Zusammenschreibung der Handschrift wurde in der Regel übernommen. Dies gilt auch für alle Zusammenschreibungen mit *ze*, sei es als Infinitivpartikel oder als Präposition, sowie mit Präposition *in* oder *an*. In wenigen Fällen jedoch, die im Text nicht besonders gekennzeichnet sind, wurde aus Gründen der Benutzerfreundlichkeit entsprechend den Wörterbüchern verfahren (V. 256 *dem anderm*, V. 279 *er arnet*, V. 303 *ge vaehet*, V. 347 *be iaget*, V. 422 *andeh aeinem*, V. 498 *be nachtest*, V. 879 *zer barmen*, V. 880 *er arnen*, V. 890 *ver wurfe*, V. 943 *ander thalb*, V. 972 *vn witze*, V. 989 *sida*, V. 993 *ant lvtze*, V. 999 *er cellen*, V. 1028 *ge arbeitet*, V. 1033 *erchennen fride*).

Zur Übersetzung

Bei der Übersetzung des mittelhochdeutschen Textes haben wir uns um eine möglichst genaue Wiedergabe des Sinnes bemüht; es wurde deshalb eine Sprachform angestrebt, die selbst keinerlei poetischen Anspruch erhebt, die weniger ›elegant‹ als genau sein will und die insbesondere auf eine Nachahmung ästhetischer Eigenarten des Originals verzichtet. Die neuhochdeutsche Prosa versucht also nicht, Reim oder Rhythmus nachzubilden, auch der Appellcharakter des Werkes wurde nicht in jedem Fall wiedergegeben. Abgesehen davon, daß solche Nachahmungen in einer veränderten literarästhetischen Situation eine dem Original nicht mehr entsprechende Funktion hätten, hätten sich so auch Einengungen im semantischen Bereich ergeben, die auf Kosten der Genauigkeit gegangen wären. Die Übersetzung ist Brücke zum Original; sie will das Verständnis der Eigenart des Textes und seiner historischen Distanz zum Leser eröffnen, nicht durch falsche Aktualisierungen verstellen.

Im allgemeinen haben wir versucht, zeilengetreu zu übersetzen, auch wenn dies im Neuhochdeutschen syntaktisch nicht immer leicht war. Überhaupt stellte sich hier immer wieder das im Zusammenhang der Interpunktion bereits erwähnte Problem, insofern eine neuhochdeutsche Übersetzung den mittelhochdeutschen Text notwendigerweise syntaktisch vereindeutigt. Oft genug ist die von uns angenommene Konstruktion nur eine von mehreren Möglichkeiten. Hier mußten wir auswählen und entscheiden genauso wie im lexikalischen Bereich. Die ›fertige‹ Übersetzung gibt wenig von diesen Entscheidungsprozessen, von der Suche nach einzelnen Formulierungen wieder. Dabei waren es nicht einmal die schwierigen Stellen, die uns das meiste Kopfzerbrechen bereiteten, sondern die Nuancen, die in scheinbar leicht verständlichen Wörtern wie etwa *reht*, *ere* oder *orden* stecken. Indem wir ausgewählt, uns entschieden haben, haben wir Akzente gesetzt und unser Verständnis des Textes formuliert. Die vorliegende Übersetzung ist daher wie jede Übersetzung Interpretation.

Zum Kommentar

Der Kommentar dient zunächst der Rechtfertigung und Begründung von Edition und Übersetzung; vor allem dort war Kommentierung gefordert, wo die von uns gewählte Lesart, syntaktische Gliederung oder Übersetzung von den Angaben der normalisierenden mittelhochdeutschen Grammatik oder der Wörterbücher abweicht. Parallelstellen aus mittelhochdeutschen Texten wurden nur dann angeführt, wenn dies für die Begründung der editorischen Entscheidung oder der Übersetzung notwendig erschien. Ferner sollen Wort- und Sacherklärungen Verstehensschwierigkeiten beheben; erläutert wurden Stellen, die sich auf theologie-, kultur- und sozialgeschichtliche Gegebenheiten beziehen, die beim heutigen Leser nicht ohne weiteres als bekannt vorausgesetzt werden können. Im übrigen wurde auf einschlägige Literatur verwiesen, die im Literaturverzeichnis aufgeführt ist.

Kommentierungsbedürftig erschienen uns aber nicht allein die dem heutigen Leser unverständlichen Elemente des Textes (dies die Aufgabe des klassischen Kommentars), sondern sehr viel mehr noch die scheinbaren Selbstverständlichkeiten und Trivialitäten: die Fragen, um deren Beantwortung sich mittelalterliche religiöse Dichtung bemüht, können den heutigen Leser nicht mehr unmittelbar betreffen, und die literarischen Mittel – z. B. Reim, Versmaß, theologische Argumentationsmuster – sind überholt oder verbraucht, so daß sich auch eine unvermittelte Wirkung des Ästhetischen nicht mehr einstellt. Aufgabe eines Kommentars muß es demnach sein, die Fragen, auf die der Text einmal antwortete, in ihrer ursprünglichen Relevanz aufzuzeigen und die angewandten Mittel der literarischen Darstellung vor dem Hintergrund ihrer historischen Möglichkeiten sichtbar zu machen.

Ein charakteristisches Darstellungsmittel in Heinrichs ›Mahnrede‹ ist die argumentative Verwendung von Bibelzitaten und Anspielungen auf Bibelstellen. Unser Ziel war es, möglichst alle Zitate und Anspielungen aufzuspüren. Bei deren Verifikation wurden allerdings schnell zwei damit verbundene Hauptprobleme deutlich: 1. Eine mittelalterliche Definition dessen, was als Zitat gelten kann, gibt es nicht; die moderne Bestimmung des Begriffs ist aber mit Sicherheit zu eng. Dementsprechend war nicht immer Einigkeit darüber zu erzielen, was noch als Zitat oder Anspielung zu bewerten ist und was nicht mehr.

Unsere Überlegungen dazu haben wir in der Einführung – »Die Bibel in Heinrichs ›Mahnrede‹« – skizziert. 2. Das Aufspüren von Zitaten, vor allem, wenn der Begriff »Zitat« weit zu fassen ist, hängt nicht zuletzt von dem Grad der Vertrautheit mit der Bibel ab, der dem mittelalterlichen Autor unterstellt werden darf. Es ist möglich, daß der Autor aufgrund ausgeprägter Bibelkenntnisse – vom Erlernen des Schreibens bis zur literarischen Produktion spielte die Bibel in fast allen Bereichen der schriftlichen Kultur eine zentrale Rolle – weit häufiger auf die Bibel anspielte, als wir zu erkennen vermochten. Möglich ist aber auch, daß der mittelalterliche Autor so selbstverständlich über biblisches Gedankengut verfügte, daß er keineswegs an seine Quelle dachte oder denken mußte, daß also nicht in jedem Fall, in dem wir einen biblischen Hintergrund annehmen zu können glaubten, dieser auch dem Autor bewußt war; sehr oft mag es sich um religiöses Allgemeingut gehandelt haben, das mehr oder weniger modifiziert auf die Bibel zurückgeht, dessen biblische Quelle aber keineswegs immer mitgedacht wurde. Da weder die Kompetenz eines mittelalterlichen Autors oder seines Publikums noch deren Selbstverständnis und der Grad der Bewußtheit, mit dem sie biblisches Gedankengut verwendeten, heute gänzlich rekonstruierbar sind, wird Vollständigkeit und Sicherheit bei der Identifikation von Zitaten oder Anspielungen auf die Bibel nicht zu erreichen sein. Um dem heutigen Leser das Material und damit die Möglichkeit anzubieten, selbst gegebenenfalls eine andere Entscheidung zu treffen, haben wir uns für eine weitgehende Kommentierung entschieden. Wörtlich zitierte Stellen sind im lateinischen Text (nach der Vulgata-Ausgabe von Arndt[1]) durch Sperrung kenntlich gemacht. Die Bibelstellen sind – wegen der Uneinheitlichkeit der Zitierweise bei Arndt – mit den Siglen der

1 Wir benutzen die Ausgabe und Übersetzung der Vulgata von Aioli/Arndt, weil sie die einzige vollständige deutsche Vulgata-Übersetzung darstellt, auch wenn sie inzwischen textkritisch überholt und die Übersetzung altertümlich ist.

›Nova Vulgata‹ (1979) angegeben (vgl. Siglenverzeichnis: ›Biblische Bücher‹). Die Psalmenzählung folgt Arndt. – Da davon auszugehen ist, daß ein (u. U. sogar theologisch gebildeter) mittelalterlicher Autor die Bibel im Rahmen der Auslegungstradition verstand, wurden, soweit es uns möglich war und angemessen erschien, lateinische Bibelkommentare und ›gängige‹ theologische Autoren mit herangezogen.
Diese Kriterien unserer Kommentierung bringen zwangsläufig eine gewisse Einseitigkeit mit sich. Dies ist jedoch ein grundsätzliches Problem j e d e r Kommentierung; daß sie immer Wünsche offen läßt, rührt zum einen daher, daß der Kommentar auf eine potentielle Lesergruppe mit ihrem ›durchschnittlichen‹ Wissensstand bezogen werden muß, zum anderen aber der Verstehenshorizont des Kommentators selbst die Grenzen des Kommentierungsbedürftigen bestimmt.

Kommentar

1 *gelvbde:* Hzl, S. 103: *mines gelouben gelubde*, d. i. ›*votum religionis*‹, ohne Beleg; ebenso Ki, S. 70.
Die Belege für *gelübede, gelübde* zeigen keine Verwendung, die eine Festlegung auf »Mönchsgelübde« und einen daher für V. 5 angenommenen Gegensatz von Klosterleben und Weltleben begründet erscheinen ließen. – Die Mönche gelobten bei ihrem Eintritt ins Kloster nicht nur zu glauben, sondern das Gelübde war inhaltlich präzisiert durch das Versprechen, auf Besitz und Ehe zu verzichten und unbedingten Gehorsam zu leisten (vgl. H. Gross / G. Dümpelmann / A. Krimmel, Art. ›Gelübde‹, in: LThK IV, Sp. 640 ff., und I. Auf der Maur, Art. ›Mönchtum, christliches‹, ebd. III, Sp. 544). Auch eine Predigt Bertholds von Regensburg hat dieses dreifache Ordensgelübde zum Thema (vgl. Ausg. Richter, S. 58 ff.). Die bei Lexer verzeichnete Bedeutung *promissio* (im Sinne von *professio monastica*) für *gelübe, gelube* (vgl. Lexer I, Sp. 828) ist allein durch die der Belegstelle vorangehend genannten Gegenstände des Gelübdes (*stetecheit, bekerde der site, gehorsam*) gesichert (vgl. ›Middle High German Translations of the Regula Sancti Benedicti‹, Ausg. Selmer, S. 80). Da ein solcher Kontext bei Heinrich fehlt, scheint es näherliegend, den Eingangsvers allgemeiner zu deuten, *gelouben gelvbde* etwa im Sinne des Glaubensbekenntnisses während der Taufe zu verstehen. Dafür mag auch ein – zwar recht später – Beleg aus der Predigtsammlung Dietrichs von Gotha sprechen, der die beiden Begriffe »Glaube« und »Gelübde« (»geloben«) ziemlich eindeutig in der auch für unseren Text anzunehmenden Weise verbindet: *den cristen gloubin, den ir hat got globit* (in: Türk, ›Der Wortschatz der Predigtsammlung Dietrichs von Gotha‹).
V. 1–5 in der Hs. 11 Zeilen; wegen der übergroßen Initiale weicht der Schreiber hier von der ansonsten praktizierten Anordnung – ein Vers pro Schreibzeile – ab.

3 *rede* ist, nach dem Gebrauch in frühmittelhochdeutschen Dichtungen zu urteilen, kein formal verstandener Gattungsterminus; die Autoren dieser Dichtungen stehen vielmehr in einer Tradition, welcher der heilige Gegenstand mehr als formale Künste bedeutet und der es demnach trotz der Erhabenheit des Gegenstandes nicht um Erhabenheit des Stils geht, sondern um Verständlichkeit, wor-

aus als Stilideal rhetorische Einfachheit und Klarheit folgen. Im 12. Jh. verstand man unter *rede* eine zusammenhängende mündliche oder schriftliche Darlegung eines Wissensstoffes in Versen oder Prosa. Das didaktische Moment ist offenbar wesentlich. Vgl. dazu Hennig, ›Zur Gattungsbestimmung frühmhd. alttestamentarischer Dichtungen‹, S. 144 ff.; Schröder, Art. ›rede‹, in: RL III^2, 1977, S. 430 f.; vgl. ferner Düwel, ›Werkbezeichnungen der mhd. Erzählliteratur (1050–1250)‹.

5 *werltlichen livten:* vgl. Rom 12,2: *et nolite conformari huic saeculo, sed reformamini in novitate sensus vestri: ut probetis quae sit voluntas Dei bona, et beneplacens, et perfecta.* (»Und werdet dieser Welt nicht gleichförmig, sondern wandelt euch um durch die Erneuerung eures Geistes, damit ihr prüfet, was der Wille Gottes, was gut, wohlgefällig und vollkommen sei.«) Ferner 1 Io 2,15: *Nolite diligere mundum, neque ea, quae in mundo sunt. Si quis diligit mundum, non est caritas Patris in eo.* (»Liebet nicht die Welt, noch was in der Welt ist. Wenn Jemand die Welt liebt, so ist die Liebe des Vaters nicht in ihm.«)

6 Mit dem Adverb *beschaeidenlichen* (»verständig«, »angemessen«, »deutlich«) äußert sich der Autor über sein Darstellungsprinzip: Er will sich des *sermo humilis*, des einfachen Stils, bedienen, um allen Hörern, auch den ungebildeten, verständlich zu sein, wie es auch die mittelalterlichen Predigttheorien verlangen; vgl. Naumann, ›Ein- und Ausgänge frühmittelhochdeutscher Gedichte und die Predigt des 12. Jahrhunderts‹. Vgl. auch Auerbach, ›Literatursprache und Publikum in der lateinischen Spätantike und im Mittelalter‹, S. 25–53: ›Sermo humilis‹. Vgl. des Armen Hartmann ›Rede vom Glauben‹ (in: Maurer II, S. 568–628), V. 20 f.

8 *taeglichen tot:* zur Todesproblematik vgl. Anm. zu V. 350 f.; 637 bis 641; 642 f.; 789 f.

12–18 Ps 13,3 u. 52,4: *Omnes declinaverunt, simul inutiles facti sunt: non est qui faciat bonum, non est usque ad unum.* (»Alle sind abgewichen, insgesamt unnütz geworden; keiner ist, der Gutes tue, auch nicht ein einziger.«) Siehe auch Rom 3,12.

17 *vnder tovsent svndaeren:* vgl. Eccle 7,29. Vgl. V. 432 ff.

23 ff. Unter *chlivse* ist hier wahrscheinlich die *cella* der Inclusen zu verstehen, wenn auch im mhd. Wortgebrauch nicht immer streng zwischen der Klause im engeren Sinn und der Einsiedelei geschieden wird. Es ist aber offensichtlich vom *inclusus* die Rede (vgl. dazu

die Einführung, S. 161–163), dem in den folgenden Versen als gleichberechtigte Lebensform (*anderswa*, V. 25) die des Eremiten an die Seite gestellt wird, der seine Sünden in der Wüste oder Wildnis büßt.

Mit der Lebensform der Klausner und Eremiten (am Beispiel der Maria Magdalena, V. 25 ff.) nennt Heinrich zwei im Hochmittelalter verbreitete Formen äußerster Entsagung, die vielen als die höchste Stufe religiösen Lebens galt. Klausner und Klausnerinnen (*inclusi*) ließen sich außerhalb der Klostergemeinschaft, meist aber in der Nähe des Klosters oder an der Außenmauer einer Kirche, in eine *cella* einmauern, die sie nicht mehr verließen. Nur durch ein Fenster, durch das sie von den Mönchen, Nonnen oder der Bevölkerung versorgt wurden, hatten sie Kontakt zur Außenwelt; vgl. Doerr, ›Das Institut der Inclusen in Süddeutschland‹, S 40. Im Unterschied zu ihnen lebten die Eremiten gänzlich von jeder Gemeinschaft losgelöst einsam in Wäldern, auf Bergen oder Inseln. In der Mehrzahl handelt es sich bei ihnen um Mönche, die das Kloster *ad singularem pugnam heremi* (›Benediktus-Regel‹ 1,5), zum Einzelkampf gegen den Teufel, verlassen haben. Zwar warnt die ›Benediktus-Regel‹ vor dem vorschnellen und übereifrigen Entschluß, in die Einsamkeit zu gehen, spricht aber dem Eremitentum, wenn es durch die Schule des Klosterlebens gestärkt ist, einen höheren Grad an Vollkommenheit zu (1,3 ff.). Dennoch wurden die Eremiten von der offiziellen Kirche gelegentlich kritisch betrachtet, während sie selbst wiederum Kritik an kirchlichen und weltlichen Zuständen übten (vgl. für das 12. Jh. den Fall des Eremiten Liudolf bei Grundmann, ›Deutsche Eremiten, Einsiedler und Klausner im Hochmittelalter (10.–12. Jh.)‹, S. 80; ferner Genicot, ›L'érémitisme du XIe siècle dans son contexte économique et social‹, S. 59 ff. Vgl. auch die Figur des Klausners bei Walther von der Vogelweide L 9,35; 34,33; 10,33). In der Bevölkerung genossen die Inclusen wie die Eremiten wegen ihrer extremen Art der Frömmigkeit eine besondere Verehrung, weshalb offenbar auch Laien ohne klösterliche Vorschule ihrem Vorbild gefolgt sind (vgl. Doerr, S. 29 f. zu den Laieninclusen; Grundmann, ›Deutsche Eremiten‹, Mertens, ›Gregorius eremita‹).

Ohne (wie Mertens) im Eremitentum geradezu eine Lebensform des Adels sehen zu wollen, kann man doch trotz der spärlichen Quellen von einem vermutlich hohen Anteil Adliger unter den Eremiten wie auch unter den Inclusen ausgehen (vgl. Doerr, S. 36;

Genicot, S. 55); seit dem Anfang des 12. Jh.s läßt sich ein starker Zustrom von Frauen zum Institut der Inclusen beobachten (vgl. Doerr, S. 31). Um so auffälliger ist, daß Heinrich sein Lob der Klausner und Eremiten in die Form einer *laudatio temporis acti* kleidet. Zweifellos fällt der Höhepunkt des Eremitentums ins 11. Jh.; ein Rückgang scheint mit dem Aufblühen der Städte seit dem 11./12. Jh. einherzugehen (vgl. Genicot, S. 49; S. 69). In gewissem Umfang wird aber zugleich damit die ländliche Lebensform des Eremiten durch die eher städtische der Inclusen abgelöst. In Deutschland scheint Köln mit bis zu 14 Inclusorien die Spitzenstellung einzunehmen (vgl. Doerr, S. 125; zu Regensburg ebd., S. 123 bis 158). Was bezüglich der Eremiten (bei der Spätdatierung des Textes) also durchaus den historischen Verhältnissen entspricht, kann im Hinblick auf die Inclusen nur als charakteristischer Topos der Didaxe verstanden werden.

Von den wenigen urkundlich bezeugten Eremiten und Inclusen auf den Bildungsstand der gesamten jeweiligen Gruppe zu schließen, ist zweifellos nicht erlaubt. Unter den mehr als nur legendarisch bezeugten gab es jedenfalls neben Mönchen auch Priester und des Lesens und Schreibens kundige Laien, die sich in ihrer Klause mit dem Abschreiben von Handschriften beschäftigten (vgl. Doerr, S. 56); Honorius Augustodunensis, *Ecclesiae presbyter et scholasticus* vermutlich in Regensburg, wird in manchen Hss. *solitarius* oder *inclusus* genannt (vgl. H. Freytag, Art. ›Honorius Augustodunensis‹, in: VL IV, Sp. 122). Aus der Frühzeit des Klausnertums sind zahlreiche weitere gebildete, sogar gelehrte Inclusen belegt, wie Marianus Scotus, Bruder Marcus mit seiner ›Visio Tnugdali‹ und die älteste deutschsprachige Dichterin Ava, die vermutlich mit der Incluse Ava gleichzusetzen ist, deren Tod die ›Melker Annalen‹ zum Jahre 1127 verzeichnen (MGH, SS, IX, S. 502; vgl. Doerr, S. 103).

26 ff. *Maria div svzze* spielt zweifellos auf die Legende der Maria Magdalena an, in der mindestens drei biblische Quellen und später eine außerbiblische zusammenfließen: die große Sünderin, die im Hause Simons des Pharisäers die Füße Christi salbt und Vergebung ihrer Sünden erlangt (Lc 7,36–50); dann die Schwester der Martha, die zu Füßen des Meisters sitzt (Lc 10,38–42), auch Schwester des von den Toten auferweckten Lazarus (Io 11,1–45), die Christus vor seiner Passion salbt (Io 12,1–8; Mt 26,6–13; Mc 14,3–9); schließlich die als Maria von Magdala benannte Frau, die Christus

von den sieben Dämonen befreit (Lc 8,1–3; Mc 16,9) und die ihm mit anderen Frauen aus Galiläa nach Jerusalem folgt, Zeugin seines Kreuzestodes und seiner Auferstehung wird (Mt 27,55 f.; Mc 15,40 f.; Lc 23,49; Io 19,25; Mt 28,1–10; Mc 16,1–8; Lc 24,1–11; Io 20,1–10) und nach Markus und Johannes die Erste ist, die den Auferstandenen sieht und dies den Aposteln verkündet (Mc 16,9 ff.; Io 20,11–18; vgl. Hansel, ›Zur Geschichte der Magdalenenverehrung‹, S. 270 f.; Dorn, ›Der sündige Heilige‹, S. 54 f.). Die abendländische Exegese, Predigt und Kult haben diese Personen spätestens seit Gregor d. Gr. (›Homilia 25 in Joann. 20,11–18‹, PL 76, Sp. 1188–96 und ›Homilia 33 in Luc 7,36–50‹; PL 76, Sp. 1238–46; vgl. Hansel, ›Die Maria-Magdalena-Legende‹, S. 51 f.; Saxer, ›Le culte de Marie Madeleine‹, S. 342, 33, 173 f., 314 ff.) zu den drei Aspekten e i n e r Persönlichkeit zusammengefaßt (Saxer, S. 327–350): die bereuende Sünderin, die Vertreterin der *vita contemplativa* (im Gegensatz zur *vita activa* der Martha) und die begnadete erste Auferstehungszeugin und -künderin.

Der erste dieser drei Aspekte führte wahrscheinlich bereits im 9. Jh. zur Kontamination mit der Legende der Maria Aegyptiaca (vgl. Misrahi, ›A Vita Sanctae Mariae Magdalenae‹, S. 337). Im 11. Jh. ist diese Verbindung bereits weit verbreitet und wird mit der Autorität des jüdischen Geschichtsschreibers Flavius Josephus ausgestattet: *Josephus narrat de Maria Magdalena quod post ascensionem Domini virum amplius videre non voluit, sed illustrata gratia Spiritus Sancti in heremi solitudinem porrexit. In qua triginta annis omnibus hominibus incognita mansit* (ebd., S. 338 – »Josephus berichtet von Maria Magdalena, daß sie nach der Himmelfahrt des Herrn keinen Mann mehr sehen wollte, sondern sich, erleuchtet von der Gnade des Heiligen Geistes, in die Einsamkeit der Einöde zurückzog. Darin verharrte sie dreißig Jahre von allen Menschen unerkannt«). Für das Büßerleben der Maria Magdalena und ihre Entscheidung, nie mehr die Menschen sehen zu wollen (V. 32–33), kommt als Quelle kaum, wie Hzl (S. 20, 104 f.) noch vermutete, das ›Speculum ecclesiae‹ des Honorius in Betracht, da dort, wie schon Rödiger bemerkte (›Die Litanei und ihr Verhältnis zu den Dichtungen Heinrichs von Melk‹, S. 331 f.), von ihr gesagt wird, daß sie *v i r u m* *videre noluerit* (›Sermo de Maria Magdalena‹; PL 172, Sp. 981), während bei H. und ebenso in der ›Litanei‹ (V. 1172 ff.) und im ›Alten Passional‹ (Ausg. Hahn, S. 384,37 f.; 70 ff.) von den *liuten* die Rede ist. Dazu stimmt eher der Text der ›Legenda Aurea‹

(Ausg. Graesse, S. 415): *nunquam hominem videre volebat.* Als Quelle kommt demnach eine Vorlage der ›Legenda Aurea‹ in Betracht oder Hss., die älter sind als die, die das ›Magnum Legendarium Austriacum‹ überliefern (Hansel, Art. ›Maria Magdalena‹, in: VL[1] III, 1943, Sp. 241).

29 *wste:* vgl. zur Graphie in diesem und ähnlichen Fällen ›Zu dieser Ausgabe‹ (S. 75).

35 Vgl. Mt 23,13: *Vae autem vobis Scribae, et Pharisaei hypocritae: quia clauditis regnum coelorum ante homines: vos enim non intratis, nec introëuntes sinitis intrare.* (»Wehe aber euch, ihr Schriftgelehrten und Pharisäer, ihr Heuchler! weil ihr das Himmelreich vor den Menschen verschließet. Denn ihr selbst gehet nicht hinein, und auch die hinein wollen, lasset ihr nicht hineingehen.«)

36 Vgl. Mt 23,16: *Vae vobis duces caeci* (»Wehe euch, ihr blinden Führer!«)

38 Vgl. Ps 138,7: *Quo ibo a spiritu tuo? et quo a facie tua fugiam?* (»Wohin soll ich gehen vor deinem Geiste? und wohin fliehen vor deinem Angesichte?«) Vgl. auch Apc 6,16: *Et dicunt montibus, et petris: Cadite super nos, et apscondite nos a facie sedentis super thronum, et ab ira Agni.* (»und sie sprechen zu den Bergen und den Felsen: Fallet über uns, und bedecket uns vor dem Angesichte dessen, der auf dem Throne sitzt, und vor dem Zorne des Lammes!«)

40 f. Ier 23,24: *Si occultabitur vir in absconditis; et ego non videbo eum, dicit Dominus?* (»Kann jemand sich so geheim verbergen, daß ich ihn nicht sehen sollte? spricht der Herr.«) Vgl. auch Is 2,20 f.: *In die illa ... homo ...* (21) *Et ingredietur scissuras petrarum, et in cavernas saxorum a facie formidinis Domini, et a gloria majestatis ejus, cum surrexerit percutare terram.* (»An jenem Tag werden die Menschen ... (21) sich verbergen in die Steinklüfte und Felsenhöhlen vor dem Schrecken des Herrn und vor der Herrlichkeit seiner Majestät, wenn er sich erhebt, das Land zu schlagen.«) Sowie Apc 6,16 f.: *Et dicunt montibus, et petris: Cadite super nos, et abscondite nos a facie sedentis super thronum, et ab ira Agni: (17) Quoniam venit dies magnus irae ipsorum: et quis poterit stare?* (»und sie sprechen zu den Bergen und den Felsen: Fallet über uns und bedeckt uns vor dem Angesicht dessen, der auf dem Thron sitzt, und vor dem Zorn des Lammes! (17) Denn gekommen ist der große Tag ihres Zornes; und wer wird bestehen können?«)

45 ff. Vgl. Mt 25,46: *Et ibunt hi in supplicium aeternum: justi*

autem in vitam aeternam. (»Und diese werden in ewige Pein gehen, die Gerechten aber in ewiges Leben.«) Vgl. zu dem ganzen Zusammenhang auch Mt 7,23; Mt 25,41.

49 Mt 24,35: *Coelum, et terra transibunt, verba autem mea non praeteribunt.* (»Himmel und Erde werden vergehen, meine Worte aber werden nicht vergehen.«) Vgl. auch Mc 13,31. – Mt 5,18: *Amen quippe dico vobis, donec transeat coelum et terra, iota unum, aut unus apex non praeteribit a lege, donec omnia fiant.* (»Denn wahrlich, ich sage euch: Bis Himmel und Erde vergehen, wird nicht ein Strichlein oder ein Punkt vom Gesetze vergehen, bis alles geschieht!«) – Vgl. auch Anm. zu V. 51.

51 *christenhaeit:* Lexer I, Sp. 1738: »Christlichkeit«, »christlicher Glaube«, »Christen«; dort wird V. 51 als Beleg für die ersten beiden Übersetzungen angeführt; es läßt sich aber nicht mit Sicherheit entscheiden, ob diese Formulierung sich nur auf den christlichen Glauben bezieht oder ob dieser vielmehr für Priester impliziert, daß »sie sich der Christenheit annehmen wollen«, wie V. 51 sich auch übersetzen ließe. Vgl. dazu Mt 5,19 f.: *Qui ergo solverit unum de mandatis istis minimis, et docuerit sic homines, minimus vocabitur in regno coelorum: qui autem fecerit et docuerit, hic magnus vocabitur in regno coelorum. (20) Dico enim vobis, quia nisi abundaverit iustitia vestra plus quam Scribarum, et Pharisaeorum, non intrabitis in regnum coelorum.* (»Wer also etwa eines von diesen mindesten Geboten aufhebt und die Menschen so lehrt, wird der Mindeste genannt werden im Himmelreiche ... (20) Denn ich sage euch: Wenn eure Gerechtigkeit nicht vollkommener sein wird, als die der Schriftgelehrten und Pharisäer, so werdet ihr nicht in das Himmelreich eingehen.«) – Vgl. auch Tit 1,9: *Amplectentem eum, qui secundum doctrinam est, fidelem sermonem: ut potens sit exhortari in doctrina sana, et eos, qui contradicunt, arguere.* (». . . festhaltend an dem der Lehre entsprechenden zuverlässigen Worte, damit er im Stande sei, in der gesunden Lehre zu ermahnen und die Widersprechenden zurechtzuweisen.«)

55 f. In der Hs. stehen beide Verse in einer Zeile.
harte: nach Auskunft der Wörterbücher (BMZ und Lexer) nur Adverb (das Adjektiv müßte lauten: *hart* oder *herte*). Daher Konjektur *harte erworden* mit Di, der auf V. 681 f. verweist: dort auch Reimbindung *erworden – orden. erwerden:* Lexer I, Sp. 699: 1. »anfangen zu werden«, »entstehen«; 2. »zunichte werden«, »verderben«.

christenlicher orden: Für *orden* geben BMZ und Lexer an: 1. »Regel«, »Ordnung« und verweisen dazu u. a. auf V. 440; 2. »Anordnung«, »Verordnung«, »Auftrag«, »Befehl«, »Gesetz« (mit Verweis auf V. 682); 3. »Stand«, »Art«, oft nur umschreibend gebraucht. – Die Fügung *christenlicher orden* ist belegt im ›Nibelungenlied‹, Str. 1335,2: (*kristenlîcher*) *orden* und (*der heiden*) *ê* sind hier bedeutungsgleich: »Beides bezeichnet die gegebene Lebensordnung, den Stand, religiös gewendet: das Bekenntnis.« (Anm. de Boor [Hrsg.] z. St.). In der Bedeutung »die gesamte Christenheit« u. a. bei Konrad von Würzburg, ›Silvester‹, V. 611, belegt. Weitere Belege für die umschreibende Bedeutung vgl. BMZ II,1, S. 439a. Die unter 1. und 2. genannten Belege sind die einzigen in TG. Ob in V. 55 auch an eine Bedeutung im Sinne des philosophisch-theologischen Terminus *ordo* gedacht werden muß, läßt sich aus dieser Stelle – wegen der anzunehmenden Verderbtheit des Textes in V. 56 – nicht mit Sicherheit entscheiden. Vor dem Hintergrund des mittelalterlichen Realismus wäre der *ordo* die unabhängig vom subjektiven Erleben und Verhalten gültige, »reale«, auf das *summum esse* verweisende Seinsweise alles Geschaffenen (vgl. Sap 11,21: *sed omnia in mensura, et numero, et pondere disposuisti* – »doch du hast alles nach Maß, Zahl und Gewicht geordnet«). Die einzelnen Geschöpfe sind durch ihre Stellung im Ganzen bestimmt und aufeinander sowie auf das *summum esse* zugeordnet. Aus der Stellung des Menschen zwischen Gott und Welt ergibt sich seine sittliche Aufgabe, den *ordo* als Führer zu Gott zu erkennen; an seiner Sündhaftigkeit liegt es, daß er den *ordo* nur annähernd erfassen kann: doch selbst die *perversio*, der Abfall von Gott, bestätigt den *ordo*, denn das seine Bestimmung verfehlende Geschöpf wird durch Gottes Gesetz und Gerechtigkeit an den ihm zukommenden Platz verwiesen. Diese dynamische Komponente des *ordo*-Begriffs – als Vollzug des den Geschöpfen eigenen Seins im Streben hin zu ihrem Urbild – ist wesentlich; »zunichte werden« aber kann der *ordo* nach mittelalterlichem Seinsverständnis, das durch einen christlich modifizierten (Ideen-)Realismus bestimmt ist, nicht. In den irdischen Ordnungen verwirklicht er sich in dem Maße, wie sie – jede auf ihrer Seinsstufe – diesem Bewegungsprinzip dienlich sind. Sofern man *christenlicher orden* in V. 55 nicht als bloße Umschreibung für »Christen« verstehen will und sich zu der durch das Adverb *harte* geforderten Konjektur im Sinne Diemers entschließt, wird durch den Kontext die hier gewählte Übersetzung nahegelegt.

57 ff. Mit der Gegenüberstellung von *name* und *ambet* spielt der Autor auf Praktiken an, die auch sonst in der mittelalterlichen Kritik am kirchlichen Pfründenwesen eine Rolle spielen. Bischöfe verkauften Ämter und Pfarrstellen an Priester, die lediglich an den materiellen Vorteilen interessiert waren. Die Priester behielten die Haupteinkünfte, die rechtsgeschäftliche Vertretung und die Ehrenrechte der ihnen zugewiesenen Stelle für sich und vergaben die seelsorgerischen Aufgaben befristet oder ständig an Kirchenverweser (*vicarii temporales* oder *perpetui*), die ihrerseits ihre Einkünfte aus dem Verkauf der geistlichen Dienste bezogen, vgl. V. 74 ff. (dazu Feine, ›Kirchliche Rechtsgeschichte‹, S. 395–397 und 407 f.). Ermöglicht wurde das Pfründen- und Vikariatssystem u. a. durch die immer häufiger werdenden »absoluten« Weihen. Während mit der Ordination teilweise noch bis ins 12. Jh. auch die Einweisung in ein bestimmtes Amt (*titulus*) verbunden war, ließ sich das frühere Verbot absoluter Weihen im Verlauf des 12. Jh.s immer weniger aufrechterhalten. Um das Übel der unbeschäftigt und damit unversorgt umherschweifenden Kleriker (*vagi, acephali*) einzudämmen, räumte Papst Alexander III. (1159–81) den ohne Anstellung geweihten Priestern einen einklagbaren Versorgungsanspruch gegen ihre Ordinatoren ein (vgl. Feine, S. 392). Gegen Pfründeninhaber, die Amt und Einkommen auseinanderreißen und Altardienst und Seelsorge zu billiger Lohnarbeit für vagierende Geistliche, denen die *ordinatio ad certum titulum* fehlt, erniedrigen, wandte sich auch Gerhoch von Reichersberg, einer der radikalsten Kirchenkritiker und -reformer; Hauptgegenstand seiner Kritik sind aber die Bischöfe und Domkapitel, die als Verführer des Klerus diesen Mißbrauch unterstützen (vgl. Classen, ›Gerhoch von Reichersberg und die Regularkanoniker in Bayern und Österreich‹, S. 314 f. und 318).
Die Kritik in V. 57 f. kann sich sowohl in diesem Sinn an die Ordinatoren richten, die Geistlichen die Weihen (*name*) erteilen, ohne ihnen eine Stelle (*ambet*) zuzuweisen (was durchaus zum Kontext paßt, vgl. etwa V. 66 ff.), als auch an Priester, die den Kirchendienst (*ambet*) an Vikare vergeben, selbst aber den Titel (*name*) und die Haupteinkünfte für sich behalten. Im Hinblick auf V. 58 f. gibt unsere Übersetzung die zweite Möglichkeit wieder. Vgl. weiter Fuchs, ›Der Ordinationstitel von seiner Entstehung bis auf Innozenz III‹.

63 *vnd ander vil bezaeichenlich gewant:* Da Ring und Stab wohl

nicht als Gewänder aufzufassen sind, entfällt *ander* in der Übersetzung. *bezaeichenlich gewant* spielt an auf die im Rahmen der Deutung der Meßgebräuche übliche Gewänderallegorese; vgl. z. B. Hrabanus Maurus, ›De universo libri XXII‹, liber XXI, cap. 14–24 (PL 111, Sp. 568–584); Amalar von Metz, ›De ecclesiasticis officiis libri IV‹ (PL 105, bes. Sp. 1093–1102); Rupert von Deutz, ›Liber de divinis officiis‹ (PL 170, Sp. 11–332, bes. Sp. 22–25). Bei Hrabanus Maurus, cap. 24 (Sp. 582–584), ›De annulis‹, und bei Rupert von Deutz, cap. 25 (Sp. 24 f.), ›De annulo‹, wird auch der Ring ausgelegt; Rupert: *annulus digiti donum significat Spiritus sancti.* (»Der Fingerring bedeutet die Gabe des Heiligen Geistes«.) Der Bischofsstab hingegen, zunächst nur außerhalb der Liturgie gebrauchtes Hoheitszeichen und Jurisdiktionssymbol, findet sich nicht innerhalb der Deutung der Meßgebräuche. Vgl. Realencyklopädie für protestantische Theologie und Kirche I, S. 559; B. Fischer, Art. ›Bischofsstab‹, in: LThK II, Sp. 508 f.; J. Wagner, Art. ›Ring. Liturgisch‹, in: LThK VIII, Sp. 1315 f.; Handbuch der Liturgiewissenschaft, bes. Bd. 1, § 6, S. 114–120: A.-G. Martimort, Art. ›Liturgische Gewänder und Standesabzeichen‹; ferner Salmon: ›Mitra und Stab‹, Register: *annulus, baculus*; Braun: ›Die liturgische Gewandung im Occident und Orient‹.

81 Zu *miete* vgl. 1 Cor 9,13 ff.: *Nescitis quoniam qui in sacrario operantur, quae de sacrario sunt edunt: et qui altari deserviunt, cum altari participant? (14) Ita et Dominus ordinavit iis, qui Evangelium annuntiant, de Evangelio vivere. (15) Ego autem nullo horum usus sum . . . (18) Quae est ergo merces mea? Ut Evangelium praedicans, sine sumptu ponam Evangelium, ut non abutar potestate mea in Evangelio.* (»(13) Wisset ihr nicht, daß die, welche im Heiligthume beschäftigt sind, von dem Heiligthume essen, und die, welche des Altares warten, vom Altar ihren Theil empfangen? (14) So hat auch der Herr verordnet, daß die, welche das Evangelium predigen, vom Evangelium leben sollen. (15) Ich aber habe von nichts derartigem Gebrauch gemacht . . . (18) Welches ist also mein Lohn? Dies, daß ich das Evangelium, welches ich verkünde, ohne Entgelt predige, so daß ich das Recht, das mir bei seiner Verkündigung zukommt, nicht ausnütze.«)

86–98 Vgl. Act 8,19 f.: *Petrus autem dixit ad eum: (20) Pecunia tua tecum sit in perditionem: quoniam donum Dei existimasti pecunia possideri!* (»Petrus aber sprach zu ihm: Dein Geld sei mit dir in's Verderben, weil du meintest, die Gabe Gottes werde um Geld erworben.«) Im Fluch des Petrus über den Versuch des Simon Magus, das *donum Dei* zu kaufen, ist zugleich das Verbot impliziert, dieses *donum* zu verkaufen (vgl. auch Mt 10,8). Die Stelle bildet den argumentativen Hintergrund zu dem in diesem ganzen Abschnitt behandelten Problem der Simonie. Heinrich legt das volle Gewicht seiner Aussage auf die Drohung mit der ewigen Verdammnis, die in diesem Fall noch nicht einmal durch gute Werke oder Gebete abgewendet werden kann (V. 93 ff.): Für simonistische Geistliche, die ihr Unrecht zwar erkennen, aber weiter darin verharren und mit guten Werken und Gebet vermessen auf die göttliche Gnade spekulieren, kann es am Jüngsten Tag keine Hoffnung auf Rettung geben (vgl. V. 94 f.), denn zur Sünde der Simonie kommt dann die unvergebbare Sünde wider den Heiligen Geist, die als *obduratio, obstinatio* und *praesumptio* die vollständige Trennung des Menschen von Gottes Gnade bedeutet (vgl. dazu Landgraf, ›Dogmengeschichte der Frühscholastik‹, Bd. 4,1, S. 13–69, bes. S. 22 mit Bezug auf theologische Lehrmeinungen des 12. Jh.s, und Ohly, ›Desperatio und Praesumptio‹). Dogmatisch korrekt, verfährt Heinrich zugleich paränetisch äußerst geschickt, indem er die wahre Bedingung einer möglichen Rettung, die Abkehr von der Sünde der Simonie, hier gerade nicht ausspricht (vgl. V. 89 ff.), aber eine naheliegende Ausflucht der Simonisten abschneidet: am Jüngsten Tag wird ihrer nicht gedacht werden, weil alles, was sie an Gutem tun, neben ihrer Sünde, der Simonie, nicht nur nicht ins Gewicht fällt, sondern als Spekulation auf Gottes Gnade sogar verflucht ist.

93–98 *swaz er halt guter dinge bigat* (V. 93): Kontamination von Eccli 34,23 und Ps 140,2 und Eccli 35,8. Eccli 34,23: *Dona iniquorum non probat Altissimus, nec respicit in oblationes iniquorum; nec in multitudine sacrificiorum eorum propitiabitur peccatis.* (»An den Gaben der Gottlosen hat der Allerhöchste kein Wohlgefallen und schaut nicht auf die Opfer der Ungerechten noch läßt er sich durch die Menge ihrer Opfer wegen ihrer Sünden versöhnen.«) – Ps 140,2: *Dirigatur oratio mea sicut incensum in conspecto tuo: elevatio manuum mearum sacrificium vespertinum.* (»Mein Gebet steige wie Rauchopfer zu dir empor, meiner Hände Erhebung sei wie ein Abendopfer.«) – Eccli 35,8 f.: *Oblatio justi impinguat altare, et odor suavitatis est in conspectu Altissimi.* (9) *Sacrificium justi acceptum est, et memoriam ejus non obliviscetur Dominus.* (»Die Opfergabe des Gerechten macht den Altar fett und ist ein lieblicher Geruch vor dem Allerhöchsten. (9) Das Opfer des Gerechten ist angenehm, der Herr wird seine Opfergabe nicht vergessen.«) – Die Spiritualisierung der Opfergaben und des von ihnen aufsteigenden Wohlgeruchs findet sich bereits bei Jesus Sirach und wird durch Zusätze der Vulgata (V. 2 und 3) noch verstärkt, vgl. Eccli 35,1 ff.: *Qui conservat legem, multiplicat oblationem.* (2) *Sacrificium salutare est attendere mandatis, et discedere ab omni iniquitate.* (3) *Et propritiationem litare sacrificii super injustitias, et deprecatio pro peccatis, recedere ab injustitia.* (»Wer das Gesetz hält, bringt reichliche Opfer dar. (2) Ein Heilsopfer ist es, auf die Gebote acht zu haben und sich aller Sünden zu enthalten. (3) Ein Versöhnungsopfer und ein Gebet für Sünden ist die Meidung des Unrechtes.«)

Zu V. 98 vgl. Ez 3,20: *Sed et si conversus justus a justitia sua fuerit, et fecerit iniquitatem: ponam offendiculum coram eo, ipse morietur, quia non annuntiasti ei: in peccato suo morietur, et non erunt in memoria justitiae ejus, quas fecit: sanguinem vero ejus de manu tua requiram.* (»Aber auch wenn der Gerechte sich von seiner Gerechtigkeit abwendet und Böses tut, so will ich einen Anstoß vor ihm bereiten; er selbst soll sterben, weil du [Prophet Ezechiel] es ihm nicht verkündet hast; er wird in seiner Sünde dahinsterben und seiner Gerechtigkeit, die er geübt, soll nicht mehr gedacht werden, aber sein Blut werde ich von deiner Hand fordern.«) Vgl. Ez 18,24; Ez 33,13; Mt 7,22 f.

100 ff. Mt 18,18: *Amen dico vobis, quaecumque alligaveritis super terram, erunt ligata et in coelo: et quaecumque solveritis super terram, erunt soluta et in coelo.* (»Wahrlich, ich sage euch, was ihr immer auf Erden binden werdet, wird auch im Himmel gebunden sein; und was ihr immer auf Erden lösen werdet, wird auch im Himmel gelöst sein!«) Vgl. Mt 16,19 und Io 20,23.

giwalt: vgl. Mt 28,18 f.: *Et accedens Jesus locutus est eis, dicens: Data est mihi omnis potestas in coelo et in terra.* (19) *Euntes ergo docete omnes gentes* (»Und Jesus trat herzu, redete zu ihnen, und sprach: Mir ist alle Gewalt gegeben im Himmel und auf Erden. (19) Gehet also hin, und lehret alle Völker«).

103 ff. 1 Tim 5,17: *Qui bene praesunt prebyteri, duplici honore digni habeantur: maxime qui laborant in verbo et doctrina.* (»Priester, die gut vorstehen, sollen doppelter Ehre würdig geachtet werden, besonders solche, welche in Wort und Lehre arbeiten.«) Vgl. 1 Cor 9,14 und 18 sowie 2 Thess 3,8–9.

106 *seinem:* konjiziert, da offensichtlich auf Osea zu beziehen; vgl. Anm. zu V. 108.

108 Vgl. Hzl, S. 108; Os 4,8–9: *Peccata populi mei comedent, et ad iniquitatem eorum sublevabunt animas eorum.* (9) *Et erit sicut populus, sic sacerdos: et visitabo super eum vias ejus, et cogitationes ejus reddam ei.* (»Die Sünden meines Volkes verzehren sie und nach dessen Verschuldung steht ihr Begehren. (9) Darum soll es, wie dem Volke, so den Priestern ergehen und ich will an ihnen ihren Wandel heimsuchen und ihr Sinnen ihnen vergelten.«) Vgl. Ps 52,5.
In der mittelalterlichen Auslegungsgeschichte von Os 4,8 f. gibt es zwei Traditionen, je nachdem, ob der Exeget tropische Redeweise (die im Mittelalter vom »geistigen Sinn« nicht immer scharf unterschieden wird) bei *peccata* oder bei *comedent* ansetzt. Wird *peccata* als Metonymie erkannt (Verursacher anstelle des Verursachten, d. h. der Sündopfer), liegt der Hinweis auf Nm 18,8–9 nahe (so Rupert von Deutz, ›Commentaria in XII Prophetas minores‹; PL 168, Sp. 73 B): Opfergaben, die für die Sünden dargebracht werden, gehören den Priestern, die deshalb das Volk mit trügerischen Worten in seinen Sünden bestärken, anstatt sich um das Heil der Seelen zu bemühen (Ps.-Paterius [unbekannter Autor des 12. Jh.s; vgl. Stegmüller, ›Repertorium biblicum medii aevi‹, Bd. 4, S. 177 f.], ›Expositio veteris et novi Testamenti‹; PL 79, Sp. 1004 A; vgl. Anm. zu V. 81 und 103 ff.). Wenn die Priester also verzehren, was jene ihrer Sünden wegen opfern, und dazu schweigen, verzehren sie ohne Zweifel ihre Sünden (ebd., Sp. 1004 B). Im zweiten Fall wird, da Sünden schwerlich »genießbar« in der konkreten Bedeutung des Wortes sind, eine übertragene Bedeutung von *comedent* unterstellt und eben darin, in der beifälligen Bewertung etwa der Taten des Reichen (vgl. V. 125 f.; vgl. auch V. 114 f.), der Verstoß der Priester gegen ihre geistlichen Pflichten gesehen (Hieronymus, ›Commentarii in Prophetas minores. In Osee‹ lib. I, IV, 7/9; CCSL 76, S. 41, 149 ff.: *non arguunt, sed laudent adque sustollunt, et beatos praedicant*; vgl. Guibert von Nogent, ›Tropologiae in Prophetas Osee et Amos‹ I, IV; PL 156, Sp. 358 D). In der Argumentation der Verse 103–132 scheinen beide Auslegungstraditionen zu interferieren: Wenn die Priester ihre Einkünfte nur über die auferlegten Bußen vermehren wollten, erschiene das in V. 113 ff. angeprangerte Verhalten nicht folgerichtig, doch mittelbar bringt auch geistliche Toleranz gegenüber den Sünden der Reichen materiellen Gewinn; vgl.

dazu Hieronymus (ebd., S. 42, 162 ff.) und Anm. zu V. 113–120. Zum Simonieproblem vgl. auch unsere Einführung, S. 185–187.

109 ff. Mt. 23,4: *Alligant enim onera gravia, et importabilia, et imponunt in humeros hominum: digita autem suo nolunt ea movere.* (»Sie binden nämlich schwere und unerträgliche Lasten und legen sie auf die Schultern der Menschen; mit ihrem Finger aber wollen sie dieselben nicht bewegen.«) Vgl. Lc 11,46 und Mt 11,28–30.

112 *erwegen:* An dieser Stelle ist die Hs. verderbt.

113–120 Vgl. Os 4,8 (Anm. zu V. 108); *sublevabunt animas eorum: eorum* wird in mittelalterlicher Auslegung auf *populus* bezogen, vgl. z. B. Rupert von Deutz, ›Commentaria in XII Prophetas minores. In Osee‹ lib. II; PL 168, Sp. 73D–74A: *Iniquitas quippe illorum erat discessio a domo David et a templo Domini, et aureorum cultus vitulorum. Ad hanc nimirum iniquitatem sublevabant animas eorum, confortantes eos dictis mendacibus, ut in vitulis illis tanquam in Deo confiderent, nihil metuerent* (»Deren Unrecht freilich war die Trennung vom Hause Davids und vom Tempel des Herrn und die Anbetung der goldenen Kälber. Und natürlich verleiteten sie zu diesem Unrecht deren Herzen, indem sie sie mit lügnerischen Worten darin bestärkten, auf jene Kälber wie auf Gott zu vertrauen und nichts zu fürchten«).

Vgl. Alanus ab Insulis, ›Summa de arte praedicatoria‹; PL 210, Sp. 192 C/D: *subditorum vitia palpant, ut emungant pecuniam; adulantur vitiis, ut impleant bursam.* (»Die Laster der ihnen Unterstellten hätscheln sie, um Geld herauszuschleimen; den Lastern schmeicheln sie, damit sie ihren Beutel füllen.«) Heinrich bezieht sich hier (bes. V. 116–120) wohl auf die bereits seit der Merowingerzeit praktizierte Möglichkeit, Bußleistungen etwa im Rahmen der *poenitentia publica* (wie Fasten u. ä.) durch die Speisung eines Armen abzulösen. In der Berechnung der für die verschiedenen Sünden aufzuerlegenden Buße diente der Gegenwert einer Mahlzeit für die Armen als Berechnungseinheit (vgl. Meersseman, ›Discussione‹, S. 341 f.). Mit der Verbreitung der Geldwirtschaft seit dem 12. Jh. kommt es vermutlich zu dem Mißbrauch, den Heinrich anprangert. Meersseman verweist auf Quellen schon des 11. Jh.s, aus denen sogar hervorzugehen scheint, »che queste multe penitenziali (sia in hora, sia in danaro) erano attribuite in parte ad altri poveri chierici della respettiva chiesa« (ebd.). Zeitgenössische Quellen berichten von der Habgier vieler Beichtväter; Ersatzbußleistungen gehen, da der Beichtvater häufig Priestermönch war, an das Kloster und tragen zu dessen Reichtum nicht wenig bei (vgl. C. Vogel, Art. ›Buße‹, in: LdM II, Sp. 1130–35. Zum Wandel der Bußtheologie im 12. und 13. Jh. vgl. Anm. zu V. 852 f.).

121 f. *lichen:* vgl. Prl, V. 18,21 und 18,28; *lichen* = *licken*, so Lexer I, Sp. 1899 und Hzl in der Anm. z. St. Mt 23, 24: *Duces caeci, excolantes culicem, camelum autem glutientes.* (»Ihr blinden Führer! die ihr die Mücke durchseihet, das Kameel aber verschlukket.«) Vgl. auch Mt 19,24 und Mc 10,25.

125 *der reiche man:* Die Grundbedeutung von *reich, rîche* ist »mächtig«, »vornehm«, v. a. als ständische Qualifikation im Gegensatz zum *armen*, dem Niedriggestellten (meist einfachen Bauern). Zum Mächtigen und Vornehmen gehörte zwar auch Besitz, bei *rîche* ist also die Bedeutung von nhd. »reich« mitzudenken, aber die allein materielle Bedeutung »begütert« bekommt *rîche* erst durch die Emanzipation des städtischen Bürgertums (vgl. Ris, ›Das Adjektiv *reich* im mittelalterlichen Deutsch‹). Hier ist, besonders wegen des Gegensatzes zum Geringen (V. 123), auch noch an die alte Bedeutung *potens* zu denken (Ris, S. 44–49, 168), allerdings ist nicht ganz klar, ob das Gegensatzpaar *rîch – arm* dem mlat. Gegensatz *potens – pauper* entspricht (vgl. Ris, S. 48 und Bosl, ›Potens und pauper‹). Unter Berücksichtigung der Bibelkonkordanzen (vgl. Anm. zu V. 121 f.) haben wir uns hier aber doch für die Übersetzung mit »reich« entschieden. Vgl. jedoch auch V. 403 und Anm. sowie Einführung, S. 178.

126 *svs:* Über den Einfluß der Kirche auf die ästhetische Terminologie des Deutschen vgl. Armknecht, ›Geschichte des Wortes *süß*‹.

127 Vgl. Anm. zu V. 49 und zu V. 108, bes. Os 4,9.

129 Vgl. 1 Pe 4,10: *Et si justus vix salvabitur, impius, et peccator ubi parebunt?* (»Und wenn der Gerechte kaum wird gerettet werden, wo wird der Gottlose und Sünder erscheinen?«)

133 f. Zu *horen schreiben* vgl. Hzl S. 109; *div buoch:* vgl. Ez 3,20 und Anm. zu V. 93–98.

142–160 Die Forderung nach dem Zölibat der Geistlichen, die von der Westkirche bereits im 4./5. Jh. erhoben wurde, bildete im 11./12. Jh. wieder ein zentrales Thema aller Reformbemühungen. Trotzdem setzte sich der Zölibat gegen den Widerstand vor allem des niederen Landklerus nur sehr schwer durch und blieb noch lange »ein bei mangelhafter Verwirklichung fernes Ideal« (Wolter, ›Das Papsttum auf der Höhe seiner Macht (1198–1216)‹, S. 175,

S. 198 f.). Zur mittelalterlichen Theologie der Ehe und Sexualität vgl. weiter Müller, ›Die Lehre des heiligen Augustinus von der Paradiesesehe‹, und Zeimentz, ›Ehe nach der Lehre der Frühscholastik‹.

147 Zu *fvr ziehen* als poetologischem *terminus technicus* vgl. Heinrich von Veldeke, ›Eneide‹, V. 13516–23.

148 Vgl. z. B. Io 10,11 ff.; Eph 4,11; 1 Pe 2,25. Vgl. ferner: Gregor d. Gr., ›Liber regulae pastoralis‹, II, 1; PL 77, Sp. 25–27: *Tantum debet actionem populi actio transcendere praesulis, quantum distare solet a grege vita pastoris.*(»So sehr muß das Handeln des hohen Geistlichen das Handeln des Volkes übertreffen, wie sich das Leben des Hirten von der Herde unterscheidet.«)

156 f. Die Auffassung, daß die Opfergaben durch die Hände des Priesters konsekriert werden, findet sich so auch in einer für Priester bestimmten Meßerklärung des 8./9. Jh.s zur Erläuterung des Supplices (vgl. Seraphim, ›Von der Darbringung des Leibes in der Messe‹, S. 125 ff.; Text S. 127; Seraphim meint, man könne »an den Vollzug durch eine Segensgebärde mittels der Hand« denken; ebd., S. 128; vgl. auch Anm. zu V. 161–186). Zu Spekulationen über die Bedeutung des *benedixit* gab der Einsetzungsbericht der Evangelisten Anlaß (vgl. Mt 26,26), der den Segen und das Brechen des Brotes vor die Einsetzungsworte stellt (vgl. Innozenz III., ›De sacro altaris mysterio libri sex‹; PL 217, Sp. 859 AB). Andererseits stellte sich für die Gläubigen das liturgische Geschehen des Kanons lediglich als Ausbreiten der Arme, Verbeugung, Altarkuß und als die Kreuzzeichen dar, die der Priester über den Gaben vollführt (vgl. Jungmann, ›Missarum Sollemnia‹, Bd. 2, S. 177). Über die Bedeutsamkeit der Einsetzungsworte Jesu für die Konsekration scheint indessen auch im Mittelalter Einhelligkeit zu bestehen (vgl. z. B. ›Decretum Gratiani‹; PL 187, Sp. 1758 A; ›Corpus Iuris Canonici‹, Sp. 1334; Innozenz III., PL 217, Sp. 859 C); sie gelten jedoch weder als ausschließliches noch als ursprüngliches Konsekrationsprinzip (vgl. Geiselmann, ›Die Eucharistielehre der Vorscholastik‹, S. 442). Erst in den sechziger Jahren des 12. Jh.s werden mit der Ausbildung des Gedankens von den Einsetzungsworten Christi als *forma consecrationis* (vgl. ›Decretum Gratiani, De consecratione‹, dist. II; PL 187, Sp. 1759 A; ›Corpus Iuris Canonici‹, Sp. 1335) die »Wandlungsworte« aus dem liturgischen Handeln der Kanongebete insgesamt herausgehoben und im Zusammenhang mit den Bemühungen um das Problem der *transsubstantiatio* endgültig als Konsekrations-

worte und damit als Zeitpunkt der Wandlung fixiert (vgl. L. Hödl, Art. ›Abendmahl‹, in: LdM I, Sp. 22 ff., bes. Sp. 24; Seraphim, S. 167 f.). Der enge zeitliche Zusammenhang von segnender Gebärde und Wandlungsworten kann jedenfalls einen Wirkungszusammenhang suggerieren, der hier vom Autor zugunsten einer drastischen Parallele zugespitzt wird (vgl. dagegen V. 181 f.).

159 Zwischen den V. 159 und 160 in der Hs. doppelter Zeilenabstand. *ane greiffen*: vgl. ahd. *anagrif*. Erscheint als *terminus technicus* der Rechtssprache bereits in den ›Leges Langobardorum‹: »unsittliche Berührung« (vgl. Graff IV, Sp. 318; Baesecke, ›Die deutschen Worte der germanischen Gesetze‹, S. 23 und 87); »Berührung, bräutliche Umarmung« (Ahd. Wb. I, 429).

161–186 *gerivne* (V. 163) als einen bestimmten Teil der Messe, nämlich als Secreta, wie Hzl, S. 111, vorschlägt, zu verstehen, ist kaum möglich, da die im Mittelalter ganz allgemein verbreiteten Vorstellungen von der Mitwirkung der Engel bei der Messe sich auf die Präfation, das Supplices oder die gesamte Opfermesse beziehen bzw. die verschiedenen Auffassungen kombinieren (vgl. Botte, ›L'ange du sacrifice et l'épiclèse de la messe romaine au Moyen Age‹, S. 285–308). Auch die Öffnung des Himmels, von der Gregor d. Gr. in den ›Dialogen‹ (IV, LX; SC 265, S. 200 ff.) und Hildebert von Tours, ›Liber de S. Eucharistia‹ (XXIV; PL 171, Sp. 1211) sprechen, läßt sich nicht eindeutig einem bestimmten Zeitpunkt innerhalb der Opfermesse zuordnen; *ob dem alter* (V. 162) kann ebenfalls nicht zu einer näheren Bestimmung herangezogen werden, weil es wohl nur »am Altar« bedeutet und nicht »über den Altar gebeugt« (vgl. ›Vorauer Bücher Mosis‹, S. 42,4 sowie Der Stricker, ›Die törichten Pfaffen‹, V. 64 und 92). Zur Deutung des liturgischen Stehens, insbes. des Priesters am Altar, vgl. auch Suntrup, ›Die Bedeutung der liturgischen Gebärden und Bewegungen in den lateinischen und deutschen Auslegungen des 9. bis 13. Jh.s‹, S. 122–137, hier bes. S. 127. Es ist also wohl eher der gesamte Kanon gemeint, der seit dem 8. Jh. mit Ausnahme weniger Stellen vom Priester leise bzw. still gebetet wurde (vgl. Jungmann, ›Missarum Sollemnia‹, Bd. 2, S. 131 f. und S. 321). Die priesterliche Gewalt, die sich im Kanon, dem zentralen Teil der Opfermesse, als liturgisches Handeln manifestiert und in ihrer Wirkung von der persönlichen Würde des Priesters nicht berührt wird, ist das Thema des gesamten Abschnitts V. 161–186 (vgl. dazu Geiselmann, ›Die Eucharistielehre der Vorscholastik‹, S. 440 f.). Schon Augustin

hatte gefordert, daß die Diener Gottes »gerecht« sein sollten, aber auch festgestellt, daß die Sakramente ihre Heiligkeit aus Christus hätten und also auch ein sündhafter Priester die Heiligkeit der von ihm gespendeten Sakramente nicht beeinträchtige (vgl. ›In Iohannis evangelium tractatus‹ V, 15; CCSL 36, S. 49 f.; BKV Augustinus IV, S. 81 f.). Diese Auffassung setzte sich in der Vor- und Frühscholastik allgemein durch. Nach Hugo von St. Victor, einem der einflußreichsten Autoren dieser Zeit mit großer Wirkung gerade auch im österreichischen Raum, wirkt Gott zusammen mit dem Priester (vgl. V. 182!) die Heiligung der Sakramente (›De sacramentis Christianae fidei‹ I, 9, 4; PL 176, Sp. 322 f.). Weil aber der menschliche Anteil dabei weit unter dem göttlichen stehe, Gott allein der Schaffende und der Priester nur austeilender Diener (*minister*) sei, komme es auf die Würdigkeit des Priesters für die Wirksamkeit der von ihm gespendeten Sakramente nicht an. Diesen Gedanken ergänzte Hugo durch die Lehre von der »zweifachen Wahrheit« der Sakramente (ebd., II, 11, 13; PL 176, Sp. 505 f.): Die eine betrifft die bereits erwähnte objektive Heiligkeit der Sakramente, die in sich und durch sich wahr sind ohne Rücksicht auf die Person und Würdigkeit des Geistlichen (so auch V. 181–186). Die andere Wahrheit betrifft die geistliche Gnadenwirkung beim Empfänger. Voraussetzung – nicht wirkende (Mit-)Ursache – für die subjektive Heiligung durch den Empfang der objektiv wahren Sakramente sind der wahre Glaube (dieser Gedanke in V. 171) und die Würdigkeit des Empfangenden. (Vgl. dazu H. Weisweiler, ›Die Wirksamkeit der Sakramente nach Hugo von St. Viktor‹, bes. S. 84–87 und 127 f.; sowie Finkenzeller, ›Die Lehre von den Sakramenten im allgemeinen‹, bes. S. 54–59 und S. 103–106.)
Was *segen* (V. 178) bedeutet, ist wohl nicht eindeutig festzustellen; es können gemeint sein die Segensgebärden des Kanons (vgl. V. 156 und Anm.), die Schlußbenediktion der Messe oder die zahlreichen Segnungen, die sonst vorgenommen wurden, von der Segnung der Osterkerze bis zu der des Viehs. Allerdings zählt der Segen auch noch zu den Sakramenten, denn zwischen Sakramentalien, zu denen man heute den Segen rechnet, und den Sakramenten im eigentlichen Sinne wurde im 12. Jh. noch nicht scharf unterschieden (vgl. Franz, ›Die kirchlichen Benediktionen im Mittelalter‹, bes. S. 8 ff.). Entscheidend für die Erkenntnis des Zusammenhangs dieser Passage ist das Verständnis von V. 178 f.: Wenn man das (nicht) *so rehte geben* nicht auf die Wirksamkeit der Segensspendung,

sondern auf die Handlung des Priesters bezieht, der die Sakramente persönlich unwürdig, vielleicht auch gegen Geld nur (vgl. V. 74 ff.) oder als Inhaber einer Pfründe unregelmäßig spendet, so gibt es keinen Widerspruch zu den folgenden Versen 181–186, die sich fast gleichlautend im Prl 13,31–13,36 finden; daß es sich dabei um eine (spätere) Interpolation aus dem älteren Prl handelt, wie Neuser, ›Zum sogenannten ›Heinrich von Melk‹‹, aus sprachlichen und inhaltlichen Gründen annimmt (S. 80–94), ist vor dem Hintergrund der oben dargestellten Sakramententheologie und des gesamten Argumentationsgangs eher unwahrscheinlich: Die einleitenden V. 161–171 des dreigliedrigen Abschnitts führen die ungeheure priesterliche Macht im Kanon der Messe vor Augen und weisen auf die heiligende Wirkung des Meßopfers hin, die der Priester vermittelt; um so stärker sticht davon ab die sittliche Unreinheit vieler Priester (V. 172–180). Den Abschluß bildet, wieder zum Anfang zurückkehrend, die Bekräftigung (*swa aber . . .*) der objektiven Wirksamkeit des liturgischen Handelns selbst eines sündhaften Priesters (V. 181–186), einer Wirksamkeit, die aus der priesterlichen Weihe (V. 181) folgt. (Für Hinweise danken wir Herrn Prof. Dr. W. Breuning und Herrn Prof. Dr. W. Knoch.)

173 f. Dem Reim *bedurfe : ruffe* dürfte in der Aussprache ein originales *beduoffe : ruoffe* zugrundeliegen, was auf die spezifisch bair. Vokalisierung des -r- hinweist (vgl. Kranzmayer, ›Historische Lautgeographie des gesamtbairischen Dialektraumes‹, § 8.c.2 und § 5.g).

189 *gehaeizzen:* ahd. *keheizzan* ist als »das Mönchsgelübde ablegen« (*promittere*) belegt in der ›Althochdeutschen Benediktinerregel‹ des Cod. Sang. 916, Ausg. Daab, S. 80 (128) und S. 84 (133).

191 ff. *die sich von dirre werlt habent gezogen:* Hzl hat in V. 191 ff. eine Anspielung auf die regulierten Chorherren gesehen (S. 40; so auch Seemüller, Rez. zu Wilhelm Wilmanns, S. 371), wozu er in V. 191 hat konjizieren müssen: Statt *von* (hsl.) *dirre werlt* setzt er *ze dirre werlt*. Damit würde der Vorwurf der weltlichen Gelehrsamkeit erhoben, der – im Mittelalter ohnehin ein heikles Problem – nach Hzl (S. 113) hier gerade den Regularkanonikern gemacht werde. Ein weiterer Grund für diese Konjektur und die Interpretation der V. 191 ff. als auf die Chorherren bezogen war die von der älteren Forschung angenommene enge Beziehung zwischen Heinrich und Gerhoch von Reichersberg, dem bedeutendsten Protagonisten der Reformbestrebungen im bairisch-österreichischen Raum

dieser Zeit. Gerhoch aber hatte sich eben vor allem mit dem Problem der Chorherren auseinandergesetzt, weniger mit dem der Mönche, so daß man entsprechende Interessen auch bei Heinrich vermutete.

Die These von den Regularkanonikern wird zugleich mit der Konjektur aber hinfällig, wenn man annimmt, daß *von dirre werlt habent gezogen* (V. 191) im Sinne von benediktinisch *saeculi actibus se facere alienum* (»sich fernhalten vom Treiben der Welt«) zu verstehen ist, das sich nur auf die Mönche bezieht (vgl. ›Benediktus-Regel‹ 4,20 und die bekannte Mönchsdefinition: *Omnis de saeculo fugitivus, id est monachus*; Y. M.-J. Congar, Art. ›Laie‹, in: LThK VI, Sp. 735; vgl. auch TG V. 5 und Anm.); damit wird hier ein neuer Abschnitt über die Ordensleute markiert. Im übrigen passen die folgenden Verse auch sehr genau in die geläufige Topik der Mönchs- und Ordenskritik (vgl. Schüppert, ›Kirchenkritik in der lateinischen Lyrik des 12. und 13. Jahrhunderts‹, S. 91 ff.), und auch die V. 243–245 bekommen eine klare Bedeutung. Diesen Abschnitt versteht schon Baunack, ›Beiträge zur Erklärung Heinrichs von Melk‹, S. 103 ff., als Kritik an den Ordensleuten. Vgl. dazu weiter Tschischka, ›Der sogenannte Heinrich von Melk und Gerhoch von Reichersberg‹, S. 134–136.

Vgl. auch 2 Pe 1,4: *ut per haec efficiamini divinae consortes naturae: fugientes ejus, quae in mundo est, concupiscentiae corruptionem* (»damit ihr durch diese der göttlichen Natur teilhaftig werdet, entronnen dem in der Welt herrschenden Verderben der Begierlichkeit«). Vgl. auch Rom 12,2 und Anm. zu V. 5.

193 ff. 1 Cor 9,27: *Sed castigo corpus meum, et in servitutem redigo: ne forte cum aliis praedicaverim, ipse reprobus efficiar.* (»sondern ich züchtige meinen Leib, und bringe ihn in die Botmäßigkeit, damit ich nicht etwa, nachdem ich anderen gepredigt habe, selbst verworfen werde.«) Vgl. Col 3,5 f.; 1 Io 2,15 f.; 1 Pe 2,11; Rom 12,2.

194 Vgl. ›Benediktus-Regel‹ 4,20: *Saeculi actibus se facere alienum.* Zur ›Benediktusregel‹ vgl. Butler, ›Benedictine Monachism‹.

195–198 Vgl. ›Benediktus-Regel‹ 4,11–13: *Corpus castigare, delicias non amplecti, ieiunium amare.* (»Den Leib in Zucht halten. Nicht das suchen, was den Sinnen schmeichelt. Das Fasten lieben.«) Vgl. Rom 8,12.

197 f. Ps 122,2: *Sicut oculi ancillae in manibus dominae suae: ita oculi nostri ad Dominum Deum nostrum donec misereatur*

nostri. (»wie die Augen der Magd auf die Hände ihrer Gebieterin, so schauen unsere Augen auf den Herrn, unsern Gott, bis er sich unser erbarmt.«) Die Vorstellung von der Seele als Herrin des Leibes findet sich auch in der frühmhd. ›Summa Theologiae‹, V. 275–278: *Gotis brut, du adilvrowi, / vorhti du der iri duwi. / der lichami ist der seli chamerwib, / er mag ir verlisin den ewigin lib.* Diese Auffassung des Verhältnisses von Seele und Leib kann zurückgeführt werden auf die tropologische Auslegung von Gal 4,22–31, wo Paulus Abrahams Sohn von der Magd Hagar typologisch als das der Unfreiheit verhaftete Alte Testament und den Sohn von der Freien, Sarah, als das Freiheit schenkende Neue Testament deutet; vgl. dazu H. Freytag, ›Kommentar zur frühmittelhochdeutschen Summa Theologiae‹, S. 153–160. Vgl. ferner ›Rolandslied‹, V. 268 f.

199 f. Vgl. ›Benediktus-Regel‹ 4,65–68: *Nullum odire, zelum non habere, invidiam non exercere. Contentionem non amare.* (»Niemand hassen. Nicht eifersüchtig sein. Nicht aus Neid handeln. Den Streit nicht lieben.«)

201 Vgl. ›Benediktus-Regel‹ 4,51 f. Vgl. auch G. Schmitz: »*quod rident homines, plorandum est*«, S. 3–15.

205 Vgl. ›Benediktus-Regel‹ 4,52: *multum loqui non amare.* (»Das viele Reden nicht lieben.«) Vgl. auch Prov 10,19.

208 Mt 23,5: *Omnia vero opera sua faciunt ut videantur ab hominibus.* (»Alle ihre Werke aber thun sie, um von den Leuten gesehen zu werden.«) Vgl. auch Mt 6,1.

208 f. Vgl. ›Benediktus-Regel‹ 7,67–69: *Ergo his omnibus humilitatis gradibus ascensis monachus mox ad caritatem dei perueniet illam, quae perfecta foris mittit timorem, per quam uniuersa, quae prius non sine formidinem observabat, absque ullo labore uelut naturaliter ex consuetudine incipiet custodire, non iam timore gehennae, sed amore Christi et consuetudine ipsa bona et dilectatione uirtutem.* (»Hat nun der Mönch alle diese Stufen der Demut erstiegen, dann gelangt er bald zu jener Gottesliebe, die vollkommen ist und die Furcht vertreibt. In der Kraft dieser [Liebe] beginnt er, alle Vorschriften, die er bisher nur aus Angst beobachtete, jetzt ohne Mühe, infolge der Gewöhnung wie von selbst zu erfüllen, nicht mehr aus Furcht vor der Hölle, sondern aus Liebe zu Christus, und weil das Gute ihm zur Gewohnheit, die Tugend zur Freude geworden ist.«)

210 f. *si gesitzent nimmer inne:* Gemeint ist wohl das Kloster, das nach der ›Benediktus-Regel‹ 66,6 f. so angelegt sein soll, *ut omnia necessaria, id est aqua, molendinum, hortum uel artes diuersas intra*

monasterium exerceantur, ut non sit necessitas monachis uagandi foris, quia omnino non expedit animabus eorum (»daß sich alles Notwendige innerhalb der Klostermauern befindet, nämlich Wasser, Mühle, Garten und die verschiedenen Werkstätten, in denen gearbeitet wird. So brauchen die Mönche nicht draußen herumlaufen, was ihren Seelen ja durchaus nicht zuträglich wäre«). Möglicherweise steht hinter dem Vorwurf der V. 210 f. auch die Forderung der *stabilitas loci*, d. h. des Verweilens nicht nur im Kloster überhaupt, sondern in dem Kloster, in das ein Mönch eingetreten war; vgl. dazu Ph. Schmitz, ›Geschichte des Benediktinerordens‹, Bd. 1, S. 29. Vgl. weiter Butler, ›Benedictine Monachism‹, S. 123 ff., bes. S. 129 f.

213 Reime wie *chunt : tuont* (vgl. weiter V. 301 f., 743 f., 775 f.) verraten die dialektal bedingte Tendenz des kurzen -u- zum Diphthong -uo-, die nach Kranzmayer (§ 7.e; vgl. weiter Weinhold, Bair. Gram. § 114) besonders mittelbair.-ostfrk. ist.

214 Zu *wellen* »wählen« vgl. BMZ III, S. 465b.

216 ff. Mt 6,19 f.: *Nolite thesaurizare vobis thesauros in terra: ubi aerugo, et tinea demolitur: et ubi fures effodiunt, et furantur. (20) Thesaurizate autem vobis thesauros in coelo: ubi neque aerugo neque tinea demolitur, et ubi fures non effodiunt, nec furantur.* (»Häufet euch keine Schätze auf Erden an, wo sie Rost und Motte verzehrt, und wo die Diebe einbrechen und stehlen; (20) sondern sammelt euch Schätze im Himmel, wo sie weder Rost noch Motte verzehrt, und wo Diebe nicht einbrechen noch stehlen.«) Vgl. auch Lc 12,33. Dies gilt erst recht für die Mönche, von denen bereits die ›Benediktus-Regel‹ Besitzlosigkeit fordert, vgl. ›Benediktus-Regel‹ 58,24 f.: *Res si quas habet, aut eroget prius pauperibus aut facta sollemniter donatione conferat monasterio nihil sibi reseruans ex omnibus* (25) *quippe qui ex illo die nec proprii corporis potestatem se habiturum scit.* (»Wenn er Vermögen hat, soll er es vorher an die Armen verteilen oder es in einer feierlichen Schenkung dem Kloster vermachen, ohne irgend etwas für sich zurückzubehalten. (25) Er weiß ja, daß er von diesem Tag an nicht einmal mehr über seinen eigenen Leib verfügen kann.«) Der Vorwurf des Besitzstrebens und der Unersättlichkeit von Mönchen ist offenbar verbreitet in der lateinischen Mönchssatire (vgl. dazu Schüppert, ›Kirchenkritik in der lateinischen Lyrik des 12. und 13. Jahrhunderts‹, bes. S. 92; vgl. ferner Kimmig, ›Das Verhältnis des sog. Heinrich von Melk zur mittellateinischen Dichtung‹, S. 57: »Serlo von Bayeux

SP 2 p. 206 verspottet die Mönche, die zuvor arme Schlucker waren und mit Ochsen hatten fahren müssen, jetzt aber zumindest ein Maultier oder ein Pferd als Reittier beanspruchen«; es scheint üblich gewesen zu sein, das Vermögen am Reittier zu messen und das Übergehen vom Ochsen oder Esel zum Maultier oder Pferd als sozialen Aufstieg zu betrachten). Doch während in den Versen 187–215 in erster Linie die Kleriker-Mönche kritisiert werden (vgl. V. 190), richtet sich die Kritik Heinrichs jetzt wohl gegen die Laienbrüder oder Konversen (vgl. Anm. zu V. 222 f.; grundlegend dazu Leclercq, ›Comment vivaient les frères convers‹; Dubois, ›L'institut des convers au XIIe siècle‹; Teske, ›Laien, Laienmönche und Laienbrüder in der Abtei Cluny‹). Daß jemand, der *inder werlt niht einen esel mochte haben* (V. 216), Vorteile anstrebt, die ihm aufgrund seiner Herkunft nicht zustehen, Anspruch auf »Herrenspeise« (V. 220) erhebt, obwohl er *vor des ein arm mensch was* (V. 233), muß in den Augen Heinrichs eine Verkehrung der Ordnung darstellen, als deren konservativer Verteidiger er auch sonst auftritt. Die Nahrung der Konversen hatte offensichtlich noch anspruchsloser zu sein als die der Mönche (vgl. Leclercq, S. 159). Humbert von Romans (›Sermo XXX ad conversos Cistercienses‹; zit. bei Leclercq, S. 164) berichtet um die Mitte des 13. Jh.s den Fall eines Konversen, den seine Armut veranlaßt hatte, ins Kloster einzutreten, um feines Weißbrot essen zu können, während Hörige und Bauern sich mit dunklem Brot begnügen mußten, sofern nicht sogar bloß Getreidebrei deren Hauptnahrungsmittel war (Leclercq, S. 164; vgl. Dirlmeier, Art. ›Brot‹, in: LdM II, Sp. 719 f.). Auch der Vorwurf des Gewinnstrebens (V. 217 ff.) dürfte sich vor allem auf die Konversen beziehen. Sie werden nämlich mit den äußeren Geschäften des Klosters betraut, sei es, daß sie die landwirtschaftlichen oder handwerklichen Arbeiten verrichten, sei es, daß sie allein oder mit Mönchen zusammen Verträge abschließen oder urkunden (vgl. Dubois, S. 214 f.; Leclercq, S. 162). In der genannten Predigt muß Humbert von Romans die Konversen sogar davor warnen, Klostergut zu entfremden oder etwas Unerlaubtes, und sei es auch zum materiellen Nutzen ihres Klosters, zu tun, wie zu lügen um eines vorteilhafteren Verkaufs willen oder die Unwahrheit in Geschäften und Gerichtsverfahren zu sagen. Besonders die Zisterzienser gelangten in den Ruf von Habgier und Gewinnstreben, der am Ende des 12. Jh.s weit verbreitet war (vgl. Southern, ›Kirche und Gesellschaft im Abendland des Mittelalters‹,

S. 250). Möglicherweise beziehen sich Heinrichs Vorwürfe auf die Konversen dieses Ordens.

217 f. Die Konstruktion des Verbums *sin* mit *ze* ohne weitere Ergänzung ist sonst nicht nachgewiesen. Vgl. aber Heinrich Wittenwilers ›Ring‹, V. 3436: *War zuo ist uns diser balg*; vgl. auch ›Vom Rechte‹ (in: Maurer II, S. 156–177), Str. 17,7: *ez ist wundir, waz der gotes sun sin zuo der christenheit welle*. Ob *sin* hier Infinitiv oder Genitiv Singular des Personalpronomens ist, läßt sich nicht mit letzter Sicherheit entscheiden.

222 f. *mit wol gistraelten baerten:* Das Tragen eines Bartes ist der vielleicht auffälligste äußere Unterschied zwischen Mönchen und Konversen, die geradezu als *conversi barbati* (Petrus Venerabilis, ›Statuta‹, 24; PL 189, Sp. 1033A) oder *fratres barbati* (Du Cange, ›Glossarium mediae et infimae latinitatis‹, Bd. 1, S. 572) bezeichnet werden und von denen sich manche offenbar nicht wenig darauf zugute gehalten haben, wie die auf Veranlassung der Konversen von Rosières verfaßte ›Apologia de barbis‹ des Zisterzienser-Abtes Burchard von Bellevaux nahelegt. Ähnlich wie Heinrich spottet Odo von Chériton in einer seiner Fabeln: *Si quem barbatum faciat sua barba beatum / In mundi circo non esset sanctior yrco* (vgl. Leclercq, ›Comment vivaient les frères convers‹, S. 158 f.; vgl. auch Egberts von Lüttich ›Fecunda ratis‹, I, S. 689 f., Ki, S. 72; zu den Vorschriften für das Rasieren der Mönche vgl. G. Zimmermann, ›Ordensleben und Lebensstandard‹, S. 126–129, S. 423–426). Das Tragen eines Bartes ist jedenfalls Zeichen der Zugehörigkeit zur Gruppe der Laien; als schwerer Verstoß gilt es dagegen bei Klerikern und wird wie der Abfall vom geistlichen Stand bestraft (vgl. Leclercq, S. 159). – Der Bart erinnert die Konversen damit aber auch an ihre Unterordnung unter die Mönche, die im 12. Jh. zunehmend *clerici* sind. Das Tragen eines ungepflegten Bartes ist Zeichen der Buße und *conversio* (vgl. den Diskussionsbeitrag von Meersseman, S. 181); mit ihren *wol gistraelten baerten* dagegen legen die hier offensichtlich angesprochenen Konversen Wert auf ein ganz unklösterliches, weltliches Zeichen männlicher Würde. Ob sich der V. 223 auf das Tonsurschneiden bezieht, läßt sich nicht mit Sicherheit sagen. Die ›Benediktus-Regel‹ (1,6) tadelt jedenfalls Mönche, die sich keiner Regel beugen wollen: (7) *adhuc operibus servantes saeculo fidem, mentiri Deo per tonsuram noscuntur* (»Durch ihre Taten halten sie immer noch der Welt die Treue und belügen offenkundig Gott mit ihrer Tonsur«); vgl. dazu auch Kim-

mig, S. 54 f. Möglicherweise sind auch die Konversen in diese Kritik mit einbezogen, da die Tonsur kein so deutliches Unterscheidungsmerkmal zwischen Mönchen und Konversen gewesen zu sein scheint wie der Bart (vgl. Leclercq, S. 158); so könnte Heinrich hier auch jene Konversen kritisieren, die Anspruch auf die den Mönchen vorbehaltene Tonsur erheben.

225 *wir laeien:* Die Forschung glaubte bis in die jüngste Zeit, aus diesem Vers den Schluß ziehen zu können, daß der Verfasser den Status eines »Laienbruders« innegehabt habe, »eines Mannes also, der in dem Kloster lebte, [. . .] aber kein Mönch« gewesen sei (Hzl S. VI und S. 17). Daran ist mehreres problematisch.

Ahd. *leige* (u. ä.) gibt, was nicht überrascht, lat. *laicus* wieder (Graff II, Sp. 152). Lexer und BMZ erklären mhd. *leie* als nhd. »Laie«: Nichtgeweihter (im Gegensatz zum Priester) oder auch Träger niederer Weihegrade; Nichtfachmann (BMZ I, S. 960 f.). Ein ähnliches Bild ergeben die (m)lat. Wörterbücher; hier auch die Bedeutungen *homme non lettré, frère lai, convers* (Niermeyer, ›Mediae latinitatis lexicon minus‹, S. 579; vgl. Du Cange, ›Glossarium mediae et infimae latinitatis‹, Bd. 5, S. 14 f.; ebenso Forcellini, ›Lexicon totius latinitatis‹, Bd. 3, S. 21). Die Gegenüberstellung des ›Corpus Iuris Canonici‹ (C 12 q 1,7; Ausg. Friedberg, Bd 1, S. 678) faßt auf der einen Seite *clerici* und *conversi* zusammen und hebt sie aus dem anderen *genus Christianorum* heraus, *ut sunt laici.* »Laie« ist hier also ein kirchenrechtlicher Begriff, der sich in der mhd. formelhaften Gegenüberstellung von *pfaffen unde laien* wiederfindet. – Weil aber Ausbildung zum Priesteramt und höhere Bildung überhaupt bis ins 12./13. Jahrhundert de facto gleichzusetzen sind, tritt neben den kirchenrechtlichen Begriff »Laie« der bildungsgeschichtliche: »Laie« ist dann der *illitteratus, idiota*, der kein Latein und infolgedessen (was sekundär ist) weder lesen noch schreiben kann und daher keinen Zugang zur klerikalen Bildung und zur Schriftkultur hat (vgl. Grundmann, ›Litteratus-Illitteratus‹, S. 14). Sofern man die Bedeutung von lat. *laicus* auch für mhd. *laie* ansetzen darf, ergeben sich also mindestens drei Möglichkeiten: (1.) »Nichtgeweihter« (im Gegensatz zum Priester) bzw. (2.) spezieller: »Konverse« – was immer das heißt – (im Gegensatz zum Priestermönch), welchem andererseits aber alle Glieder der Kirche gegenübergestellt werden können, die nicht zum klerikalen Stand gehören und keinen Anteil an der Jurisdiktion der Kirche haben, und der dann zum Klerus gerechnet wird (vgl. Congar, Art. ›Laie‹, in: LThK VI, Sp. 733–743,

bes. Sp. 734). Als »Ungelehrter« ist »Laie« (3.) zu verstehen im Gegensatz zum *clericus*, der keine oder nur niedere Weihen empfangen zu haben braucht, jedoch als Buchgelehrter gilt. Daß diese beiden Bedeutungen (die kirchenrechtliche und die bildungsgeschichtliche) u. U. interferieren können, ist offensichtlich.
Eine Identifikation des Autors mit der innerklösterlichen Gruppe der Laienbrüder kommt schon nach dem Textbefund kaum in Frage. Die Kritik der Verse 187–215 zielt auf Mönche (im engeren Sinn: Priestermönche?), die der Verse 216–224 und 230–233 aber höchstwahrscheinlich auf Laienbrüder oder Konversen (vgl. Anm. z. St.). H. kritisiert in Vers 220 f. deren gepflegte Bärte und sieht sich selbst als *laeie* offenbar außerhalb auch dieser Gruppe; in den Versen 225–229 distanziert sich der Sprecher von beiden Gruppen der Klostergemeinschaft und kritisiert sie gleichermaßen. Laienbrüder (nur sie bezeichnet man ab dem zweiten Drittel des 12. Jh.s in der Regel noch als *conversi*) sind für ihn hier also nicht Laien, sondern werden, entsprechend dem CIC, dem anderen *genus Christianorum* zugezählt (vgl. auch V. 245). Die Verse 234 bis 242 fassen die Mönchskritik noch einmal zusammen. Da die fragliche Äußerung also inmitten der Kritik an den Laienbrüdern erscheint, muß an einen Gegensatz sowohl zu (Priester-)Mönchen als auch zu Laienbrüdern gedacht sein. Daher bleibt als mögliche Bedeutung nur: Nichtgeweihter, Laie, Christ; diese kirchenrechtliche Bedeutung des Wortes ist offenbar auch für die Verse 36, 266 und 273 anzusetzen.
Ob man hinter der Äußerung in V. 225 überhaupt eine Selbstaussage des Autors sehen darf oder ob es sich um ein Rollen-Wir handelt mit paränetischem Charakter, ist allerdings eine offene Frage. Es muß nämlich auch die rhetorische Funktion der ›wir‹-Aussage beachtet werden. Sie suggeriert die Zugehörigkeit des Sprechers zu einer Gruppe, die bestimmte moralische Forderungen an die *gaeistliche samnunge* richtet. Dadurch wird jedenfalls die persuasive Wirkung auf die Adressaten erhöht. Vgl. dazu weiter Einführung, S. 160–166.

226 *wandelwaere:* Zu w für b im Silbenanlaut im bair.-österr. Raum vgl. P/M/S/G, Mhd. Gr. § 89.

234 f. Is 40,6–8: *Omnis caro foenum, et omnis gloria ejus quasi flos agri. Exsiccatum est foenum, et cecidit flos, quia spiritus Domini sufflavit in eo.* (»Alles Fleisch ist Gras und alle seine Herrlichkeit wie eine Blume des Feldes. Verdorrt ist das Gras, hingesunken die Blume, denn der Hauch des Herrn hat daran geweht.«) Vgl.

auch Iob 14,2; Iac 1,10 f. (mit besonderem Bezug zu den Reichen); 1 Pe 1,24, Anm. zu V. 472 ff. und unsere Einführung, S. 187 f.

236 ff. Vgl. Eph 6,11: *Induite vos armaturam Dei, ut possitis stare adversus insidias diaboli.* (»Ziehet an die Waffenrüstung Gottes, damit ihr standzuhalten vermöget gegen die Nachstellungen des Teufels.«) Vgl. weiter 12–17. Auf diese Stelle u. a. stützt sich der *militia Christi*-Gedanke des frühen Mittelalters. Vgl. dazu v. Harnack, ›Militia Christi‹; Erdmann, ›Die Entstehung des Kreuzzugsgedankens‹. Vgl. auch ›Benediktus-Regel‹ 1,3 ff.

238 Vgl. ›Benediktus-Regel‹ 1,3 f.: *Deinde secundum genus est anachoritarum, id est heremitarum, horum qui non conversationis fervore novicio, sed monasterii probitate diuturna,* (4) *qui didicerunt contra diabolum multorum solacio iam docti pugnare.* (5) *et bene extructi fraterna ex acie ad singularem pugnam heremi, securi iam sine consolatione alterius, sola manu vel brachio contra vitia carnis vel cogitationum, Deo auxiliante, pugnare sufficiunt.* (»Dann gibt es eine zweite Art, die der Anachoreten oder Eremiten: Diese nehmen das Mönchsleben nicht im ersten Eifer des Anfängers auf sich, sondern haben eine lange Zeit der Prüfung und Bewährung im Kloster verbracht. (4) Durch die Hilfe vieler Brüder geschult, haben sie gelernt, gegen den Teufel zu kämpfen. (5) Wohlgerüstet treten sie aus der Reihe der Brüder heraus und nehmen den Einzelkampf in der Wüste auf. Mit der Hilfe Gottes sind sie nun imstande, furchtlos, ohne den Beistand anderer, allein und aus eigener Kraft gegen die Verderbnis des Fleisches und der Gedanken zu kämpfen.«) Für die ›Benediktus-Regel‹ ist die eremitische Lebensweise also die höchste Form des Mönchtums. Die Stufenfolge findet sich zwar auch bei Heinrich (vgl. V. 241: *aller erst*), doch ist nicht sicher, ob er hier an den Einzelkampf des Eremiten gegen den Teufel denkt. Zu diesem Problem vgl. Einführung, S. 162 ff.

246 ff. Vgl. Apc 4,6: *Et in conspectu sedis tamquam mare vitreum simile crystallo: et in medio sedis, et in circuitu sedis quatuor animalia plena oculis ante et retro.* (»Vor dem Throne war ein gläsernes Meer, dem Krystalle ähnlich, und in der Mitte des Thrones und ringsum den Thron waren vier Wesen voller Augen, vorn und hinten.«) Vgl. weiter 4,7 f. und Ez 1,5 ff., bes. 1,13 und Ez. 10,12. Diese beiden Bibelstellen wurden schon sehr früh, und dann für das ganze Mittelalter verbindlich von Hieronymus, auf die vier Evangelisten ausgelegt, die damit indirekt in V. 246 f. als verpflich-

tende Vorbilder der guten Priester dargestellt werden. Vgl. Emminghaus, Art. ›Evangelisten in der bildenden Kunst‹, in: LThK III, Sp. 1254 f.

251 *bevolhent:* Zu der ungewöhnlichen Form *bevolhent* als Partizip Präteritum vgl. Diemer, ›Anmerkungen und Verbesserungen zu Heinrich's Gedicht vom gemeinen Leben und der Erinnerung an den Tod‹, S. 311 f., der Parallelfälle aus der frühmittelalterlichen Literatur nachweist.

252 f. *ewichlichen erblendet:* vgl. Mt 5,8; Apc 22,4 ff; vgl. auch Ex 33,20; Act 7,55.

256 f. Zitat von Mt 15,14: *Sinite illos: caeci sunt, et duces caecorum: caecus autem si caeco ducatum praestet, ambo in foveam cadunt.* (»Lasset sie! sie sind Blinde und Führer von Blinden. Wenn aber ein Blinder einen Blinden führt, fallen beide in die Grube.«) Vgl. auch Lc 6,39. Diese Bibelstelle taucht mit einiger Regelmäßigkeit in der lateinisch-theologischen Literatur auf, wenn Kritik an Priestern geübt wird. Vgl. Honorius Augustodunensis, ›Sermo generalis‹; PL 172, Sp. 862D, und Alanus ab Insulis, ›Summa de arte praedicatoria‹, cap. 44; PL 210, Sp. 192B.

264 f. vgl. Il 2,1 f.: *Canite tuba in Sion, ululate in monte sancto meo, conturbentur omnes habitatores terrae: Quia venit dies Domini, quia prope est (2) Dies tenebrarum, et caliginis, dies nubis, et turbinis.* (»Stoßet in die Posaune auf Sion, erhebet Klagegeschrei auf meinem heiligen Berge, daß alle Bewohner des Landes erbeben! Denn es kommt der Tag des Herrn, ja, er ist nahe, (2) ein Tag der Finsternis und des Dunkels, ein Tag des Gewölkes und des Unwetters!«) – Als Warnung vor drohender Gefahr (Am 3,6; Os 5,8; Ez 33,3–6) verkündet das Blasen der Posaune oder des Hornes Israels Bestrafung (Is 18,3; 58,1; Os 8,1; Ier 4,5; 6,1) und die Ankunft des Tages des Zornes (vgl. Apc 8,6–9,21).

267 ff. *Werltliche richtaere ... die tragent wlfin gemvte:* Soph 3,3: *Principes ejus in medio ejus quasi leones rugientes: judices ejus lupi vespere, non relinquebant in mane.* (»Ihre Fürsten in ihrer Mitte sind wie brüllende Löwen, ihre Richter wie Wölfe am Abend, die nichts übrig lassen für den anderen Morgen.«) Vgl. Ez 22,27; Is 1,23; Mich 7,2: *omnes in sanguine insidiantur, vir fratrem suum ad mortem venatur* (»alle lauern auf Blut, ein jeder stellt seinem Nächsten nach ihn zu morden«). Mich 7,5: *Nolite credere amico: et nolite confidere in duce: ab ea, quae dormit in sinu tuo, custodi claustra oris tui.* (»Trauet dem Freunde nicht, setzet kein

Vertrauen auf den Fürsten; vor dem Weibe, das an deinem Busen ruht, wahre die Pforte deines Mundes!«) Mich 7,6: *Quia filius contumeliam facit patri* (»Denn der Sohn bereitet dem Vater Schmach«). Vgl. auch Ez 22,7.
rihtaere bedeutet frmhd. oft allgemein »Herr«, »Herrscher«; vgl. Hergt, ›Soziale Anschauungen der frühmittelhochdeutschen Dichter‹, S. 102–104. Auch mittellat. *iudex* heißt oft »Herrscher«, »Adliger«, »Graf«; vgl. Niermeyer, ›Mediae latinitatis lexicon minus‹, S. 561–563. Vgl. Anm. zu V. 409–417.

272 Zu *triwe* vgl. Albrand, ›Untersuchungen über Sinnbereich und Bedeutungsgeschichte von ahd. *triuwa* und mhd. *triuwe* bis einschließlich Hartmann von Aue‹.

279 *arn = arm;* vgl. BMZ I, S. 57b; Lexer I, Sp. 92.

294 Hinter dem *crenchen*, dann aber auch hinter dem konkreteren Verweis auf der *sele misel suht* (V. 316), steht das Bild der Sünde als Krankheit, im Zusammenhang mit den folgenden Zeilen das Bild des *morbus superbiae*, die der Arzt Christus zu heilen vermag. Das Bild ist wohl vor allem aus der Hiobgeschichte entwickelt und findet in der volkssprachlichen Literatur seinen Niederschlag (vgl. bes. den ›Armen Heinrich‹ Hartmanns von Aue). Vgl. dazu Hempel, ›Übermuot diu alte . . .‹, S. 197 u. 297 f.

296 Wir haben die Konjektur Di.s *der den* für hsl. *den der* übernommen, da der syntaktische Anschluß sonst kaum sinngebend zu verstehen ist. (Mm und Mau konjizieren nicht, bleiben aber eine Erläuterung schuldig; Hzl konjiziert zu *deu den* (Druckfehler für *der den*? Vgl. Hzls Anm. z. St.; Mau übernimmt *deu den* in seinen Apparat; vielleicht war *diu den* gemeint (bezogen auf die *hohverte*?); Ki druckt *diu der den*, was unverständlich bleibt). – Mit Di.s Konjektur wird das syntaktische Verhältnis eindeutig: ›Das ist ein Fangstrick des Hochmuts, / der den Teufel um das Himmelreich gebracht hat.‹ Die Aussage erinnert an die Vorstellung, daß Satan ein durch *superbia* gefallener Engel ist (vgl. Hzl z. St.). Freilich sagt – streng grammatikalisch gesehen – der Text dies so nicht, denn Subjekt von V. 296 ist ja (im Falle einer Konjektur) das Pronomen *der*, das sich auf *strich* bezieht, nicht auf *hohverte*; *strich* – vom unbestimmten Artikel *ein* begleitet – bezieht sich inhaltlich auf V. 293 und stellt somit eine denkbare Form der *superbia* dar, die so nicht unmittelbar mit dem Fall Luzifers in Beziehung gesetzt werden kann (vgl. auch Anm. zu V. 814 ff.). – Vielleicht ist die Konjektur *diu den* also vorzuziehen; der Eingriff in den Text wäre allerdings stärker.

301 *gotes hulde:* vgl. Leuthold, ›Gnade und Huld‹.

306 ff. Die Handschrift teilt die Verse (ohne Reim) auf: *er sprichet, daz er sei ein fvrste / vber elliv chint der vbermvte*: Wörtliches Zitat von Iob 41,25: *Omne sublime videt, ipse est rex super universos filios superbiae.* (»Er schaut auf alles Hohe, er ist der König über alle Kinder des Stolzes.«)

310 ff. Eccli 10,15: *Quoniam ab eo, qui fecit illum, recessit cor ejus: quoniam initium omnis peccati est superbia: qui tenuerit illam, adimplebitur maledictis, et subvertet eum in finem.* (»Denn von seinem Schöpfer hat sich sein Herz abgewendet, weil die Hoffart der Anfang aller Sünde ist; wer darin verharrt, wird mit Fluch überhäuft und sie wird ihn zuletzt zugrunde richten.«) Vgl. auch 1 Cor 6,19: *An nescitis quoniam membra vestra, templum sunt Spiritus sancti, qui in vobis est, quem habetis a Deo, et non estis vestri?* (»Oder wisset ihr nicht, daß eure Glieder ein Tempel des heiligen Geistes sind, der in euch ist, den ihr von Gott habt, und daß ihr nicht euer eigen seid?«) Die Auffassung von der *superbia* als Wurzel aller Laster wurde, für das Mittelalter höchst folgenreich, vor allem von Gregor d. Gr. vertreten. Sein Lasterkatalog stellt die *superbia* an die Spitze von sieben Lastern: *inanis gloria, invidia, ira, tristitia, avaritia, ventris ingluvies, luxuria* (›Moralia in Iob‹, XXXI,XLIV–XLV; CCSL 143-B, S. 1609–12. Vgl. dazu auch Vögtle, Art. ›Achtlasterkatalog‹, in: RAC I, Sp. 74–79; Vögtle, Art. ›Lasterkataloge‹, in: LThK VI, Sp. 806 f.). Sie sind, mit der *superbia* als Wurzel, im Bild eines Baumes die Früchte (vgl. Hugo von St. Victor, ›De fructibus carnis et spiritus‹; PL 176, Sp. 997–1007) oder werden als ein Heer dargestellt, bei dem die *superbia* den obersten Heerführer abgibt. Nicht zuletzt ist die *superbia* deshalb eine so schwere Sünde, weil sie sich gegen *gotes hulde* (V. 301) richtet. Entsprechend der Appropriationenlehre ordnet nun das Mittelalter den Personen der göttlichen Trinität verschiedene Qualitäten zu: Gott Vater die Macht, Gott Sohn die Weisheit, Güte und Gnade dem Heiligen Geist (zur Zuordnung der *caritas* an den Heiligen Geist vgl. bes. Landgraf, ›Dogmengeschichte der Frühscholastik‹, Bd. 1,1, S. 220–237). Dem entspricht wiederum in der Bußtheologie, daß zwischen verschiedenen Arten von Sünden unterschieden wird, die sich gegen eine der Personen der Trinität richten: die Sünde der Schwäche richtet sich gegen Gott Vater; die Sünde der Unwissenheit gegen Gott Sohn; der Sünder gegen den Heiligen Geist macht sich demgegenüber durch Bosheit, Verstocktheit oder

durch eine Einstellung schuldig, die die *caritas* in Frage stellt (zur Sünde wider den Heiligen Geist vgl. Anm. zu V. 86–98). Auch derjenige verstößt gegen die dem Heiligen Geist zugeordnete *caritas*, der weltliche Dinge (*niwe site*, V. 293) höher schätzt als die Liebe Gottes (vgl. z. B. 1 Io 2,15 f.). Nach der theologischen Lehrmeinung der Zeit (so z. B. bei Petrus Lombardus und Petrus von Poitiers, vgl. dazu Landgraf, Bd. 1,2, S. 48 ff.) liegt es weiterhin nahe, daß das Einwohnen des mit der *caritas* identifizierten Heiligen Geistes gleichzustellen ist mit dem Einwohnen des Heiligen Geistes *per inhabitantem gratiam*. Zum Einwohnen des Heiligen Geistes im Menschen vgl. Landgraf, Bd. 1,2, S. 41–56 (zu Petrus Lombardus vgl. bes. S. 47; zu Rupert von Deutz S. 43). In den Bösen ist die Gegenwart des Geistes *per inhabitantem gratiam* nicht gegeben (Robertus Pullus, Landgraf S. 46; Porretanischer Paulinenkommentar, Landgraf S. 51 f.). *Per essentiam* ist der Heilige Geist zwar in allen, nur in den Guten jedoch auch *per inhabitantem gratiam*. Diese unterscheidet sich ursprünglich von der rein natürlichen Allgegenwart und Einwirkung des Geistes, fällt nach Petrus Lombardus vielleicht aber mit der persönlichen Einwohnung des Heiligen Geistes zusammen (vgl. Landgraf, S. 56). Vgl. auch Hempel, ›Übermuot diu alte . . .‹.

319 ff. Im Frühmittelalter waren die Tagelöhner meist noch persönlich unfreie Inhaber kleiner Bauernstellen, die freiwillige Arbeit gegen Naturalien oder Geld verrichteten, um etwas zusätzlich zu verdienen, soweit ihnen die Besorgung ihrer eigenen Stelle und die dem Grundherrn geschuldeten Dienste dazu Zeit ließen. Seit dem 8./9. Jh. wandelte sich die Lage, und im 12. Jh. mußten die meisten Tagelöhner bereits ohne den Rückhalt einer eigenen Bauernstelle allein von der – vor allem bei Frauen – geringen Bezahlung ihrer Lohnarbeit leben. V. 320 f. zielt auf diese Tagelöhnerinnen, die keine Bäuerinnen mehr waren, wenn sie auch der bäuerlichen Unterschicht entstammten (vgl. V. 330), und die nach den Bettlern die unterste und ärmste Schicht der mittelalterlichen Bevölkerung bildeten. Die Aussage von V. 321 deutet auf ein Nebeneinander von Teilzeit-Tagelöhnern alter Art und einem ›Lohnproletariat‹, für dessen Existenz im ländlichen österreichischen Raum diese Stelle ein sehr frühes literarisches Zeugnis darstellt. Vgl. Ogris, ›Geschichte des Arbeitsrechts vom Mittelalter bis in das 19. Jahrhundert‹, bes. S. 287 und 293, sowie Pitz, ›Wirtschafts- und Sozialgeschichte Deutschlands im Mittelalter‹, S. 75 f. und 122–124.

329 *gelwem gibende:* Das *gibende* bestand aus einem Tuch, das so um das Kinn gelegt und um den Kopf gewunden wurde, daß es mit einem Ende über die Schulter fiel (vgl. dazu Post, ›Das Kostüm und die ritterliche Kriegstracht im deutschen Mittelalter von 1000 bis 1500‹, S. 21a). Gelber Kopfschmuck galt als aufwendig und war deshalb für Frauen niederer Herkunft unpassend. Gegen gelb gefärbte Kleidungsstücke predigt wegen ihrer Kostspieligkeit u. a. auch Berthold von Regensburg. Regional ist gelbe Kleidung später als Kennzeichen der Prostituierten belegt. Vgl. Harvey, ›»Gelwez Gebende« – The »Kulturmorphology« of a Topos‹. – Vgl. dazu auch Is 3,16; 1 Tim 2,9 und 1 Pe 3,3.

332 Ki verweist im Kommentar z. St. auf Egberts von Lüttich ›Fecunda ratis‹, wo lange Kleider und Schleppen als verwerflicher Luxus kritisiert werden. Nach Ki bedeuten *chratzen* und *stozzen* hier das Schleifen des Kleidersaums auf dem Erdboden. Damit würden allerdings nur noch einmal V. 323–325 wiederholt, und auch die Formulierung in V. 333 (*daz si tunt an ir gewande*) paßt nicht recht dazu.

»Vorstoß«, »vorgestoßen« ist im Nhd. gebräuchlich für den an Kleidungsstücken hervortretenden Besatz (vgl. ›Trübners Deutsches Wörterbuch‹, Bd. 7, Sp. 766). Etwa mit Pelz »vorgestoßene« Kleidung einer Tagelöhnerin entspräche der von Heinrich angeprangerten Verkehrung jeder gesellschaftlichen und göttlichen Ordnung.

Für das Mhd. ist eine Bedeutung von *chratzen* und *stozzen* in bezug auf Kleidungsstücke nach den Unterlagen des Archivs des Mhd. Wörterbuchs in Hamburg jedoch nicht nachzuweisen; *chratzen* ist für die frühmhd. Literatur sogar *hapax legomenon*. Vgl. aber *stozen* in Konrads von Würzburg ›Engelhard‹, V. 3017, wo dieses Verb im Kontext der Beschreibung eines *schapel* erscheint, jedoch in anderer syntaktischer und wohl auch semantischer Verwendung. Vgl. auch Maaler, ›Die Teütsch spraach‹, Stichwort »*Kratzen*« (Bl. 251v): *Jukken / Reyben / Glat machen. Fricare, Frictionem adhibere, Scabere, Defricare, Infricare, Scalpere, Radere*. Der Kontext scheint unsere Übersetzung zu rechtfertigen. (Vgl. dazu noch Weiss, ›Kostümkunde‹, S. 570–573.) Zur Kleiderkritik in mhd. Literatur vgl. auch Lehmann-Langholz, ›Kleiderkritik in mittelalterlicher Dichtung‹, bes. S. 106 ff. zu dieser Stelle, allerdings ohne weiterführende Klärung.

350 f. *des ewigen todes striche:* vgl. Ps 17,6: *Dolores inferni circum-*

dederunt me: praeoccupaverunt me laquei mortis. (»Der Unterwelt Schmerzen umfingen mich, es faßten mich unverhofft Todesschlingen.«) – Zum »ewigen Tod«, dem »zweiten Tod« der Apokalypse, vgl. Apc 20,14 f. Ausgehend von dieser und ähnlichen Belegstellen (vgl. Apc 20,6; 2,11; 21,8) unterscheidet das Mittelalter im wesentlichen zwei Arten des Todes: Neben dem natürlichen Tod (*dem taeglichen tot, / der allen livten ist gemaeine*, V. 8 f.) ist es vor allem der Tod der Seele, der die Aussicht des ewigen Todes – *der wirsist aller tode* heißt er in V. 637 – eröffnet, die den Sünder zur rechtzeitigen Umkehr mahnen soll. Den Gedanken des zweifachen Todes differenzierend, nennen die Schriften der Kirchenväter dann drei oder vier Todesarten; sie weichen aber in den einzelnen Unterscheidungen voneinander ab und sind dogmatisch weniger streng gefaßt. – Dementsprechend bedeutet *leben* (V. 351) hier das Leben der Seele, vom Leben des Fleisches im NT häufig durch den Zusatz »wahres«, »zukünftiges« oder »ewiges« Leben unterschieden, aber dort mindestens ebensooft auch einfach »Leben« ohne Attribut genannt, da es sich um das »eigentliche« Leben als gegenwärtiges wie zukünftiges (1 Tim 4,8) handelt (vgl. von Rad/Bertram/Bultmann: Art. ›Der Lebensbegriff des NT‹, in: ThWNT II, S. 862–874, bes. S. 865). Dieses Leben zu verlieren ist geistlicher Tod und zieht den »ewigen Tod« nach sich. Vgl. Rolf, ›Der Tod in mittelhochdeutschen Dichtungen‹, S. 10 f.; H. Freytag, ›Kommentar zur frühmittelhochdeutschen Summa Theologiae‹, S. 90 ff.

352 Zu *geben* in der Bedeutung »helfen« vgl. Ki, S. 78 mit weiteren Hinweisen.

365 f. Vgl. dazu Anm. zu V. 236 ff.

369–372 Eine ganz ähnliche Formulierung findet sich auch in: ›Altdeutsche Predigten‹ (Ausg. Schönbach) Bd. 1, S. 112, Z. 25–28: *und ist nu leider ein jemerlich gewoneheit in der werlde: swer so schuldich wirt an vieren oder an vůmfin, von dem spricht man: ›daz ist ein kůne man, der ist biderbe‹, den erin sine lantlůte.* Diese bemerkenswerte Übereinstimmung – in der deutschen Predigt des 12./13. Jh.s sind solche Äußerungen zur aktuellen sozialen Wirklichkeit sonst äußerst selten – belegt sicher noch nicht eine Abhängigkeit der beiden Texte voneinander bzw. von einer gemeinsamen Vorlage. Sie spricht aber dafür, die V. 369 ff. nicht ohne weiteres als persönliche Beobachtung der dem Autor vor Augen liegenden Realität zu nehmen (so aber Bumke, ›Studien zum Ritterbegriff im

12. und 13. Jahrhundert‹, S. 39 f.), sondern hier mit einer von uns weiter nicht ermittelten Tradition zu rechnen.

374 f. Prov 2,14: *Qui laetantur cum malefecerint, et exsultant in rebus pessimis* (»die sich freuen, wenn sie Böses getan, und über die schlimmsten Dinge frohlocken«).

379 *werlt niuwe:* Die Klage über den bedauernswerten gegenwärtigen Zustand der Welt gehört zum Topos der Zeitklage. Als Entsprechung zum Topos der *laudatio temporis acti* kann sie einerseits der Vorstellung entspringen, daß man sich im letzten aller Weltalter befinde, an dessen Ende der Antichrist erscheinen werde und das von daher als Bewegung zum Schlechteren gesehen wird. Dies setzt die mittelalterliche Weltalterlehre als Gliederungsprinzip der Geschichte voraus, nach der meist entweder mit Dn 7,2–4 und den zugehörigen Auslegungen vier Weltalter oder nach Dn 2,31–44, den zugehörigen Auslegungen und der geschichtstheologischen Tradition seit dem Frühchristentum, die u. a. von Hieronymus, Augustin und Isidor aufgenommen und weiterverbreitet wird, sechs Weltalter unterschieden werden, deren letztes jeweils mit der Geburt Christi begann. (Vgl. dazu Schmidt, ›Aetates mundi‹.)
Das Wort *niuwe* verweist andererseits vielleicht auch auf die geschichtstheologische Vorstellung, nach der die Jetztzeit als Zeit *sub gratia* eine Erneuerung und Überhöhung der Epochen *ante legem* (vor dem Empfang des Gesetzes durch Moses) und *sub lege* (Zeit des Lebens unter dem Gesetz des AT bis zur Geburt Christi) darstellt; dabei wird bedauert, daß in der eigentlich durch das Erscheinen Christi in der Welt gut gewordenen neuen Zeit die Menschen durch ihr Handeln das Gute, nämlich ihre Erlösungsmöglichkeit, gefährden. (Zur unterschiedlichen Bewertung von *modernus* (bzw. *novus*) im Sinne von »neu« vgl. Freund, ›Modernus und andere Zeitbegriffe des Mittelalters‹. Zur Geschichtsauffassung im Mittelalter vgl. ferner Lammers (Hrsg.), ›Geschichtsdenken und Geschichtsbild im Mittelalter‹.)

387 Unsere Übersetzung faßt *christentuom* als kausalen Genitiv auf, abhängig von *verderben*, vgl. Lexer III, Sp. 93; zur Form ohne Endungs-(e)s vgl. Weinhold, Mhd. Gr. §§ 448, 454; ders., Bair. Gr. §§ 338, 342.

396 f. *die neigent sam vm ein rat:* Diese Formulierung wird verständlich aus der Vorstellung der *rota Fortunae*, einem im Mittelalter in Text und Illustration häufigen Bild. Als Hinweis auf die Vergänglichkeit von Macht und Ansehen stellt es in der gesamten uns

zugänglichen ikonographischen Tradition Aufstieg (*regnabo*), Herrschaft (*regno*), Sturz (*regnavi*) und Machtlosigkeit (*sum sine regno*) einer durch Krone und andere Insignien als König gekennzeichneten Figur dar, deren Schicksal von der das Rad drehenden Fortuna bestimmt wird. Die der christlichen Idee der göttlichen Vorsehung scheinbar widersprechende antike Personifikation der Wechselfälle des menschlichen Lebens konnte in die christliche Literatur Eingang finden, seit Boethius sie im fünften Buch seiner Schrift ›Philosophiae consolatio‹ als ausführende Macht dieser Vorsehung interpretiert hatte (CCSL 94; vgl. Schilling, ›Rota Fortunae‹, weitere Literatur dort S. 294 f., Anm. 7). Bemerkenswert an Heinrichs Verwendung dieser Allegorie ist – neben der bloß anspielenden Verkürzung, die breite Bekanntheit des Bildes voraussetzt – die Übertragung von der Herrschaft eines Königs auf die abstrakten Wertbegriffe.

398 f. Bei dem *alten vater* ist nicht an einen bestimmten Papst aus der Zeitgeschichte des Autors zu denken (so aber Diemer, ›Über Heinrich's Gedicht‹, S. 210 f.: Gregor VII.; Hzl, S. 42, und Lorenz: ›Heinrich von Melk‹, S. 49 ff.: Eugen III.; Seemüller: ›Rez. zu Wilhelm Wilmanns‹, S. 372 f.: Alexander III.).

Statt dessen ist mit Baunack, ›Zur Erklärung Heinrichs von Melk‹, S. 110–112 anzunehmen, daß hier ganz unspezifisch von einem Papst »vom alten guten Schlage« die Rede ist, also ein ganz unspezifisches Lob der besseren älteren Zeit (*laudatio temporis acti*) ausgesprochen wird, zumal auch die einzelnen Punkte der Kritik an Rom und der Kurie ganz der einschlägigen Topik entsprechen und so nicht auf eine einzelne historische Situation bezogen werden können. Vgl. dazu Schüppert, ›Kirchenkritik in der lateinischen Lyrik des 12. und 13. Jahrhunderts‹, S. 75–90; Benzinger, ›Invectiva in Romam‹, S. 76–78, 91–93, 105–118; Tschischka, ›Der sogenannte Heinrich von Melk und Gerhoch von Reichersberg‹, S. 115–124. Vgl. auch Kochendörffer, ›Erinnerung und Priesterleben‹, S. 294 f., der diese Stelle auf Petrus, den ersten Papst und Vorbild aller Nachfolger bezieht.

403 ff. Die Gegenüberstellung von der *riche* (V. 403) und der *arm man* (V. 408) wirft – mit dem Übersetzungsproblem – Fragen zur mittelalterlichen Sozialstruktur auf. In der äußerst kontroversen Diskussion werden so unterschiedliche Indikatoren wie Freiheit, Besitz, Macht und Wehrfähigkeit im Zusammenhang mit dem Gegensatz von *potens* und *pauper* genannt (zu letzterem vgl. bes.

Bosl, ›Potens und pauper‹, S. 106–134; Duby, ›Die drei Ordnungen‹). Fest steht, daß es im 12. Jh. einerseits reiche Bauern und Marktleute, andererseits arme Ritter und Fürsten gegeben hat (vgl. Pitz, ›Wirtschafts- und Sozialgeschichte Deutschlands im Mittelalter‹, S. 120 f.). Gerade die Führungsschicht war sehr heterogen zusammengesetzt: Neben den alten Edelfreien gab es u. a. die Gruppe der Ministerialen, die, obwohl persönlich unfrei, in sozialer, wirtschaftlicher und vor allem politischer Hinsicht schon weit aufgestiegen war. Bedeutende Reichsministerialen erscheinen trotz ihrer rechtlichen Unfreiheit in bayrischen Urkunden schon seit der Mitte des 12. Jh.s mit dem Titel *nobilis* oder *dominus* (vgl. Bosl, ›Die Reichsministerialität als Element der mittelalterlichen deutschen Staatsverfassung im Zeitalter der Salier und Staufer‹, S. 85). Wir übersetzen *reich* als mächtig, vgl. Anm. zu V. 125.

Wenn Heinrich in V. 403 feststellt: *der reiche man ist edele*, kritisiert er genau diesen Sachverhalt: als vornehme, edle Familie gilt auch eine erst kürzlich emporgekommene, rechtlich halbfreie Ministerialenfamilie, die über reale wirtschaftliche und politische Macht verfügt, auch wenn sie nicht auf eine lange Reihe adliger Vorfahren zurückblicken kann, sondern vielleicht nur einen Verwandten im Dienst des Reiches oder eines mächtigen Bischofs vorzuweisen hat; (vgl. dazu außer den bereits genannten Titeln auch Bosl, ›Die Gesellschaft in der Geschichte des Mittelalters‹, bes. S. 44–83.)

weise vnt starch (V. 405) entspricht *fortitudo et sapientia*, die zu vereinen wahre Helden und große Herrscher auszeichnet. Diese Vorstellung geht einmal in der von Curtius dargestellten Tradition auf antike Heldengestaltung zurück (›Europäische Literatur und lateinisches Mittelalter‹, S. 181–186), zum anderen auf die Gottesvorstellung der Bibel, wie sie z. B. Dn 2,20 erscheint und der nachzueifern das Gebot der *imitatio Christi* vom christlichen Herrscher verlangt. Die Schilderung des Mannes, dem nur aufgrund seiner Machtstellung alle Eigenschaften zugesprochen werden, die traditionell zu den Topoi des Herrscherlobs gehören, zeigt, daß der Verfasser die ihm vollkommen geläufigen rhetorischen Darstellungsmittel kritisch distanziert verwendet. Möglicherweise bildet Eccli 13,25–29 den biblischen Hintergrund.

409–417 *gaeistliche rihtaere:* Ahd. *rihtari, rihten* entspricht bis ins 11. Jh. lat. *rex, rector, regere,* vor allem aber *corrigere*. Diese ältere Gleichsetzung entstammt offenbar dem geistlichen Bereich: Die *correctio* obliegt in hierarchischer Abstufung dem König, den Bischöfen und Äbten und besteht darin, den vom rechten Weg abgewichenen, jeweils unmittelbar Untergebenen wieder auf den rechten Weg zurückzubringen (vgl. Köbler, ›Richten – Richter – Gericht‹, S. 107 und 113). Die Gleichsetzung von *iudex, iudicare* mit mhd. *rihtaere* und *rihten* (auch schon in der nhd. Bedeutung »Richter«, »richten«) erfolgt erst allmählich seit Beginn des Hochmittelalters, und vor Notker von St. Gallen (gest. 1022) hat es sie nicht gegeben (vgl. Köbler, S. 83). Vgl. Anm. zu V. 267 ff. Geistliche Herren, die (als *maeister*, V. 411) eigentlich christliche Glaubenslehren vermitteln und dem niederen Klerus wie dem Volk den rechten Weg weisen sollten, sind in Wirklichkeit *reicksnaere* (V. 410) und begehen offenbar schwerwiegende Rechtsverletzungen: War es seit dem 8. Jh. üblich, Herrschaftsbezirke im Kampf zu schaffen und zu erhalten, um Grundholden und Hörige anderer Herren in den eigenen Bannbezirk zu zwingen, so kam diese Entwicklung spätestens im 11. Jh. zum Abschluß. Daß solche Unternehmungen auch nach 1100 noch stattfanden, bezeugen jedoch die zahllosen Aufrufe zum Landfrieden, unter dessen besonderem Schutz gerade auch die Geistlichen und Bauern standen (vgl. Pitz, ›Wirtschafts- und Sozialgeschichte Deutschlands im Mittelalter‹, S. 84 f. und 131 f.; Gernhuber, ›Die Landfriedensbewegung in Deutschland bis zum Mainzer Reichslandfrieden von 1235‹; Mitteis, ›Der Staat des hohen Mittelalters‹; Duby, ›Die drei Ordnungen‹, bes. S. 183–247; vgl. auch die einschlägigen Art. in HRG I, Sp. 1451–87).

Heinrich kritisiert in V. 412–417 ausdrücklich auch die persönlichen militärischen Aktivitäten der geistlichen Herren, die diesen nicht allein nach der Auffassung reformerisch gesinnter Kreise, sondern auch nach den Normen des Kirchenrechts verboten waren. War auch die Frage nach dem »gerechten Krieg« (*bellum iustum*) – gerade durch die Kreuzzungsproblematik – in manchen Punkten noch offen und war auch nach der einen oder anderen Auffassung den Geistlichen das Waffentragen unter eng bestimmten Voraussetzungen gestattet (nur zur Notwehr; nur zur Abschreckung, nicht zur Anwendung; evtl. im Heidenkampf), so bestand doch in der Kanonistik Übereinstimmung, daß ein Geistlicher niemals die Waffen gegen einen Mitchristen erheben dürfe, wie es hier in V. 416 f. dargestellt wird. Nach Gratian, dem großen Kanonisten des frühen 12. Jh.s, war den Geistlichen auch eine militärische

Kommandofunktion ohne persönliches Dreinschlagen verwehrt; nur als Seelsorger sollten sie die Kämpfer begleiten dürfen. Biblische Stütze war vor allem das Jesuswort Mt 26,52 *Converte gladium tuum in locum suum: Omnes enim, qui acceperint gladium, gladio peribunt.* (»Stecke dein Schwert an seinen Ort! Denn alle, die das Schwert ergreifen, werden durch das Schwert umkommen.«) Vgl. weiter Io 18,11; Gn 9,6; Apc 13,10.
Zwar wurde diesen Grundsätzen gerade im 12. Jh. häufig zuwidergehandelt, weil viele Prälaten durch ihre weltlichen Aufgaben (*temporalia*), die sie neben den geistlichen (*spiritualia*) versahen, leicht in Versuchung geführt wurden; das aber waren dann eben Verstöße gegen die klerikale Disziplin, die von strengeren Zeitgenossen auch gerügt wurden. Vgl. Hehl, ›Kirche und Krieg im 12. Jahrhundert‹, bes. S. 62, 76, 104 f., 236 ff.; Erdmann, ›Die Entstehung des Kreuzzugsgedankens‹, S. 12 f., 68 ff.
In der lateinischen Lyrik des 12. und 13. Jh.s erscheint als Ausdruck der *superbia* geistlicher Herren, daß sie die *pauperes* verachten und – ihre geistlichen Aufgaben vernachlässigend – wie die weltlichen Herren Fehden austragen und oft selbst Kriege führen. In den ›Carmina Burana‹ Nr. 39,4,12 werden die Attribute ihrer geistlichen Würde den entsprechenden Teilen der Rüstung gegenübergestellt: statt der Mitra tragen sie den Helm, den Schild statt der Stola, den Panzer statt der Albe (vgl. Schüppert, ›Kirchenkritik in der lateinischen Lyrik des 12. und 13. Jahrhunderts‹, S. 66–75, bes. S. 69 f.).

418 Vgl. V. 430 und Anm.

420 *lebent mit schalle:* Unsere Übersetzung läßt sich auf dem Hintergrund von Iac 4,16 und 5,5 rechtfertigen: (4,16a) *Nunc autem exsultatis in superbiis vestris.* (»Nun aber rühmt ihr euch in eurer Selbstüberhebung.«) (5,5) *Epulati estis super terram, et in luxuriis enutristis corda vestra in die occisionis.* (»Ihr habt auf Erden üppig gelebt und eure Herzen mit Genüssen gemästet für den Tag der Schlachtung.«)

430 Der Vers könnte auf Bestrebungen zielen, sich aus verschiedenen Abhängigkeiten zu lösen, sei es durch Abwanderung in die zu dieser Zeit entstehenden und sich ausweitenden Städte, sei es durch Verringerung oder Befreiung von Abgaben und Dienstleistungen. Vgl. Kroeschell, ›Deutsche Rechtsgeschichte‹, Bd. 2, S. 126 ff.; Grundmann, ›Freiheit als religiöses, politisches und persönliches Postulat im Mittelalter‹, S. 23–53; Dilcher, Art. ›Freiheit‹, in: HRG I, Sp. 1228–33. Vgl. auch V. 418.

431 Daß *biderbe* mit *widere* reimen kann, mag darin Begründung finden, daß die Hauptbetonung in *biderbe* auf der ersten Silbe liegt und daher der Endsilbenkonsonant sehr schwach betont ist, vielleicht sogar im Original ganz ausgefallen ist (zur Betonung vgl. Lexer I, Sp. 265; zum möglichen Ausfall des b vgl. Weinhold, Mhd. Gr. § 162 mit gleichen Reimbeispielen).

432 Vgl. V. 17.

435–454 Ungewöhnlich für einen volkssprachlichen Text in dieser Zeit sind die Überlegungen des Verfassers zu Aufbau und Inhalt seines Werkes. Geprägt scheinen seine Kategorien dabei von den in lateinischen Kommentaren zu (antiken) Schulautoren (sowie zu Bibeltexten) üblichen Fragen zum Autor, zur Einordnung des Werkes in das System der Wissenschaft und der Philosophie sowie zur Anlage und Gestalt des Werkes. Dort gilt die Frage nach der *materia* dem, was in einem Text abgehandelt wird. Der Autor könnte in V. 440 f. (*swa ich aber den orden han zebrochen / der materie, di ich anne viench*) aber auch auf die Terminologie der Poetiken anspielen, die zwischen dem *ordo naturalis*, der sich nach der zeitlichen Abfolge der Geschehnisse richtet, und einem *ordo artificialis* unterscheiden, bei dem die Erzählung an einem beliebigen Punkt des Geschehens ansetzt und früher Geschehenes später nachgeholt oder auf später Geschehendes durch Vorausdeutung hingewiesen wird (vgl. dazu Faral, ›Les arts poétiques du XIIe et du XIIIe siècle‹, S. 55–57); zur thematischen Predigt als möglichem Dispositionsmodell dieses Textes vgl. unsere Einführung, S. 195–201. Vor diesem Hintergrund ist anzunehmen, daß Heinrich Einwänden des Publikums, angeblich nicht Dazugehöriges behandelt zu haben, durch seinen Hinweis auf die dafür verantwortlichen *laesterlichen dinch* (V. 442) zuvorkommen will, indem er – rhetorisch äußerst geschickt – das Gewicht des bisher Gesagten noch einmal unterstreicht, das nur bei oberflächlicher Betrachtung nicht zum *orden der materie* zu gehören scheint (zu *orden* vgl. Anm. zu V. 55 f.). Diese Überlegungen zu Inhalt und Funktion des ersten Teils seines Werkes haben zu einem sehr frühen Beispiel eines Titels für ein mittelalterliches volkssprachliches Werk geführt. Zur Titelgebung im Mittelalter vgl. immer noch Lehmann, ›Mittelalterliche Büchertitel‹ (nur lat. Belege). Literatur zu den Accessus: Quaine, ›The medieval accessus ad auctores‹; Silvestre, ›Le schéma ›moderne‹ des accessus‹; Bischoff, ›Wendepunkt in der Geschichte der lateinischen Exegese im Frühmittelalter‹; Glauche, Art. ›Accessus ad auctores‹, in: LdM I, Sp. 71 f.; Brinkmann, ›Mittelalterliche Hermeneutik‹, S. 4–21.

437 Zum Terminus *liet* vgl. unsere Einführung, S. 211 ff.

442 *machent laesterlichen dinc:* Die schwache Form des (attributiven) Adjektivs bei artikellosem Substantiv ist auffallend; zumindest weicht sie von den »hauptsächlichen Gebrauchstypen« (P/M/S/G, Mhd. Gr. § 256 ff.) ab.

447 *wir* wird konjiziert, da der Wegfall des -n in der 1. Pl. (hsl. *welle* statt *wellen*) nach P/M/S/G, Mhd. Gr. § 155 Anm. 2, und Weinhold, Mhd. Gr. §§ 369 f., nur bei nachgestelltem Pronomen belegt ist.

454 *in nomine domini:* Die Formel stammt wohl aus der Liturgie und steht in ihrer einleitenden Funktion am Beginn der ganzen Messe (*Adjutorium nostrum in nomine domini,* Ps 123,8; vgl. den Ordo Romanus in: Daniel, ›Codex litvrgicvs ecclesiae romano-catholicae in epitomen redactvs‹, Nr. I, Introitus; vgl. auch Col 3,17) oder am Beginn der Oblationshandlung, wo sie seit dem 11./12. Jh. in der römisch-fränkischen Messe bei der Segnung der Opfergaben auftaucht (*In nomine domini nostri Jesu Christi sit sacrificium;* Jungmann, ›Missarum Sollemnia‹, Bd. 1, S. 125, Anm. 11; vgl. auch Bd. 2, S. 84).

Als formelhaft verkürzte *invocatio scriptoris ad Deum* tritt sie aber am Ende des Exordiums auch in mhd. Texten mit religiöser Thematik auf; vgl. Rudolf von Ems, ›Barlaam und Josaphat‹, V. 118 ff., und Albers ›Tundalus‹, S. 121, V. 21; vielleicht in parodistischer Absicht bei Walther von der Vogelweide, ›Unmutston‹ (L 31,33): *In nomine dumme* [Hss. AC: *domini*!] *ich wil beginnen, sprechent amen.* Vgl. auch Simon, ›Untersuchungen zur Topik der Widmungsbriefe mittelalterlicher Geschichtsschreiber bis zum Ende des 12. Jahrhunderts‹, bes. S. 106 f. Als Schlußgebet dagegen in Veldekes ›Eneide‹, V. 13428. Das Auftreten der Formel in der Personenrede kann in diesem Zusammenhang unberücksichtigt bleiben (vgl. Grünewald, ›Die lateinischen Einschiebsel in den deutschen Gedichten von der Mitte des 11. bis gegen Ende des 12. Jahrhunderts‹, und Caflisch-Einicher, ›Die lateinischen Elemente in der mhd. Epik des 13. Jahrhunderts‹, S. 85). Mhd. Belege für diese und verwandte Gebetsformeln in Prologen z. B. ›Vom himmlischen Jerusalem‹ (in: Maurer II, S. 140–152), Str. 1,8, ›Kaiserchronik‹, V. 1 f. und des Armen Hartmann ›Rede vom heiligen glouben‹ (in: Maurer II, S. 568–628), Str. 4,2 ff.

Die Bitte um Gottes Segen und den Beistand besonders des Heiligen Geistes leitet aber auch den Hauptteil einer Predigt ein: *Cum sermonem vis facere, invoca primum gratiam sancti spiritus* (lat. Predigthandschrift des 12. Jh.s, Clm. 3721; zit. bei: Linsenmayer, ›Geschichte der Predigt‹, S. 137); ähnlich Honorius Augustodunensis: ›Speculum Ecclesiae‹; PL 172, Sp. 815: *Cum igitur vis alloqui populum, in primis ori et pectori tuo imprime crucis signaculum, invocans in te gratiam sancti Spiritus . . . Per gratiam ergo Spiritus sancti accepto in te verbo Dei, in ejus nomine sic humiliter incipe.* (»Wenn du also die Gemeinde ansprechen willst, bezeichne zunächst deinen Mund und deine Brust mit dem Zeichen des Kreuzes und flehe auf dich die Gnade des Heiligen Geistes herab . . . Wenn du aber durch die Gnade des Heiligen Geistes das Wort Gottes in dir empfangen hast, so beginne in seinem Namen mit Demut.«) Sein Ziel kann der Prediger nur *invocato Dei auxilio* erreichen (Jean de Galles; zit. bei Gilson, ›Michel Menot et la technique du sermon médiéval‹, S. 97, Anm. 1). In der hochmittelalterlichen ›thematischen‹ Predigt hat das Exordium die Aufgabe, eine Verbindung herzustellen zwischen dem Wort Gottes in den Schriftzitaten, dem Prediger, der den Sinn der Schriftworte darzulegen hat, und den Hörern, die den ihnen durch den Prediger vermittelten Sinn erfassen und beherzigen sollen; dies gilt besonders dann, wenn der Prediger vor einem bestimmten Stand spricht. Das Exordium (das gelegentlich, besonders in Frankreich auch als Prothema bezeichnet wird, vgl. Lecoy de la Marche, ›La chaire française au moyen âge‹, S. 291) beruht zumeist auf einem eigenen Textzitat, das für sich ausgelegt wird und »die Aufmerksamkeit der Hörer auf [. . .] die Auslegung des der Predigt zugrundeliegenden Wortes lenkt und sie vorbereitet, ihren geistlichen Gehalt zu erfassen« (vgl. Hansen, ›Der Aufbau der mittelalterlichen Predigt unter besonderer Berücksichtigung der Mystiker Eckart und Tauler‹, S. 25). Gewiß sollte die Analogie zum Aufbau der thematischen Predigt nicht gepreßt werden, zumal die entsprechenden theoretischen Äußerungen in den *Artes praedicandi* erst im 13. Jh. einsetzen; doch erscheint der ganze erste Teil (*von dem gemaeinem lebene / eine rede*) als eine Auslegung des Schriftzitats *omnes declinaverunt* (Ps 13,3) in der Form einer umfassenden Ständekritik, um »alle« auf das rechte Verständnis und Beherzigen der folgenden Ausführungen vorzubereiten. Mit der *invocatio* in V. 454 gelangt Heinrich schließlich zu seinem schon in V. 2 f. angegebenen Thema, das er durch *auctoritates* und *exempla vel narrationes* entfaltet. Schon Hzl (S. 9; vgl. Neuser, ›Zum sogenannten Heinrich von Melk‹, S. 130) spricht von »planmäßiger Überlegung« und einem »ursächlichen Verhältnis« des ersten Teils zum zweiten, ohne allerdings die eigentliche »Oekonomie« des Werkes zu beschreiben.

457 f. Vgl. Iob 17,1: *dies mei breviabuntur, et solum mihi super est sepulchrum* (»meine Tage gehen zu Ende und einzig das Grab ist mir übrig«).

460–464 Vgl. Iob 10,9: *Memento quaeso quod sicut lutum feceris me et in pulverem reduces me.* (»Gedenke doch, daß du mich wie Ton formtest und mich wieder zu Staub wandeln wirst!«) – Der Text Heinrichs ist jedoch eher eine Kontamination aus Eccle 12,1: *Memento Creatoris tui in diebus juventutis tuae, antequam veniat tempus afflictionis, et appropinquent anni, de quibus dicas: non mihi placent!* (»Sei deines Schöpfers eingedenk in den Tagen deiner Jugend, bevor die Zeit der Trübsal kommt und die Jahre herannahen, von denen du sagen mußt: Sie gefallen mir nicht!«) und Eccle 12,7: *Et revertatur pulvis in terram suam unde erat...* (»... und der Staub zu seiner Erde wiederkehrt, von der er genommen ...«). Zum mittelalterlichen Zitieren (das Zitat aus Eccle wird Hiob zugeschrieben!) vgl. Fuhrmann, ›Die Fälschungen im Mittelalter‹, S. 529–554; vgl. auch die anschließenden Diskussionsbeiträge zu dieser Frage, S. 555–601, bes. Fuhrmanns Schlußwort, S. 580–601; ferner Panzer, ›Vom mittelalterlichen Zitieren‹.

466–470 Kontamination aus Iob 7,7; 14,11; 30,19. Zu V. 466: Iob 7,7: *Memento quia ventus est vita mea* (»Gedenke, daß mein Leben nur ein Hauch ist«). Zu V. 467: Iob 14,11: *(Homo est) Quomodo si recedant aquae de mari* (»Wie wenn die Wasser aus dem Meere zurücktreten«). Zu V. 468–470: Iob 30,19: *Comparatus sum luto, et assimilatus sum favillae et cineri* (»Ich bin dem Kote gleich geworden und ähnlich dem Staub und der Asche«).

472 ff. Vgl. Ps 89,6 f.: *Mane sicut herba transeat, mane floreat, et transeat: vespere decidat, induret, et arescat.* (7) *Quia defecimus in ira tua, et in furore tuo turbati sumus.* (»Wie das Gras am Morgen hervorwächst, am Morgen blüht, um abzusterben, am Abend abwelkt, hart wird und verdorrt, (7) So schwinden wir dahin durch deinen Zorn und sind verstört durch deinen Grimm.«) Vgl. auch Ps 102,15 f.: *Homo, sicut foenum dies ejus, tamquam flos agri sic efflorebit. Quoniam spiritus per-*

transibit in illo, et non subsistet: et non cognoscet amplius locum suum. (»Des Menschen Lebenstage sind wie Gras, wie eine Blume des Feldes, so blüht er auf. Es fährt ein Windhauch über sie dahin und sie ist nicht mehr und man kennt nimmermehr ihre Stätte.«) Diese Psalmverse können hier gemeint sein, denn *wissage* bedeutet nicht nur »Prophet« (so Lexer III, Sp. 945; BMZ III, S. 785a), sondern darüber hinaus auch alle anderen Autoren des AT, so in: ›Altdeutsche Predigten‹ (Ausg. Schönbach), Bd. 2, S. 87, Z. 17. Vgl. auch Iob 14,2; Is 40,6–8 und Anm. zu V. 234 f.; Iac 1,10 f.; 1 Pe 1,24.

478–480 Vgl. Eccli 7,40: *In omnibus operibus tuis memorare novissima tua, et in aeternum non peccabis.* (»Bei allem, was du tust, gedenke an dein Ende, so wirst du in Ewigkeit nicht sündigen.«) Vgl. Eccli 18,22.27.

481 f. Eccli 5,8: *Non tardes converti ad Dominum, et ne differas de die in diem* (»Säume nicht, dich zum Herrn zu bekehren und verschiebe es nicht von einem Tage zum andern«).

483 Vgl. Gn 2,7: *Formavit igitur Dominus Deus hominem de limo terrae* (»Da bildete Gott, der Herr, den Menschen aus Lehm der Erde«). Vgl. weiter Is 45,9.

484 Vgl. Gn. 3,19: *In sudore vultus tui vesceris pane, donec revertaris in terram de qua sumptus es: quia pulvis es, et in pulverem reverteris.* (»Im Schweiße deines Angesichtes sollst du dein Brod essen, bis du zur Erde wiederkehrest, von der du genommen bist; denn du bist Staub und sollst zum Staube zurückkehren.«) und Iob 10,9: *Memento quaeso quod sicut lutum feceris me, et in pulverem reduces me.* (»Gedenke doch, daß du mich wie Ton formtest und mich wieder zu Staub wandeln wirst!«)

486 f. Vgl. Gn 3,16: *Multiplicabo aerumnas tuas, et conceptus tuos: in dolore paries filios* (»Ich will die Beschwerden deiner Schwangerschaft vervielfältigen; mit Schmerzen sollst du Kinder gebären«).

489 f. Vgl. Iob 10,11: *Pelle et carnibus vestisti me: ossibus et nervis compegisti me* (»Mit Haut und Fleisch hast du mich bekleidet, mit Knochen und Sehnen mich zusammengefügt«). Vgl. auch 1 Tm 6,7: *Nihil enim intulimus in hunc mundum: haud dubium quod nec aufferre quid possumus* (»denn nichts haben wir in diese Welt hereingebracht; ohne Zweifel können wir auch nichts mit hinausnehmen«).

491 ff. Iob 1,21: *Nudus egressus sum de utero matris meae, et nudus reverta illuc* (»Nackt bin ich aus meiner Mutter Schoß hervorgegangen und nackt werde ich dahin zurückkehren«). Vgl. wei-

ter Eccle 5,14 und Gn 3,21: *Fecit quoque Dominus Deus Adae et uxori ejus tunicas pelliceas, et induit eos* (»Und Gott, der Herr, machte Adam und seinem Weibe Gewänder von Fellen und bekleidete sie damit«). Zum ganzen Argumentationsgang der V. 491–499 vgl. Lc 12,15–31 und Mt 6,25 ff., bes. Lc 12,15.20.28.31: *Dixitque ad illos: Videte, et cavete ab omni avaritia: quia non in abundantia cujusquam vita ejus est ex his quae possidet.* (15) (»Und er sprach zu ihnen. Sehet zu, und hütet euch vor aller Habsucht; denn wenn auch jemand Überfluß hat, so hängt doch sein Leben nicht von seinen Gütern ab.«); *Dixit autem illi Deus: Stulte, hac nocte animam tuam repetunt a te: quae autem parasti, cujus erunt?* (20) (»Gott aber sprach zu ihm: Du Thor! in dieser Nacht fordert man deine Seele von dir; was du nun bereitet hast, wessen wird es sein?«); *Si autem foenum, quod hodie est in agro, et cras in clibanum mittitur, Deus sic vestit: quanto magis vos pusillae fidei?* (28) (»Wenn nun Gott das Gras, welches heute auf dem Felde steht, und morgen in den Ofen geworfen wird, also kleidet, wie viel mehr euch, ihr Kleingläubigen!«); *Verum tamen quaerite primum regnum Dei, et justitiam ejus: et haec omnia adjicientur vobis.* (31) (»Vielmehr suchet zuerst das Reich Gottes und seine Gerechtigkeit, so wird euch dieses alles zugegeben werden.«)

496 Zu *het* als 3. Pers. Sg. Ind. Präs. vgl. Weinhold, Mhd. Gr. § 394 und ders., Bair. Gr. § 319.

499 Vgl. Sap 5,13; ob V. 499 bloß eine *interpretatio* von 498 ist oder einen neuen Gedanken mit den vorangegangenen verbindet, ist schwer zu entscheiden. Zu denken wäre evtl. an den *taeglichen tot* (V. 8), den jederzeit möglichen Tod, der »wie ein Dieb in der Nacht kommt« (1 Thess 5,4; vgl. Anm. zu V. 789 f.) oder sogar an die *mors repentina* (vgl. dazu Ariès, ›Geschichte des Todes‹, S. 19 ff. und V. 642 u. Anm.).

500–510 Der ganze Abschnitt steht in einem Traditionszusammenhang, der von Ier 20,18 und Augustinus bis weit über die 1195 entstandene Schrift ›De miseria humanae conditionis‹ des späteren Papstes Innozenz III. hinausreicht. Vgl. Augustinus, ›Enarrationes in Psalmos‹, CXXV,10 (CCSL 40, S. 1852,39 ff.): *Nam ipsa uita humana quam ingressi sumus, misera est, laboribus plena, doloribus, periculis, aerumnis, tentationibus. Nolite seduci gaudio rerum humanarum; flenda in rebus humanis aduertite. Poterat ridere prius puer qui nascitur; quare a fletu incipit uiuere? Ridere nondum nouit; quare plorare iam nouit? Quia coepit ire in istam uitam. Sed si de illis captiuis est, hic flet et gemit; sed ueniet gaudium.* (»Denn sowie wir in dieses menschliche Leben eingetreten sind, ist es erbärmlich, voller Mühsal, Schmerzen, Gefahren, Kummer, Versuchungen. Laßt euch nicht zur Freude an menschlichen Dingen verführen; seid bereit, das menschliche Leben zu beweinen. Es könnte das Kind, das geboren wird, als erstes lachen; warum beginnt es mit Weinen zu leben? Es wußte noch nicht zu lachen; warum wußte es schon zu weinen? Weil es in dieses Leben zu gehen begann. Aber wenn es unter jenen Gefangenen ist, weint und seufzt es; doch die Freude wird kommen.«) – Vgl. auch Ps 83,6 f. Vgl. damit Innozenz III., ›De miseria humanae conditionis‹, Buch 1, Kap. 6; von diesem Werk sind allein 672 Hss. der lateinischen Originalfassung erhalten. Heinrich ist also ganz auf der Höhe der Zeit. Zu V. 506 f. vgl. Gn 3,16: *in dolore paries filios* (»mit Schmerzen sollst du Kinder gebären«) und Sap 7,3. Zum Weinen als dem Menschen angesichts seiner Situation angemessenem Verhalten vgl. auch Schmitz, ›quod rident homines, plorandum est‹. Vgl. weiter Rengstorf, Art. ›κλαίω, κλαυθμός‹, in: ThWNT III, S. 721 ff.

511 Vgl. Sap 7,5 f.

567–569 Das Motiv des Kontrastes zwischen der Vielzahl der Reiche, die ein Herrscher zu Lebzeiten beherrscht, und der geringen Fläche, die er nach seinem Tode beanspruchen kann, taucht häufig in der Alexanderepik des Mittelalters auf, wenn Alexanders Tod mit dem *memento mori*-Motiv verbunden wird. Vgl. im Deutschen zuerst den ›Straßburger Alexander‹ (Lamprechts ›Alexander‹), V. 7274–78: *niwit mêr er behîlt / allis des er ie beranc, / wene erden siben vôze lanc, / alse der armiste man, / der in die welt ie bequam.*

570 ff. *mit schoenen phellen bedechet:* Die folgenden Ausführungen beziehen sich offensichtlich auf die Gebräuche bei Tod und Begräbnis eines Vornehmen, dessen Leichnam nach dem Eintritt des Todes entweder in kostbares Leinen, Goldstoff oder in starkfarbige (rote, blaue, grüne) Gewebe gehüllt wurde (vgl. Ariès, ›Geschichte des Todes‹, S. 216). Bereits im Hause des Toten beginnt dann mit der Totenwache die kirchliche Zeremonie, denn »von seinem letzten Seufzer an gehört der Tote weder seinen Standesgenossen [. . .] noch seiner Familie, sondern der Kirche« (ebd., S. 212). Heinrich erwähnt davon nur die »Absolution«, d. h. die Besprengung mit Weihwasser und Inzensation mit Weihrauch, um dem Verstorbenen Nachlaß der Sündenstrafen zu erbitten (vgl. ebd., S. 216; ferner Engemann/Zelfel/Hollerweger, Art. ›Begräbnis‹, in: LdM I,

Sp. 1804–06; Schnitzler/Jungmann, Art. ›Begräbnis. Liturgisch‹, in: LThK II, Sp. 118; im 12. Jh. allerdings wird der Weihrauch nach dem Mirakelbuch des hl. Anno von Köln bereits bei Sterbenden gebraucht; vgl. Kyll, ›Tod, Grab, Begräbnisplatz, Totenfeier‹, S. 18). Myrrhe ist Bestandteil des Weihrauchs und bedeutet (z. B. in den Auslegungen der Gaben der drei Weisen) die *mortalitas carnis* (Beda Venerabilis; vgl. Otfrid I, 17, 72). Brennende Kerzen an der aufgebahrten Leiche sind verbreiteter Brauch (vgl. Herbort von Fritzlar, ›Liet von Troye‹, V. 10681 und 10810; Hartmann von Aue, ›Erec‹, V. 6318; vgl. Kyll, S. 39).

Auf Ort und Zeitpunkt des kirchlichen Zeremoniells (Sterbehaus, Kirche, Grabstelle) gibt der Text keinen sicheren Hinweis. Kirchliche Forderung war seit dem 9. Jh. die Übertragung des Toten in die Kirche, wo das Totenoffizium und die Totenmesse gehalten werden; gegen das regionale Brauchtum, demzufolge die Leiche bis zur Bestattung im Sterbehaus bleibt, hat sie sich jedoch kaum durchsetzen lassen (vgl. etwa Kyll, S. 26). Es schließt sich die Absolution an und das Geleit zur Grabstelle, wo eine letzte Absolution mit Weihrauchopfer und Aussprengen von Weihwasser erfolgen konnte (vgl. Ariès, S. 216). Heinrichs wiederholter Hinweis auf die offenbar ungewöhnliche Länge der Bestattungsfrist (V. 575 f.; 589 f.: zwei bis drei Tage oder mehr) erklärt sich aus den Notwendigkeiten eines prunkvollen Begräbnisses (vgl. Hzl zu V. 575) und legt den Gedanken nahe, daß das einfache Volk es eiliger hatte. Gebräuchlicher Begräbnistermin war der Sterbetag oder allenfalls der folgende Tag (vgl. Frank, ›Der älteste erhaltene Ordo Defunctorum der römischen Liturgie und sein Fortleben in den Totenagenden des frühen Mittelalters‹, S. 395).

584 ff. Als Begräbnisstelle ist bei einem Vornehmen sicher an die Kirche selbst oder an eine mit ihr in Verbindung stehende Kapelle zu denken, was im Hochmittelalter (seit dem 9. Jh.) dem Klerus und hochgestellten Laien vorbehalten war. Der verbreitete Wunsch, in der Kirche oder zumindest in Berührung mit der Kirche (an der Kirchenmauer) bestattet zu werden, hängt mit der Anziehungskraft von Märtyrer- und Heiligenreliquien zusammen, die seit dem 4. Jh. zunehmend (in Reliquiaren oder Reliquiengräbern) in oder unter dem Altar beigesetzt wurden (vgl. Kyll, S. 102 ff.). Dies sollte es der Seele erleichtern, im Himmel der Gemeinschaft der Heiligen teilhaftig zu werden, so, wie der Leib auf Erden neben den Reliquien ruht (vgl. Geiger, Art. ›Begräbnis‹, in: HdA I, Sp. 991; Beis-

sel, ›Die Verehrung der Heiligen in Deutschland bis zum Beginn des 13. Jahrhunderts‹, bes. S. 3). Um einen solchen bevorzugten Begräbnisort zu erhalten, wurden Äcker, Weinberge, Zehnten u. a. m. der jeweiligen Begräbniskirche oder dem Kloster vermacht (vgl. Schreiber, Art. ›Begräbnis. Volkskundlich und in der kirchlichen Rechtsgeschichte‹, in: LThK II, Sp. 120). Das Fortleben dieses Glaubens bis ins 18. Jh. bezeugt noch Goethes ›Faust‹ (1. Teil, ›Der Nachbarin Haus‹): Mephistopheles. »Er liegt in Padua begraben / Beim heiligen Antonius, / An einer wohlgeweihten Stätte / Zum ewig kühlen Ruhebette.«

588 Es ist anzunehmen, daß hier die Nacht des Jüngsten Gerichts gemeint ist, also jener Zeitpunkt, da die Toten aus ihren Gräbern herauskommen und vor Gottes Gericht treten. – Daß zu diesem Zeitpunkt das Licht der Sonne und der Sterne erlischt und Finsternis herrscht, belegen Am 5,18 ff., Il 2,2.10 und 3,15 sowie Act 2,20 f. Auch im ›Lucidarius‹ findet sich diese im Mittelalter wohl verbreitete Vorstellung (Ausg. Heidlauf, S. 68, 9–13): *Von dem jungesten gerihte. Der junger sprach: ›in weler zit wirt daz urteil?‹ do sprach der meister: ›ze mitter naht, zů der wile alse der engel Egiptum verwůstete, Got selbe die helle berůbete, an der selben zit wil er sine liebin lidegin von dirre welte.‹* Vgl. weiter die ›Apokalypse‹ Heinrichs von Hesler aus der Danziger Handschrift, V. 19964 ff., V. 18350 ff. und 18392 ff.

Den Vers auf Iob 3,3 zu beziehen: *Pereat dies in qua natus sum, et nox in qua dictum est: Conceptus est homo.* (»Untergehe der Tag, an dem ich geboren, und die Nacht, in der man sprach: Ein Mensch ist empfangen!«), wie Ki (Anm. zu V. 588) dies in Betracht zieht, ist kaum haltbar; *gebirt* ist eindeutig Präsens, und die Stellung des Zeitadverbs *danne* spricht darüber hinaus für futurische Bedeutung des Verbs.

597–635 Zur Kleiderkritik in mhd. Literatur vgl. Lehmann-Langholz, ›Kleiderkritik in mittelalterlicher Dichtung‹; zu den vorliegenden Versen bes. S. 116 ff.

607 *wart = wort*; der Übergang von -o- zu -a- vor Liquiden ist eine namentlich im Bairischen häufige Erscheinung (vgl. Weinhold, Mhd. Gr. § 60; Bair. Gr. § 6; Neuschäfer, ›Das Anegenge‹, S. 34 mit weiteren Literaturangaben), so auch TG V 881; vgl. daneben Prl V. 325 f. und 460 f. mit Unsicherheiten im Reim. Zum Wechsel zwischen -a- und -o- siehe Anm. zu V. 859.

609 *saeite* geht auf *sagete* zurück und weist somit Kontraktion von

-age- auf, die im bair.-österr. Raum seit »Mitte des 12. Jhdts« auftritt (Kranzmayer, ›Historische Lautgeographie des gesamtbairischen Dialektraumes‹, § 20.o und § 27.e/f; vgl. auch Zwierzina, ›Mittelhochdeutsche Studien‹, S. 367 ff.).

625 *hosen* sind strumpfartige, knielange oder bis zu den Oberschenkeln reichende Beinlinge, die am *bruoch*, einem etwa knielangen, hosenartigen Obergewand, befestigt waren. Vgl. Post, ›Das Kostüm und die ritterliche Kriegstracht im deutschen Mittelalter von 1000 bis 1500‹, S. 106d, sowie Tilke, ›Kostümschnitte und Gewandformen‹, S. 118.

628 f. *weiten:* Hzl konjiziert *wîten*; vgl. aber das Reimwort *mitten*. Auch wenn solche Reime für Heinrich nicht auszuschließen sind, führt ein transitives *wîten* im Sinne von »*wît* machen«, »erweitern« in bezug auf zwei Akkusative (*die seiden in daz hemde*) zu Schwierigkeiten. Ki verweist zu V. 629 auf ahd. Belege für ein Verb *wittôn* (Graff I, Sp. 746) in der Bedeutung »binden«, »schnüren, um etwas zu kräuseln oder zu fälteln«. Die Dame *wittet* also ihrem Gemahl an mehreren Stellen Seide(nfäden) in das Hemd, um es zu fälteln; *witten* liest auch schon Wallner, ›Zu Walther von der Vogelweide‹, S. 28. Möglicherweise handelt es sich hier aber um das Einsetzen andersfarbiger Streifen wie bei Jean Renard erwähnt (›Roman de la Rose ou Guillaume de Dôle‹, V. 8 ff.).

637–641 *der wirsist aller tode:* Ps 33,22: *Mors peccatorum pessima* (»Der Tod des Sünders ist unheilvoll«). Zu den mittelalterlichen Auffassungen von den verschiedenen Todesarten vgl. Anm. zu V. 350 f. – Zu V. 638 ff. vgl. Eccle 12,1: *Memento Creatoris tui in diebus juventutis tuae, antequam veniat tempus afflictionis, et appropinquent anni de quibus dicas: Non mihi placent.* (»Sei deines Schöpfers eingedenk in den Tagen deiner Jugend, bevor die Zeit der Trübsal kommt und die Jahre herannahen, von denen du sagen mußt; Sie gefallen mir nicht!«) – Die Aufforderung an den Sünder, rechtzeitig (*enceit*, V. 639) zu bereuen und vom Übel abzulassen, findet sich nicht nur bei Heinrich an vielen Stellen (so V. 811, 877 und – in negativer Formulierung – V. 92, 660 ff., 743, 854 ff.), sondern ist ein Charakteristikum der gesamten religiösen Dichtung der Zeit (vgl. ›Memento Mori‹ [in: Maurer I, S. 249–259], V. 114; ›Hamburger Jüngstes Gericht‹ [ebd., S. 408–417], Str. 8,1; die sogenannte ›Wahrheit‹ [ebd., S. 426–432], Str. 5,10; ›Millstätter Sündenklage‹ [in: Maurer II, S. 57–101], Str. 21). Dies läßt die Deutung zu, daß der Sünder eine möglichst große Zeitspanne seines irdischen

Lebens benötigt, um seine Vergehen zu büßen. Eine solche Auffassung entspricht zwar nicht unbedingt theologischer Tradition (vgl. K. Rahner, Art. ›Bußdisziplin‹, in: LThK II, Sp. 805–815, und L. Hödl / F. Nikolasch / W. Radl / R. Schmitz / E. Ch. Suttner / C. Vogel: Art. ›Buße‹, in: LdM II, Sp. 1123–41); dennoch sprechen die »Lebensfristungsbitten« in Beichtspiegeln und Sündenklagen des 10., 11. und 12. Jh.s eindeutig für die Vorstellung, daß wahre Reue nur durch eine möglichst lange Bußzeit zum Ausdruck gebracht werden kann (vgl. Ch. Zimmermann, ›Die deutsche Beichte vom 9. Jahrhundert bis zur Reformation‹, S. 65–76). Vgl. auch Ariès, ›Geschichte des Todes‹, S. 19 ff. – Darüber hinaus ist für die Autoren moralisch-lehrhafter Dichtung die Mahnung, der Sünder möge die ihm verbleibende letzte Frist wahrnehmen, ein brauchbares Mittel argumentativer Emphase.

642 f. *repentina calamitas:* Prov 1,23: *Cum irruerit r e p e n t i n a c a l a m i t a s, et interitus quasi tempestas ingruerit: quando venerit super vos tribulatio, et angustia* (»Wenn plötzlich das Unglück hereinbricht und der Untergang wie ein Sturm heranstürzt, wenn Trübsal und Angst über euch kommen«). – Die Formel *daz sprichet* signalisiert üblicherweise eine ›Übersetzung‹ der zitierten *auctoritas* (so etwa V. 13). Hier wird jedoch das lateinische Zitat – selbst, wenn man die Maßstäbe des Mittelalters anlegt – nicht übersetzt, nicht einmal paraphrasiert. Unter Auslassung mehrerer gedanklicher Zwischenglieder formuliert Heinrich vielmehr sofort eine Handlungsanweisung: »Denke mit Sorge an einen solchen Tod . . .« Er setzt damit (1.) die *repentina calamitas* mit der *mors repentina* gleich; im Gegensatz zur heute verbreiteten Auffassung aber wird im Mittelalter (2.) der plötzliche Tod, der den Menschen ohne Zeugen oder Zeremonien unvorbereitet trifft, vielfach als schimpflich empfunden; es ist der Tod des Reisenden unterwegs, des im Fluß Ertrunkenen oder des zufällig vom Blitz Getroffenen: sein plötzlicher Tod belastet ihn mit einem Fluch, obgleich die Kirche den verbreiteten Volksglauben – freilich nur halbherzig – bekämpfte. Manche mittelalterlichen Kirchenrechtler meinten denn auch, daß jemand, der plötzlich stirbt, während er mit den Zerstreuungen dieser Welt befaßt war, ohne Gesang von Psalmen und ohne die anderen Bestattungszeremonien beigesetzt werden solle (vgl. dazu Ariès, ›Geschichte des Todes‹, S. 19 ff.). Mehr zu fürchten als selbst die Sünde ist nach mittelalterlicher Anschauung der Tod nur als plötzlich eintretender, der sich auf keine Art ankündigt und des-

halb auch keine Zeit mehr zur Buße läßt (vgl. ebd., S. 19); zwischen dem ›plötzlichen Tod‹ des Sünders und dem ›ewigen Tod‹ (V. 637) kann also eine Art Kausalzusammenhang bestehen. Die ›Übersetzung‹ Heinrichs ist zwar in der prinzipiellen Möglichkeit eines plötzlichen Todes theologisch hinreichend begründet, entspricht aber weder der syntaktischen Form noch dem Wortlaut des Schriftzitats, dessen ›literale‹ Bedeutung im biblischen Kontext von der ›spirituellen‹ offenbar vollständig ersetzt worden ist.

645–647 Iob 16,23: *Ecce enim breves anni transeunt, et semitam, per quam non revertar, ambulo.* (»Denn siehe, die kurzen Jahre gehen vorüber und ich wandle den Pfad dahin, auf dem ich nicht zurückkommen werde.«)

650 ff. Die Meerfahrt ist ein bereits in der Antike und im frühen Christentum häufig verwendetes Bild der menschlichen Existenz auf ihrem gefahrvollen Weg zu Gott (vgl. Rahner, ›Symbole der Kirche‹, bes. S. 243 ff.: Der Christ als Seefahrer auf der Reise in die himmlische Heimat; S. 272–274: Das Meer der Welt; S. 548–564: Die Ankunft im Hafen).

Innerhalb des von Heinrich stringent gestalteten Bildes lassen sich die *sundern winde* dem *sensus literalis* nach als die heftigen, gefahrvollen Südwinde deuten, die das Schiff *so hin vnt her* stoßen, daß es manövrierunfähig wird und eine Rückkehr zum Ufer unmöglich ist (zur zerstörerischen Wirkung des Südwindes vgl. Ez 21,1 f.; Ez 27,26; Is 21,1 und Lc 12,55). – Ein ganz ähnliches Bild – freilich nicht in geistlichem Kontext – finden wir in der ›Kudrun‹, Str. 1125: *In kômen sunderwinde, die sluogen* (vgl. TG: *ane bozzen*) *ûf dem sê / daz edele ingesinde – dâ von wart in wê.* (Zur Bedeutung von (*ane*) *bozzen* im Sinne von »heftig stoßen« vgl. J. Weisweiler, ›Buße‹, S. 275–283.) – Überdies kann der Südwind in biblischer Verwendung das nahe Ende ankündigen (Zach 9,14: *Et Dominus Deus super eos videbitur, et exibit ut fulgur, jaculum ejus: et Dominus Deus in tuba canet, et vadet in turbine austri.* – »Und der Herr, Gott, wird über ihnen erscheinen und sein Geschoß wird ausgehen wie der Blitz; Gott, der Herr, wird die Posaune erschallen lassen und im Sturme des Südwindes einherschreiten.«); vgl. weiter Is 21,1; Ier 4,11 und Ier 13,24. Dem entspricht, daß im Mittelalter (bei Isidor, Beda und Honorius) der Südwind für heftige Unwetter verantwortlich gemacht wird (vgl. Maurmann, ›Die Himmelsrichtungen im Weltbild des Mittelalters‹, S. 28). Zur geistigen Bedeutung vgl. Hieronymus, ›Commentarii in Hiezechielem‹ VIII,XXVII,

26b ff.; CCSL 75, S. 379 f. Möglicherweise ist aber darüber hinaus an die Bedeutung des Südens als Ort des Gerichts zu denken; Hildegard von Bingen etwa bringt den mächtigen Südwind, dem im Weltrad der Löwenkopf zugeordnet ist, eschatologisch mit dem Gericht Gottes in Verbindung und steht damit offenbar in einer Tradition, in der der Löwe als Herrschafts- (und Gerichts-)zeichen mit dem Süden in Beziehung gesetzt wird. Die meteorologischen Auswirkungen des Südwinds dienen dabei als augenscheinlicher Beweis für die Deutung des Löwen auf das *judicium Dei* (vgl. Maurmann, S. 46–48).

Vor dem Hintergrund dieser Vorstellungen läßt sich die Heinrich-Stelle befriedigend deuten: Er ruft den Menschen auf, rechtzeitig von der Sünde zu lassen, umzukehren und zu büßen (vgl. dazu auch Anm. zu V. 637–641). Zur Veranschaulichung wählt er das Bild vom Meer der Welt, das durch die V. 648 f. und 655 f. gedeutet wird, denn den *sundern winden* entsprechen das *ivngiste geligere* (V. 648) und der *siechtuom* (V. 655). Genauso wie die Südwinde verhindern, daß das Schiff zum Ufer zurückkehrt, genauso verhindert Krankheit die Buße des Menschen. Vgl. auch V. 642 f. und Anm.

Hingewiesen sei aber noch auf eine zweite Deutungstradition für den Südwind, die ihre Ursprünge etwa in Cant 4,16; Act 27,13 hat. Dort ist der Südwind seiner Wärme wegen angenehm. Die Exegeten der Cantica-Stelle sahen im warmen und angenehmen Südwind die *blanditia* oder *blandimenta*, die Annehmlichkeiten dieser Welt, die den Menschen von Gott ablenken können; vgl. Beda Venerabilis, ›In Cantica Canticorum‹ III,IV,16 (CCSL 119B, S. 270); Gilbert von Hoyland, ›Sermones in Canticum Salomonis‹, Sermo XXXVIII (PL 184, Sp. 198 ff.); Ps.-Walahfrid Strabo, ›Glossa ordinaria‹ (PL 113, Sp. 1152); Wolbero von St. Pantaleon, ›In Cantica Canticorum Salomonis‹ (PL 195, Sp. 1175 f.); nach Willirams von Ebersberg ›Hohelied-Paraphrase‹ sendet der Teufel *gelîchsâre unde smaichâre die sich mit honchusten lobent, daz si ir arbeite alsô uirliesent. daz sint die sundern wind* (63,6 ff.). Vgl. ferner auch Hrabanus Maurus, ›De universo‹ IX, XXV (PL 111, Sp. 282).

655–657 Vgl. Eccli 18,20: *Ante languorem adhibe medicinam, et ante judicium interroga teipsum, et in conspectu Dei invenies propitiationem.* (»Ehe du krank wirst, brauche Heilmittel und erforsche dich selbst vor dem Gerichte, so wirst du vor den Augen Gottes Gnade finden.«)

665 Zur endungslosen Form des Gen. Sg. von *vater* vgl. P/M/S/G, Mhd. Gr. § 122,1.

675 Vgl. Iob 21,26: *Et tamen simul in pulvere dormient, et vermes operient eos* (»und doch werden sie [die Reichen wie die Armen] gleicherweise im Staube ruhen und die Würmer werden beide bedecken«). Vgl. auch Iob 17,14; Eccli 10,13; Is 14,11.

679 *inrchlichen:* lies *inrechlichen.*

683 Das Bild der blühenden Lilie ist biblischen Ursprungs, vgl. u. a. Ct 2,1; 5,13; Eccli 39,19; 50,8; Os 14,6.

684 f. Vgl. Iob 13,28: *Qui quasi putredo consumendus sum, et quasi vestimentum, quod comeditur a tinea* (»der ich wie Moder vergehen soll und wie ein Kleid, das von den Motten zerfressen wird«) und Is 50,9; 51,8. Neutestamentlich finden sich die gleichen Wortkonkordanzen bezeichnenderweise nur noch in der Drohperikope gegen die Reichen bei Iac 5,2: *Divitiae vestrae putrefactae sunt: et vestimenta vestra a tineis comesta sunt.* (»Euer Reichthum ist vermodert und eure Kleider sind von Motten zerfressen.«) Neben der Motte sind auch andere Schädlinge (besonders der Wurmfraß), daneben Moder, Fäulnis und Rost gängige biblische Bilder zum Ausdruck der Vergänglichkeit menschlicher Existenz und irdischen Reichtums, mit denen vielfach Reichen gedroht wird (vgl. z. B. Ps 38,12; Is 14,11; Bar 6,11; Os 5,12; Mt 6,19 f.; Lc 12,33; Iac 5,3; vgl. Anm. zu V. 216 ff.; ferner: Bauernfeind, Art. ›σής, σητόβρωτος‹, in: ThWNT VII, S. 274–277 und Michel, Art. ›ἰός, κατιόομαι‹, in: ThWNT III, S. 334–336, bes. 336). Die Erwähnung der als Schädling bekannten und gefürchteten Kleidermotte mahnt hier pars pro toto an die Vergänglichkeit und verleiht damit der Aufforderung von V. 663 ff. besonderes Gewicht.

692 In der Hs. sind durch einen Fleck nach *natawer* zwei Buchstaben unleserlich, danach ist *chte* zu erkennen. Vgl. schon Di, S. 339, zu dieser Stelle. – Zum schwachen Neutrum *rehte* vgl. BMZ II, 1, S. 613a–b.

697 ff. Der Autor scheint bei der Rede, die er dem Vater in den Mund legt, davon auszugehen, daß dieser bereits in der Hölle sitzt. Die Frage nach dem Schicksal der Seelen zwischen dem individuellen Tod des Menschen und dem (allgemeinen) Jüngsten Gericht wurde in der Patristik noch sehr vorsichtig behandelt. Man nahm einen ›Zwischenzustand‹ an, in dem die Seelen verharrten, während sie allerdings bereits je nach Verdiensten oder Verfehlungen im irdischen Leben eine gewisse Belohnung bzw. Bestrafung empfingen

(z. B. Augustinus, ›Enchiridion‹, XXIX, 109; CCSL 46, S. 108). Im 12. Jh. aber hatte sich weithin schon die neue Lehre durchgesetzt, wonach die Seelen nach dem persönlichen Gericht, das dem individuellen Tod folgt, bereits in den Himmel oder die Hölle gelangen; vgl. Brinktrine, ›Die Lehre von den letzten Dingen‹, S. 26–40. (Für freundliche Hinweise danken wir Herrn Prof. Dr. W. Breuning, Bonn.)

703 ff. Die ungewöhnliche Zusammenstellung von Feuer und Finsternis erklärt sich womöglich als eine Kontamination unterschiedlicher biblischer Vorstellungen der Hölle. Am häufigsten ist im NT in diesem Zusammenhang von Feuer (z. B. Mt 3,12; 5,22; 13,42.50; 18,8 f.; 25,41; Mc 9,43.47 f.; Lc 3,17; 16,24; Heb 10,27; 2 Pe 3,7), Feuer und Schwefel (z. B. Apc 14,10; 19,20; 21,8) und von einem feurigen Pfuhl die Rede (z. B. Apc 19,20; 20,9.15; 21,8; vgl. auch Is 66,24). An anderen Stellen aber (Mt 8,12; 22,13; 25,30) ist es die Finsternis, die den Ort der Verstoßenen charakterisiert. Entgegen der Auffassung auch bedeutender Kirchenväter wie des Ambrosius und des Hieronymus, die den Feuerofen der Hölle metaphorisch interpretieren, setzte sich im Mittelalter die von den überragenden Autoritäten Augustinus und Gregor d. Gr. vorgetragene Auffassung durch, die Höllenflammen seien realistisch, als körperliche also, zu verstehen. Den merkwürdigen Gegensatz, daß körperlose Seelen (vgl. V. 795–799) von körperlichen Flammen erfaßt werden sollen, erklären sie dabei für einen scheinbaren Widerspruch (Augustinus, ›De civitate Dei‹, XXI, 10; CCSL 48, S. 776; Gregor d. Gr., ›Dialogi‹, IV, 30; SC 265, S. 100–103; vgl. weiter ders., ›Moralia in Iob‹, IX, LXVI, 100–102; CCSL 143, S. 527–530). Diese Ansicht dürfte auch der auf unmittelbare Wirkung zielenden Darstellung Heinrichs zugrundeliegen (vgl. Gnilka/Ratzinger/Beitl, Art. ›Hölle‹, in: LThK V, Sp. 445–450; F. C. Grant / W. v. Soden / H.-J. Kraus / B. Reicke / A. Adam, Art. ›Hölle‹, in: RGG III, Sp. 400–407; ferner Landau, ›Hölle und Fegefeuer in Volksglaube, Dichtung und Kirchenlehre‹).

715–722 Die hier und im folgenden genannten Sünden (Völlerei, Wollust, Habgier, Hochmut) sind dem Lasterkatalog entnommen (vgl. dazu Anm. zu V. 310 ff.). Heinrich wendet wie auch in den Versen 750–757 (vgl. auch V. 252 f. und V. 775–784) zur Darstellung der Höllenstrafen die in der Rechtspflege üblichen Verfahren der Spiegelstrafe und Vergeltungsstrafe (*poena talionis*) an. Bei der Spiegelstrafe sühnt der Delinquent mit dem Körperteil, mit dem er das Verbrechen beging; dem Meineidigen wird die Schwurhand abgehackt, dem Gotteslästerer die Zunge herausgerissen. Dieses Prinzip liegt V. 715–718 zugrunde. Das damit verwandte Talionsprinzip, wonach dem Täter das zugefügt wird, was er selbst verbrochen hat (vgl. das alttestamentliche »Auge um Auge, Zahn um Zahn«; Ex 21,23; Lv 24,20; Dt 19,21), findet sich V. 719–722; vgl. dazu Conrad, ›Deutsche Rechtsgeschichte‹, Bd. 1, bes. S. 172 und 438). Im Hintergrund stehen neben der zeitgenössischen Gerichtspraxis gewiß auch die biblischen Autoritäten, die von einem engen bildlichen Zusammenhang zwischen der Art der Übeltat und der der Strafe sprechen, so Sap 11,17: *Ut scirent quia per quae peccat quis, per haec et torquetur* (»auf daß sie inne würden, daß, womit jemand sündigt, er damit auch gestraft werde«). Vgl. weiter Sap 12,23; 16,11; Prov 5,22. Als literarisches Darstellungsmittel durchzieht es die *contemptus mundi*-Literatur; vgl. Innozenz III., ›De miseria humanae conditionis‹, Buch III, Kap. I,3–4: *Cui gratissimus erat amplexus in vita molestus erit aspectus in morte.* (4) *Quid ergo prosunt divitie? ... Qui modo sedebat gloriosus in throno, modo iacet despectus in tumba; qui modo vescebatur deliciis in cenaculo, modo consumitur a vermibus in sepulcro.* (»Wem die Umarmung so lieb war im Leben, dem wird schon der Anblick widrig sein im Tode. (4) Was also nützen Reichtümer? ... Wer eben glorreich auf dem Thron saß, liegt bald verachtet im Grabe; wer eben Leckerbissen verzehrte im Saale, wird bald von Würmern gefressen in der Gruft.«)

719 f. Vgl. Eccli 23,22 f.: *Anima calida quasi ignis ardens non exstinguetur donec aliquid glutiat*: (23) *Et homo nequam in ore carnis suae non desinet donec incendat ignem.* (»Eine Seele, die wie brennendes Feuer ist, kommt nicht eher zur Ruhe, als bis sie etwas verschlungen hat. (23) Ein Unzüchtiger läßt nicht von den Gelüsten seines Fleisches ab, bis er das Feuer entfacht hat.«)

722 Vgl. Mc 9,43.45.47: *Ubi* [*in gehenna*] ... *ignis non exstinguitur.* (»wo [in der Hölle] ... das Feuer nicht erlischt.«) Ähnlich Mc 9,42; Mt 25,41.46. Vgl. Anm. zu V. 703, bes. Is 66,24.

724 Vgl. Iob 3,3: *Pereat dies in qua natus sum* (»Untergehe der Tag, an dem ich geboren«), ähnlich Ier 20,14 und Iob 3,11.

725 Vgl. Anm. zu V. 814 ff.

727 f. Die Tore der inneren Hölle, die sich hinter dem Vater geschlossen haben, sind Bild für seine endgültige Verdammung. Dem Mittelalter war die Vorstellung zweier Höllen, von denen die eine als

innere oder tiefste Hölle bezeichnet wurde, vor allem durch die Auseinandersetzung mit dem Wort des Psalmisten geläufig (Ps 85,13: *eruisti animam meam ex inferno inferiori* (»du rettest [sic!] meine Seele aus der Unterwelt Tiefe«); vgl. dazu Spilling, ›Die Visio Tnugdali‹, S. 88 ff.). Tore, die die Hölle verschließen, kennen das Alte wie das Neue Testament (vgl. bes. Is 38,10 und Mt 16,18; dazu J. Jeremias, Art. ›Die Hadespforten Mt 16,18‹, in: ThWNT VI, S. 923–927); bedeutsam wird dieses Motiv dann besonders in den außerbiblischen frühchristlichen Schilderungen der Höllenfahrt Christi (vgl. bes. das apokryphe ›Evangelium Nicodemi‹) sowie in den mittelalterlichen Passionszyklen und Osterspielen. Christus überwindet dort nach seinem Tod die Pforten der Hölle und befreit die Gerechten, während er den endgültig Verdammten der Hölle nicht helfen kann (vgl. dazu Art. ›Höllenfahrt‹, in: Lexikon christlicher Kunst, S. 147 f. und Kroll, ›Gott und Hölle‹).

728 Siedendes Pech, das die Verdammten mit brodelnden Wellen zu überfluten droht, gehört seit Otfrid in altdeutschen Texten zu den Attributen der Höllenbeschreibung; es ist nicht biblisch; vgl. Webinger, Art. ›Pech‹, in: HdA VI, Sp. 1468. Vgl. auch Diemer, ›Anmerkungen und Verbesserungen zu Heinrich's Gedicht vom gemeinen Leben und der Erinnerung an den Tod‹, S. 341.

730 ff. Vgl. Mt 13,42: *Ibi* [*in camino ignis*] *erit fletus, et stridor dentium.* (»Dort [im Feuerofen] wird Heulen und Zähneknirschen sein.«) Ähnlich Mt 8,12; 13,50; 22,13; 24,51; 25,30; Lc 13,28.

732 Vgl. Iob 7,9: *Sicut consumitur nubes, et pertransit: sic qui descenderit ad inferos, non ascendet.* (»Wie die Wolke verschwindet und dahinfährt, so kehrt nicht wieder empor, wer in die Unterwelt hinabsteigt.«)

746 Vgl. Rom 12,2: *Et nolite conformari huic saeculo* (»Und werdet dieser Welt nicht gleichförmig«).

747 f. Zu der exzipierenden Konstruktion mit folgendem *oder* vgl. P/M/S/G, Mhd. Gr. § 352, 4, Anm. 2.

755 Begriff, Funktion und Geschichte der Hufe sind nicht ganz geklärt. In der Regel versteht man unter Hufe die Einheit der vollbäuerlichen Hofstelle mit Haus, urbarem Ackerboden in Sondereigentum und Nutzungsrechten an der Allmende. Die Größe einer Hufe war nach Landschaft und Bodenqualität sehr unterschiedlich; für viele Gegenden wird aber mit einer Größe von 30–60 Morgen gerechnet. Jedenfalls sollte die Hufe der Kleinfamilie, die im Normalfall der bäuerlichen Wirtschaft mit zwei Generationen auf einer

Stelle lebte, ein Auskommen gewähren. Schon früh aber wurden Hufen geteilt oder zusammengelegt, so daß ›Hufe‹ oft nur noch eine ideale Einheit bezeichnete, die allerdings als Bemessungsgrundlage für Abgaben und Leistungen wichtig blieb. Vgl. Kellenbenz/Philipp, Art. ›Hufe‹, in: HRG II, Sp. 248–251; Lütge, ›Deutsche Sozial- und Wirtschaftsgeschichte‹, S. 76–79; Pitz, ›Wirtschafts- und Sozialgeschichte Deutschlands im Mittelalter‹, S. 10 f., 94–96.

758–763 In der Vor- und Frühscholastik war die Auffassung weit verbreitet, daß die Angehörigen durch die Gnadenmittel der Kirche (Gebete, Opfer, Messen etc.) eine dauernde oder zeitweilige Linderung der Höllenstrafen des Verstorbenen erwirken konnten, sofern der betreffende Sünder nicht gerade zu den *valde malis* (den sehr Schlechten) gehörte; vgl. Landgraf, ›Dogmengeschichte der Frühscholastik‹, Bd. 4, 2, S. 255–320.

761 Die Verteilung von Almosen aus der Hinterlassenschaft eines Verstorbenen scheint im Mittelalter Rechtsbrauch gewesen zu sein. Zwar ist es zunächst allein die Kirche, die eine *donatio pro anima* (Seelteil, Seelgabe) fordert, doch wird schon im frühen Mittelalter diese Forderung als allgemeine Pflicht der Nachkommen begriffen, so daß der Seelteil auch im weltlichen Erbschaftsrecht thematisiert ist (so z. B. im ›Schwabenspiegel‹, Nr. 164). Da es gemeinhin als selbstverständlich gilt, daß die Kinder eines Verstorbenen einen Teil des Erbes u. a. in Form von Almosen an Bedürftige verteilen, fehlt in Testamenten oft eine explizite diesbezügliche Verfügung; hingegen bezeugen eine Reihe von Rechtsquellen, daß in dem Fall, da ein Verstorbener keine direkten Erben hat, bei der Aufteilung des Vermögens der Seelgabe unbedingt Rechnung zu tragen ist (vgl. etwa den ›Rechtsbrief‹ Herzog Konrads von Zähringen, S. 125. Weitere Belege bei Mitteis, ›Deutsches Privatrecht‹, S. 146; Hückstädt, ›Der Testamentsvollstrecker im deutschen Recht des Mittelalters‹, S. 70 ff.; v. Brandt, ›Mittelalterliche Bürgertestamente‹, S. 18). Auch in der mhd. Literatur zeigt sich dieser Brauch und seine Anwendung (so etwa im ›Nibelungenlied‹, Str. 1072, und im ›Iwein‹ Hartmanns von Aue, V. 1408 ff.). Wenn nun hier der tote Vater den Vorwurf laut werden läßt, man gebe keine Almosen, so bezichtigt er seinen Sohn einer schweren Verfehlung, denn dieser hat sich nicht nur – wie es scheinen mag – einer Nachlässigkeit schuldig gemacht, sondern er hat eine Pflicht nicht erfüllt, die fast Gesetzescharakter besitzt.

766 f. Möglicherweise spielt Heinrich hier auf Gal 6,2 an (*Alter alterius onera portate, et sic adimplebitis legem Christi.* – »Traget einer des andern Last, und so werdet ihr das Gesetz Christi erfüllen.«), um durch die Verkehrung des Sinns die falsche Einstellung des Vaters zu kennzeichnen. Die wiederholte Betonung der väterlichen Sorge um Macht und Reichtum des Sohnes und Heinrichs Kritik daran (vgl. V. 775 ff. und V. 785 ff.) sind im Hinblick auf den Strukturwandel des Adels seit dem 11. Jh. bedeutsam. War im Frühmittelalter und auch noch bis in die Ottonenzeit die ›horizontale‹ Orientierung an der ›Sippe‹ ebenso wichtig wie die agnatische an der ›vertikalen‹ Deszendenz im Mannesstamm, wenn nicht sogar stärker ausgeprägt, wobei zwischen ›Sippe‹ und Erbengemeinschaft ein innerer Zusammenhang besteht (vgl. Störmer, ›Früher Adel‹, Tl. 1, S. 89; Schmid, ›Zur Problematik von Familie, Sippe und Geschlecht, Haus und Dynastie beim mittelalterlichen Adel‹, S. 22 f. und S. 29), so tritt seit Beginn des 11. Jh.s zunehmend eine neue Entwicklung ein, die räumliche Fixierung von Geschlechtern in einer Burg und ihre Zubenennung nach diesem Stammsitz. Damit geht ein Konzentrationsprozeß der früher sehr viel loser gefügten Familien- und Geschlechterverbände einher und eine dynastische Zentrierung um den Mannesstamm auch unterhalb der Königs-, Herzogs- oder Grafenebene (vgl. K. F. Werner, Art. ›Adel‹, in: LdM I, Sp. 122; Schmid, S. 51). Als Nachfolger des Vaters übernimmt jetzt der älteste Sohn die Herrschaft und den Hauptteil, wenn nicht sogar die Gesamtheit des Erbes, um der Familie den Fortbestand ihrer Vorherrschaft zu sichern. Aus dem gleichen Bestreben heraus wird es zur Gewohnheit, den Mädchen ihre Mitgift in Form beweglicher Güter zu übergeben und ihnen das Erbrecht an Grundeigentum völlig abzusprechen. Nur einem einzigen Sohn, höchstens aber zweien, gestattet die Familie nun, eine rechtmäßige Ehe einzugehen, während die anderen in führenden Positionen des Klerus oder in Klöstern versorgt werden (vgl. Duby, ›Krieger und Bauern‹, S. 175). Wenn gleichzeitig in mittelalterlichen Texten verstärkt vom Schutz der Witwen und Waisen die Rede ist, dann sind primär sicherlich nicht die der Unterschicht gemeint, sondern die schutzlosen Angehörigen der Herrenschicht, die umso leichter Opfer der dynastischen Arrondierungsbestrebungen eines Nachbarn werden können (vgl. V. 773), als mit dem Zurücktreten der kognatischen Bindungen die Sippe ihre frühere Schutz- und Ergänzungsfunktion beim Tode

eines Familienoberhauptes jetzt weitgehend verloren hat (vgl. Störmer, Bd. 1, S. 85 ff.).

770 Vgl. Iob 3,3 und Anm. zu V. 724.

785 ff. Vgl. Mt 6,19 f. und Anm. zu V. 216 ff.

789 f. Wohl (auslegungsgeschichtlich begründete) Kontamination der konkordierenden Stellen 1 Thess 5,4 und Mt 24,43 mit Prov 11,4. Vgl. 1 Thess 5,4: *Vos autem fratres non estis in tenebris, ut vos dies illa tamquam fur comprehendat.* (»Ihr aber, Brüder! Seid nicht in Finsternis, so daß euch jener Tag wie ein Dieb überrasche.«) Ebenso 1 Thess 5,2 und 1 Pe 3,10. – Mt 24,43: *Illud autem scitote, quoniam si sciret paterfamilias qua hora fur venturus esset, vigilaret utique, et non sideret perfodi domum suam* (44) *Ideo et vos estote parati: quia qua nescitis hora Filius hominis venturus est.* (»Das aber sollet ihr wissen: Wenn der Hausvater wüßte, zu welcher Stunde der Dieb kommt, würde er sicherlich wach bleiben und in sein Haus nicht einbrechen lassen. (44) Darum seid auch ihr bereit; denn zu einer Stunde, die ihr nicht wisset, wird der Menschensohn kommen.«) Ebenso Lc 12,39. – Prov 11,4: *Non proderunt divitiae in die ultionis: justitia autem liberavit a morte.* (»Nichts nützt Reichtum am Tage des Strafgerichts, aber Gerechtigkeit rettet vor dem Tode.«) – Diese Stellen wurden im Mittelalter nicht nur (wie in der urkirchlichen Naherwartung der Evangelien und Apostel) auf die Parusie, d. h. auf die Wiederkunft Christi und das Jüngste Gericht bezogen, sondern *moraliter* auf den Tod des einzelnen Menschen ausgelegt; vgl. Honorius Augustodunensis, ›Speculum Ecclesiae‹; PL 172, Sp. 1078C: *Domus est nostrum corpus; paterfamilias est animus, fur est mors . . . Domum perfodit, quia mox corpus occidit.* (»Das Haus ist unser Körper; der Hausvater ist die Seele, der Dieb ist der Tod . . . In das Haus dringt er ein, weil der Körper hinfällig ist.«) Vgl. ›Altdeutsche Predigten‹ (Ausg. Schönbach), Bd. 2, S. 15, Z. 26 ff.: *daz haus daz der diep durchgrebet daz betuetet unsern lip. der wirt ist unser mut. der diep ist der tot, der chuomet des nahtes, so sein der mensch aller minst trawet.* – Das Verhältnis von individuellem Tod und Jüngstem Gericht und die damit verbundene Frage nach dem Schicksal der Seele zwischen dem individuellen Tod einerseits und der Auferstehung des Leibes beim Jüngsten Gericht andererseits wird in der theologischen Diskussion der Zeit unterschiedlich beurteilt. Das Verfahren Heinrichs, den toten Vater von seinen Erfahrungen in der Hölle berichten zu lassen, entspricht der Lazarus-Perikope bei Lc 16,19–30 und

den Versen Lc 23,42 f. Vgl. Greshake/Lohfink, ›Naherwartung – Auferstehung – Unsterblichkeit‹; Weber, ›Die Lehre von der Auferstehung der Toten in den Haupttraktaten der scholastischen Theologie‹; zum Jüngsten Tag vgl. ferner G. v. Rad / L. G. Delling, Art. ›ἡμέρα‹, [›Tag‹], in: ThWNT II, S. 945–956. Ferner O. Michel, Art. ›σφαγή‹ [›Schlachtung‹], in: ThWNT VII, S. 935–938, bes. 938; W. v. Soden / J. Bergman / M. Saebø, Art. ›יוֹם‹ (›jôm‹), in: ThWAT III, Sp. 559–586, bes. 583–586.

793 Vgl. Eccli 21,11: *Via peccantium complanata lapidibus, et in fine illorum inferi, et tenebrae, et poenae.* (»Der Weg der Sünder ist mit Steinen gepflastert, aber sein Ende ist Unterwelt, Finsternis und Strafe.«) Vgl. weiter Is 14,15 (vgl. auch Is 24,18) und Ier 23,12 sowie Anm. zu V. 727 f.

795–799 Dem Jüngsten Gericht (vgl. V. 808) geht die Auferstehung der Toten voraus, die nach alter Lehre der Kirche als körperliche verstanden wurde, als Auferstehung im Fleische (*resurrectio in carne*). »Die Seligkeit wie auch die Verdammnis erreichen [. . .] erst dadurch ihre Vollendung, daß auch der Leib an einem von ihnen Teil hat.« (Brinktrine, ›Die Lehre von den letzten Dingen‹, S. 105; vgl. Staats, Art. ›Auferstehung‹ II,2, in: TRE IV, S. 513–529, bes. II,2,2, S. 517 ff. und II,2,5, S. 520 f.)

802 Vgl. Anm. zu V. 724 und 770.

810 Vgl. Anm. zu V. 350 f.

811 Mit der *sermocinatio* des toten Vaters (V. 697 ff.; vgl. Lausberg, ›Handbuch der literarischen Rhetorik‹, §§ 1132, 820 ff.; Rhetorica ad Herennium 4,52,65; Quintilian 9,2,29; Faral, ›Les arts poétiques du XIIe et du XIIIe siècle‹, S. 72 f.) geht der Autor von der »rationalen« Argumentation (im Sinne des Mittelalters: Zitieren von Autoritäten) noch stärker als bisher – vgl. die Apostrophe *wip wolgetan* (V. 597) – zum Appell an die Affekte über und erreicht damit eine neue, »pathetische« Qualität der persuasorischen Rede (*movere*), die nach Auffassung der Rhetorik eine gegenüber dem bloßen *docere* gesteigerte Wirkung zu erzielen vermag. Inhaltlich braucht die *sermocinatio* nicht historisch wahr zu sein, sie muß nur »wahrscheinlich« sein; ihre sprachliche Form ist normalerweise die direkte Rede. Eingeleitet wird sie durch eine *brevitas*-Formel (V. 694; wiederholt V. 709) und durch die (Glaubwürdigkeit und Vertrauenswürdigkeit suggerierende) direkte, affektivische Anrede *mein trovt suon* (so auch V. 708, 744, 775, 811) im Dienste des rhetorischen *benevolum parare ab nostra persona* (vgl. Lausberg,

§ 275). Glaubwürdigkeit folgt auch aus der Behauptung der Augen- und Ohrenzeugenschaft in V. 702 (*attestatio rei visae*; vgl. Curtius, ›Europäische Literatur und lateinisches Mittelalter‹, S. 183, 441; vgl. V. 730, 740 und 706). An die Affekte appelliert der Redner weiter durch Ausrufe (V. 724, 766, 802) und rhetorische Fragen (V. 750, 761 ff., 791; vgl. Curtius, S. 441). Die Unsagbarkeit der auszustehenden Qualen betont V. 803 ff. (Unsagbarkeitstopos, vgl. Curtius, S. 168 ff.). Um die gewünschte Wirkung zu erzielen, muß die Rede (Gegenstand und sprachliche Form) der Redesituation und dem Redenden »angemessen« sein (*aptum*; vgl. Cicero, ›De Oratore‹ I,32,144; vgl. Lausberg, §§ 258, 1056–57); das Argument in der Rhetorik ist immer ein *argumentum ad hominem* (speziell in der pathetischen Rede), d. h. der Redner muß die Erwartungen, Vorurteile und Affekte des konkreten Publikums berücksichtigen, wenn er es beeinflussen und zu einer Einstellungsänderung bewegen will. Daraus folgt zweierlei: Erstens dürfen die Höllenschilderungen nicht unter dem Gesichtspunkt logischer oder theologischer Konsistenz beurteilt werden. Was beabsichtigt ist, ist vor allem Wirkung; dies erklärt möglicherweise das Schwanken zwischen unterschiedlichen Lehrmeinungen über den Status der Verstorbenen (vgl. Anm. zu V. 697 ff., 727 f. und 758–763). Zweitens endet die Rede des Vaters mit V. 811 (Wechsel der Argumentationsweise: Verzicht auf affektivische Formeln der Anrede; Übergang zu erneuter Berufung auf Autoritäten). Ab V. 812 wendet sich wieder der Autor an den *reichen vnt edelen ivngelinc* von V. 663. Eine weitere Steigerung der rhetorischen Mittel stellt die fiktive Rede Christi in V. 888 ff. dar, in der, soweit wir sehen, erstmals ein deutschsprachiger Autor Christus in einer nicht-biblischen Situation nicht durch die Bibel verbürgte Worte sprechen läßt. Lateinische Belege in vergleichbarer Funktion bei Ohly, ›Desperatio und Praesumptio‹, S. 502 f.

814 ff. *der hat sich also lebentige gesaeilet / mit seiner geirischaeite beien:* Die Vorstellung eines gefesselten Teufels ist bereits in der Bibel bezeugt, vgl. Ids 6: *Angelos vero, qui non servaverunt suum principatum, sed dereliquerunt suum domicilium in judicium magni diei, vinculis aeternis sub caligine reservavit.* (»Auch hat er die Engel, welche ihre Herrschaft nicht bewahrten, sondern ihre Wohnung verließen, auf das Gericht des großen Tages mit ewigen Banden unter der Finsterniß bewahrt.«) Vgl. weiterhin 2 Pe 2,4. Möglicherweise hat auch die Interpretation der Apc (20,1–4 und

19,20) zu diesem Bild beigetragen, das sich im Spätmittelalter in den Oster- und Passionsspielen findet (vgl. dazu Klostermeyer, ›Hölle und Teufel im deutschsprachigen Theater des Mittelalters und der Renaissance‹, bes. S. 80 f.). Auch die volkssprachliche Literatur des 12. Jh.s kennt den Sturz des Teufels in den Abgrund der Hölle und seine Fesselung; vgl. Des Armen Hartmann ›Rede vom Glauben‹ (in: Maurer II, S. 568–628), Str. 34,1–36,5, und Frau Ava, ›Leben Jesu‹ (in: Maurer II, S. 398–491), Str. 161,1–8. Daß der Teufel sich durch seine *geirischaeit* bei Heinrich selbst fesselt, steht allerdings in Widerspruch zu den zitierten Belegen, nach denen es Gott ist, der den Teufel in Fesseln legt. Das Verbindungsglied ist möglicherweise in der Lehre von der *pia fraus* zu suchen, nach der sich der Teufel durch seine *cupiditas* am ›Köder‹ Christus und der ›Angel‹ des Kreuzesholzes selbst fängt (ähnlich Ezzo, ›Cantilena de Miraculis Christi‹ (in: Maurer I, S. 269–303), Str. 21,6 f.; vgl. weiter dazu Zellinger, ›Der geköderte Leviathan im Hortus deliciarum der Herrad von Landsperg‹, und Roskoff, ›Geschichte des Teufels‹, Bd. 1, S. 229. Denn neben der verbreiteten Auffassung der Kirchenväter, daß Luzifer durch seine *superbia* zu Fall gekommen und diese deshalb *initium omnis peccati* sei (vgl. Eccli 10,15; vgl. Anm. zu V. 310 ff.), gibt es eine Rangordnung der Sünden, in der die *cupiditas radix omnium malorum* ist (vgl. 1 Tim 6,10). Petrus Lombardus etwa (›Collectanea in Epistolas D. Pauli‹, PL 192, Sp. 359) stellt fest: *Hac (id est cupiditate) et diabolus cecidit et primi homines* (»Durch sie – nämlich die *cupiditas* – fielen auch der Teufel und die ersten Menschen«); *avaritia* aber sei nur eine *species* der *cupiditas* (*avaritia* bzw. *cupiditas* als Ursprung aller anderen *vitia* u. a. auch bei Arator, ›De actibus Apostolorum‹ I,421 ff. (CSEL 72, S. 37); Cassiodor, ›Variarum‹ XII,1 (MGH Auctores XII, S. 360); Petrus Damiani, ›Epistolarum libri VIII; XV (PL 144, Sp. 234); ›Vom Rechte‹ (in: Maurer II, S. 156–177), Str. 17,9 – *erge* hier: »Habgier«). Bloomfield scheint anzunehmen, daß seit dem 12. Jh. im Zusammenhang mit sozialen Veränderungen die *avaritia* als Ursprung aller Sünden stärker in den Vordergrund tritt (vgl. Bloomfield, ›The Seven Deadly Sins‹, S. 95). Die *gir* als Kennzeichen des Teufels (*der gir Leviathan*) erscheint auch in den volkssprachlichen Texten des 11./12. Jh.s; vgl. Ezzos ›Cantilena de Miraculis Christi‹ (in: Maurer I, S. 269–303), Str. 31,1 f. und die ›Legende von St. Veit‹ (in: Maurer III, S. 615–619), Str. 2,14 ff. Ein ähnlicher Gedankengang wie in V. 812–817 findet sich in den ›Altdeutschen Predigten‹ (Ausg. Schönbach), Bd. 2, S. 57, Z. 25 ff. So wie durch die Habgier des Teufels die Sünde in die Welt kam, gelangt der einzelne Mensch durch seine Habgier in die Gewalt des Teufels. Der Bezug auf den Teufel in V. 815 ist in Verbindung mit seiner *geirischaeite* (V. 817) vor diesem Hintergrund so eindeutig, daß sich sowohl die Konjektur Heinzels in V. 815 (*dem tivel*) wie auch die Maurers in V. 817 (*si* statt *sich*) erübrigt. – V. 816 fassen wir als anakoluthische Konstruktion auf, die in unserer Übersetzung durch einen Relativsatz wiedergegeben wird.

820 f. Vgl Iac 5,1: *Agite nunc divites, plorate ululantes in miseriis vestris, quae advenient vobis.* (»Wohlan nun, ihr Reichen! weinet und wehklaget über die Trübsale, die über euch hereinbrechen werden.«)

822 ff. Vgl. Heb 11,13: *Juxta fidem defuncti sunt omnes isti, non acceptis repromissionibus, sed a longe eas adspicientes, et salutantes, et confitentes, quia peregrini et hospites sunt super terram.* (»Im Glauben starben diese alle, ohne das Verheißene empfangen zu haben, sondern sie erblickten und begrüßten es von fern und bekannten, daß sie Pilger und Fremdlinge seien auf Erden.«) Vgl. weiter Ps 38,13.

829 ff. Hier liegt eine Kontamination zweier Bibelstellen vor. Vgl. Lc 18,24 f.: ... *dixit: Quam difficile, qui pecunias habent, in regnum Dei intrabunt. (25) Facilius est enim camelum per foramen acus transire, quam divitem intrare in regnum Dei.* (»... sprach er: Wie schwer werden die, welche Geld haben, in das Reich Gottes eingehen! (25) Denn es ist leichter, daß ein Kameel durch ein Nadelöhr hindurch gehe, als daß ein Reicher in das Reich Gottes eingehe.«) Vgl. weiter: Mt 19,23 f. und Mc 10,23–25; dazu Lc 16,22: *Factum est autem ut moreretur mendicus, et portaretur ab Angelis in sinum Abrahae* (»Es geschah aber, daß der Arme starb, und von den Engeln in den Schooß Abrahams getragen wurde«).

835 Trotz der Wortkonkordanz zu 2 Cor 6,10 scheint Heinrich nicht an die dort vorliegende spirituelle Bedeutung von *omnia possidentes* zu denken, sondern interpretiert die Stelle eher im Lichte von 1 Cor 7,30, was eine vermutlich alte Auslegungstradition, welche die beiden Stellen aufeinander bezieht, wohl nahelegte. Vgl. 2 Cor 6,10: *Quasi tristes, semper autem gaudentes: sicut egentes, multos autem locupletantes: tamquam nihil habentes, et omnia possidentes.* (»... als Trauernde, und doch immerdar Fröhliche, als

Arme, und viele Bereichernde, als nichts Habende, und alles Besitzende.«) und 1 Cor 7,30: *Et qui flent, tamquam non flentes: Et qui gaudent, tamquam non gaudentes: Et qui emunt, tamquam non possidentes* (»und die, welche weinen, als weinten sie nicht; und die, welche sich freuen, als freuten sie sich nicht; und die, welche kaufen, als besäßen sie nichts«).

836 ff. Vgl. Iac 5,4.

841 Vgl. Col 3,5: *et avaritiam, quae est simulacrorum servitus* (»und die Habsucht, welche ja Götzendienst ist«).

844 ff. Vgl. Rom 1,25: *Qui commutaverunt veritatem Dei in mendatium: et coluerunt et servierunt creaturae potius quam Creatori, qui est benedictus in saecula. Amen.* (»sie, welche die Wahrheit Gottes mit der Lüge vertauschten und eher dem Geschöpfe Verehrung und Anbetung erwiesen, als dem Schöpfer, welcher hochgelobt ist in Ewigkeit! Amen.«) Möglicherweise gehört hierher auch Sap 13,10: *Infelices autem sunt, et inter mortuos spes illorum est, qui appellaverunt deos opera manuum hominum aurum et argentum, artis inventionem, et similitudines animalium, aut lapidem inutilem opus manus antiquae.* (»Unglückselig aber sind und auf Tote setzen ihre Hoffnung diejenigen, welche Werke von Menschenhänden Götter nennen, Gold und Silber, der Kunst Gebilde, Tiergestalten oder einen nutzlosen Stein, das Werk eines Künstlers aus alter Zeit.«) Vgl. auch die Drohung gegen die Reichen Iac 5,1–3 und Anm. zu V. 684 f.

849 Vgl. V. 789 mit Anm.

852 f. Die metaphorische Verwendung des Kupfers zur Charakterisierung der ›unvollkommenen‹ Beichte findet sich auch in der ›Hochzeit‹ (in: Maurer II, S. 179–223), Str. 47,1–3: *Der bihte der sint drie: einiu ist gezalt zuo dem chuphir unde zu dem blie, / einiu heizzet silberin, daz lat die bezzeron sin. / diu dritte ist guldin, daz lat die heristen sin.* Dabei mag die Verknüpfung von Unvollkommenheit mit dem Metall Kupfer daher rühren, daß man es als geringerwertiges Material (z. B. für die Münzprägung) ansah.
In den Schriften der Kirchenväter wie auch der mittelalterlichen Theologen bewirkt die Reue das Verlangen nach Versöhnung mit Gott in der Buße durch die vermittelnde Instanz der Kirche (Beichte, Priester). Die Buße ist dabei eine freiwillige Strafe (*poena*), die man auf sich nimmt, um die begangene Sünde zu sühnen (vgl. den pseudo-augustinischen Traktat ›De vera et falsa poenitentia‹; PL 40, Sp. 1114–30, bes. 1128). Die *confessio* in Form der

kirchlichen Beichte wird als bewußte Selbsterniedrigung zum Ausdrucksmittel innerer Reue. Die Reue stellt als Abscheu vor Sünden das konstituierende Element jeder Bußhandlung dar: Bezüglich der Reue ist der Umkehrwille des Sünders entscheidend, denn so wie die Sünde in einem freien Willensakt der Entfernung von Gott existent wird, ist sie auch nur durch den reuigen Willensakt des Sünders unter Mitwirkung göttlicher Gnade zu überwinden.
Thomas von Aquin systematisiert und expliziert bezüglich der Reue die frühere theologische Tradition, wenn er folgende zwei Spezies unterscheidet: 1. die wahre, vollkommene Reue (*contritio*) und 2. die unvollkommene Reue (*attritio*). Die wahre, vollkommene Reue (*contritio*) beinhaltet den Willen zur Umkehr und den Vorsatz, zu beichten und die Sünde durch Buße zu sühnen (Anciaux, ›Das Sakrament der Buße‹, S. 95, Anm. 5 verweist auf Thomas, ›IV Sent.‹, d.17,2.1.1. und d.17,2.5.2.; 3.5.1.). *Contritio* impliziert innere Zerknirschung, die authentische, ontologisch und psychologisch vollkommene und von Gott begnadete Reue, die den Willen nach einem neuen Leben ausdrückt. *Attritio* hingegen meint die unvollkommene Ablehnung der Sünde (vgl. Anciaux, S. 97, Anm. 8 mit Hinweis auf Thomas, ›IV Sent.‹, d.17,2.1.1.; 2.1.2. ad 3), impliziert zwar den Schmerz über die Sünde, ist jedoch psychologisch unvollkommen.
Auch in den ›Theologicae Regulae‹ des Alanus wird die Unvollkommenheit der *attritio* thematisiert (vgl. Landgraf, ›Dogmengeschichte der Frühscholastik‹, Bd. 3, 2, S. 264 f., Anm. 55).
Somit ist vor dem Hintergrund der mittelalterlichen Unterscheidung der Prinzipien *contritio* und *attritio* eine Identität von *riwe chupherein* und *attritio* zu vermuten. Zum gesamten Fragenkomplex vgl. Anciaux, bes. S. 64–73 bzw. 89–111. Vgl. auch Anm. zu V. 113–120.

858 Gal 6,10: *Ergo dum tempus habemus, operemur bonum ad omnes, maxime autem ad domesticos fidei.* (»Darum, solange wir Zeit haben, lasset uns Gutes thun an allen, besonders aber den Glaubensgenossen.«)

859 *daz du beder dinge wol hast: hân* in Verbindung mit dem Genitiv kann zwar den Teil eines Ganzen bezeichnen (vgl. Wolfram von Eschenbach, ›Willehalm‹, 184,18: *ich hân sô breit der erden*). Mit Wilmanns, ›Der sog. Heinrich von Melk‹, S. 59 ist aber zu überlegen, ob hier nicht *wol* für *wal* steht. »Trübung des stammhaften -a-« zu -o- vor allen Liquiden ist jedenfalls seit dem 12. Jh. in ober-

deutschen Mundarten nachweisbar (Weinhold. Mhd. Gr. § 23). Zum umgekehrten Vorgang, dem Wechsel von -o- zu -a- vgl. Anm. zu V. 607.

862 Konjektur, da offensichtlicher Schreibfehler wegen *denne* in V. 863.

863 Einem Pfund entsprechen 240 Silberpfennige. Vgl. Nau, ›Epochen der Geldgeschichte‹, S. 37 f.

867 f. *versvnder:* vgl. Lexer III, Sp. 258 »versünden«. – Vgl. Iob 7,7; von der Nutzlosigkeit solcher Vorsorge spricht (mit der gleichen Begründung) auch Iac 4,13–15 in der Mahnung an die Reichen. Vgl. auch Anm. zu V. 466–470.

881 *wart = wort;* vgl. Anm. zu V. 607. Nicht auszuschließen ist allerdings, daß hier *wart* als »erwartendes, spähendes ausschauen, [. . .] erwartung« (Lexer III, Sp. 696 f.) gemeint ist.
die dro solher warte: Zu V. 811–880 vgl. neben den bereits zitierten Bibelstellen auch die ›Droh-Perikope‹ Iac 5,1–6.

885 Vgl. Ps 88,49: *Quis est homo, qui vivet, et non videbit mortem: eruet animam suam de manu inferi?* (»Wo ist der Mensch, der lebte und den Tod nicht schaute, der seine Seele vor der Gewalt der Unterwelt bewahren könnte?«) Vgl. Eccli 18,7; Heb 2,6 f.

903 Zu *vnere* vgl. Rom 2,8: *Iis autem, qui sunt ex contentione et qui non acquiescunt veritati, credunt autem iniquitati, ira, et indignatio.* (»Denen dagegen, welche streitsüchtig sind und sich der Wahrheit nicht unterwerfen, sondern der Ungerechtigkeit sich hingeben, steht Zorn und Grimm bevor.«); Arndts Übersetzung von *indignatio* entspricht nicht der mittellat. Bedeutung (»Verachtung«, »Geringschätzung«; vgl. Niermeyer, ›Mediae latinitatis lexicon minus‹, Stichwort *indignatio*), sondern orientiert sich an der klass. Bedeutung (»Unwillen«, »Entrüstung«).

907 Vgl. Rom 2,10: *Gloria autem, et honor, et pax omni operanti bonum* (»Herrlichkeit aber, und Ehre und Friede jedem, der Gutes thut«). Der Gedanke, daß der Gerechte Ansehen und Ruhm (*himelisce ere*) vor Gott, den Engeln und den anderen Heiligen genießt, ist in der Patristik weit verbreitet (Vermeulen, Art. ›Gloria‹, in: RAC XI, Sp. 196–225, hier Sp. 211–214) und ist auch im Mittelalter geläufig, vgl. z. B. Hrabanus Maurus, ›Enarrationum in Epistolas Beati Pauli libri triginta‹ (PL 111, Sp. 1311B–C); Ps.- Haymo von Halberstadt (Haimo von Auxerre?), ›In Divi Pauli Epistolas expositio‹ (PL 117, Sp. 380A,C-D); Guillelmus abbas de S. Theodorici, ›Expositio in Epistolam ad Romanos‹ (PL 180, Sp. 567 f.);

Honorius Augustodunensis, ›Elucidarium‹, III, 21 (PL 172, Sp. 1176). Dabei entspräche *ere* nicht dem lateinischen *gloria* (Karg-Gasterstätt, ›Ehre und Ruhm im Althochdeutschen‹, S. 252; Graff I, Sp. 442 f.), sondern eher *honos* (Köbler, ›Lateinisch-althochdeutsches Wörterbuch‹, S. 89); vgl. auch ›Speculum Ecclesiae‹, Sermo 25, S. 64: *daz wir uns hie schâmin vor den menischin, ê daz wir in enir werelt vor gotis geginwerte unde allir sinir êngil unde allir sinir heiligin geschendet werdin, unde warilichen, swer dort geschendet wird, der erstirbit des êwigin todis unde wirt êwicliche verdamint*; vgl. ebd., S. 41: *von schantlicher riterschaft* (kommt) *schantlichiu corona . . . der herwe tôt.*

919 Vgl. Mt 7,23; Lc 13,27.

938 ff. Die Frage, ob es sich hier um zwei getrennte Bilder (V. 938 f. einerseits und V. 940 f. andererseits) oder um ein Bild handelt, läßt sich mit einiger Wahrscheinlichkeit im letzteren Sinne entscheiden. Schon die Vorstellung vom *puteus* als einem nicht notwendig mit Wasser (oder – wie der *pozzo* in Dantes tiefster Hölle – mit Eis: ›Inferno‹ XXXII,16 ff. u. ö.), sondern ggf. auch mit Glut gefüllten Brunnenschacht der Hölle, wie sie sich z. B. in der ›Visio Tnugdali‹ (V. 561: *bütze*) findet (vgl. dazu Spilling, ›Die Visio Tnugdali‹, S. 67; vgl. ferner Rüegg, ›Die Jenseitsvorstellungen vor Dante‹, Bd. 1, S. 259 f., Bd. 2, S. 159), legt die Annahme früher Bildmischung nahe. Möglicherweise spielt hier auch die (verwandte) Vorstellung höllischer Vulkankrater, die dem Mittelalter ebenfalls geläufig war (vgl. dazu Dinzelbacher, ›Vision und Visionsliteratur im Mittelalter‹, S. 95: dort Belege aus Isidor von Sevilla, Gottfried von Viterbo und Alberich Trois-Fontaines), mit hinein bzw. führt das Bild der *putei* kohärent fort: Die Brunnenschächte (*vnerfvlte bvtze*) werden aus der Tiefe der Hölle ständig neu mit feurigem Pech gespeist, das sich dann in Bächen (V. 941) über die Kraterränder ergießt.

942 ff. Biblische Grundlage für die Verbindung von Feuer und Eis in den Höllenvorstellungen des Mittelalters ist wohl Mt 13,50: *Et mittent eos in caminum ignis: ibi erit fletus, et stridor dentium* (»und sie in den Feuerofen werfen; da wird Heulen und Zähneknirschen sein«). In den Auslegungen wird *stridor dentium* als Zähneklappern wegen der Kälte gedeutet; vgl. etwa Innozenz III., ›De miseria humanae conditionis‹, Buch III, Kap. VIII,1: *Pene autem infernales secundum diversa peccata sunt diverse. Prima pena est ignis, secunda frigus. De his dicit Dominus: ›Ibi erit fletus et stridor*

dentium‹. Fletus propter fumum ignis, stridor dentium propter frigus. (»Die Höllenstrafen sind entsprechend den verschiedenen Sünden verschieden. Die erste Strafe ist das Feuer, die zweite die Kälte. Von dieser sagt der Herr: ›Dort wird Heulen und Zähneknirschen sein.‹ Heulen wegen des Rauches, Zähneknirschen wegen der Kälte.«) – Vgl. die ›Visio Sancti Pauli‹ (in: Maurer II, S. 287), Str. 1,10–12; Honorius Augustodunensis, ›Elucidarium‹ III,4 (PL 172, Sp. 1159D–1160A), sowie ›Lucidarius‹ (Ausg. Heidlauf), S. 4, Z. 33–S. 5, Z. 9.

945 ff. Vgl. Sap 16,22; 19,20; Apc 8,8.

949 *schuoffen* könnte sich entweder als (noch) nicht umgelautete Form des Konjunktivs Prät. erklären (vgl. dazu Weinhold, Mhd. Gr. § 138) oder als Indikativ Prät.; daß auch dieser im Mhd. unter Umständen (Potentialis- oder) Irrealisfunktion wahrnehmen kann, wird etwa durch ›Iwein‹, V. 7069 f. belegt: *war sweder ir den sige kôs / der wart mit sige sigelôs*; vgl. auch ebd. V. 7521 f.: *daz sî dâ wâren* (Wolff mit BDEHbd; Lachmann mit A: *waeren*) *unerkant / enheten sî sich niht genant.* Zum Indikativ Prät. in Irrealis-Funktion vgl. auch Behaghel, ›Deutsche Syntax‹, Bd. 3, § 1293, S. 644–646.

950 *chvel hovs:* hier erstmals belegt; Wilmanns, ›Der sog. Heinrich von Melk‹, S. 8 f., denkt (allerdings aufgrund späterer Zeugnisse) an *frigidarium* (»Kühlkammer«) als Teil der Badeanlage.

952 *ein* steht hier nicht als unbestimmter Artikel, sondern hat deiktische Funktion (»dieses«); das legt der Zusammenhang der V. 959–966 nahe: den Sündern in der Hölle werden ihre je besonderen Übeltaten zugeordnet. Zum deiktischen *ein* vgl. P/M/S/G, Mhd. Gr. § 293:5; Pretzel, ›Zum Prolog von Hartmanns ›Gregorius‹ mit einem Exkurs über einen Sondergebrauch von mhd. *ein*‹.

953 Aus den Paulus-Briefen vgl. u. a. Heb 13,4.

980 f. Schon die altorientalischen Religionen, dann auch die Mystik des späten Judentums kannten eine Mehrzahl von Himmeln (2, 3, 4, oft 7). Paulus berichtet von einem visionär in den dritten Himmel Entrückten (2 Cor 12,2). Das Christentum hat vorhandene Vorstellungen übernommen (vgl. das Credo: *in caelis*) und in die von der Kugelförmigkeit und Begrenztheit des Kosmos eingebaut: der Ort der Himmel liegt jenseits dieser Sphären (vgl. Lexikon der christlichen Ikonographie, Bd. 2, Sp. 255 ff.).

Für Heinrich dürfte die Himmelsvorstellung gelten, wie sie sich aus einer Synthese von kosmologischen und eschatologischen Ideen in der Nachfolge und vereinfachenden Umbildung der Systeme des Aristoteles und des Ptolemäus herausgebildet hatte (vgl. dazu Crombie, ›Von Augustinus bis Galilei‹, S. 72 ff. und Grant, ›Das physikalische Weltbild des Mittelalters‹, S. 125 ff.), wie sie z. B. auch Dantes Paradiesvorstellung bestimmt und wie sie in deutscher Sprache noch im 14. Jh. bei Konrad von Megenberg auftaucht in seiner Übersetzung der ›Sphaera mundi‹ des Johannes von Sacrobosco (um 1250): Um die Sphären der vier Elemente herum liegen die der sieben Planeten, darüber das Firmament (der Fixsternhimmel), der Kristallhimmel und schließlich das Empyreum, der Wohnsitz Gottes (Konrad von Megenberg, ›Deutsche Sphaera‹, S. 6). Vielleicht ist aber auch die (simplere) Erklärung des deutschen ›Lucidarius‹ (dessen lateinische Quellen weit verbreitet waren) heranzuziehen, in dem der Meister auf die Frage seines Schülers, wie viele Himmel es gebe, folgendes antwortet: *der himele sint drie. der eine ist von der erde unz an den manen, der andere ist von den manen unz an daz gestirne, der dritte ist unz obe dem firmamento, da Got selbe inne ist unde sine lieben* (S. 6).

983 f. Zwischen *wůff* und *t*^{a}*l* sowie zwischen *himeli* und *schem* Loch im Pergament. *ellende*: Konjiziert nach dem überwiegenden Brauch der Hs.

987 Freiheit ist hier wohl im Sinne des Johannes als Freiheit von der Macht des Bösen zu verstehen, die nach Io 8,31–36 nur in der Wahrheit, d. h. in der Macht der göttlichen Wirklichkeit, möglich ist: *Si vos manseritis in sermone meo, vere discipuli mei eritis:* (32) *Et cognoscetis veritatem et veritas liberabit vos.* (33) *Responderunt ei: Semen Abrahae sumus, et nemini servivimus unquam: quomodo tu dicis: Liberi eritis?* (34) *Respondit eis Jesus: Amen, amen dico vobis: quia omnis, qui facit peccatum, servus est peccati:* (35) *Servus autem non manet in domo in aeternum: Filius autem manet in aeternum;* (36) *Si ergo vos Filius liberaverit, vere liberi eritis.* (»Wenn ihr in meinem Worte verharret, werdet ihr wahrhaft meine Jünger sein; (32) und werdet die Wahrheit erkennen, und die Wahrheit wird euch frei machen. (33) Sie antworteten ihm: Wir sind Nachkommen Abrahams, und waren niemals jemandes Knechte. Wie sagst du: Ihr werdet frei sein? (34) Jesus antwortete ihnen: Wahrlich, wahrlich, ich sage euch, jeder, der Sünde thut, ist ein Knecht der Sünde! (35) Der Knecht aber bleibt nicht auf ewig in dem Hause; der Sohn aber bleibt ewig. (36) Wenn euch also der Sohn frei macht, so werdet ihr wahrhaftig frei sein.«) Nach Paulus

ist Freiheit als Freiheit von der Sünde, vom Tod und vom Gesetz zu verstehen, vgl. etwa Rom 6,18; 7,7–25; 8,2; 8,21. Im Unterschied zu Heinrich im V. 987 spricht Paulus allerdings vom Handeln des Menschen im Diesseits, wenn er Freiheit als die dank der als Gnade verstandenen Erlösungstat Christi dem Menschen zukommende Möglichkeit und Fähigkeit beschreibt, das Gesetz Christi (vgl. Gal 6,2) zu erfüllen. Da im Himmel aber Gnade ohne Ungnade herrscht, wie Heinrich in V. 996 ausführt, ist der Mensch dort von der Herrschaft der Sünde endgültig befreit. Mit der Auffassung vom Beherrschtsein des Menschen durch die Sünde scheint die Vorstellung verbunden, daß der Mensch die Gedanken zügeln müsse, damit er nicht sündige, vgl. Eccli 23,2 f.: *Quis superponet in cogitatu meo flagella et in corde meo doctrinam sapientiae, ut ignorationibus eorum non parcant mihi, et non appareant delicta eorum*, (3) *Et ne adincrescant ignorantiae meae, et multiplicentur delicta mea, et peccata mea abundent, et incidam in conspectu adversariorum meorum, et gaudeat super me inimicus meus?* (»O daß doch Geißeln über meine Gedanken geschwungen würden und vor meinem Herzen die Lehre der Weisheit stände, auf daß meiner bei ihrer Unwissenheit nicht geschont werde und ihre Sünden nicht offenbar werden; (3) daß meine Verirrungen sich nicht mehren und meine Sünden sich nicht häufen und meine Missetaten nicht überhandnehmen und ich so zu Falle komme vor meinen Widersachern und mein Feind sich über mich freue!«) Für Heinrich zeichnet sich das Jenseits also gerade dadurch aus, daß die Gedanken nicht mehr gezügelt werden müssen, weil sie dort von der Bedrohung durch die Sünde befreit sind. (Vgl. Siewerth/Bläser/Rahner/Fischer, Art. ›Freiheit‹, in: LThK IV, Sp. 325–337.)

989 ff. Vgl. 1 Cor 2,9: *Sed sicut scriptum est: Quod oculus non vidit, nec auris audivit nec in cor hominis ascendit, quae praeparavit Deus iis, qui diligunt illum* (»Sondern wie geschrieben steht [Is 64,4]: ›Was kein Auge gesehen und kein Ohr gehört hat, und in keines Menschen Herz gekommen ist, was Gott denen bereitet hat, die ihn lieben‹«).

1000 Vgl. 2 Pe 3,8: *Unum vero hoc non lateat vos, carissimi, quia unus dies apud Dominum sicut mille anni, et mille anni sicut dies unus.* (»Dies eine aber vergesset nicht, Geliebte! daß ein Tag bei dem Herrn ist wie tausend Jahre, und tausend Jahre wie ein Tag.«) Vgl. auch Ps 83,11 und 89,4. Daß die Zahl 1000 ausgerechnet in V. 1000 vorkommt, wird kein Zufall sein. Vgl. das ›Annolied‹, in dem Anno, der siebte Heilige unter den Kölner Bischöfen im siebten Abschnitt des insgesamt 49 (= 7×7) Abschnitte umfassenden Liedes zum ersten Mal erwähnt wird und zum zweiten Mal als 33. Bischof von Köln im 33. Abschnitt erscheint. In solchen Übereinstimmungen äußert sich das Wissen des mittelalterlichen Autors über die in Zahlen darstellbare Ordnung aller Dinge, die im Kunstwerk nur die gesetzmäßige Schönheit der göttlichen Schöpfung widerspiegelt; vgl. Sap 11,21: *omnia in mensura, et numero et pondere disposuisti* (»du hast alles nach Maß, Zahl und Gewicht geordnet«). Ob über diesen allgemeinen Verweisungszusammenhang hinaus jedoch einer solchen Zahlenentsprechung Bedeutung für die Aussage des jeweiligen Textes zukommt, erscheint mehr als fraglich (vgl. Hellgardt, ›Zum Problem symbolbestimmter und formalästhetischer Zahlenkomposition in mittelalterlicher Literatur‹, bes. S. 262–268).

1003 Zur Vorstellung vom Paradies als Erbe des Menschen vgl. u. a. Heb 9,15.

1004 f. Philp 3,7 f.: *Sed quae mihi fuerunt lucra, haec arbitratus sum propter Christum detrimenta.* (8) *Verumtamen existimo omnia detrimentum esse propter eminentem scientiam Jesu Christi Domini mei: propter quem omnia detrimentum feci, et arbitror ut stercora, ut Christum lucrificiam* (»Doch was mir Gewinn war, das alles habe ich um Christi willen für Schaden erachtet. (8) Ja, ich halte alles für Schaden gegen die alles übertreffende Erkenntniß Jesu Christi, meines Herrn, um dessentwillen ich dieses allen verlustig gegangen bin, und es für Koth erachte, damit ich Christus gewinne«).

1008 f. Der Ausdruck *gotes gvte* meint die dritte Person der Trinität; die *weishaeite* (V. 1009) bezeichnet Christus als die zweite Person. Grundlage dieser Umschreibungen ist die Appropriationenlehre, nach der den drei Personen der Dreifaltigkeit bestimmte »essentielle Eigenschaften« beigelegt werden, dem Vater die Kraft, *potentia*, dem Sohn die Weisheit, *sapientia*, dem Geist die Güte, *bonitas* (vgl. Brinktrine, ›Die Lehre von Gott‹, Bd. 2, S. 140 f.). Die in der deutschen Dichtung des 11. und 12. Jh.s oft benutzte Appropriationenformel (Belege bei Ochs, ›Wolframs ›Willehalm‹-Eingang im Lichte der frühmittelhochdeutschen geistlichen Dichtung‹, S. 29 bis 32) ist auch Gemeingut der mittelalterlichen Theologie (vgl. Hugo von St. Victor, ›De sacramentis Christianae fidei‹, I,26; PL 176, Sp. 208; Petrus Lombardus, ›Sententiarum libri quatuor‹ I,34,III f.

(Ausg. Quaracchi), S. 217 f.; ders., ›Collectanea in Epistolas D. Pauli‹, ›In Ep. ad Rom.‹ 57; PL 191, Sp. 1329; vgl. dazu Ruh, ›Die trinitarische Spekulation in deutscher Mystik und Scholastik‹). Es ist also unnötig, ja sogar falsch, hier auf Abaelard zu verweisen (so Hzl, S. 133 f.), dessen radikale Formulierung der Appropriationenlehre – er wies den drei Personen die betreffenden Eigenschaften jeweils exklusiv zu und verstieß damit gegen das Dogma von der Dreieinigkeit – 1111 für ketzerisch erklärt wurde (vgl. Schmaus, Art. ›Appropriationen‹, in: LThK I, Sp. 773–775). Eigenartig ist hier allerdings, daß nur von der zweiten und der dritten Person der Trinität als Handelnden die Rede ist. Das von Hzl, S. 134 als Parallele herangezogene ›Anegenge‹ (V. 187 ff.) erwähnt in V. 190 in pronominaler Form auch den Vater.

1011 *gewrchte = gewürchte, geworchte*, stn.: »was gewirkt wird, geschaffen ist, der Bau, Saal« (BMZ III, S. 595a); hier *daz paradeis* (V. 1013) als Gegensatz zu *dirre erde* (V. 1005), so schon Wilmanns, ›Der sog. Heinrich von Melk‹, S. 59. Vgl. Io 14,2–3: *In domo Patris mei mansiones multae sunt. Si quo minus dixissem vobis: Quia vado parare vobis locum. Et si abiero, et praeparavero vobis locum: iterum venio, et accipiam vos ad meipsum, ut ubi sum ego, et vos sitis.* (»In meines Vaters Hause sind viele Wohnungen. Wenn es nicht so wäre, so hätte ich es euch gesagt; denn ich gehe hin, euch eine Stätte zu bereiten. Und wenn ich hingegangen bin, und euch eine Stätte bereitet habe, so komme ich wieder, und werde euch zu mir nehmen, damit auch ihr seiet, wo ich bin.«) Vgl. weiter 1 Cor 2,9; Is 64,4.

1012 ff. Offensichtlich unterscheidet Heinrich entsprechend einer weit verbreiteten mittelalterlichen Tradition einen auf der Erde liegenden *paradisus terrestris* (vgl. V. 1014 f.) und einen *paradisus coelestis*. Das irdische Paradies wird seit den Zeiten der Kirchenväter als jene Region betrachtet, in der sich Adam und Eva vor dem Sündenfall aufhielten. Es wird nach dem Fall zum Aufenthaltsort für die geretteten Seelen. Spekulationen über die Lage und das Aussehen des Paradieses knüpften sich vor allem an die Exegese von Gn 2 an, wobei die häufig zu findende Vorstellung, daß das irdische Paradies von hohen Bergen umschlossen sei, eine weitere autoritative Stütze in Apc 21,10 fand. Solche Auffassungen wurden dann aber auch hervorgerufen durch die ›Reiseberichte‹ wie etwa das ›Iter ad Paradisum‹ (in dem die angebliche Paradiesesfahrt Alexanders des Großen dargestellt wird) sowie durch die mittelalterliche

Kartographie. Demgegenüber weitestgehend unbestimmt bleiben die Aussagen über den Ort des himmlischen Paradieses. Gelegentliche Zuordnungen zu einzelnen Himmelssphären oder Himmelsrichtungen haben sich nicht allgemein durchgesetzt. (Vgl. Grimm, ›Paradisus coelestis, paradisus terrestris‹, bes. S. 16 ff., sowie Dinzelbacher, ›Vision und Visionsliteratur im Mittelalter‹, S. 105 ff.) – Vgl. dazu auch 2 Cor 12,3 f.

1032 Ob *dein arm chnecht* hier vor dem Hintergrund des allgemeinen Armutsideals nur eine ganz unspezifische Form der Bescheidenheitstopik darstellt (vgl. dazu Schwietering, ›Die Demutsformel mittelhochdeutscher Dichter‹ und G. Simon, ›Untersuchungen zur Topik der Widmungsbriefe mittelalterlicher Geschichtsschreiber bis zum Ende des 12. Jahrhunderts‹), oder ob es die seit den Apostelbriefen belegte Salutationsformel *servus Iesu Christi* (*dei*) aufnimmt (vgl. Rom 1,1; Philp 1,1; Tit 1,1; 2 Pe 1,1, aber auch schon Sap 9,5; vgl. Apc 1,1) und daraus weitergehende Schlüsse gezogen werden dürfen, ist schwer zu entscheiden. Die ganz ähnliche Formulierung *O deus, miseri / miserare servi*, mit welcher der Mönch Gottschalk von Orbais (Gottschalk der Sachse, 9. Jh.; vgl. F. Rädle, Art. ›Gottschalk der Sachse‹, in: VL III, Sp. 189–199) jede der 20 Strophen seiner ›Oratio‹ beginnt (MGH Poetae III, hrsg. von L. Traube, Berlin 1896, S. 729–731), ist nur bedingt als Beleg zu gebrauchen, da es sich offensichtlich um eine etymologisierend versteckte Nennung des Verfassernamens (*Godes scalc* entspricht *servus dei*) handelt. Auf Mönche wird die Wendung bezogen in einer der beiden unter dem Namen des hl. Augustinus im Mittelalter verbreiteten Mönchsregeln: ›Regula ad servos Dei‹ (PL 32, Sp. 1377 bis 1384); *vilissimus servorum Dei* und *vilis servorum Dei servus* nennt sich der Mönch, Abt und Mainzer Erzbischof Hrabanus Maurus in den *salutationes* der beiden Prologe zu seiner Auslegung des Macchabäer-Buches (PL 109, Sp. 1126 D; vgl. dazu Schwietering, S. 170 f.). Stichproben in der Lorscher Chronik und in Urkunden bestätigen diese Praxis auch für das 12. Jh.: In der Arenga einer Urkunde spricht Abt Heinrich von Lorsch (Regierungsantritt 1151/52) von den Mönchen seines Klosters als *servis suis* (Gottes) und *conservis nostris* (Codex Laureshamensis, Bd. 1, Kap. 158, S. 442); als *servi dei* bezeichnet Konrad von Worms die Mönche des Klosters Schönau (ebd., Kap. 160, S. 444, Arenga). Lateinische Entsprechung von *gotes kneht* kann aber auch *famulus dei* sein; ob diese Bezeichnung für adlige *conversi* (z. B. Codex

Laureshamensis, S. 435 und 436) auf einen Status-Unterschied zielt, etwa als Hinweis auf eine *professio in extremis* zu deuten ist (*ex laico monachum induens*, ebd., Kap. 154, S. 435), bedürfte eingehender Untersuchung; der Gründer der Zelle Neuenburg (um 1130), ein gewisser Anshelm, wird als *famulus dei* und als *religiosus admodum et locuples* bezeichnet (ebd., Kap. 157, S. 440 und Kap. 144, S. 426), gehörte also wohl eher der adligen Oberschicht an (vgl. dazu Einführung, S. 163 ff.). Volkssprachliche Urkunden bis zur Mitte des 13. Jh.s bieten erwartungsgemäß keine Belege (›Corpus altdeutscher Originalurkunden‹, Ausg. Wilhelm). In der frmhd. Dichtung ist die Selbstbezeichnung als Gottes Knecht o. ä. nicht ohne Parallelen, vgl. Hzl (*scalch* z. B. ›Millstätter Sündenklage‹, in: Maurer II, S. 57–101, Str. 36,2 und 37,3 – Textherstellung unsicher; ›Wiener Exodus‹, Ausg. Papp, V. 13 ff.); vgl. dazu noch ›Millstätter Sündenklage‹, Str. 68,5 (der Prophet Daniel) und Str. 70,9 (die Heiligen im Schlußgebet; Textherstellung unsicher, vgl. die Parallele im ›Rheinauer Paulus‹, in: Maurer II, Str. 4,9!). Den literarischen Belegen des 13. Jh.s, die Lexer anführt (Bd. 1, Sp. 1645 f.), ist gemeinsam, daß *gotes kneht* ausschließlich als rühmende Fremdbezeichnung für Christen gebraucht wird, die besondere Pflichten übernommen oder Leistungen erbracht haben (Apostel, Märtyrer, Papst, Kaiser, Kreuzritter, Einsiedler; vgl. zu letzteren noch Ebernands ›Heinrich und Kunigunde‹, V. 2321, 2351 u. ö.). Das paßt auch zum Gebrauch der entsprechenden Wendung in Apc 1,1; 10,7; 22,6 (auch Amos 3,7), wo als *servi dei* o. ä. hervorragend fromme Männer bezeichnet werden, die sich unter anderem durch prophetische Gaben auszeichnen (vgl. auch Apc 11,18). Durch die Selbstbezeichnung als Gottes *chnecht* scheint sich Heinrich in eine bei den Aposteln beginnende Tradition zu stellen, wonach die Charakterisierung als *servus dei* mit einem besonderen Maß an religiösen Ansprüchen oder Verpflichtungen in Beziehung steht.

Damit formuliert der Autor aber auch den Anspruch und die Legitimation seines Werkes, – gestützt auf die biblische *auctoritas* – selbst den höchsten Repräsentanten weltlicher und geistlicher Macht seine Kritik entgegenzuhalten. Es spricht also daraus nicht der Stolz auf persönliche Vorzüge, sondern das Bewußtsein, als Instrument Gottes zu handeln. Die dem christlichen Demutsideal eigene Dialektik (vgl. dazu Curtius, ›Europäische Literatur und lateinisches Mittelalter‹, S. 410 f., der in diesem Zusammenhang von »Autoritätsformeln« spricht; vgl. auch Mt 23,12; Lc 14,11; 18,14; 2 Cor 11,16–12,1–13, bes. 11,23 u. 12,10) wird dabei noch deutlicher durch die Verbindung des Ausdrucks Gottes *chnecht* mit dem Epitheton *arm*, einem unspezifischen Element der christlichen Demutstopik: *homo miser* ist prinzipiell jeder. Im übertragenen Sinn kann *armuot* einen Mangel an Gnade bedeuten. Das Bewußtsein dieses Mangels wird durch das Bewußtsein eigener Sündhaftigkeit ausgelöst. Indem Heinrich sich als *arm* bezeichnet, führt er am Autor exemplarisch vor, was er bei seinem Publikum erreichen will: die Erkenntnis der eigenen Sündhaftigkeit und Gnadenbedürftigkeit. Vgl. dazu Schwietering, S. 199 f.; W. Schröder, ›Armuot‹; Wirth, ›Vor- und Frühgeschichte des Wortes *arm*‹. Gerade dieser Aspekt wird unterstrichen durch die unter den Belegen einmalige Stellung der Bezeichnung Gottes *chnecht* im Schlußgebet, wobei aber wiederum zu bedenken ist, daß Heinrich sich als Gottes *armer chnecht* neben den Abt Erkenfried stellt (vgl. auch Schwietering, S. 170).

1033 Welcher Abt Erkenfried hier gemeint ist, ist nicht mit Sicherheit zu klären (vgl. dazu unsere Einführung). Eine wesentliche Rolle bei der Identifizierung der angesprochenen historischen Personen spielt die Frage, ob in V. 1033 von einem noch lebenden oder von einem bereits verstorbenen Erkenfried die Rede ist. Nach Kimmig, ›Das Verhältnis des sog. Heinrich von Melk zur mittellateinischen Dichtung‹, S. 243, könnte V. 1034 *den habe du, herre, in deinem fride* »wie ein Echo des lat. ›requiescat in pace‹ aus der Totenliturgie« klingen; doch ist zu bedenken, daß der Friedenswunsch in der Liturgie auch sonst auftritt, vgl. bes. den Friedenswunsch im Anschluß an das ›Paternoster‹: *Pax Domini sit semper vobiscum* und die Schlußformeln der neutestamentlichen Briefe 3 Io 14,11 f.; 2 Cor 13,11 oder Eph 6,23, so daß im Zusammenhang mit V. 1035 wohl doch eher an einen zur Abfassungszeit dieses Textes noch lebenden Abt Erkenfried zu denken ist.

Einführung in das Werk

Der *arme chnecht* Heinrich: Autor, Wirkungsort und zeitliche Einordnung

Es entspricht dem Selbstverständnis eines Autors dieser Zeit, daß auch der Verfasser der ›Mahnrede über den Tod‹ nicht mehr von seiner Person mitteilt als seinen Namen: *Haeinrichen, deinen armen chnecht* nennt er sich in V. 1032. Nichtsdestoweniger hat sich die germanistische Forschung seit Bekanntwerden von TG mit Herkunft und Leben dieses *armen chnecht(es) Haeinrich* ausführlich beschäftigt. Die Mehrzahl der Forscher glaubte, ihn im Benediktinerkloster Melk des 12. Jahrhunderts ansiedeln zu können; man suchte ihn aber auch im Kloster Göttweig und scheute sich nicht – wie Joseph Diemer –, die Lebensumstände Heinrichs mit denen anderer Autoren der frühmittelhochdeutschen Literatur in Verbindung zu bringen, über die ebenfalls wenig bekannt ist, so daß aus Heinrich der Sohn von Frau Ava und der Bruder des Armen Hartmann wurde.
Schießen solche spekulativen Identifikationsversuche weit über das Ziel hinaus, so erweist sich die Zuordnung Heinrichs zum Kloster Melk, welche die Literaturgeschichtsschreibung und die Spezialforschung lange Zeit allzu unkritisch übernahmen, bei genauerer Betrachtung allenfalls als eine Möglichkeit, die zwar einige Wahrscheinlichkeit beanspruchen kann, aber längst nicht die einzig mögliche Lokalisierung des Verfassers darstellt.
Um der historischen Person Heinrichs einen konkreten Ort zuweisen zu können, nahm bereits die frühe Forschung zunächst ihre Zuflucht zu der zweiten in TG genannten Person. Wenn man Heinrich schon nicht identifizieren konnte, so sollte sich doch der Abt Erkenfried, den Heinrich expressis verbis in sein Gebet einschließt (V. 1033), finden lassen. Suchte man nun nach einem Abt Erkenfried, der im 12. Jahr-

hundert im oberdeutschen Raum gelebt haben sollte, so lag es nahe, zuerst an den Abt Erkenfried (1121–63) des Klosters Melk zu denken. Bei ihm handelt es sich nicht nur um einen bedeutenden Abt eines bedeutenden Klosters, sondern ihm konnten, falls der Eintrag im Melker Nekrologium zutrifft, auch in besonderem Maße literarische Interessen zugesprochen werden: Unter seinem Todestag, dem 17. Mai, wird Erkenfried dort als dritter Abt geführt, *qui hystoricam St. Colomanni dicitur dictasse*[1] (MGH, Necr. Germ. V, S. 554); außerdem wird ihm ein theologisches Kompendium zugeschrieben, und unter seiner Leitung begannen die Arbeiten an der älteren ›Melker Chronik‹.

Ein kulturell hochstehendes Kloster wie Melk mit einer Klosterschule, die schon im 12. Jahrhundert ein beachtliches Niveau erreichte; ein Abt, der sich schriftstellerisch betätigte, der auf Grund wiederholter Fahrten nach Rom und Jerusalem als weitgereist gelten konnte und dessen Persönlichkeit und selbstbewußtes Wirken für sein exemtes Kloster zu dessen Aufstieg beitrugen: dies alles schien die passende Umgebung für einen Zeitkritiker abgeben zu können, der wie Heinrich die gesellschaftlichen und religiösen Mißstände seiner Zeit anprangerte. Die Voraussetzungen kultureller Art, die Ausbildung in einer qualifizierten Schule und die Förderung durch einen literarisch Interessierten wären besonders in Melk gegeben.

Auf der anderen Seite wird man aber Zweifel hegen dürfen, ob kritische Stimmen, die insbesondere auch ein allzu weltzugewandtes, nach Reichtum und Macht strebendes Mönchtum angreifen, ausgerechnet aus einem aufstrebenden Kloster wie Melk haben kommen können. Wenn nämlich der Passauer Bischof Reginmar (gest. 1141) ausdrücklich den Luxus der Melker Gemeinschaft angreift: *Mellicense coenobium propter luxum monachorum ad se pertrahere voluit*[2]

1 »von dem gesagt wird, daß er die Geschichte des Hl. Coloman verfaßt habe«.

2 »er wollte das Melker Kloster wegen des Wohllebens der Mönche an sich bringen«

(so in den ›Annales Pataveuses‹, zit. nach: Keiblinger, S. 275, Anm. 3) – obgleich auch längst nicht sicher ist, ob der Passauer Bischof seine Kritik tatsächlich ganz unparteiisch vorträgt, da er in teilweise heftigen Auseinandersetzungen versuchte, dem exemten Kloster Melk verschiedene Einkünfte streitig zu machen (vgl. ›Annales Mellicenses‹, in: MGH SS IX, S. 502) – so kommt diese Kritik bezeichnenderweise von außerhalb. Ob derartige Kritik einem Mönch dieses Klosters zugetraut werden darf, ist fraglich. Ausgerechnet der Abt, der im Schlußgebet des Werkes genannt ist, hätte eine Reihe der Kritikpunkte auf sich und sein Kloster beziehen müssen.
Die Nennung eines Abtes Erkenfried belegt also noch nicht die Zugehörigkeit Heinrichs zum Melker Konvent, zumal jede weitere lokalhistorische Anspielung, die einen sicheren Hinweis abgeben könnte, fehlt. Daher ist damit zu rechnen, daß ebensogut einer der anderen historisch belegten Äbte dieses Namens oder auch ein unbekannt gebliebener Abt Erkenfried gemeint sein kann. Nach den überlieferten Quellen käme auch der Titularabt Erkenfried von Göttweig (1090–1120) in Frage; allerdings müßte in Anbetracht von dessen Lebensdaten eine sehr frühe Abfassung von TG angesetzt werden, selbst wenn man davon ausgeht, daß in V. 1033 nicht unbedingt von einem zur Abfassungszeit noch lebenden Abt Erkenfried die Rede sein muß (vgl. Anm. z. St.). Bezieht man V. 1033 auf einen noch lebenden Abt, so wird man insbesondere an den Abt Erkenfried (1182–88) des Klosters Altenburg (bei Horn, Niederösterreich) denken, eines noch jungen Klosters an der Grenze nach Böhmen, dessen im Vergleich mit Melk eher karges, aber dennoch kulturell bedeutendes Leben durchaus den Rahmen für ein Werk wie TG hätte abgeben können. Leider wissen wir sehr wenig über diesen Abt und über die frühe Geschichte seines Klosters, da nur wenige Urkunden in Altenburg erhalten sind.
Überblickt man die möglichen Zuordnungen Heinrichs zu einem der Äbte mit dem Namen Erkenfried, so wird man

Göttweig nicht von vornherein ausschließen können, aber besonders Melk und Altenburg in Betracht ziehen müssen. Eine sichere Zuordnung ist jedoch in keinem Fall möglich, weshalb wir es auch für korrekt halten, vom ›sogenannten‹ Heinrich von Melk zu sprechen, um einerseits die Skepsis gegenüber einer Zuordnung zu Melk auszudrücken und andererseits der Tradition der Literaturgeschichtsschreibung Rechnung zu tragen, die den *armen chnecht Haeinrich* unter dem Namen ›Heinrich von Melk‹ führt.

Der *arme chnecht* Heinrich und die religiöse Laienbewegung des 11. und 12. Jahrhunderts

Bleibt bei dem Versuch einer historischen Annäherung an den Autor am Ende lediglich die Tatsache zu registrieren, daß Heinrich in Beziehung zu einem Kloster stand, so ist auch dieses Faktum in seiner konkreten Bedeutung schwer zu fassen, erscheint sogar widersprüchlich, da er sich in V. 225 ausdrücklich zu den *laeien* rechnet. Nimmt man dies als biographische Aussage ernst, würde das nach Ausweis der Wörterbücher und der einschlägigen Forschungsliteratur bedeuten, daß Heinrich sich als im kirchenrechtlichen Sinne ›Nichtgeweihten‹, als ›Nichtkleriker‹ oder (was zur Zugehörigkeit zu einem Kloster immerhin passen würde) als ›Konverse‹ oder als ›Laienbruder‹ bezeichnet (vgl. Anm. zu V. 225).

Viele adlige Laien haben während des 11. und 12. Jahrhunderts nicht nur von außerhalb der Klöster auf diese Einfluß ausgeübt, sondern von solchen Laien sind auch in erheblicher Zahl Konversionen überliefert. Heinrich, der das höfische Leben ebenso wie das Klosterleben (vgl. V. 201 ff.) wohl aus eigener Kenntnis darstellt, könnte zu dieser Gruppe gehört haben, doch ist zu bedenken, daß adlige Konversen – bei aller Differenzierung, die zwischen den einzelnen Orden und sogar zwischen einzelnen Klöstern geboten ist – den Mönchen zugerechnet und deshalb nicht Laien genannt wurden

(Teske, Bd. 10, S. 317 ff.). Auf der anderen Seite gab es im Kloster die Gruppe der *conversi barbati* (so Petrus Venerabilis, vgl. Anm. zu V. 222 f.), der Bauern und Handwerker, die, um Gott in Demut dienen zu können, in eine klösterliche Gemeinschaft eintraten; am Ende des 12. Jahrhunderts wurden insbesondere sie als Laien bezeichnet, eine Gruppe von Brüdern, die, des Lesens und Schreibens zumeist unkundig, sich besonders den praktischen Belangen des Klosteralltags zuwandte. Daß Heinrich zu dieser letzten Gruppe gehörte, kommt jedoch schon nach dem Textbefund kaum in Betracht (vgl. Anm. zu V. 225).

Da aber mhd. *leie* eine bildungsgeschichtliche Nuance besitzt, so daß nicht nur der Ungeweihte vom Geweihten, sondern eben auch der Ungebildete vom *litteratus* unterschieden wird, könnte Heinrich, obwohl augenscheinlich gebildet, sich in topischer Bescheidenheit gegenüber den Buchgelehrten (d. h. den *clerici*) hintanstellen und – wie andere mittelalterliche Autoren auch – mit einer fiktiven Selbstaussage einem Laienpublikum die Identifikation mit seinem Anliegen erleichtern. Die ›Selbstaussage‹ in V. 225 muß also nicht biographisch verstanden werden.

Doch auch eine Argumentationsstrategie, in der die Laienrolle des Verfassers vielleicht sogar die Bedingung ihrer Wirksamkeit ist, wäre unglaubwürdig und damit in ihrer Wirkung beeinträchtigt angesichts der doch wohl biographischen Beziehung des *armen chnecht Haeinrich* zu einem Abt Erkenfried und damit zu einem Kloster, wenn der Autor mit der Namensnennung und Fürbitte für einen Abt im Schlußgebet sich zwangsläufig als Angehöriger einer Klostergemeinschaft zu erkennen gäbe. Offenbar sind noch im letzten Drittel des 12. Jahrhunderts selbstverständliche Lebensformen vorauszusetzen, die enge Beziehungen zu einem Abt und beträchtliche Bildung mit einer Stellung außerhalb von Klerus und Mönchsgemeinschaft zu vereinen gestatten, in der aber auch vermutlich aus eigener Anschauung stammende Kenntnis des höfischen Lebens mit rücksichtsloser

Kritik an den geistlichen wie weltlichen Spitzen der adligen Gesellschaft verbunden werden konnte.

In einer anonymen Satire gegen die kirchlichen Stände werden *heremitae boni, ... qui semper fugiunt hominum facies, nisi solliciti pro mundo fierint*[3], als Vorbilder hingestellt (vgl. Werner, S. 78 f.). Eben dies tut auch Heinrich, wenn er bereits am Anfang der Mahnrede in V. 26–34 *Maria div svzze* als Vorbild nennt, die das Leben in der Welt floh, weil sie niemals mehr die Menschen sehen wollte, und in einer schreckenerregenden Wüste, fern von den Menschen, Buße tat. Der eremitische *contemptus mundi* Marias (V. 28 f.; vgl. Anm. zu V. 26 ff.) wird von Heinrich als einzige Lebensform (neben der des Inclusen, V. 23) positiv gewertet und als Beispiel den von ihm kritisierten *werltlichen livten* (V. 5) vorgehalten. Es ist dies die einzige Heilige, die Heinrich erwähnt; bei den anderen biblischen Namen handelt es sich um Quellenberufungen oder Zitatbestandteile. Mit dem Anachoretentum stellt Heinrich eine im 11. und 12. Jahrhundert verbreitete Form der Entsagung als vorbildlich hin, die nicht zuletzt auch der Benediktus-Regel als höchste Form religiösen Lebens gilt (vgl. Anm. zu V. 238).

Der Geist der Sühne und Buße für die Sünden der Welt kennzeichnet die Reformbewegungen des 11. und 12. Jahrhunderts, die sich mehr oder weniger zum Eremitenideal bekannten. Das Anachoretentum erlebte in dieser Zeit eine Blüte, wie sie im Abendland weder früher noch später je zu beobachten ist: »Durch ganz Europa wehte der rauhe Wind strenger Askese und trieb die Büßer in die Einsamkeit« (Ph. Schmitz, Bd. 3, S. 24 f.). Mit ihrer Forderung nach absoluter, d. h. persönlicher und gemeinschaftlicher Armut stehen die Eremiten außerhalb des traditionellen benediktinischen Mönchtums und in kritischer Distanz auch zu der in die Strukturen der Feudalgesellschaft eingebundenen Amtskir-

3 »fromme Eremiten, ... die beständig den Anblick der Menschen fliehen, es sei denn, sie würden um Hilfe für die Welt angerufen«

che: Bejahung der Armut bedeutet implizite oder explizite Kritik an den Reichen und Mächtigen. Opposition gegen die reichen Klöster, die vielen Zeitgenossen als ein Zerrbild des Evangeliums und der Benediktus-Regel erschienen, findet sich bei Eremiten nicht selten. Der Eremit, der das Armutsideal sichtbar und ohne Einschränkung lebt, ist *servus Dei* im buchstäblichen Sinn dieser paulinischen Formel, indem er die erniedrigenden Lebensbedingungen des Volkes teilt (vgl. Delaruelle, 1965, S. 226 f. und Anm. zu V. 1032).

Von der offiziellen Kirche wurden die Eremiten – gerade auch wegen ihrer Predigt – nicht selten kritisch betrachtet, während sie selbst ihrerseits Kritik an kirchlichen und weltlichen Zuständen übten. Das Bild des Eremiten bei Zeitgenossen und Nachwelt hat jedoch nicht der predigende Eremit geprägt, sondern der die Welt fliehende und ihre Annehmlichkeiten verachtende Einsiedler und Klausner, der sich zur Buße in die *wüeste* oder *wilde* zurückzieht (vgl. Hartmanns ›Gregorius‹, V. 2755 ff., 2765 f.), aber Bauern und Pilgern, Fürsten und Königen, Witwen und Waisen immer mit Rat und Tat beisteht (Werner, S. 87; Gougaud, S. 51 f. und Anm. zu V. 23 ff.). Oft handelte es sich bei den Eremiten oder Inclusen um Mönche, die das Kloster mit Erlaubnis des Abtes verließen; nicht selten entschlossen sich aber auch adlige Laien zu einem Leben in äußerster Armut (vgl. Anm. zu V. 23 ff.). In beiden Fällen stehen sie in der Regel mit einem Kloster in Verbindung, und ihre Zurückgezogenheit bedeutete nicht zwangsläufig, daß sie nicht doch ihr Ansehen bei der Bevölkerung nutzten, um als eigentliche Nachfolger Christi den verweltlichten Klerus, ein nur auf Besitzvermehrung bedachtes Mönchtum oder die Weltzugewandtheit des Adels und des Volkes zu kritisieren.

Heinrichs Kritik an der Lebensweise geistlicher und weltlicher Zeitgenossen stammt nicht von einem demütigen und illiteraten »Laienbruder« (so mit Hzl die gesamte Forschung). Seine Beziehung zu einem Abt Erkenfried und damit zu einem Kloster läßt sich auch mit einem möglicherweise nur fiktiven Laienstatus am ehesten vereinbaren, wenn er implizit in der seinen Zeitgenossen vertrauten Rolle des Eremiten oder Inclusen auftritt. Der Eremit als moralische Instanz und literarische Fiktion erhält nicht nur in Walthers ›Reichston‹ das letzte Wort (L 9,35; vgl. auch L 34,33; L 10,33; dazu Grundmann, 1963, S. 87 ff.); Wolframs Trevrizent, ein Gralsritter, der zum büßenden Einsiedler wurde, nimmt, obwohl er kein Priester ist, Parzival die Beichte ab und belehrt ihn in langen Gesprächen über den rechten Weg zu Gott. Laienstatus und Lateinkenntnisse schließen sich ebenfalls nicht aus: *Doch ich ein leie wœre, / der wâren buoche mære / kund ich lesen unde schrîben*, betont der adlige Einsiedler Trevrizent (Pz 462,11 ff.).

Um Buße zu tun, war auch Maria Magdalena Einsiedlerin geworden wie die zahllosen Eremiten, die Poenitenten waren und selbst zu Buße und *conversio* aufriefen. Innerhalb der Bußparänese spielt sie traditionell eine argumentative Rolle als *exemplum* für die erstrebte *conversio*; doch Heilige, deren Vita eine *conversio* aufweist, gibt es viele. In Heinrichs ›Mahnrede‹ wird sie mit der Eremitenheiligen Maria Aegyptiaca gleichgesetzt (vgl. Anm. zu V. 26 ff.) und diese Lebensform damit vom Autor besonders hervorgehoben. Bekanntlich hatte im Mittelalter jeder Heilige seine bestimmte Klientel, und nicht jeder verehrte jeden Heiligen (vgl. Lehner, Art. ›Patron‹, in: LThK VIII, Sp. 187–191). Als Eremitenheilige gelten naheliegenderweise Johannes der Täufer, der Erzengel Michael, der Apostel Jakobus und eben Maria Magdalena vor allen anderen (Delaruelle, 1965, S. 234 f. und Anm. zu V. 26 ff.). Ihr Kult ist besonders verbreitet in Gegenden, in denen auch die eremitische Bewegung einflußreich war.

Nun durchzieht die ganze Kirchenkritik des ersten Teils der ›Mahnrede‹ die Forderung nach Übereinstimmung von Lehre und Leben (vgl. V. 47 f.). Müßte der Autor einer Lehrdichtung nicht sich selbst zuallererst dieser Forderung stellen? Heinrichs schonungslose Kritik an der Lebensweise aller weltlichen wie geistlichen Stände (vgl. dazu S. 172–180) läßt es nicht ausgeschlossen erscheinen, daß er jener Gruppe zugehörte, die er als einzige positiv bewertet und den anderen Lebensformen vorbildlich voranstellt. Die *ordines* der Geistlichen und der Mönche hatten die religiösen Funktionen so vollkommen monopolisiert, daß man lange Zeit eine Rolle der Laien nicht einmal in Betracht zog. Die eremitische Bewegung ist ein Ausdruck des Bewußtwerdens religiöser Verantwortlichkeit auch der Laien (Delaruelle, 1965, S. 245). Eremiten und Klausner sind eine historisch nachweisbare Gruppe (in den Quellen) zumeist adliger Laien, die zugleich mit einem Kloster in Verbindung stehen, über die erforderliche Bildung verfügen können und zu den Initiatoren und Trägern der kirchlichen Reformbewegungen des 11. und 12. Jahrhunderts gehören. »Über alle Standesschranken gehoben«, brauchten sie sich »bei Besprechung keines Standes durch soziale Rücksichten zurückhalten zu lassen«. Was Heinzel (S. 19) dem »Laienbruder« Heinrich zutraut, zeichnet vor allen anderen die Eremiten aus.[4] Alle Überlegungen zur Biographie Heinrichs müssen jedoch notwendig hypothetisch bleiben, solange aussagekräftige Quellen fehlen.

Ebensowenig gesichert wie biographische Angaben über Heinrich ist die Zuweisung des ihm meist zugeschriebenen zweiten Werks, des ›Priesterleben‹. Es handelt sich hierbei um einen ebenfalls im Codex Vindobonensis 2696 überlieferten Text, dessen Autor sich nicht nennt. Von seinem Sinngehalt sowie vom Ausdruck her steht es TG durchaus nahe, aber eben nicht so nahe, daß die Annahme, es stamme vom gleichen Autor wie TG, über jeden Zweifel erhaben wäre. Neuser hat diese lange Zeit unkritisch übernommene These der Literaturgeschichtsschreibung erschüttert; allerdings muß man Neusers Kritik nicht soweit folgen, daß eine gemeinsame Verfasserschaft gänzlich auszuschließen wäre.

4 Für eine ausführliche Begründung der hier thesenhaft komprimierten Überlegungen siehe demnächst Peter Konietzko: *chere dein schef zestete.* Der *arme chnecht Haeinrich* und die religiöse Laienbewegung des 11./12. Jahrhunderts.

Wir verfügen über zu wenige gesicherte Daten, um eine Aussage über den Autor oder die Autoren von ›Priesterleben‹ und von TG zu machen, die mehr sein könnte als eine Hypothese (vgl. auch Anm. zu V. 161–186).

Reim und Vers

Anhaltspunkte, die wenigstens zu einer ungefähren zeitlichen und lokalen Einordnung führen können, lassen sich nun aber aus dem Werk selbst gewinnen, vor allem mit Hilfe sprachlicher Kriterien. Unter den auf den ersten Blick als unrein zu bezeichnenden Reimen finden sich einige, die als dialektal rein angesehen werden können und die so Hinweise auf die mundartliche Färbung des Originals geben können. Auffallend sind u. a. 1. die Vertauschung von -o- und -a- im Reim (vgl. V. 607 f., V. 850, V. 881 f. sowie Anm.); 2. die im Reim nachzuweisende Diphthongierung von -i- zu -ie- (vgl. V. 147) und von -u- zu -uo- (vgl. Anm. zu V. 213 f.); 3. die Vokalisierung des -r- in V. 173 (vgl. Anm. z. St.); 4. die spezifisch bairische Kontraktion von -age- in *saeite* (vgl. V. 609 und Anm.); 5. die in der Vorlage noch nicht diphthongierten -î-, die auf eine Abfassung eher vor 1200 hinweisen. Nach den dialektalen Eigentümlichkeiten dürfte Heinrich dem mittelbairischen Sprachgebiet entstammen; seine Heimat ist der bairisch-österreichische Donauraum. Mit aller Vorsicht, die Datierungen gerade auf Grund von dialektalen Merkmalen verlangen, dürfte Heinrich zeitlich in der zweiten Hälfte des 12. Jahrhunderts anzusiedeln sein, wobei für den späteren Teil dieses Zeitraums mehr Wahrscheinlichkeit spricht als für den früheren.

Zu dieser Eingrenzung paßt durchaus der Befund über die Reinheit der Reime. Rein statistisch gesehen, verfügt TG zwar noch über eine beträchtliche Menge unreiner Reime, doch lassen sich bei genauerer Betrachtung eine Vielzahl dieser Reime als dialektal rein klassifizieren, oder sie enthalten nur geringfügige Reimungenauigkeiten, so daß unter dialektalen Gesichtspunkten TG eine gute Reimqualität zugesprochen werden kann, die eher für eine späte Datierung spricht.

Dem scheint allerdings die metrische Gestalt der ›Mahnrede‹ zu widersprechen. Bruno Köneke hat ihr eine detaillierte Studie gewidmet. Seiner Statistik zufolge ist der zur Alternation strebende, viertaktige Vers die am häufigsten vorkommende Bauform. Daneben finden sich aber eine ganze Reihe von Versen, die, unter- oder überfüllt, nur schwer in dieses Grundmuster passen. Ihre Beurteilung ist nach wie vor umstritten: Herrschen hier »Gesetzlosigkeit und Uneinheitlichkeit« (so Pretzel, 1962, Sp. 2140), die die frühmittelhochdeutsche Literatur von den Standards der mittelhochdeutschen Blütezeit in ihrer Perfektion (die so in den Handschriften allerdings auch nicht zu finden ist) negativ abgrenzen?

Ein Beispiel mag die Schwierigkeiten veranschaulichen. Im elfsilbigen ersten Vers von TG:

Mich laeitet meines gelouben gelvbde

wurde von manchen Forschern ein viertaktiger Vers gesehen, wobei allerdings die Schwierigkeit darin bestand, die ungewöhnlich große Anzahl der Silben unterzubringen, sei es indem man einen besonders umfangreichen Auftakt annahm (so etwa Pretzel) oder indem man von Freiheiten in der Füllung des Versinnern ausging (so etwa Minis). Dann wäre beispielsweise V. 1 entweder zu lesen:

Mich laeitet meines gelóubèn gelv́bdè

oder:

Mich láeitet meines gelóuben gelv́bdè.

Man kann aber auch den elfsilbigen ersten Vers fünftaktig skandieren und so vom viertaktigen Grundmuster abweichen (so Köneke). Die Unsicherheiten betreffen, wie man sieht, alle Teile des Verses: Soll man mit Freiheiten im Auftakt oder im Versinnern rechnen? Ist das viertaktige Grundmuster verpflichtend, oder kann man davon abweichen? Soll man eine klingende Kadenz ansetzen, oder darf man sich für eine weiblich volle Kadenz entscheiden? Angesichts solcher Unsicherheiten hat es nicht an Stimmen gefehlt, die überhaupt jedes Taktprinzip bezweifelten und eher einen psalmodierenden oder rezitativisch gesungenen Vortrag annahmen. Eine endgültige Beurteilung der Vortragsform ist kaum möglich: ob wir uns TG als rezitativisch gesungen (so Maurer) oder als sangferne Spruchdichtung (so Heusler) vorzustellen haben, wird ohne weitere zeitgenössische Hinweise nicht zu entscheiden sein. Bei einer Spätdatierung wird man – vor dem Hintergrund der dann gleichzeitigen ›höfischen‹ Verskunst – die Möglichkeit gattungsbedingter Freiheiten zu erwägen haben.

Literatur: *Zur Biographie:* Kimmig, S. 241–251; Neuser, S. 44–79; Neuser, Art. ›Der sog. Heinrich von Melk‹, in: VL^2 III, Sp. 787–789. – *Zur Laienbewegung:* Delaruelle; Doerr; Dubois; Grundmann (1958, 1963 und 1978); Mertens; Saxer; Ph. Schmitz; Tellenbach; Teske; Werner. – *Zu Dialekt und Reim:* Hampel; Kranzmayer; Neuschäfer; Neuser, S. 118–124; Schwickert, S. 65–69; Wesle. – *Zur Metrik:* Köneke, S. 5–73.

Von des todes gehvgde eine rede
Aufbau und Titel

Heinrich gliedert sein Werk selbst in zwei deutlich zu unterscheidende Hauptteile: Teil I reicht bis V. 454, Teil II von 455–1043. Die Abschnittsgliederung durch Initialen in der Handschrift stimmt mit einer nach inhaltlichen Kriterien vorgenommenen Gliederung jedoch nur von Fall zu Fall überein (zum Problem der ungleichzeiligen »Strophen« vgl. Maurer III, S. 254 ff.). Nachdem der Autor in einer wohl als Prolog anzusehenden ersten »Strophe« (Initiale, V. 1–34) sein Thema nennt (*von des todes gehvgde / eine rede*, V. 2 f.) und sein Vorhaben durch die biblische *auctoritas* begründet (*omnes declinaverunt*, Ps 13,3), folgt im ersten Hauptteil zunächst eine scharfe Kritik am Klerus (Initiale V. 35; weitere

Initialen V. 71, V. 99, V. 161). Zur Sprache kommen (bis V. 186) die Verfehlungen der Priester und ihrer Vorgesetzten, der Bischöfe (die Simonie V. 66–141, der Nikolaitismus V. 142 ff.) und die der Mönche (V. 187–224). Ein zusammenfassender Abschnitt beginnt wohl in V. 225 (Initiale) und leitet zur Kritik an den Laien über (V. 267, Initiale; weitere Initialen V. 289, Ritter und vornehme Damen; V. 319, Tagelöhnerin; V. 373 Initiale ohne Gliederungsfunktion). Zusammenfassende Ständekritik an geistlichen Herren – die in Wahrheit eben keine sind – folgt V. 409 ff., an Geistlichen V. 423 ff. (Initiale), Bauern, Kaufleuten, Frauen, vornehmen Damen, Rittern, Hörigen. Die V. 435–454 leiten zum zweiten Hauptteil über, der mit einer Initiale in V. 455 beginnt. Eine Reihe konkordierender Bibelzitate zu Beginn führt die Memento-mori-Thematik von Teil II ein. In einer sorgfältig aufgebauten Steigerung wird zunächst als Beispiel der *vanitas* in V. 511–638 das Leben eines *chvniges svn(es)* bis zu seinem Tod vorgeführt; erster Höhepunkt ist die Anrede des Autors an dessen Frau, in der er ihr den allmählichen Verfall der Leiche ihres Mannes eindringlich vor Augen führt. In V. 663 ff. fordert wieder der Autor einen *reiche(n) vnt edele(n) ivngelinc* auf, am geöffneten Grab im Anblick der verwesenden Leiche seines Vaters von diesem Auskunft über sein Ergehen im Jenseits zu erbitten; die Rede des toten Vaters an den Sohn (V. 697–811; vgl. Anm. zu V. 811), in der dieser eine der in der Visionsliteratur traditionellen Höllenschilderungen gibt, folgt schließlich eine Mahnrede Christi selbst an sein Geschöpf (V. 889–910), die ewige Verdammnis als das größte Unheil zu fürchten. Die Initialen dieses Abschnitts stimmen nicht zur inhaltlichen Gliederung. Ab V. 911 (Initiale) ergreift noch einmal der Autor das Wort und kontrastiert in einer zusammenfassenden Schilderung die Höllenqualen den Freuden des himmlischen Paradieses (Initiale V. 951 ohne erkennbare Gliederungsfunktion; Initiale V. 1001: Beginn der »Seligpreisung«). Ein Gebet ab V. 1029 (keine Initiale) und die Fürbitte für einen Abt *Erchen(en)fride* beschließen das Werk.

Der letzte, von einer Initiale gekennzeichnete Abschnitt umfaßt 43 Verse. Spekulationen über eine zahlenkompositorisch spiegelbildliche Symmetrie des Prologs (34 Verse) und des Epilogs (43 Verse) auf der Grundlage der Symbolzahlen 3 und 4 stellt Neuser (S. 130 f.) an. Hellgardt hält solche Ziffernchiasmen auch vor der Einführung des indischen Ziffernsystems grundsätzlich für möglich, bleibt aber skeptisch und warnt vor voreiligen Schlüssen (vgl. S. 80).
Auf einen festen Titel für Heinrichs Werk hat sich die Forschung bislang nicht einigen können. Die Ausgaben ebenso wie die Literaturgeschichtsschreibung schwanken zwischen ›Erinnerung an den Tod‹ und ›*Von des todes gehügede*‹; oft erhält der erste Teil des Textes (bis V. 454) auch einen eigenen Titel: ›Vom gemeinen Leben‹ oder ›*Von dem gemeinen lebene*‹. (Nur als Kuriosität sei die Auswahl-Übersetzung von Curschmann/Glier erwähnt: ›Vom gemeinsamen Leben‹.) Diese Schwierigkeiten haben ohne Zweifel etwas mit dem Gegenstand selbst zu tun – paradoxerweise, obwohl es sich bei Heinrichs Text um ein frühes Beispiel eines vom Autor betitelten volkssprachlichen Werkes zu handeln scheint (vgl. Anm. zu V. 435–454). Doch die Überlegungen des Verfassers zu Aufbau und Inhalt seines Werkes führten zu zwei konkurrierenden Titeln, woran der Rubrikator des Wiener Codex einen nicht unerheblichen Anteil hat. Er wählt – in Anlehnung an V. 450 – die Überschrift: *daz buoch heizzet daz gemeine leben* (heute am Ende des gesamten Codex auf fol. 156vb, von Neuser aber als zu unserem Text gehörig identifiziert) und entscheidet sich damit, gegen die verbreitete hochmittelalterliche Praxis, den Titel eines Werkes im Prolog anzugeben (vgl. V. 2 f.: *von des todes gehvgde / eine rede*), für die Bezeichnung, die Heinrich nur für den ersten Teil seines Werkes, eher tentativ und jedenfalls nachträglich, erwägt (V. 450 f.).[5] Die Forschung hat sich dadurch freilich irre-

5 Möglicherweise ist diese Entscheidung nur das Ergebnis der veränderten Praxis des 14. Jahrhunderts und damit ein Dokument der Rezeptionsge-

führen lassen und den Funktionszusammenhang, in dem der erste Teil steht, nicht erkannt. Mit seiner *excusatio* in V. 440 ff. (*swa aber ich den orden han zebrochen / der materie, di ich ane viench*) will Heinrich offenbar nicht auf seine eigene poetische Schwäche hinweisen, sondern unterstreicht noch einmal die Ungeheuerlichkeit der *laesterlichen dinch*, die ihn zu dieser *digressio* – einem in mittelalterlicher Poetik und Rhetorik durchaus legitimen Mittel – veranlaßt haben. In der Überleitung zum zweiten Teil (ab V. 435) wird nämlich die vorausgegangene Ständekritik als Auslegung des Schriftzitats *omnes declinaverunt* (Ps 13,3; V. 12) in einen Begründungszusammenhang mit dem Folgenden gestellt (vgl. Anm. zu V. 454): alle sind abgefallen (V. 16) – dies macht eben das *gemaeine lebene* aus – und haben sich *von des todes gehvgde*, vom Denken an den Tod, *der allen livten ist gemaeine* (V. 9) abhalten lassen (V. 444 f.).
Die Frage, was womit begründet wird, ist allerdings nicht so eindeutig zu beantworten. Ist das *memento mori* Mittel, um eine Änderung der Lebensführung und eine Reform der Institutionen (als Reorientierung an den alten Normen) zu erreichen oder aber – dies scheint der Wortlaut der Verse 440 ff. nahezulegen – sind die geschilderten schlimmen Zustände die Ursache dafür, daß das Denken an den Tod von den Zeitgenossen verdrängt wird und vom Autor zurückgestellt wurde? Anders gefragt: Denken die Menschen nicht an den Tod, weil sie sündigen, oder sündigen sie, weil sie nicht an den Tod denken? Für das ›Zerbrechen‹ des *orden(s) der materie* durch den Autor scheint doch wohl der erstgenannte Kausalzusammenhang verantwortlich zu sein – darauf zielt die poetologische Reflexion. Den angestrebten

schichte. Daß die Rezipienten des Codex Vindobonensis selbständig getitelt haben, läßt sich an den beiden Texten erkennen, die mehrfach überliefert sind, aber nur im Codex Vindobonensis einen Titel erhalten haben (Konrad von Fussesbrunnen: Kindheit Jesu; von vier Hss. nur hier mit diesem Titel, der nicht durch den Prolog gestützt ist).

paränetischen Effekt jedoch beschreibt offenbar der zweite: durch die ›Mahnrede über den Tod‹ sollen die Menschen von den *laesterlichen dinch* abgebracht werden. Poetologische Reflexion und paränetische Absicht verschränken und durchdringen einander also wechselseitig.
Übereinstimmend mit der hochmittelalterlichen Praxis bei der Nennung des Themas und mit diesem Verständnis des Textes als paränetischem *memento mori* (vgl. die Überlegungen zur Gattungsfrage, S. 209-215) haben wir uns für den einen Titel zur Bezeichnung des gesamten Textes entschieden.

Literatur: Lehmann; Neuser; E. Schröder (1937).

Omnes declinaverunt
Die Auslegung von Psalm 13,3

Von dem in V. 2 f. angegebenen Thema aus betrachtet, scheint mit V. 35 in der Tat eine *digressio* von nicht weniger als 400 Versen zu beginnen, in der Heinrich *werltlichen liv-ten*, den Menschen, die nur an das Diesseits denken, ihre Verfehlungen vor Augen führt. Entsprechend mittelalterlichen Gepflogenheiten ist seine Ständekritik hierarchisch aufgebaut. Auf die Kritik am geistlichen Stand (beginnend mit den Bischöfen) folgt die an den weltlichen Ständen, angefangen bei den Herren über die Ritter und Damen bis zur armen Tagelöhnerin herab.

Das mittelalterliche Bild der Gesellschaft und die Ständedidaxe

Diese Angriffe dürfen nicht als sozialrevolutionäre Kritik an der Ständeordnung der Zeit mißverstanden werden. Heinrichs Kritik richtet sich vielmehr gegen einzelne Vertreter, welche die von ihnen aufgrund ihrer jeweiligen Standeszugehörigkeit geforderten Normen moralischer Lebensführung nicht erfüllen. Kritik an moralisch defizienten Angehörigen eines Standes hat vor allem in der lateinischen kirchlichen Gebrauchsliteratur des Mittelalters ihre Tradition. Sie entwickelt sich aus dem Versuch, die Ungleichheit der Menschen in dieser Welt zu begründen und in einem Gesellschaftsmodell zu beschreiben, das es erlaubt, die vorgefundene Ordnung der Welt als gottgegeben anzusehen und doch zugleich auch dem christlichen Gleichheitsgedanken Rechnung zu tragen. Dabei wird die Entstehung von Unfreiheit und mithin von einer Rangordnung unter den Menschen als Folge des Sündenfalls verstanden und meist auf die Geschichte von Noahs Trunkenheit und ihren Folgen in Gn 9,18–27 zurückgeführt: Berauscht vom selbstangebauten Wein, schläft Noah entblößt ein; sein jüngster Sohn Ham erblickt ihn so und erzählt dies seinen Brüdern, die daraufhin, schamhaft abgewandt, Noahs Blöße bedecken. Als Noah erwacht und von dem Geschehen erfährt, verflucht er die Nachkommen Hams und bestimmt sie zu Knechten der Nachkommen Sems und Japhets. Nach Augustin nimmt von diesem Geschehen die Herrschaft von Menschen über Menschen ihren Ausgang, die er als Sündenstrafe deutet (›De civitate Dei‹ XIX,15). Als Sündenstrafe also ist eine Gesellschaftsordnung, in der Ranguntersch iede zwischen Menschen bestehen, zwar durch die Menschen verursacht, aber auch von Gott gewollt, und folglich hat sich jeder Mensch auf der Stufe in sie einzufügen, auf die er einmal gestellt wurde.

Im organologischen Modell der Gesellschaft als *corpus mysticum*, das Paulus in Rom 12,4 ff., 1 Cor 12,12–27, Eph 1,22 f. zunächst für die Selbstdefinition der christlichen Gemeinde entwickelt und das im 9. Jahrhundert durch Walahfrid Strabo (›De ecclesiasticarum rerum exordiis et incrementis‹; PL 114, Kap. 31, Sp. 963–965) und im 12. Jahrhundert vor allem durch Hugo von St. Victor (›De sacramentis Christianae fidei‹ II,2 ff.; PL 176, Sp. 416 ff.) aufgegriffen und zur Beschreibung der Gesellschaft und ihrer Aufgaben

herangezogen wurde, ließen sich nun die faktische, als gottgewollt akzeptierte Ungleichheit der Menschen und die christliche Forderung nach der Gleichheit aller Menschen vor Gott versöhnen: Jede Gruppe, also auch jedes Glied des Gesellschaftskörpers, wurde als für das Funktionieren des Ganzen gleich wichtig und unentbehrlich, wenn auch nicht unbedingt als gleichwertig dargestellt.
Die hierarchische Gliederung der Gesellschaft bezog ihre Rechtfertigung aber nicht nur aus der Tatsache, daß sie als von Gott eingesetzte Sündenstrafe verstanden wurde. Eine auf die Schriften des Pseudo-Dionysius Areopagita ›De caelesti hierarchia‹ und ›De ecclesiastica hierarchia‹ zurückgehende Tradition sah in den *ordines* des menschlichen Sozialgefüges die gleichen Baugesetze wirksam wie in den Hierarchien der Engel. Eine solche Teilhabe am gottgewollten *ordo* verpflichtete den Menschen, die je nach dem *gradus*, den er in der sozialen Hierarchie innehatte, verschiedene Aufgaben und Normen zu erfüllen. Diese gradualistische Vorstellung rechtfertigte also die bestehenden Rangunterschiede sogar als Wertunterschiede und nötigte zugleich den Einzelnen, sich mit dem ihm (von Gott) zugewiesenen Ort zufrieden zu geben, zumal ihm an seinem jeweiligen Ort eine für das Ganze der Gesellschaft wichtige Funktion zukam.
Aus der Auffassung von der gottgewollten Ordnung des Sozialgefüges ergab sich die Aufgabe der differenzierenden Beschreibung und der Definition der den einzelnen Gruppen zukommenden Aufgaben und Verhaltensnormen. Zum Teil in Anlehnung an Bibelstellen (z. B. 1 Cor 12,13 oder Col 3,11) wurden seit der Spätantike, vor allem aber seit der Karolingerzeit Listen von Personengruppen aufgestellt, die als Glieder des Gesellschaftskörpers fungierten; dabei wurden die von diesen Personengruppen geforderten und erwarteten Verhaltensweisen in normativer Absicht beschrieben und Verfehlungen, die diese Gruppen sich besonders leicht zuschulden kommen lassen konnten, getadelt. Da diese Personengruppen im Hinblick auf ihre Einordnung in das

Gesellschaftsganze in den Blick kommen, ist in den lateinischen Texten von *ordo*, *status*, *gradus* oder *conditio*, in den deutschen von *orden*, zuweilen auch von *reht* und erst seit dem 14. Jahrhundert auch von »Stand« die Rede. Stand meint dabei »eine Großgruppe in einem sozialen System, die in einer prinzipiell allgemein akzeptierten Hierarchie stehen« (Dinzelbacher, 1979, S. 20). Texte, in denen einzelne Stände nach ihren Aufgaben, den von ihnen zu erfüllenden Verhaltensnormen und den für sie spezifischen Verfehlungen aufgeführt sind, bilden nach dem Vorgang der ›Sermones de omnibus ordinibus hujus saeculi‹ (um 810) des Erzbischofs Theodulf von Orleans im 11. und 12. Jahrhundert eine bedeutende Literaturgattung, zu der z. B. die ›Praeloquia‹ des Bischofs Rather von Verona oder der ›Liber de vita christiana‹ des Bischofs Bonizo von Sutri gehören. Rather von Verona etwa behandelt Berufs- neben Sozialständen, also Krieger, Handwerker, Ärzte, Kaufleute, Rechtsbeistände, höhere Amtspersonen neben Herren, Knechten, Lehrern, Schülern, Reichen, Leuten von mäßigem Reichtum und Bettlern; auch den Lebensständen widmet er ein Buch, also den Männern, Frauen, Eheleuten, Junggesellen, Eltern, Kindern, Witwen, Jungfrauen, Kleinkindern, Knaben, Jünglingen und Greisen.

Vor den Ständelehren, die ausschließlich Laien zur Zielgruppe haben, erscheinen schon seit dem frühen Christentum Werke, die Klerikern Vorschriften über die rechte Lebensweise machen. Zu nennen sind etwa des Ambrosius ›De officiis ministrorum‹, Gregors des Großen ›Liber regulae pastoralis‹, des Hrabanus Maurus ›De institutione clericorum‹. Im 9. Jahrhundert deutet Walahfrid Strabo in seiner bereits erwähnten Schrift ›De ecclesiasticarum rerum exordiis et incrementis‹ in Kap. 31 im Bild des *corpus mysticum* Kleriker und Laien als Glieder des einen Leibes Christi, als welchen er die Gesellschaft versteht, indem er der Liste der kirchlichen *ordines* eine Liste der entsprechenden weltlichen *ordines* an die Seite stellt: Demnach entsprechen sich in kirchlicher und weltlicher Hierarchie etwa Papst und Kaiser, Erzbischöfe und

Könige, Bischöfe und Grafen, Hofkleriker und Pfalzgrafen usf. Neben dieser Zweiteilung der Gesellschaft in Geistliche und Laien, die in vielen mittelalterlichen Ständelehren fortwirkt, tritt seit dem Anfang des 11. Jahrhunderts nach der zunehmenden Ausdifferenzierung des Kriegerstandes aus der das Land bearbeitenden Bevölkerung bei Bischof Adalbero von Laon und Bischof Gerhard von Cambrai ein Schema der funktionalen Dreiteilung der Gesellschaft in *orantes, pugnantes, laborantes* oder *oratores, pugnatores* und *agricultores* auf, in dem die Notwendigkeit jeder Gruppe für die beiden anderen hervorgehoben wird: Die Beter sind verantwortlich für das seelische Wohlergehen aller, die Landarbeiter für das leibliche, und die Krieger müssen den beiden anderen – waffenlosen – Gruppen durch ihren Schutz die Erfüllung ihrer Aufgaben ermöglichen. Später wird diesen drei Gruppen mit den *mercatores* noch eine vierte hinzugefügt, so etwa in dem im Mittelalter Beda Venerabilis zugeschriebenen, aber wohl erst später entstandenen oder wenigstens bis zu seiner Drucklegung im 16. Jahrhundert erweiterten Traktat ›De quattuor ordinibus‹ (PL 94, bes. Sp. 556 f.). Man mag darin einen Reflex des wachsenden Gewichts der Städte und des Handels innerhalb des Gesellschaftsgefüges sehen.

Seit dem 12. Jahrhundert sind theologische Summen, Predigtlehre und gelegentlich auch die Predigt (s. S. 210–212) der bevorzugte Ort solcher Ständelehren (vgl. etwa Honorius Augustodunensis, ›Gemma animae‹ I, PL 172, Sp. 586; ders., ›Sermo generalis‹, PL 172, Sp. 861–870; Alanus ab Insulis, ›Summa de arte praedicatoria‹, PL 210, bes. Kap. 40–47, Sp. 184–195). Auch in der volkssprachlichen religiös-didaktischen Literatur sind vereinzelt Ständelehre und Ständekritik seit dieser Zeit zu finden, so etwa ansatzweise in einigen Predigten aus der Oberaltaicher und aus der Leipziger Sammlung (vgl. ›Altdeutsche Predigten‹, Ausg. Schönbach, Bd. 2, S. 13 ff., S. 31, S. 93, No. 4, 5, 34 der Oberaltacher [!] Sammlung; ›Deutsche Predigten des 13. und 14. Jahrhunderts‹, Ausg. Leyser, S. 124 ff., No. 27 der Leipziger Sammlung) sowie in der allerdings von Honorius Augustodunensis abhängigen Ständepredigt ›De dedicatione‹ (›Speculum Ecclesiae‹, Ausg. Mellbourn, S. 130–132, No. 56, sowie Honorius Augustodunensis, ›Speculum Ecclesiae. Sermo generalis‹; PL 172, Sp. 861 ff.).

Der Arme Hartmann kontrastiert in seiner ›Rede vom Glauben‹ (vgl. Maurer II, S. 612 ff., V. 2387–2486, 2487–2564, 2591 bis 2630) das gottvergessene Wohlleben der Herren mit den ihnen dafür im Jenseits drohenden Strafen und empfiehlt, statt des irdischen Schatzes den himmlischen Schatz anzusammeln. Vom Laster der Begehrlichkeit geht der Wilde Mann aus, wenn er in seinem Gedicht ›Von der girheit‹ (vgl. Maurer III, S. 550 bis 577) die Mächtigen dieser Sünde anklagt und die darauf folgenden Höllenstrafen schildert. Ähnlich wie Heinrich in unserem Text läßt auch er einen Vater aus der Hölle über sein Fehlverhalten klagen und dem Sohn vorhalten, für ihn habe er den Besitz von Armen zusammengerafft (vgl. ebd., S. 571, Str. 13, V. 16–30 und TG V. 663–811, bes. V. 752–757, 771–774, 785 f.). In ›Vom Rechte‹ wird der Mächtige vor Hochmut und fehlendem Erbarmen gewarnt, der Priester zu vorbildlicher Lebensweise, Güte, Demut und Nächstenliebe ermahnt (vgl. Maurer II, S. 158–177 und TG V. 289–296, 342–353; 35–37).

Von erheblicher Konstanz sind in den Ständelehren und der Ständekritik sowohl die von den einzelnen Ständen geforderten Verhaltensnormen als auch die ihnen angekreideten Verfehlungen, was allerdings angesichts einer in der christlichen Theologie verankerten und über große Zeiträume hinweg nahezu unveränderten Konzeption der Gesellschaft nicht verwundern kann. So wird wie auch beim sog. Heinrich von Melk den Priestern Habsucht vorgeworfen (TG V. 127–141, auch 60–98, 423; vgl. dazu Ambrosius, ›De officiis ministrorum libri tres‹, II,25,128; II,26 und 27; PL 16, Sp. 145); Alanus ab Insulis, ›Summa de arte praedicatoria‹ (PL 210, Sp. 192B/C) wirft den Priestern *avaritia* vor; auch in der kirchenkritischen lateinischen Lyrik ist die Habsucht der Priester eines der häufigsten Motive (vgl. Schüppert,

S. 52 f.). Der Simonievorwurf (TG V. 60–98) findet sich u. a. auch bei Alanus (›Summa de arte praedicatoria‹; PL 210, Sp. 192C/D) oder bei Gerhoch von Reichersberg (›Adversus Simoniacos‹; PL 194, Sp. 1335–72) sowie in der kirchenkritischen lateinischen Lyrik, in der Ämterkauf und der Verkauf von Gnadenmitteln (Messelesen, Begräbnis) angeprangert werden (vgl. Schüppert, S. 52 f., 66 f.; 60). Die Belastung der Armen bei gleichzeitiger Begünstigung der Reichen ist ein weiterer Kritikpunkt (TG V. 110–126; vgl. dazu Ambrosius, ›De officiis ministrorum libri tres‹, II,24,124; PL 16, Sp. 144; II,25,126; PL 16, Sp. 144 f.; zur kirchenkritischen Lyrik vgl. Schüppert, S. 53). Ausschweifung und Unkeuschheit der Priester werden getadelt; die Forderung nach Keuschheit findet sich schon bei Pseudo-Cyprianus (›De duodecim abusivis saeculi‹, Ausg. Hellmann, 10. *abusio*, S. 56) und taucht in der kirchenkritischen Literatur des 11. und 12. Jahrhunderts verschiedentlich auf (vgl. Schüppert, S. 71). Seit der Einführung des Zölibats durch Gregor VII. (vgl. dazu S. 181–185) zeigt eine Folge von Synodalbeschlüssen, daß sich das Verbot der Priesterehe nur gegen erheblichen Widerstand seitens des Klerus durchsetzen ließ; die Auseinandersetzungen hierüber sind im 12. Jahrhundert noch in vollem Gange. Heinrichs Äußerungen in V. 142–180 zeigen ihn entschieden auf der Seite der Verfechter des Zölibats.

Von den Priestern gefordert wird, daß sie als Lehrer der Laien zugleich deren Vorbild in ihrer Lebensführung sein sollen (TG V. 245–263). In seiner Unterscheidung zwischen Herrschenden und Untergebenen verlangt schon Isidor von Sevilla Vorbildlichkeit von den *praelati* (›Sententiarum libri tres‹, III,48; PL 83, Sp. 718 f.); ähnlich auch Gregor der Große (›Regulae pastoralis liber‹; PL 77, Sp. 1–126, Buch III, Sp. 49, Prologus: *Qualiter rector bene vivens debeat docere et admonere subditis*), Hrabanus Maurus (›De clericorum institutione‹, III,1; PL 107, Sp. 377) und Honorius Augustodunensis (›Sermo generalis‹; PL 172, Sp. 861D); in Sp. 862D spielt Honorius auf jene Bibelstelle (Mt 15,14) an, die Heinrich im gleichen Zusammenhang in V. 252–263 zitiert und auslegt. Auch Alanus ab Insulis verlangt Vorbildlichkeit der Lebensführung von den Priestern (›Summa de arte praedicatoria‹; PL 210, Sp. 191 f.).

An den Mönchen wird kritisiert, daß sie ihr Gelübde, im Kloster zu bleiben und weltliche Begierden in sich abzutöten, nur widerwillig oder mangelhaft erfüllen (TG V. 194–245), ein Vorwurf, der auch schon in der lateinischen kirchenkritischen Lyrik erhoben wird (vgl. Schüppert, S. 98 f.).

Ebenso wie zuvor den Priestern wird auch den Mächtigen unter den Laien Habgier zur Last gelegt (TG V. 267 ff., 725 ff., 775 ff.), was schon Rather von Verona an ihnen kritisierte (›Praeloquia‹, I,10; PL 136, Sp. 165 f.; I,17, Sp. 179 f.). Auch ihr Hochmut ruft Tadel hervor (TG V. 342–380; vgl. Jonas von Orleans, ›De institutione regia‹, III, PL 106, Sp. 289A, der sich hier auf Pseudo-Cyprianus, ›De duodecim abusivis saeculi‹, 9. *abusio*, beruft; Bernhard von Clairvaux, ›Gaufridi Abbatis Declamationes ex S. Bernhardi sermonibus‹, X, PL 184, Sp. 443B; Alanus ab Insulis, ›Summa de arte praedicatoria‹, PL 210, Sp. 188B/C).

Als Pflicht der Mächtigen wird es dagegen dargestellt, Almosen zu geben (TG V. 761; vgl. Pseudo-Cyprian, ›De duodecim abusivis saeculi‹, 4. *abusio*, S. 38–40; Rather von Verona, ›Praeloquia‹ I,18, PL 136, Sp. 184 f.; Honorius Augustodunensis, ›Sermo generalis‹, PL 172, Sp. 864B); ebenso sind sie verpflichtet, den Armen zu helfen (TG V. 762), eine Vorstellung vom barmherzigen Herrscher, die schon zu dem Fürstenspiegel gehört, in dem Augustinus in ›De civitate Dei‹ V,24 den idealen Kaiser darstellt und der auf die inhaltliche Füllung mittelalterlicher Fürstenspiegel und Herrschervorstellungen entscheidend eingewirkt hat. Ähnliche Forderungen finden sich daher auch bei Rather von Verona (›Praeloquia‹, IV,23; PL 136, Sp. 272) oder Honorius Augustodunensis, der von den *divites* fordert, *pauperum patres* zu sein (›Sermo generalis; PL 172, Sp. 864B), und die *milites* ermahnt, *oppressos subvenire* (Sp. 865A). Ihr Hab und Gut

sollen die Mächtigen dafür einsetzen, ihre Seele zu retten, indem sie die Kirche oder die Bedürftigen damit bedenken (TG V. 762; vgl. etwa Rather von Verona, ›Praeloquia‹, I,17, PL 136, Sp. 178D, 179D, 180A/B; Honorius Augustodunensis, ›Sermo generalis‹, PL 172, Sp. 864B; Alanus ab Insulis, ›Summa de arte praedicatoria‹, PL 210, Kap. 40, Sp. 186 f.).
Die Frauen werden als eigener Stand, zuweilen unterschieden nach Jungfrauen, Ehefrauen und Witwen, kritisiert und zu christlichem Lebenswandel aufgefordert (vgl. etwa Theodulf von Orleans, ›Sermones de omnibus ordinibus hujus saeculi‹, PL 105 Sp. 281; Rather von Verona, ›Praeloquia‹, II, PL 136; Alanus ab Insulis, ›Summa de arte praedicatoria‹, PL 210, Kap. 45; Bonizo von Sutri, ›Liber de vita christiana‹, Ausg. Perels, VIII,1); auch in den allerdings erst um 1220 entstandenen ›Sermones nulli parcentes‹ eines unbekannten Dominikanermönchs werden die Frauen als Gruppe kritisiert (Text in: ›Buch der Rügen‹, hrsg. von Th. von Karajan, in: ZfdA 2, 1842, S. 6–92); doch legt sich der Prediger ihnen gegenüber eine ähnliche Zurückhaltung auf, wie dies auch Heinrich zu tun scheint (vgl. TG, V. 317–341, 426).
Von der Kritik nicht verschont werden auch die Kaufleute; sie gelten traditionell als unehrlich (TG V. 425; vgl. dazu Rather von Verona, ›Praeloquia‹, I,5, PL 136, Sp. 160; Bonizo von Sutri, ›Liber de vita christiana‹ VIII,1; Honorius Augustodunensis‹, ›Elucidarium, II,18, PL 172, Sp. 1149; ders., ›Sermo generalis‹, PL 172, Sp. 865D).
In solcher Ständedidaxe dient häufig die Schilderung der Höllenqualen, welche die Sünder erleiden werden, dazu, die Angesprochenen zur Umkehr zu bewegen (TG V. 775–881; vgl. dazu etwa Alanus ab Insulis, ›Summa de arte praedicatoria‹, PL 210, Sp. 189A).

Literatur: Dinzelbacher; Duby (1981); Grosse; Grubmüller (1979); Heinemann; Manz; Oexle; Rosenfeld; Schüppert; Schwer; Tellenbach (1972).

Einfluß der Kirchenreformbewegung

Diese der Tradition verpflichteten Schemata der Zeitkritik erfahren eine Aktualisierung dadurch, daß Heinrich zentrale Themen der Kirchenreformbewegung des 11. und 12. Jahrhunderts aufgreift. Die verschiedenen kirchenreformatorischen Bestrebungen des 12. Jahrhunderts beschäftigten sich großenteils noch immer mit den Problemen, mit denen sich schon die Gregorianische Reform des 11. Jahrhunderts befaßt hatte, ohne sie endgültig lösen zu können: mit dem Kampf für den Zölibat und gegen die Simonie.

Die Durchsetzung des Pflichtzölibats für Kleriker, genauer: für die Majoristen, d. h. die Inhaber der höheren Weihen vom Diakon bzw. Subdiakon an aufwärts, war ein langwieriger und sehr verwickelter Prozeß, der von der Spätantike bis in die frühe Neuzeit die Kirche bewegte. Als die stärksten Argumente wurden immer wieder zwei Bibelstellen zitiert, Mt 19,12: *et sunt eunuchi, qui seipsos castraverunt propter regnum coelorum. Qui potest capere, capiat* (»und es gibt Verschnittene, die sich selbst verschnitten haben um des Himmelreiches willen. Wer es fassen kann, fasse es!«) und 1 Cor 7,1: *Bonum est homini mulierem non tangere* (»so thut der Mensch wohl daran, kein Weib zu berühren«), aber weiter 1 Cor 7,7: *sed unusquisque proprium donum habet ex Deo: alius quidem sic, alius vero sic* (»doch ein jeder hat seine eigene Gabe von Gott, der eine so, der andere aber so«). Wenngleich diese Stellen nicht eindeutig Lebensregeln für Geistliche formulieren, wurden sie doch schon sehr früh so verstanden, allerdings auch von den Gegnern des Zölibats zur Unterstützung ihres Standpunktes benutzt, indem sie darauf hinwiesen, daß hier die Forderung der Enthaltsamkeit auch wieder relativiert werde.

Anders als die Simonie, die zwar als ein oft praktiziertes Vergehen allgemein bekannt war, deren Verwerflichkeit aber grundsätzlich niemand bezweifelte, war das Prinzip zölibatärer Lebensweise nicht nur eine praktisch kaum durchgesetzte, sondern bis ins Spätmittelalter auch theoretisch durchaus bezweifelte, ja umstrittene Forderung und damit ein ständig virulentes Problem. Dabei verwiesen die Zölibatsgegner darauf, daß die Bibel die Priester nicht zur Ehelosigkeit zwinge und daß zumindest die Landgeistlichen die Unterstützung einer Frau in der – wegen der bescheidenen materiellen Ausstattung ihrer Pfarrstellen unumgänglichen – Landwirtschaft brauchten. Im übrigen sei anders als mit der offiziell gestatteten Klerikerehe dem größeren Übel außerehelicher Sexualität nicht zu steuern – ein Argument, das noch im 15. Jahrhundert vorgetragen werden sollte. Der immer wieder formulierte Widerstand, die Geltung der Zölibatsvorschriften auch nur theoretisch anzuerkennen, geschweige denn den Zölibat zu verwirklichen, ist ein Punkt, auf den der Autor in der ›Mahnrede‹ besonders eingeht:

> *nv wellent die phaffen vberal*
> *in daz haben ze einem rehte gar,*
> *daz sich vnder der phaffen schar*
> *svl der weibe iemen anen.* (V. 142–145)

Die immer wieder laut vernehmliche Kritik am Pflichtzölibat war nun auch der Indikator einer den kirchlichen Gesetzen oft widersprechenden Haltung des Klerus. Sichere Statistiken lassen sich naturgemäß nicht aufstellen, aber für das 11. und 12. Jahrhundert wird immerhin vermutet, daß die Mehrzahl der einfachen Priester verheiratet war. Der Hauptgrund für die schlechte Zölibatsdisziplin mag tatsächlich gewesen sein, daß die Lebensverhältnisse der Leutpriester, die sich wirtschaftlich von denen der bäuerlichen Bevölkerung kaum unterschieden, die Mitarbeit einer Frau unentbehrlich erscheinen ließen und so der ehelichen oder eheähnlichen Lebensführung der Priester Vorschub leisteten. So wurde denn auch die Einhaltung des Pflichtzölibats von den geistlichen Vorgesetzten zum Teil nur sehr lax überwacht.
Demgegenüber pochten die reformerisch gesinnten Kreise, denen auch Heinrich nahegestanden haben muß, auf strikte

Einhaltung des Zölibats. Sie beriefen sich auf die Autorität der Bibel, die sie für ihre Auffassung in Anspruch nahmen, und argumentierten öffentlich mit genuin religiös-theologischen Gründen: Es ist vor allem das entschieden spirituelle Menschenbild der Patristik und Scholastik, das, indem es verschiedene Traditionsstränge wie das Alte Testament und die von christlichen Autoren aufgenommenen heidnischen Philosophien verknüpfte, die Sexualität als ungeistig, ja tierisch ablehnte, wie es auch TG V. 148–150 zu verstehen gibt. Dabei gefallen sich die Autoren der Reformschriften darin, den Gegensatz zwischen Altardienst und Sexualität kraß herauszustellen, ein Darstellungsmittel, das sich auch Heinrich nicht entgehen läßt (TG V. 153–160).
Neben diesen religiösen Bedenken gegen die Priesterehe und mehr noch das Konkubinat, d. h. neben der Hochschätzung sexueller Enthaltsamkeit um ihrer selbst willen, sind aber auch kirchenpolitische Gründe für den Kampf gegen den Nikolaitismus (Unkeuschheit der Geistlichen) zu nennen: Man fürchtete um die Erhaltung des Kirchenguts, wenn die Kleriker noch für Frau und Kinder zu sorgen hätten, und rechnete damit, daß in solchen Fällen leicht das Amt vom Vater auf den Sohn gehe und damit im Laufe der Zeit auch die geistlichen Ämter erblich werden könnten – wie die mittelalterliche Profangeschichte zeigt, sicher keine unbegründete Sorge. Außerdem glaubte man wohl, durch das Eheverbot den Priester aus den Bindungen an Familie, Heimat und Staat zu lösen und ihn statt dessen stärker an die Kirche anschließen zu können. Diese kirchenpolitischen Gründe, die sicherlich eine wichtige Rolle gespielt haben, treten in der ›Mahnrede‹ wie auch in der zeitgenössischen Publizistik vollständig zurück hinter die im engeren Sinn religiös-theologischen.
Die römische Kurie, die sich im 11. Jahrhundert unter den lothringisch-tuszischen Päpsten (seit der Synode von Sutri 1046) zur Vorkämpferin der Reformbewegung gemacht hatte, versuchte den Pflichtzölibat aber nicht nur mit publizistischen, sondern weiter mit juristischen Mitteln durchzu-

setzen, wobei auch dieser Versuch bis ins Spätmittelalter nur sehr eingeschränkten Erfolg zeitigte.

Von der Urkirche (vgl. 1 Tim 3,2) bis ins Frühmittelalter war die Priesterehe noch gang und gäbe, wenngleich die Ehelosigkeit immer als die höherwertige Lebensform betrachtet wurde. Bereits 324 auf der Synode von Elvira wurde von den Geistlichen Enthaltsamkeit in der Ehe erwartet; diese Forderung wurde in der Folgezeit dann immer wieder eingeschärft. Die nächste wichtige Station auf dem Weg zum strengen Amtszölibat war die (in ihrer ersten Formulierung nicht genau zu datierende) Festlegung, daß die Inhaber der höheren Weihen von dem Subdiakonat an keine Ehe mehr eingehen sollten. Diese Regelung wurde dann endgültig auf der Synode von Pisa (1135) und vor allem auf dem II. Laterankonzil (1139) festgeschrieben, das eine nach der Priesterweihe geschlossene Ehe als ungültig bezeichnete (irritierendes Ehehindernis der Weihe).

Im umgekehrten Fall, bei der Ordination eines bereits Verehelichten, war man zu diesem Zeitpunkt noch nicht so streng. Wegen des oft hohen Weihealters waren viele grundsätzlich geeignete Kandidaten bereits verheiratet, so daß man nicht umhin konnte, auch diese zu weihen, sofern es für beide Partner die erste Ehe war, die Frau bei der Eheschließung Jungfrau gewesen war und – sehr wichtig – beide versprachen, nach der Priesterweihe in ihrer Ehe fortan enthaltsam leben zu wollen. So jedenfalls mußte noch unter Alexander III. (1159–81), also zur ungefähren Entstehungszeit der ›Mahnrede‹ verfahren werden. Die vollzogene Ehe eines Majoristen jedoch galt den Reformern des 12. Jahrhunderts wie das Konkubinat als *fornicatio* (Unzucht).

Die Kirche beließ es im Kampf gegen den Nikolaitismus nun nicht bei publizistischen und kanonistischen Mitteln, sondern mobilisierte auch – und offenbar mit erheblicher Resonanz – das Volk, dem im 11. und 12. Jahrhundert immer wieder untersagt wurde, bei solchen Priestern die Messe zu hören, die offensichtlich nicht enthaltsam lebten. Genau diese Linie verfolgt auch Heinrich, der in V. 174–180 die allgemeine Empörung über die bekannt unzüchtigen Priester (vgl. TG V. 177) zum Ausdruck bringt und das Verbot erwähnt, bei solchen Geistlichen die Messe zu hören; dann aber, wiederum in Einklang mit der – von einzelnen Autoren auch bestrittenen – Lehre der Kirche, die Gültigkeit der von persönlich unwürdigen Priestern gespendeten Sakramente nicht in Zweifel zieht (vgl. V. 181–186 und Anm. z. St.) und damit in einer sehr heiklen Frage die dogmatisch wie kanonistisch korrekte Position einnimmt.

Ähnlich langwierig und zäh wie die Durchsetzung des Zölibats gestaltete sich der Kampf gegen die Simonie. Unter Simonie versteht man den nach dem Kirchenrecht verbotenen Handel mit geistlichen Dingen gegen weltliche Güter. Gegenstände des simonistischen Geschäftes sind in erster Linie die Gnade und die Gaben des Heiligen Geistes. »Da der Heilige Geist und seine Gnade mittels der Sakramente und Segnungen verliehen wird, wird bei deren entgeltlicher Spendung das Verbrechen der Simonie begangen« (Weitzel, S. 42). Die Bezeichnung »Simonie« leitet sich von Simon Magus ab, der nach dem Bericht der Apostelgeschichte (8,9 bis 24) sich als erster dieses Verbrechens schuldig machte. Neben dieser Bibelstelle waren die wichtigsten Argumente im Kampf gegen die Simonisten das Jesuswort *gratis accepistis, gratis date* (»umsonst habt ihr empfangen, umsonst sollt ihr auch geben«) und die Geschichte von der Vertreibung der Händler aus dem Tempel (Mt 20,12 f.; Mc 11,15–17; Lc 19,45 f.; Io 2,14–16). Die besondere Schwere des Verbrechens machte aus, daß der Simonist durch sein Handeln die Unvergleichlichkeit der Gnadengaben leugnete und sich anmaßte, über den Heiligen Geist wie über einen Knecht zu verfügen.

Als der Anfang galt der Verkauf der (Priester-)Weihe (*ordinatio*), dem die römische Kirche besondere Aufmerksamkeit widmete und der auch in der ›Mahnrede‹, V. 66–70 als Wurzel des Unwesens dargestellt wird. Aber nicht nur die ent-

geltliche Spendung des Weihesakraments selbst fiel unter den Vorwurf der Simonie: aufgrund des engen Zusammenhangs von Weihe und Amt (*ordinatio ad certum titulum*, vgl. Anm. zu V. 57) wurde auch die Einweisung in ein Kirchenamt und sogar die Verleihung von Pfründen und anderen Einnahmequellen (*res spirituali annexae*) für simonistisch erklärt (vgl. TG V. 66 f.). Die simonistischen Mißbräuche bei Weihe und Ämtervergabe fanden dann ihre Fortsetzungen in der täglichen Seelsorge der Leutpriester: die Spendung der Sakramente, vor allem des Bußsakraments und der in der mittelalterlichen Frömmigkeit besonders wichtigen Segen, wurde oft nur gegen Zahlung vorgenommen (vgl. TG V. 71–81).
Anders als der Zölibat, der im Mittelalter immer wieder auch theoretisch in Frage gestellt wurde, war das Verbot der Simonie niemals grundsätzlich umstritten; problematisch war allerdings die von Heinrich nicht aufgegriffene Frage nach der Gültigkeit der simonistisch gespendeten Weihen und darüber hinaus die Frage, welche einzelnen Sachverhalte nun unter den Tatbestand der Simonie zu subsumieren seien. Eben deshalb blieb die Simonie noch lange Zeit ein virulentes Problem, denn bei manchen später als simonistisch beurteilten Praktiken fehlte vielen Zeitgenossen noch jedes Unrechtsbewußtsein. Auch nicht allein die Habgier der beteiligten Kleriker, die die Reformer immer wieder anprangerten (vgl. TG V. 59, 83, 423), war an dem Übel schuld. Vielmehr lag eine nur schwer auszureißende Wurzel der Simonie bereits im antik-römischen Ämterwesen, das auf die katholische Kirche einen so starken Einfluß ausgeübt hatte: der Verwaltungsapparat des Römischen Reiches lebte nämlich von einem ausgedehnten Sportelnsystem, und auch bei Antritt eines Amtes waren von dem neuen Amtsinhaber größere Spenden aufzubringen, Bräuche, die das untergehende Römische Reich der Kirche vererbt hatte. In die gleiche Richtung wirkte die germanische Rechtsauffassung, die über das Eigenkirchenwesen die Kirche geprägt hatte, wonach »die priesterliche Handlung ihren vollen Wert erst durch eine

Widergift, die Opfergabe an den Priester, erhalte« (Meier-Welcker, S. 79). Bedenkt man weiter, welche hervorragende Rolle das Geschenkwesen im Mittelalter spielte, daß jede bedeutsame Handlung von der Überreichung von Gaben und Gegengaben begleitet war, so wird deutlich, warum der Begriff der Simonie so unklar war und simonistische Praktiken so zählebig: Die Spendung der Gnadengaben gegen ein Entgelt entsprach älterem, aus antik-römischen und germanischen Elementen zusammengesetztem Rechtsdenken, gegen das sich die Lehre der Kirche mit ihrer neuen, vertieften, verinnerlichten Frömmigkeit, die sich vom alten Prinzip des *do ut des* abgewendet hatte, nur langsam durchsetzen konnte.

Sind Simonie und Nikolaitismus Vorwürfe, die nicht nur, aber vor allem den Weltklerus treffen, so greift Heinrich danach (V. 187–242) die Mönche an. Er nennt keine Ordensgemeinschaft mit Namen, und die Kritik bleibt auch ganz allgemein, unspezifisch und sehr der topischen Klage über den schlechten Mönch verpflichtet. Dennoch kann man annehmen, daß es wohl der Benediktinerorden ist, auf den gezielt wird, weil »die typischen ›Standeslaster‹ der Benediktiner für die kritischen Zeitgenossen mit den üblichen Mönchslastern identisch waren« (Schüppert, S. 111) und andere Orden für gewöhnlich mit weiteren besonderen Kritikpunkten attakkiert wurden.

Die Vorwürfe der ›Mahnrede‹, die inhaltlich ähnlich auch viele andere vergleichbare Texte enthalten, sind Mißgunst, Streitlust und Machtgier (V. 199–209), Unstetigkeit, Verletzung der *stabilitas loci* (V. 210 f.) – ein Vorwurf, der auch schon in der lateinischen kirchenkritischen Lyrik erhoben wird (vgl. Schüppert, S. 98 f.) –, Heuchelei, *hypocrisis* (V. 212–215), Unmäßigkeit im Essen, *gulositas* (V. 216–224) und ganz allgemein die *falsitas*, der Widerspruch zwischen den Idealen des Ordenslebens und der korrupten Wirklichkeit. Als besonders frevelhaft beurteilt der Autor den Versuch mancher Mönche, durch den Eintritt ins Kloster sozial aufzusteigen (V. 216–224), ein Wunsch, der vor dem Hintergrund des mittelalterlichen Ordo-Denkens den Zeitgenossen grundsätzlich verdächtig sein mußte.

Inwieweit die Kritik der ›Mahnrede‹ die Verhältnisse des 12. Jahrhunderts trifft, ist in diesem Punkt, der Kritik am Ordensleben, besonders schlecht zu beurteilen, da die Geschichte des Benediktinerordens im 12. Jahrhundert nicht so gut erforscht ist wie die früherer Epochen. Dies hängt mit der Eigenart der Ordensforschung zusammen, die vor allem von Angehörigen der jeweiligen Ordensgemeinschaft betrieben wird, deren Interesse naturgemäß eher den Phasen des Aufstiegs und der Reformen oder auch ihrer unmittelbaren Vorgeschichte gehört als denen eines länger dauernden Niedergangs. Und eine solche Zeit war für die Benediktiner im 12. Jahrhundert angebrochen. Einige Klöster hielten immer noch die alten Ideale hoch, aber im ganzen verloren die Benediktiner die überragende Rolle, die sie im religiösen und geistigen Leben Europas bis dahin gespielt hatten. In sehr vielen Häusern lockerte sich die geistliche Disziplin, und die glänzende wirtschaftliche Ausstattung vieler Abteien lenkte das Interesse der Äbte und Mönche von den religiösen Zielen ab und hin auf materielle Wünsche. Die Gemeinplätze der Mönchskritik mögen also durchaus kritikbedürftigen Zuständen im Ordensleben entsprochen haben.

Was schon für die Ständekritik Heinrichs allgemein festgestellt wurde, gilt auch in bezug auf seine Kirchenkritik: Sie ist in erster Linie Ausdruck einer geschärften Sensibilität und gesteigerter Anforderungen an die Übereinstimmung von Lehre und Leben und wohl weniger der Reflex außergewöhnlicher Verkommenheit der zeitgenössischen Verhältnisse oder gar des Willens zu revolutionärer Veränderung dieser Verhältnisse. Merkwürdig genug ist schon die Ambivalenz der Reformbewegung selbst, die einerseits sich mit der religiösen Laienbewegung zur Durchsetzung ihrer reformerischen Ziele verbündet (vgl. S. 162 ff.), andererseits aber die Laien insgesamt als bloßes Objekt der klerikalen Funktionsträger von jeder anderen als passiven Teilnahme an kirchlichen Handlungen und Entscheidungen ausschließt. Heinrich, der offensichtlich in der Tradition der gregorianischen Reformbewegung und mit biblischer *auctoritas* seine Klerus- und Mönchskritik formuliert, steht als Laie ohne kirchliches Amt oder kirchlichen Auftrag zweifellos an exponierter Stelle in diesem Spannungsfeld.

Literatur: Boelens (1968 und 1969); Classen; Denzler (1969 und 1973); Duby (²1981); Feine; Freisen; Hinschius; Meier-Welcker; Mirbt; Müller; Schimmelpfennig; Ph. Schmitz; Schüppert; Tschischka; Weitzel; Wolter, S. 3–143; Zeimentz; Zerfaß.

Zur literarischen Einordnung

Die Bibel in Heinrichs ›Mahnrede‹ und die mittelalterliche Predigt

Um seine Hörer zur Umkehr, zur Metanoia zu bewegen, greift Heinrich in seinem Text – wie geistliche Dichtung im Mittelalter allgemein – auf die Autorität der Bibel zurück. Dies hat die Forschung früh bemerkt. Was freilich als Bibelzitat oder Anspielung auf Bibelstellen anzusehen ist, läßt sich schon sehr viel schwieriger entscheiden. Neuser stellt die bisher »nachgewiesenen etwa 35 biblischen Bezüge« (S. 112 f.) tabellarisch zusammen, ohne allerdings die Art dieser Bezüge näher zu bestimmen.

Die expliziten Bibelzitate sind schnell aufgezählt. Heinrich beruft sich auf die biblische *auctoritas* in Formeln, die innerhalb der mittelalterlichen geistlichen Dichtung, vor allem aber im Bereich der volkssprachlichen Predigt, häufig zu finden sind, und markiert damit diese Zitate zumindest als Zitate eindeutig. Bei diesen Formeln handelt es sich auf der einen Seite um allgemeine Hinweise auf die Heilige Schrift (V. 133, 255, 834) oder die bzw. einen (ungenannten) »Propheten« (V. 11, 106, 373, 472); auf der anderen Seite nennt Heinrich aber auch die biblischen Autoren namentlich (V. 305, 456 und 459, 477, 644, 840) oder kennzeichnet, wenn er aus den Evangelien zitiert, die Aussprüche Christi als solche (V. 109, 828). Eingeführt wird das explizite Zitat häufig durch *(er) sprichet* (V. 12, 306, 473, 478, 829, 841); *chivt* (V. 109) oder *hat vns . . . chunt gitan* (V. 828), wobei die beiden letzten Varianten den Worten Christi vorbehalten sind. Zweimal (V. 12, 642) werden Bibelstellen zunächst lateinisch angeführt und anschließend ›übersetzt‹. Auch ohne explizite Berufungsformel ist hier der Hinweis auf eine/die *auctoritas* durch den Gebrauch des Lateinischen eindeutig. Die Übersetzung wird jeweils durch *daz sprichet* eingeführt.

Doch selbst in diesen Fällen eindeutiger Berufung auf die Bibel bereitet es oft unerwartete Schwierigkeiten, die Zitate zu identifizieren: Sei es, daß Heinrich längere Verse nur verkürzt wiedergibt, sei es, daß er erläuternde Zusätze einschiebt, mehrere in Frage kommende Bibelstellen zu kontaminieren scheint (z. B. V. 466 ff.) oder gar, trotz expliziter Bezugnahme auf die Bibel und trotz Markierung des Zitats durch *(er) sprichet*, bloß eine gedankliche Übereinstimmung mit einem oder mehreren Bibelversen vorliegt (z. B. V. 473 f.). Um philologisch genaues Zitieren handelt es sich offensichtlich nicht.

Die Bestimmung dessen, was als genaues Zitat anzusehen ist, wird allerdings erschwert durch die Tatsache, daß es sich – von den oben erwähnten beiden Ausnahmen abgesehen – um Übersetzungen einer lateinischen Vorlage handelt. Das Prinzip philologischer Exaktheit, wie es sich im Zusammenhang des Historismus entwickelt hat, ist dem mittelalterlichen Übersetzer ohnehin fremd. Schon Notker von St. Gallen (gest. 1022) praktiziert in seinen Psalmenübertragungen eine erklärende und erweiternde Übersetzungsmethode, die allein vom Streben nach Verständlichkeit und Eindringlichkeit geleitet ist, erlaubt sich gegenüber dem Wortlaut des

Bibeltextes weitgehende Selbständigkeit und ordnet sich nur dem Sinn, wie er ihn im Rahmen der Auslegungstradition versteht, unter. Hochmittelalterliche Prediger verfahren nicht anders. Auch die beiden von Heinrich im lateinischen Originalwortlaut angeführten, anzitierten Bibelstellen sind geeignet, diese Beobachtung zu bestätigen: Die in V. 643 mit *daz sprichet* eingeleitete Übersetzung ist in Wirklichkeit nicht einmal eine Paraphrase des Originalwortlauts, sondern bereits dessen Auslegung (vgl. Anm. zu V. 642). Das Einwirken der exegetischen Tradition sogar auf den schlichten Übersetzungsvorgang läßt sich ebenfalls bereits bei Notker nachweisen; er übersetzt beispielsweise den Psalmvers *Salua me ex ore leonis* (21,22): *Halt mih unà nim mih fóne des tîeueles munde.* Die litterale Bedeutung im biblischen Kontext »Löwe« wird hier, wie bei Heinrich, von der spirituellen »Teufel« vollständig ersetzt. Eine dem lateinischen Originaltext gleichwertige Übersetzung in eine moderne Sprache kann es im Mittelalter nicht geben, denn dazu hätte es wieder der inspirierenden Mitwirkung des Heiligen Geistes bedurft (Kirchert, S. 63).

Was genaue Übernahme eines Bibelzitats ist, ließe sich allerdings nur bei eindeutiger Identifikation der Vorlage ermitteln. Damit stellt sich die Frage der biblischen Textgrundlage. Auch wenn sich seit dem 8./9. Jahrhundert der Text des Hieronymus, die ›Vulgata‹, durchgesetzt hatte, finden sich daneben noch jahrhundertelang, vor allem im liturgischen Bereich, Zitate aus der ›Vetus Latina‹; besonders in den Predigten lassen sich Einflüsse der ›Vetus Latina‹ feststellen, die auf patristische Homilien und die Schriften der Kirchenväter zurückgehen. Maßgebend ist jedoch im 12. Jahrhundert die ›Vulgata‹. Aus ihr, den Schriften der Kirchenväter und den liturgischen Texten wird im Mittelalter aber in der Regel nach dem Gedächtnis zitiert. Allein schon deshalb kann sich das Zitat in einem für uns nicht möglichen Ausmaß vom Original entfernen. Das Problem, das durch die Unsicherheit über die dem Autor vorliegende Redaktion des Bibeltextes entstand, relativiert sich also durch die Art des mittelalterlichen Zitierens und Übersetzens beträchtlich, so daß wir zumindest heuristisch die ›Vulgata‹ als Vorlage ansetzen dürfen.

Für die Freiheit mittelalterlicher Zitate ist jedoch nicht nur dieser gewissermaßen technische Umstand verantwortlich. Fuhrmann trifft wohl das Richtige, wenn er feststellt, daß im Mittelalter das Bewußtsein vom Eigenwert alles Geistigen und der Respekt vor fremder Intention nur schwach entwikkelt waren: Der mittelalterliche Interpret neigt dazu, »seine eigene Existenz und Vorstellung in den Sinn eines Textes einzubeziehen« (1969, S. 8). – Ein solcher Umgang mit der *divina auctoritas* der Bibel erscheint auf den ersten Blick paradox, kommt doch der Bibel nach mittelalterlichem Verständnis aufgrund ihrer absoluten, von Gott selbst verbürgten *veritas* höchste Autorität zu. Ähnlich dem Beweis *ex auctoritate* in der antiken Gerichtspraxis werden Bibelstellen daher in zahlreichen mittelalterlichen Texten, vor allem aber in der Predigt, als Bestätigung der eigenen Aussage herangezogen; die autoritative Geltung des Schriftwortes verbürgt also die Gültigkeit der eigenen Aussage. Bibelzitate sind nicht nur rhetorischer *ornatus*, der beliebig verwendet werden kann, sondern sie werden als nicht hinterfragbare *auctoritas* zu substantiellen Konstituenten, die als Garanten der *veritas* vor oder nach jedem Gedankengang hinzugezogen werden müssen, so daß sie in einem engen Begründungsverhältnis zur geistlichen Aussage des Autors oder des Predigers stehen.

Dies kann aber der Text der Bibel nur unter zwei Voraussetzungen leisten: 1. Die gesamte Heilige Schrift ist Wort für Wort von Gott selbst inspiriert: *Omnia verba Scripturae divinitus inspirata* (Hieronymus, ›Epistola‹ XXVII; PL 22, Sp. 431). *Haec autem scripta est manu Dei, opera Dei, et Scriptura Dei; nihil humanum est in ea, tota divina est, tota, Deo dictante et scribente, composita est; unde veritate et auctoritate*

plena est[6] (Bruno von Segni, ›Expositio in Exodum‹, XXXII; PL 164, Sp. 368A). Sie enthält daher von Gott beabsichtigte Bedeutungen, die von den menschlichen Verfassern der biblischen Bücher weder immer klar erkannt noch beabsichtigt sein müssen, die aber im Lichte weiterer Offenbarung oder dogmatischer Entwicklungen erkennbar werden können. 2. Die Heilige Schrift ist zu unserer Belehrung verfaßt und enthält Lebens- und Glaubensregeln für uns.[7]
Die seit der Patristik angenommene Verbalinspiration der Heiligen Schrift ermöglicht nun aber, einzelne Schriftverse oder deren Teile aus ihrem Kontext zu lösen und *per extensionem* oder *per allusionem*, dem Sinn (*realiter*) oder auch nur dem Wortlaut nach (*vocaliter*), auf einen Gegenstand zu beziehen, den sie weder dem Wortsinn nach noch im figürlichen Sinn bezeichnen. Bloße Ähnlichkeitsbeziehungen können so als Identität gewertet werden, wozu im Mittelhochdeutschen das Fehlen einer sprachlichen Unterscheidungsmöglichkeit für lateinisch *aequalis* (»gleich«) und *similis* (»ähnlich«) beigetragen haben mag. Die (bereits rabbinische) Auslegungsregel ›vom Allgemeinen zum Besonderen und umgekehrt‹ legitimiert weitere Anwendungsmöglichkeiten von Schriftzitaten. Bis heute macht die kirchliche Liturgie von der Akkommodation Gebrauch, wenn etwa das Lob der Väter (Eccli 44–50) auf die neutestamentlichen Heiligen bezogen wird; Vorbilder liefern die Apostel, die nicht nur das Alte Testament von Christus her typologisch (im Sinne der Exegese) interpretieren (vgl. Lc 24,27), sondern gerade auch historisch eindeutige Aussagen des AT, etwa die Drohung Jahwes an Israel (Is 29,14), auf die ganze Mensch-

6 »Diese aber ist von Gottes Hand geschrieben, ein Werk Gottes, Gottes Heilige Schrift; nichts Menschliches ist in ihr, sie ist ganz göttlich, sie ist nach Gottes Diktat verfaßt und von Gott geschrieben; daher ist sie voll der Wahrheit und Autorität.«

7 *scriptores sacrorum librorum ... ad eruditionem nostram et praecepta vivendi, et credendi regulam conscripserunt* (Hrabanus Maurus, ›De universo libri XXII‹; PL 111, Sp. 110C)

heit beziehen (1 Cor 1,19). Der scheinbare Widerspruch zwischen autoritativer Geltung des Schriftwortes auf der einen Seite und seiner Akkommodation (mit den daraus resultierenden Veränderungen auch des Wortlauts) auf der anderen löst sich auf unter der Voraussetzung der Verbalinspiration und der religiösen Verbindlichkeit des Textes für den Interpreten: Was zunächst nur einen bestimmten historischen Bezug hatte, wird als kraft göttlicher Inspiration allgemeingültige, überzeitliche Aussage angesehen. Mit der Bibel lebte man, aber diese Bibel war (unbeschadet auch textkritischer Bemühungen um einen unverderbten Wortlaut) kein philologisch-historisch zu behandelnder Text, sondern das in der eigenen Lebenssituation je neu zu verstehende Wort Gottes: Verstehen als Anwenden eines nicht historisch-distanzierend aufgefaßten, sondern gerade für den Interpreten verbindlich geltenden Sinnes.

Im Mittelalter hat man die Akkommodation von Schriftzitaten ebenso wie den (heute zum Litteralsinn gerechneten) *sensus plenior* (vgl. dazu Schnackenburg, S. 21 ff.) und sogar tropische Redeweise unter den sogenannten geistigen Sinn (*sensus spiritualis*) subsumiert, aber auch vielfach einem weitgefaßten *sensus litteralis* zugerechnet. Diese Auslegungstradition nach dem mehrfachen Schriftsinn reicht von der allegorischen Homer-Interpretation des Hellenismus über die mittelalterliche Bibelexegese bis ins 18. Jahrhundert. Der Auslegung nach dem allegorisch-typologischen, dem moralisch-tropologischen oder anagogisch-eschatologischen Sinn geht es nicht nur um den buchstäblichen Wortsinn, sondern um das, was die mit den Worten (*litterae*, Buchstaben) bezeichneten Dinge (*res*) oder die Geschichte (*historia*) ihrerseits bedeuten. Dabei ruht die Auslegung nach dem mehrfachen Schriftsinn immer auf dem buchstäblichen, dem Litteralsinn, der den allegorischen Sinn hervorbringt, wenn das Bezeichnete seinerseits ein anderes Ereignis (bzw. ein Ding oder eine Person) bedeutet; das vom Litteralsinn bezeichnete Ereignis des AT offenbart deshalb seinen tieferen Sinn, weil

es in Kenntnis der Heilsgeschichte als deren allegorische Vorwegnahme interpretiert wird. Einen tropologischen Sinn bekommt der Litteralsinn, wenn er eine moralische Lehre bezeichnet. Wenn er so verstanden werden kann, daß er auf ein Geheimnis des zukünftigen himmlischen Lebens verweist, spricht man vom anagogischen Sinn. Die ›historische‹ Auslegung des Wortlauts, auf die sich Interpretation seit Schleiermacher spätestens beschränken zu müssen glaubt, stand im Mittelalter immer in einer Wechselbeziehung zur spirituellen Exegese, die nach dem religiösen oder moralischen Sinn des Textes oder seiner Teile für den jeweiligen Leser fragt und immer zugleich *applicatio* ist.
Die Spannung, die zwischen dem autoritativ gesetzten Text in seiner unwandelbaren Selbigkeit und dem je anderen Sinn besteht, den seine Auslegung als Anwendung auf die konkrete Situation des Interpreten zutage fördert, hat seit der romantischen Hermeneutik diese Verstehensweise und Kommentierungstradition diskreditiert und verdrängt; auf die ursprüngliche Einheit von *intelligere, explicare* und *applicare* hat erst Gadamer mit Nachdruck wieder hingewiesen. Diese ursprüngliche Einheit gehört freilich zur historischen Dimension mittelalterlicher Texte, wie ein Blick auf die mittelalterliche Kommentierungspraxis erweist. Überall da, wo Bibel-Zitate oder allgemein die Berufung auf Autoritäten konstitutiver Bestandteil eines Textes sind, muß demnach mit applizierender Verwendung dieser Zitate gerechnet werden.
Das Verfahren läßt sich an Heinrichs expliziter Verknüpfung verschiedener Bibelzitate in den Versen 455–480 beispielhaft vorführen. Wie schon ›Von dem gemeinem lebene‹ mit einem lateinischen Bibelzitat (*omnes declinaverunt*, V. 12), so beginnt auch der Hauptteil ›Von des todes gehvgde‹ mit einem Schriftzitat (V. 457 f.), aus dem Heinrich durch Sinn- und Wortkonkordanzen mit anderen Bibelstellen (*realiter et vocaliter*) den gesamten Gedankengang des Textes entfaltet. Allein schon durch die Art der Zitatverknüpfung werden in

diesem Abschnitt alle Bibelstellen als konkordant ausgegeben: *des er ouch anderswa ist gehvgende* (V. 459), *dem ouch div wort wol geleich sint* (V. 465), *dem ouch ein ander weissag gehillet* (V. 472), *ouch manet vns Salomones scrift* (V. 477). Worin bestehen diese Konkordanzen? Wörtliche Übereinstimmungen oder auch nur Anklänge der zitierten Passagen untereinander gibt es nicht; nicht einmal die Sprechakte (soweit sie sich aus der grammatischen Form bestimmen lassen) sind identisch. Die behauptete Übereinstimmung der Autoritäten scheint auf den ersten Blick also nur eine gedankliche zu sein und muß sich aus der traditionellen Auslegung der zitierten *auctoritates* auf die Vergänglichkeit und prinzipielle Todesverfallenheit des Menschen ergeben.
Um eine tautologische Reihung handelt es sich bei dieser Verknüpfung von (*realiter*) konkordierenden Zitaten keineswegs: offensichtlich liegt ein fortschreitender Argumentationsprozeß vor, der von den Schriftzitaten gesteuert scheint oder umgekehrt die Auswahl der Zitate und Interpretationen steuert. Die Übereinstimmung dieser Zitate kann deshalb nur eine partielle sein; weitergeführt wird die Argumentation von den nicht konkordierenden Teilen der konkordierenden Bibelzitate: der Mensch soll schon in seiner Jugend seines Schöpfers gedenken (V. 460); wenn er an seine Todesstunde denkt, wird er immer ohne zu sündigen leben (V. 480).
Der den ganzen Abschnitt schließende Weheruf über denjenigen, der Buße und Beichte bis zu seinem Tod hinausschiebt (V. 481 f.), scheint auf den ersten Blick in keinerlei argumentativem Zusammenhang mit der Reihe der konkordierenden Bibelzitate zu stehen. Es ist der aus dem Schriftzitat *omnes declinaverunt* (V. 12) entfaltete erste Teil ›Von dem gemeinem lebene‹ insgesamt, der die Verbindung herstellt: »alle sind abgefallen«; ohne zu sündigen lebt niemand, *vnder tovsent svndaeren / mvg wir vil chovm einen bewaeren, / der dvrnechtic mvge haeizzen* (V. 17–19; *non est qui faciat bonum, non est usque ad unum*, Ps 13,3 bzw. 52,4). Worin

das »Gedenken« an den Schöpfer »in der Jugend« bestehen soll, wird von hier aus klar: Die in V. 466 ff. und 478 ff. zitierten Bibelstellen konkordieren ihrerseits unter dem eschatologischen Gesichtspunkt des endgültigen Schicksals des Menschen, das den *werltlichen livten* (V. 5) Beichte, Buße, *conversio*, Metanoia jetzt, in der Jugend abfordert. Die Schriftzitate werden von Heinrich also zu bußparänetischen Zwecken funktionalisiert und applizierend uminterpretiert. Die Konkordanz der Autoritäten stellt sich erst über den in der Regel durch die exegetische Tradition vermittelten geistigen Sinn her. Das gilt auch für die Verwendung von Bibelstellen im Text Heinrichs (wie z. B. in V. 115, vgl. Anm. zu V. 113–120; V. 789 bzw. 849, vgl. Anm. z. St.).
Daß dies nicht ohne Eingriffe auch in den Wortlaut der zitierten *auctoritates* abgeht, Eingriffe, die wiederum abhängen von eben dieser Applikation, kann leicht gezeigt werden. Beim Vergleich mit dem lateinischen Wortlaut im Kontext ergibt sich zunächst, daß zwischen Eccle 12,1, Iob 7,7 und Eccli 7,40 über das (von Heinrich nur einmal übersetzte) *memento* (bzw. *memorare*) zusätzlich eine Wortkonkordanz besteht. Eine derartige, den Bibeltext zugleich applizierende Wortkonkordanz führt Heinrich – gegen den lateinischen Text (V. 458, 473) – in seine Zitate erst ein durch die Verwendung von *mein leben* (V. 458, 466, 473). Daß er das eindeutig identifizierbare Ecclesiastes-Zitat in V. 460 ff. (12,1 bzw. 12,7; vgl. Anm. z. St.) Hiob zuschreibt, ist jetzt ebenfalls verständlich als Folge des Prinzips der konkordierenden Autoritäten: *Memento* und *et in pulverem reduces me* aus der einzigen in Frage kommenden Hiob-Stelle (Iob 10,9) konkordieren mit Eccle 12,1 und 12,7; *sicut lutum feceris me* mit dem (nicht übersetzten) (*comparatus sum*) *luto* aus Iob 30,19 (V. 468). – Ein *ander weissag* (V. 472) soll der Autor des folgenden Zitats sein (V. 473 f.). Unter den Propheten findet sich jedoch kein entsprechender Beleg. Isaias (40,6) bietet zwar eine (allerdings nicht sonderlich befriedigende) partielle Übereinstimmung: *mein leben* würde dann *omnis caro*

übersetzen; *dorret* entspräche *exsiccatum, foenum* bei Heinrich *gras*. Mit Is 40,6 konkordieren aber zwei Psalmenverse *realiter et vocaliter*: *foenum* ist die Wortkonkordanz zu Ps 102,15 f. (Ps 89,6: *herba*), *omnis caro* entspricht dort *homo* bzw. in Ps 89,3 *hominem*; Ps 102,15 hat *efflorebat*, Ps 89,6 *floreat* als Entsprechung von *grvn*, letzterer zugleich *arescat* für *dorret*. Zudem findet in Ps 89,6 (und nur hier) auch Heinrichs zeitliche Dimension *hivte – gester* ein Vorbild (*Mane – vespere*). Für *staete* bietet keine der drei Bibelstellen eine Entsprechung. Hier wählt Heinrich eine Form der Antiphrasis, um das Gemeinte durch die Negation des Gegenteils desto nachdrücklicher vor Augen zu führen: *staete so daz gras* ist *unstaete*; *realiter* entspricht *staete so daz gras* daher *transeat* aus Ps 89,6 oder *non subsistet* aus Ps 102,16. Dieser letztere Psalm steuert noch *dies ejus* bei, das mit *dies mei* aus Iob 17,1 in V. 457 *vocaliter* konkordiert. – Nun ist zwar nicht auszuschließen, daß Heinrich in den Versen 472 ff. mit *ein ander weissag* sehr wohl Isaias meint, obschon er sich enger an den mit Is 40,6–8 konkordierenden Ps 89,6 anlehnt. Die (indirekte) Bezeichnung Hiobs als *weissag* in V. 472 (*ein ander weissag*) freilich zeigte bereits, daß *wîssage* nicht nur ›Prophet‹ bedeutet (so Lexer III, Sp. 945; BMZ III, S. 785a), sondern darüber hinaus auch alle anderen Autoren des AT bezeichnen kann (vgl. ›Altdeutsche Predigten‹, Ausg. Schönbach, Bd. 2, S. 87, Z. 17); hinzu kommt, daß die Psalmen im Mittelalter als Werke Davids galten, der als *rex et propheta* (z. B. in der Vivian-Bibel) durchaus auch ein *wîssage* im engeren Sinn des Wortes sein kann. Der in V. 472 ff. (s. Anm. z. St.) zitierte ›Prophet‹ wird demnach mit großer Wahrscheinlichkeit der Psalmist sein; in erster Linie zitiert ist Ps 89,3–6: (. . . *hominem* . . .) *Mane sicut herba transeat, mane floreat, et transeat: vespere decidat, induret, et arescat.*

Diese Überlegungen zur genauen Identifikation selbst expliziter Bibelverweise wurden hier so ausführlich dargelegt, um deutlich zu machen, welche Probleme erst das Auffinden nicht markierter biblischer Bezüge aufwerfen kann. Die

Kontamination mehrerer Bibelstellen, ihre Verkürzung oder interpretierende Erweiterung und Deutung im Rahmen der exegetischen Tradition sind weder das Resultat nur eines unvollkommenen Gedächtnisses noch gar als bewußte Manipulation zu bewerten. Sie sind Ergebnis der Applikation und Teil des Verfahrens, das die mittelalterlichen *Artes praedicandi* für das Abfassen einer Predigt vorschreiben. Schon mit dem ersten, durch Angabe der biblischen Quelle und lateinisches Zitieren hervorgehobenen Schriftbeleg in V. 12 (*omnes declinaverunt*) richtet sich Heinrich nach Anweisungen, wie sie etwa Honorius Augustodunensis für den *sermo* gibt: *Ad omnes sermones debes primum versum Latina lingua pronunciare, dein patria lingua explanare*[8] (›Speculum Ecclesiae‹; PL 172, Sp. 829/830B). Alanus ab Insulis äußert sich Ende des 12. Jahrhunderts bereits eingehender über die vorzugsweise zu benutzenden biblischen Autoren: *Haec autem debet esse forma praedicationis, ut initium sumatur ab auctoritate theologica, tanquam a suo proprio fundamento: maxime ab Evangeliis, Psalmis, Epistolis Pauli et libri Salomonis. Quia in his specialiter resultat moralis instructio. De aliis ergo libris sacrae paginae sumandae auctoritates, si fuerint necessariae et ad propositum utiles*[9] (›Summa de arte praedicatoria‹; PL 210, Sp. 136C).

Der Text der Heiligen Schrift, von dem die Predigt ausgehen soll, wird ›Thema‹ genannt und ist das *fundamentum totius operis* (Jean de Galles; zit. nach: Gilson, S. 101; vgl. Alanus). Die Aufgabe des Predigers ist es, die substantiell in diesem Bibelzitat enthaltenen Bedeutungen vollständig auszulegen

8 »Bei der Predigt soll man zuerst einen Bibelvers auf Latein vortragen und ihn anschließend in der Muttersprache erklären.«

9 »Die Form der Predigt soll aber so sein, daß der Anfang aus einem biblischen Schriftsteller genommen wird, gewissermaßen von der eigenen Grundlage: am besten aus den Evangelien, den Psalmen, den Paulinischen Briefen und den Schriften Salomons. Denn aus ihnen ergeben sich besonders moralische Lehren. Aus den anderen Büchern der Heiligen Schrift sind Stellen zu zitieren, wenn es notwendig und für den Zweck nützlich ist.«

und zu zeigen, daß seine Verkündigung sich notwendig aus dem ›Thema‹ ergibt. Wenn der Prediger in einem einzigen Bibelzitat nicht hinreichend Material für die Entwicklung des Gedankenganges findet, kann er andere Schriftbelege zu Hilfe nehmen, sofern sie mit dem ›Thema‹ *realiter* und/oder *vocaliter* konkordieren.
Von beiden Möglichkeiten macht Heinrich Gebrauch. Das ›Thema‹ *omnes declinaverunt* wird in den folgenden Abschnitten (V. 35–454) nach seinen beiden Bestandteilen hin entfaltet: zum einen das Subjekt *omnes*, indem Heinrich den mittelalterlichen *ordo* nach den ihn konstituierenden Ständen durchgeht, nämlich den Priestern, Bischöfen, Mönchen, dem Papst, den weltlichen Herren, Fürsten und Rittern, adligen Frauen, armen Tagelöhnerinnen, Bauern und Kaufleuten; zum andern das Prädikat *declinaverunt*, indem er diesen Ständen ein oder mehrere spezifische Laster zuschreibt. In diesem ersten Teil seines Werkes verfährt Heinrich nicht, wie zunächst im ersten Abschnitt des Hauptteils ›Von des todes gehvgde‹, nach dem Prinzip der konkordierenden Autoritäten (*divisio intra*), sondern er gliedert sein ›Thema‹ und erschließt den Sinn des Bibeltextes durch konkrete Beispiele (*divisio extra*). Im einen wie im andern Fall stützt er sich allerdings immer wieder auf konkordierende Stellen aus der Heiligen Schrift zur Begründung seiner Aussagen. Alanus zeichnet das Verfahren in seiner Predigtdefinition vor: *Praedicatio est, manifesta et publica instructio morum et fidei, informationi hominum deserviens, ex rationum semita, et auctoritatum fonte proveniens*[10] (›De arte praedicatoria, I; PL 210, Sp. 111C).
Der mittelalterliche Prediger war sich bewußt, diese *instructio* nicht wie die Apostel und Kirchenväter aus eigener Inspiration leisten zu können, sondern fühlte sich verpflichtet, seine Verkündigung aus einem bestimmten ›thematischen‹

10 »Predigt ist die öffentliche und allgemeine Unterweisung in Sitten- und Glaubensfragen, die der Belehrung der Menschen dient und, den Weg der *ratio* gehend, aus der Quelle der biblischen Autoritäten schöpft.«

Bibelspruch herzuleiten und sie Schritt für Schritt durch neue Schriftbeweise bestätigen zu lassen. Die mittelalterlichen *Artes praedicandi* sind der Versuch, die normalerweise nicht unmittelbar durch den Heiligen Geist gegebene Inspiration des Predigers mit Hilfe von Regeln durch die wenigstens mittelbare des inspirierten Wortes der Bibel zu ersetzen (vgl. Anm. zu V. 454). Die wichtigsten dieser Regeln für die Abfassung einer Predigt und die Entfaltung der Gedanken (*dilatatio*) sind der *modus* der konkordierenden Autoritäten und der *modus* des mehrfachen Schriftsinns; sie bestimmen das exegetische Verfahren bei der Verwendung von Bibelstellen vor allem.

Daß das, was an Heinrichs Umgang mit explizit zitierten Bibelstellen gezeigt wurde, für die nicht als Zitate gekennzeichneten biblischen Bezüge erst recht gilt, überrascht danach nicht mehr. Selbst dort, wo Heinrich, zwar ohne Nachweis oder Markierung, aber doch im mittelalterlichen Sinne wörtlich zitiert (z. B. V. 108, 121 f., 770, 789 bzw. 849, 1000), werden diese Stellen nicht nur aus dem Sinnzusammenhang des biblischen Kontextes gerissen (V. 108, 121 f., 770, 789/849), sondern auch syntaktisch mehr oder weniger umgeformt (V. 121 f., 789/849), verkürzt und nach den oben dargestellten Verfahrensweisen und Auslegungsregeln ganz selbstverständlich auf die Gegenwart des Autors appliziert. Umgekehrt wird damit aber auch das Besondere und scheinbar Individuelle etwa in Heinrichs Zeitkritik unter ein Allgemeines subsumiert und dadurch erst, entsprechend mittelalterlichem Denken, die Gültigkeit der Aussage gewährleistet.

Dazu bedarf es nicht einmal ›wörtlicher‹ Zitate. Um die Übereinstimmung der eigenen Aussage mit der biblischen *auctoritas* herzustellen, genügen bereits einzelne Begriffe oder Wörter aus einem biblischen Gedankengang, die wie Chiffren beim kompetenten Leser oder Hörer den ganzen Zusammenhang oder Vorstellungskomplex zu vergegenwärtigen geeignet sind. Auf Bibeltexte, die jeder Geistliche auswendig kannte, mit Schlüsselwörtern nur anzuspielen und es dem Leser zu überlassen, aus dem Gedächtnis den biblischen Kontext, der für das Verstehen des Argumentationsgangs wesentlich ist, zu ergänzen, wie es Konrad, der geistliche Verfasser des deutschen ›Rolandsliedes‹, z. B. in V. 87–106 tut (vgl. dazu Backes, S. 31–37), ist, verglichen mit dem Vorgehen Heinrichs in V. 455–482, zweifellos das anspruchsvollere Verfahren; bei Heinrich ist der Gedankengang, der den konkordierenden Bibelstellen zugrunde liegt, unmittelbar nachvollziehbar, weil hier die Texte in ihren wesentlichen Aussagen vollständig ›zitiert‹ werden. Dies ist aber auch bei Heinrich nicht die Regel.

Was die Literaturwissenschaft mit Termini wie Einfluß, Quelle, Autorität, Anspielung, Topos oder Zitat mehr nur zu benennen als stringent theoretisch, unter Angabe von Kriterien der Abgrenzung, zu definieren in der Lage ist (vgl. dazu H.-U. Simon, Art. ›Zitat‹, in: RL^2 IV, S. 1049–81), kann als Verfahren eines mehr oder weniger bewußten und im Text selbst mehr oder weniger markierten Bezugnehmens auf einzelne Prätexte, Gruppen von Prätexten oder diesen zugrundeliegende Sinnsysteme unter dem Oberbegriff der Intertextualität zusammengefaßt werden. Von der gewissermaßen horizontalen Dimension des Bezugs von Autor und Adressat des Textes (und der Elemente dieses Textes selbst untereinander) kann man (mit Julia Kristeva) eine vertikale Dimension unterscheiden, in der ein Text sich paradigmatisch auf ein älteres, bereits vorliegendes literarisches Korpus bezieht. Daß dies im Mittelalter (von der Parodie abgesehen) in der Regel auf eine die vorgegebenen Systeme scheinbar affirmierende, dabei aber diese kaum respektierende Weise geschieht, war bereits gezeigt worden.

Als die extremen Möglichkeiten der Intertextualität – bezogen auf die jeweilige Nähe zum Prätext – muß man zunächst Zitat und Anspielung unterscheiden. Eines der Merkmale des Zitierens besteht darin, daß dabei ein Sprachsegment des Prätextes im Folgetext wiederholt wird, derart, daß das zitierte Sprachsegment in diesem Folgetext einen Fremdkörper darstellt, der ein virtuelles eigenes Segment ersetzt. Die oben bereits herangezogene Unterscheidung einer horizontalen und einer vertikalen Dimension von Beziehungen des Textes mit der in letzterer implizierten paradigmatischen Achse der gegenseitigen Substituierbarkeit von Elementen gleicher Funktionsklasse legt es nahe, das Zitieren als eine Art linguistische Transformation zu fassen, nämlich als Substitution. Dabei erzeugt der originale Kontext des Zitats unter Umständen zusätzliche Konnotationen im vorliegenden Text. – Im Unterschied dazu ist die Paraphrase durch Umstellungen, Weglassungen, Hinzufügungen oder den Gebrauch von Synonymen gekennzeichnet, wodurch der Originalwortlaut in seiner mehr oder weniger ausgeprägten Differenzqualität für den kundigen Leser nurmehr mitzitiert wird. Immerhin will die Paraphrase den wesentlichen Sinngehalt des paraphrasierten Originaltextes (z. T. mit denselben Worten, mit Synonymen oder auch mit z. T. identischen syntaktischen Strukturen) noch vollständig wiedergeben. Davon ist durch den wiederum größeren Abstand vom Prätext die Anspielung zu unterscheiden, bei der nur ein Element oder allenfalls einzelne Wörter des Originals (vielleicht noch nicht einmal die sinntragenden) auf dieses bloß verweisen (vgl. z. B. V. 38 oder V. 642). Auch bei vollständiger Veränderung der syntaktischen Struktur und Tilgung des gesamten originalen Wortbestands kann auf einen Text angespielt werden. Ohne vorherige Kenntnis des Textes, auf den angespielt wird, bei allen Kommunikationsteilnehmern mißlingt die Anspielung zwangsläufig. Hier schafft erst das einverständige Vorwissen der Rezipienten Intertextualität, denn im Text selbst fehlt im Extremfall das Zitat-Objekt sogar vollständig. Erst die Übereinstimmung in den Individual- und Bildungsgeschichten, der Lebens- und Sprechsituation der an einer Sprechhandlung Beteiligten ermöglicht offenbar Eindeutigkeit. Das daraus resultierende Vorwissen der Rezipienten allein schafft die Intertextualität; ohne dieses gibt es

sie nicht. Die Anspielung kann als ein Extremfall des Zitierens betrachtet werden, bei dem das Zitat-Objekt nicht im Text erscheint, sondern nur virtuell bei denjenigen Rezipienten, welche dessen Aneignung im voraus geleistet haben.
Dies gilt gewiß für die Kenntnis der Bibel im Mittelalter. Mit Anspielungen auf Bibelstellen ist in mittelalterlicher geistlicher Dichtung deshalb auch dort zu rechnen, wo kein explizites Lesersignal diesen Bezug für uns kenntlich macht. Intertextualität tritt in solchen Fällen nur aufgrund einer pragmatischen Präsupposition zutage. Solche als gemeinsam vorausgesetzte Kenntnis eines Prätextes oder Traditionszusammenhangs ist die Bedingung für das Funktionieren eines Topos wie einer Anspielung. Mit der Anspielung auf einen Prätext, z. B. durch das Zitieren eines Details aus diesem Prätext, das damit die Funktion einer Synekdoche erhält, wird für die Teilnehmer an einem historischen Verständigungsprozeß der Kontext präsent, dem es entstammt, und dieser Prätext selbst in die neue Sinnkonstitution einbezogen.
Abgesehen davon, daß dem Autor die Funktion des von ihm verwendeten Elements gar nicht bewußt sein muß, ist mit einer speziellen Markierung als Anspielung oder Zitat auch deshalb nicht immer zu rechnen, weil der Verfasser davon ausgehen konnte, daß sein Publikum solche Verweise auf traditionelle Sinnzusammenhänge ohnehin versteht. Während in diesem Fall eine Markierung gar nicht zu erwarten ist, obwohl Intertextualität (selbst im engeren Sinn des Terminus) vorliegt, ist die Erkennbarkeit sogar von vorhandenen Intertextualitätsmarkierungen rezipientenabhängig, d. h. die Signalschwelle wird bei sehr gebildeten Lesern niedriger anzusetzen sein als bei weniger gebildeten, und bei wachsendem zeitlichen Abstand wird sie höher liegen. Erst unter bestimmten pragmatischen Voraussetzungen sprachlicher Verständigung bewirkt eine Anspielung Verstehen: Verständigung über bereits Verstandenes. Sinn ist hier nicht Ergebnis der Interpretation, sondern deren Voraussetzung.
Dementsprechend läßt sich eine allgemein gültige und zu-

gleich brauchbare Definition der Markierung von Intertextualität nicht angeben. Die bisherige Forschung hat denn auch nicht mehr als Ansätze einer Bestandsaufnahme zu bieten; für die Literatur des Mittelalters fehlen selbst diese. Theoretisch zu unterscheiden ist dabei im Hinblick auf die Poetizität des Textes zweifellos zwischen bloß zufälligen oder unbewußten Reminiszenzen des Autors und der eigentlichen intertextuellen Beziehung im engeren Sinn, den Wort-, Sinn- oder Strukturzitaten, die vom Autor beabsichtigt sind und vom Leser erkannt werden müssen, wenn das Sinnpotential des Textes ausgeschöpft werden soll. Im Hinblick auf die allgemeinere Frage nach den möglichen entstehungsgeschichtlichen Sinnbezügen eines Textes wird man sich gleichwohl nicht auf die prägnantere Form der Intertextualität beschränken dürfen. Zwischen den dem Autor bewußten intertextuellen Bezügen mit dem zugleich von ihm einkalkulierten Wissen des Lesers um diese Bezüge auf der einen Seite und auf der anderen den nur werkgenetisch wirksamen, unbewußten oder den von späteren Rezipienten herangetragenen Bezügen ist mit vielfältigen Übergangsformen zu rechnen, deren Nachweis im Einzelfall ein noch ungelöstes Problem darstellt.

Entsprechend der mittelalterlich-theologischen Praxis beim Zitieren konkordierender Bibelverse haben wir immer dann ein Bibelzitat oder eine Anspielung auf Bibelstellen im Text Heinrichs angenommen, wenn sinntragende Wörter (*vocaliter*) und der Sinnzusammenhang (*realiter*) das Vorliegen solcher intertextueller Beziehungen möglich erscheinen ließen. Der Nachweis möglicher oder wahrscheinlicher Bibelzitate erfolgte in heuristischer Absicht so extensiv, wie es die Kompetenz der Kommentatoren erlaubte. Die Bibelstellen wurden nach Textnähe und dann in der Reihenfolge der biblischen Bücher zitiert.

Daß dabei die vom modernen Verständnis u. U. abweichende mittelalterliche Auslegungstradition grundsätzlich berücksichtigt werden muß, hat sich wiederholt gezeigt (vgl.

etwa Anm. zu V. 108 oder zu V. 789); mitunter ist sogar mit einem abweichenden grammatischen Verständnis des Bibeltextes im Mittelalter zu rechnen (vgl. z. B. Anm. zu V. 113 bis 120). Hier Sicherheit und Vollständigkeit erreichen zu wollen, müßte angesichts fehlender Vorarbeiten und Hilfsmittel unrealistisch erscheinen.

Diese Einschränkung gilt selbstverständlich auch für jede daraus abgeleitete statistische Aussage über das Vorkommen bestimmter biblischer Bücher oder Autoren und die besonderen Vorlieben des Verfassers. Im Hinblick auf die explizit von uns zitierten Bibelstellen ergibt sich folgendes Bild: Unter den Büchern des AT ragen Iob, Ps und Eccli mit bis zu 14 Zitaten (Iob) deutlich heraus, die Weisheitsbücher im engeren Sinn (Prov, Eccle, Sap, Eccli) sind mit insgesamt 20 Belegen mit Abstand am meisten zitiert, von den Propheten mit mehr als einem Beleg nur Is (2), Os (2) und Micha (3). Der Pentateuch ist mit Gn fünfmal, die alttestamentlichen Geschichtsbücher sind überhaupt nicht vertreten. Bezüglich des NT zeigt sich, daß Mt mit 17 Belegen am häufigsten vertreten ist, gefolgt von Lc (6), wobei allerdings zu berücksichtigen ist, daß bei den Synoptikern gleichlautende Stellen, entsprechend der Reihenfolge der biblischen Bücher, von uns immer nach Mt zitiert wurden. In der Häufigkeit folgen die Paulinischen Briefe (1 Cor: 6; Rom: 5), die, mit Ausnahme von 2 Tm und Phil, alle mindestens einmal vertreten sind. Unter den ›katholischen‹ Briefen ragt sonst nur noch Iac mit vier Belegen heraus, eine Tatsache, die auf die sozial- bzw. ständekritische Thematik sowohl des Jakobusbriefes als auch von TG zurückzuführen sein dürfte und auch im Hinblick auf Heinrichs vermutliche Beziehung zur Eremitenbewegung (s. S. 163 f.) nicht uninteressant ist. Daß Apc mehrfach (dreimal) zitiert wird, überrascht in einem solchen Text nicht.

Das Bild modifiziert sich nur geringfügig, wenn man die Bibelstellen einbezieht, die nach unserer Auffassung den gedanklichen Hintergrund einer Aussage Heinrichs bilden könnten und auf die wir deshalb im Kommentar verwiesen haben: Jetzt kommen (zu den ebenfalls gut vertretenen Ps, Iob und den Weisheitsbüchern) besonders Is mit 16 Verweisen, Ez (10) und Ier (7) hinzu. Die bei den expliziten Zitaten zu beobachtende Tendenz verstärkt sich in der Verwendung des NT nur: Neben den Evangelien und den Paulinischen Briefen war häufiger noch als bei den expliziten Zitaten auf Iac (7) und Apc (17) zu verweisen.

Neben textsortenspezifischen Gründen – etwa für das Zitieren von Iob, Is, Ez und Apc – entspricht diese Akzentuierung offensichtlich den Anweisungen, die auch in den *Artes praedicandi* gegeben werden (vgl. Alanus): der *moralis instructio* dienlich sind vor allem die apostolischen Briefe und die *libri Salomonis*, unter denen das Mittelalter die Weisheitsbücher verstand. Sie gehören zu den *aperta*, die auch Laien zugänglich sind, während die *profunda* mit ihrem verborgenen dogmatischen Sinn gern den Theologen vorbehalten werden. Wie die vielfältigen biblischen Bezüge in Heinrichs Text jedoch zeigen, kann von einer Beschränkung auf die *aperta* keine Rede sein, auch wenn Ct – eines der auslegungsbedürftigsten Bücher – wohl aus thematischen Gründen explizit nicht vertreten ist.

Rückschlüsse angesichts der im Text enthaltenen biblischen Bezüge auf ein den *clerici* entsprechendes Bildungsniveau des Publikums geistlicher Dichtung sind jedoch dann nicht erlaubt, wenn nicht vorausgesetzt werden kann, daß mittelalterliche Autoren allein von einer bestimmten Rezeptionsdisposition ihres Publikums ausgingen (wie Gumbrecht in bezug auf neuzeitliche Literatur wohl zu Recht annimmt), sondern auf die objektive Wirksamkeit von Gottes inspiriertem Wort und der substantiell in ihm enthaltenen Bedeutungen bauen. Daß mit Text und Auslegungstradition vertraute Zeitgenossen mehr solcher biblischen Anspielungen erkannten als wir, muß angenommen werden; auf der anderen Seite greifen aber rezeptionstheoretische Überlegungen in Anbetracht der substantialistischen mittelalterlichen Ästhetik möglicherweise zu kurz. Die kommunikationstheoretische Autor-Leser-Relation wäre in mittelalterlicher geistlicher Dichtung dann überlagert durch den Bezug auf eine ›richtige Norm‹, die in biblischen Reminiszenzen, Anspielungen und Zitaten, unabhängig von ihrer pragmatischen Erkennbarkeit, uneingeschränkte, ›objektive‹ Geltung beansprucht und die Sprache des Autors bestimmt. Wo Heinrich nur mit Anspielungen arbeitet, stellt sich also nicht nur das Problem der Kompetenz des modernen Rezipienten.

Bei der Untersuchung von Heinrichs Verfahrensweise mit explizit konkordierenden Bibelzitaten sind immerhin Kriterien sichtbar geworden, nach denen Anspielungen auf Bibelstellen auch dort wahrscheinlich gemacht werden können, wo Heinrich selbst kein Zitat markiert. Zweifelsfrei entscheiden läßt sich allerdings nicht immer, ob es sich dabei um bewußtes Zitieren oder Anspielen handelt oder nur um die Eigenart einer Sprache, die an Liturgie und Bibel geschult ist. Daß auch mit der zuletzt genannten Möglichkeit in Heinrichs ›Mahnrede‹ zu rechnen ist, dürften die von uns beigebrachten biblischen Parallelen indessen sicher machen. Die zahlreichen biblischen Bezüge in der ›Mahnrede‹ stehen aber auch in einem funktionalen Zusammenhang mit der Polemik gegen kirchliche und klösterliche Mißstände: es ist der Rückgriff auf die *auctoritas* schlechthin, auf das Wort Gottes als Herausforderung all derer, die sich zu Unrecht darauf berufen, weil sie *so niht lebent, als er in gebivtet / vnt in sein schrifft bedivtet* (V. 47 f.).

Literatur: *Zur Verwendung der Bibel in Predigt und Dichtung:* Backes; Gilson; Kirchert; Leuenberger; Roth; Smalley; Spicq. – *Zum Problem von Intertextualität, Zitat und Anspielung:* Broich; Kristeva; Neumann; Pfister; Plett; Rodi; Stempel.

Memento mori, contemptus mundi, Bußparänese und Ständedidaxe: Das Problem der Gattung

Heinrichs Werk ist ein Stück geistlicher Literatur. In einem weiten Sinn verstanden, umfaßt dieser literaturgeschichtliche Begriff Texte mannigfacher Art, z. B. theologische Summen, religiös-didaktische Abhandlungen, Bibel(nach)dichtungen, Visionen, Sünden- und Sittenklagen, Heiligenviten, Marienleben und -hymnen, Gebete, religiöse Leiche, Predigten (Predigtmuster), Beichtspiegel, Glaubensbekenntnisse u. a. Es können dies Texte spezifisch fachtheologischer Art sein, es können aber auch im engeren Sinn poetische Texte sein, deren Verfasser nicht zwingend Geistliche sein müssen. Die Themen der Texte sind breit gefächert, im mehr literarischen Bereich dann auch teilweise textsortenspezifisch gebunden.

Bevor die Gattungszugehörigkeit von Heinrichs Werk im engeren Sinn diskutiert wird, soll zunächst in einem weiter gefaßten Rahmen der literarhistorische Ort beschrieben werden, an den man TG stellen muß. Zweifellos gehört dieser Text zur sogenannten *contemptus mundi*-Literatur, die vom 11. Jahrhundert bis in die frühe Neuzeit im gesamten westlichen Europa – in Latein und in den Volkssprachen – weit verbreitet ist. Ihre Thematik findet Eingang in praktisch alle Gattungen und Textsorten; daher sollte man nicht von einer Gattung des *contemptus mundi* sprechen, sondern eher von einer – literarische Formen übergreifenden – *contemptus mundi*-Literatur, die bestimmte konstitutive thematische Elemente aufweist und deren Grenzen zur sogenannten *memento mori*-Literatur fließend sind.

Texte dieser Art verfolgen – oft mit drastischen Mitteln – das Ziel, die Vergänglichkeit der Welt darzustellen, um dadurch den Blick des Menschen von der Nichtigkeit des Diesseits auf die Seligkeit des Jenseits zu lenken. Unter eschatologischem Aspekt soll sich der Mensch seiner Herkunft, seines be-

schwerlichen Daseins auf Erden und seines über alles gewissen Todes bewußt werden; er soll die *temporalia* und den *mundus* verachten; er soll seine Bindungen an die Güter der Welt lösen.
Diese Grundthematik kann in vielfältiger Weise literarisch umgesetzt werden, wobei – besonders seit der weit verbreiteten Schrift ›De contemptu mundi sive de miseria conditionis humanae‹ Lothars von Segni (später Papst Innozenz III., 1198–1216) – die drei genannten Bereiche Geburt, irdisches Dasein und Tod oft strukturbildend sind.
So verfährt auch Heinrich, wenn er in V. 485–510 diese dreistufige Entwicklung des Menschen zunächst allgemein und hernach am Beispiel eines Königssohns breiter ausführt (V. 511 ff.). Auch Heinrichs Ständekritik, die drastische Darstellung des Todes an einem verwesenden Leichnam (und damit die Relativierung der menschlichen Schönheit und Eleganz), die Fiktion der Rede eines Toten zu einem Lebenden und die drohend-warnende Beschreibung der Hölle haben Parallelen in der *contemptus mundi*-Literatur, wobei sich das Problem von Wirkung, Rezeption oder Abhängigkeit im Einzelfall kaum wird lösen lassen.
Die Zahl der *contemptus mundi*-Texte ist Legion. Mit zu den ältesten zählt die ›Epistola paraenetica ad Valerianum cognatum de contemptu mundi‹ des Bischofs Eucherius von Lyon (1. Drittel 5. Jh.). Im 11. und 12. Jahrhundert dann erlebt das Thema – durch Kirchen- und Klosterreformen im asketischen Geist begünstigt – breites Interesse. Es sind neben vielen anderen Bernhard von Morlay, Petrus Damiani, Hugo von St. Victor, Bernhard von Clairvaux und wohl auch Anselm von Canterbury, die es aufgreifen. Vor allem aber ist – was Verbreitung und Wirkung betrifft – Lothar von Segni zu nennen.
Deutschsprachige Versionen solcher lateinischen Werke entstehen im 14. Jahrhundert, doch findet das Thema Eingang bereits in die frühmittelhochdeutsche geistliche Literatur, in Lehrgedichte, Predigten und predigthafte Texte, zu denen auch Heinrichs Werk zu zählen ist.

Sein Gedicht einer bestimmten literarischen Gattung zuzuordnen ist problematisch. Das liegt zum einen daran, daß es im Mittelalter weder eine Gattungspoetik gibt (vgl. Kuhn, 1956, S. 8), noch Autoren mittelhochdeutscher Zeit ein Gattungsbewußtsein zuzuschreiben ist (Hennig, S. 144); zum anderen zeigt TG eine Reihe von stilistischen und inhaltlichen Merkmalen, die es kaum erlauben, das Gedicht unter einen Gattungsterminus zu subsumieren. So ist auch die in der bisherigen Heinrich-Forschung allenthalben (zuletzt noch bei Neuser und Vollmann-Profe) anzutreffende Gattungsbestimmung »Predigt« unzulänglich.

Heinrich selbst bezeichnet sein Werk als *rede* bzw. *liet* (V. 3, 437, 447, 911, 924). Diese Termini sind jedoch keine Gattungsbezeichnungen, obgleich dies auf den ersten Blick so scheinen mag. Wir finden sie in der gesamten geistlichen Dichtung; *liet* bezeichnet darüber hinaus noch Spielmanns- und Heldenepen sowie verschiedene lyrische Typen, wie etwa den Minnesang (vgl. Düwel, S. 231 ff.; Hennig, S. 146; Kuhn, 1956, S. 9 f.; ferner Anm. zu V. 3).

Um überhaupt eine Art Gattungsterminus für unser Gedicht zu finden, müssen stilistische und inhaltliche Merkmale beschrieben und mit anderen Texten mittelhochdeutscher Zeit verglichen werden, um eventuelle Textkonstanten zu erkennen (vgl. etwa Jauß, S. 113 und 118; Kuhn, 1956, S. 32).

In den religiösen Dichtungen des 11. und 12. Jahrhunderts zeigen sich viele Ähnlichkeiten inhaltlicher Art mit Heinrichs Gedicht. Es sind dies im wesentlichen *memento mori*-Aufrufe (etwa in ›Memento mori‹, ›Die sogenannte Wahrheit‹, des Armen Hartmann ›Rede vom Glauben‹, Priester Arnolds ›Loblied auf den Heiligen Geist‹, Heinrichs ›Litanei‹) und Eschatologievorstellungen (etwa in ›Cantilena de conversione S. Pauli‹, ›Vom Himmelreich‹, ›Das Hamburger Jüngste Gericht‹, ›Die Millstätter Sündenklage‹, ›Visio Sancti Pauli‹, Frau Ava, ›Das Jüngste Gericht‹, des Armen Hartmann ›Rede vom Glauben‹).

Auch stilistisch findet sich eine Reihe vergleichbarer Erscheinungen: Publikumsanreden, lateinische Sentenzen, metaphorische Darstellungen, Wahrheitsbeteuerungen und Berufungen auf die Heilige Schrift als Autorität (vgl. dazu Naumann, 1974, S. 47). Diese Stilistika haben die Funktion, die dargestellten Inhalte (etwa »Heilsgeschichte« in den verschiedenen Genesisbearbeitungen und »Heilsordnung« wie etwa in ›Vom rehte‹ und manchen anderen Gedichten, die christliche Lebensmaximen lehren wollen) mit größtmöglicher Wirkung vorzutragen.
Betrachtet man nun die frühmittelhochdeutschen Predigten, so finden sich viele stilistische Entsprechungen zu den religiösen Dichtungen: lateinische Bibelzitate und deren deutsche Übersetzung bzw. Paraphrase, Bibelverweise, rhetorische Fragen, Interjektionen, Anreden an das Publikum, mahnende Aufforderungen (vgl. Naumann, 1974, S. 48). Solche Entsprechungen mögen dazu geführt haben, Heinrichs Gedicht eine Buß- oder Gerichtspredigt zu nennen. Allerdings gibt es wichtige Unterschiede zur volkssprachlichen Predigt: Heinrichs Kritik am Klerus und an den verschiedenen weltlichen ›Ständen‹ ist in dieser Ausprägung der mittelalterlichen Predigt fremd. Selbst in den lateinischen Musterpredigten des Honorius Augustodunensis (›Speculum Ecclesiae‹, ›Sermones generales‹) tritt eine solche Kritik nur marginal in Erscheinung. Die meisten (überlieferten) mittelhochdeutschen Predigten sind Homilien, Festtags- oder Heiligenpredigten, in denen der *exemplificatio de vita sanctorum* breiter Raum geschenkt wird, einem Element, das Heinrichs Gedicht völlig fehlt und auch in den anderen religiösen Dichtungen nur vereinzelt auftritt. Dagegen ist Ständekritik, wie erwähnt, häufig Bestandteil der *contemptus mundi*-Literatur.
In diesem Zusammenhang ist auf die – im Mittelalter nicht unproblematische – Unterscheidung zwischen Predigt im engeren Sinn und Exhorte hinzuweisen. Unter Exhorte verstand man die auch Laien erlaubte Ermahnung zu Buße und Umkehr, wogegen die Predigt, die auch die Dogmatik und

Sakramentenlehre behandeln konnte, den Klerikern vorbehalten war (vgl. Zerfaß, S. 205 und Schneyer); *inducere ad mores honestos et opera pietatis*[11] als Aufgabe der *exhortatio* wird in der *praedicatio* ergänzt durch *de articulis fidei et sacramentis ecclesiae loqui*[12] (Zerfaß, S. 203 ff.). Strittig ist allerdings, was unter dem Begriff der *exhortatio* den Laien (in diesem Fall den rekonziliierten Humiliaten) von Innozenz III. im Jahre 1201 konzediert wird: Sittenpredigt im Gegensatz zu Glaubenspredigt, Laienpredigt im Gegensatz zu Klerikerpredigt oder private im Gegensatz zu amtlich-öffentlicher Verkündigung? Möglicherweise führen bereits die – freilich naheliegenden – Gegensatzpaare in die Irre, wenn es sich bei der *exhortatio* nicht um eine konkurrierende Form der Predigt, sondern um eine »Verkündigungsform [...] unterhalb der kirchlich-amtlichen Verkündigungsebene« handelt, um eine das kirchliche Verkündigungsamt gar nicht berührende Form christlichen Zeugnisses (ebd., S. 209 f.). Innozenz III. hat hier zum erstenmal verboten, »einer Laiengemeinschaft das streitig zu machen, was in ruhigeren Zeiten gläubigen Christen nie bestritten worden war, nämlich sich als Brüder im Glauben zu stärken«. Noch Hildebert von Lavardin (gest. 1133) betont in einer Predigt zu Iac 5,16: *Debetis alter alterum a via sua mala reducere, quoniam qui converti fecerit peccatorum ab errore viae suae salvabit animam eius, imo et suam ... Unusquisque ergo potest esse praedicator proximo suo; unusquisque debet admonere fratrem suum in via, in Ecclesia, in domo, sive verbo, sive exemplo*[13] (›Sermo‹ 48; PL 171, Sp. 578 BC). Auch wenn also die Unterscheidung von *exhortatio* und *praedicatio* erst eine aus der

11 »zu guten Sitten und frommen Werken hinführen«

12 »über Glaubenssätze und Sakramente der Kirche sprechen«

13 »Ihr sollt einer den anderen von seinem schlechten Weg wegführen, denn wer den Sünder von seinem Irrweg abbringt, der wird dessen Seele retten und sogar seine eigene ... Jeder einzelne kann also ein Prediger für seinen Nächsten sein; jeder einzelne soll seinen Bruder ermahnen auf seinem Weg, in der Kirche, im Haus, sei es durch Worte oder durch Beispiele.«

Auseinandersetzung mit den Häretikern entstandene, kirchenpolitisch motivierte Idealisierung sein sollte, bleibt doch festzuhalten, daß das Gedicht ›Von des todes gehvgde‹ allem Anschein nach einerseits Fragen aufgreift, die eigentlich der Predigt von Geistlichen vorbehalten sein sollten, auf der anderen Seite aber mit der scharfen Kritik an Klerus und Mönchen über das von dieser Seite Übliche weit hinausgeht. Heinrichs Selbstcharakterisierung als *laeie* in V. 225 erhält in diesem Zusammenhang zusätzlich Gewicht (vgl. dazu S. 163 ff.). Heinrichs Ständekritik trennt sein Werk jedoch nicht nur von der Predigt, sondern auch von den zeitgenössischen religiösen Dichtungen. Heinrich scheint seiner Zeit weit voraus zu sein. Besonders im zweiten Teil seines Gedichts finden sich bereits Erscheinungen wie Rittertum, Minne und Aventiure, die kritisiert werden, Erscheinungen also, die Motive hochhöfischer Dichtung sind. Ständekritik in der Volkssprache, wie sie Heinrich übt, kennt sonst erst das 13. und 14. Jahrhundert (etwa das ›Buch der Rügen‹, ›Seifrit Helbling‹, ›Des Teufels Netz‹ und die verschiedenen geistlichen Spiele des Spätmittelalters). Daneben werden auch andere Kritikpunkte Heinrichs (Simonie, Mißachtung des Zölibats) erst in hochhöfischer und spätmittelalterlicher Zeit Themen volkssprachlicher Literatur. Wo solche Kritik erscheint, will der Autor informieren, anklagen und zur Abkehr vom Angeprangerten mahnen. All diesen Werken kommt ein moralisierend-lehrendes Moment zu (vgl. dazu auch Sowinski, S. 4 und Kästner, S. 100–105). Dies sollte als konstantes Merkmal im Auge behalten werden.

Heinrichs Gedicht ist keine Predigt in der engeren Bedeutung des Terminus, der durch die überlieferten lateinischen und mittelhochdeutschen Musterpredigten definiert wird, obschon seine stilistisch-rhetorischen Elemente auch die der Predigt sind (vgl. dazu die allgemeinen Ausführungen von Naumann, 1974, S. 57 und Einführung, S. 195–201 sowie S. 210 ff.), was jedoch nicht verwundert, rührt doch rhetorischer Einfluß in frühmittelhochdeutscher Zeit von kirchlicher

Seite her. Es sind Geistliche im weitesten Sinne, die die erste Zeit volkssprachlicher deutscher Literatur prägen; ihr rhetorisches Wissen schöpfen sie aus Augustinus' ›De doctrina christiana‹, dem bis zu dieser Zeit maßgeblichen Werk zur Predigttheorie (vgl. Murphy, S. XIII). Erst im 13. Jahrhundert entstehen normbildende *artes praedicandi*; das 12. Jahrhundert befindet sich in dieser Beziehung noch im ›Experimentierstadium‹.
Die Frage, in welchem Kommunikationssystem dann der historisch-soziale Ort unseres Textes zu suchen ist, bleibt demnach unbeantwortet. Der Text ist zweifellos nicht ›Amtspredigt‹ (vgl. V. 225), ebensowenig Predigt im Rahmen der Liturgie. Im weiten (und weitgehend unerforschten) Bereich dessen, was im 12. Jahrhundert jenseits des Predigtamtes der offiziellen Kirche lag, aber die Methode und zum Teil wenigstens auch den Gegenstand mit der liturgischen Kirchenpredigt teilte, ist vermutlich der historische Ort dieses Textes zu suchen. Dies braucht nicht – noch nicht – zwangsläufig die Nähe der Häresie zu bedeuten; hinzuweisen ist hier nur auf die zahlreichen Armutsbewegungen. Laienpredigt gerät erst nach 1184 (Konzil von Verona) unter Häresieverdacht, und zwar wegen der damit verbundenen Insubordination (wie eben in der Waldenser-Bewegung), nicht etwa primär wegen des Status der Prediger als Laien. Laienpredigt wird erst nach 1184 »zum öffentlichen Diskussionsgegenstand« (Zerfaß, S. 31 ff.).
Wir werden Heinrichs Gedicht jedoch in jedem Fall gerechter, wenn wir es nicht Predigt nennen, sondern – vorsichtiger – als ›moralisches Lehrgedicht‹ begreifen; die stilistischen und inhaltlichen Aspekte werden damit treffend umschrieben, ohne die Assoziationen von ›Amtskirche‹ und ›Liturgie‹ zwangsläufig heraufzurufen.

Literatur: *Zur geistlichen Literatur:* Kranz; Meissburger; Rudolf (1957); Rudolf, Art. ›De contemptu mundi‹, in: VL^2 II, Sp. 5–8; Rupp; Silagi u. a., Art. ›Contemptus mundi‹, in: LdM III, Sp. 186 bis 194; Sonderegger. – *Zur Gattungsproblematik:* Düwel; Hennig; Kuhn (1956); Naumann (1974); Schneyer; Sowinski; Zerfaß.

Abkürzungen

Biblische Bücher

Altes Testament

Gn	Genesis (1. Mose)
Ex	Exodus (2. Mose)
Lv	Leviticus (3. Mose)
Nm	Numeri (4. Mose)
Dt	Deuteronomium (5. Mose)
Ios	Iosua
Idc	Iudicum
Rt	Ruth
1 Sam	Primus Samuelis (Liber)
2 Sam	Secundus Samuelis (Liber)
1 Reg	Liber Primus Regum
2 Reg	Liber Secundus Regum
1 Par	L. Primus Paralipomenon (1. Buch Chronik)
2 Par	L. Secundus Paralipomenon (2. Buch Chronik)
Esd	Esdra (Esra)
Ne	Nehemia
Tob	Tobias
Idt	Iudith
Esr	Esther
Iob	Hiob
Ps	Psalmi
Prov	Proverbia
Eccle	Ecclesiastes (Prediger Salomo)
Ct	Cantica Canticorum (Das Hohelied Salomos)
Sap	Sapientia (Weisheit Salomos)
Eccli	Ecclesiasticus (Jesus Sirach)
Is	Isaia

Ier	Ieremia
Lam	Lamentationes (Klagelieder Jeremias)
Bar	Baruch
Ez	Ezechiel (Hesekiel)
Dn	Daniel
Os	Osea (Hosea)
Il	Ioel
Am	Amos
Abd	Abdia (Obadja)
Ion	Iona
Mich	Micha
Nah	Nahum
Hab	Habacuc
Soph	Sophonias (Zephanja)
Ag	Agaeus (Haggai)
Zach	Zacharias (Sacharja)
Mal	Maleachia
1 Mac	L. Primus Maccabaeorum
2 Mac	L. Secundus Maccabaeorum

Neues Testament

Mt	Matthaeus
Mc	Marcus
Lc	Lucas
Io	Ioannes
Act	Actus Apostolorum
Rom	Ad Romanos
1 Cor	Ad Corinthos 1
2 Cor	Ad Corinthos 2
Gal	Ad Galatas
Eph	Ad Ephesios
Philp	Ad Philippenses
Col	Ad Colossenses
1 Thess	Ad Thessalonicienses 1
2 Thess	Ad Thessalonicienses 2
1 Tim	Ad Timotheum 1
2 Tim	Ad Timotheum 2
Tit	Ad Titum
Phil	Ad Philemonem

Heb	Ad Hebraeos
Iac	Ep. Iacobi
1 Pe	Ep. Petri 1
2 Pe	Ep. Petri 2
1 Io	Ep. Ioannis 1
2 Io	Ep. Ioannis 2
Ids	Ep. Iudae
Apc	Apocalypsis Ioannis

Literatur

ATB	Altdeutsche Textbibliothek
Bair. Gr.	Bairische Grammatik
BMZ	Benecke/Müller/Zarncke: Mittelhochdeutsches Wörterbuch
BKV	Bibliothek der Kirchenväter
CCCM	Corpus Christianorum Continuatio Mediaevalis
CCSL	Corpus Christianorum Series Latina
CFMA	Les Classiques Français du Moyen Age
CIC	Corpus Iuris Canonici
CSEL	Corpus Scriptorum Ecclesiasticorum Latinorum
Di	Diemer
DTM	Deutsche Texte des Mittelalters
DU	Der Deutschunterricht
DVjs	Deutsche Vierteljahrsschrift für Literaturwissenschaft und Geistesgeschichte
DWB	Deutsches Wörterbuch (J. und W. Grimm)
Fs.	Festschrift
GAG	Göppinger Arbeiten zur Germanistik
GLL	German Life and Letters
Gr	Grimm
HdA	Handwörterbuch des deutschen Aberglaubens
HRG	Handwörterbuch zur deutschen Rechtsgeschichte
HThG	Handbuch Theologischer Grundbegriffe
HZ	Historische Zeitschrift
Hzl	Heinzel
Ki	Kienast
L	Lachmann
LdM	Lexikon des Mittelalters
LThK	Lexikon für Theologie und Kirche

Mau	Maurer
MGH	Monumenta Germaniae Historica
Mhd. Gr.	Mittelhochdeutsche Grammatik
MIÖG	Mitteilungen des Instituts für Österreichische Geschichtsforschung
MLN	Modern Language Notes
Mm	Massmann
MTU	Münchener Texte und Untersuchungen zur deutschen Literatur des Mittelalters
ND	Nachdruck
N.F.	Neue Folge
N.S.	New Series
PBB	Beiträge zur Geschichte der deutschen Sprache und Literatur; (H) Halle, (Tüb) Tübingen
PL	Patrologia Latina (Migne)
P/M/S/G	Paul/Moser/Schröbler/Grosse
Prl	Priesterleben
PTL	A Journal for Descriptive Poetics and Theory of Literature
Pz	Wolfram von Eschenbach, Parzival
RAC	Reallexikon für Antike und Christentum
RGG	Religion in Geschichte und Gegenwart
RL	Reallexikon der deutschen Literaturgeschichte
RUB	Reclams Universal-Bibliothek
Sb.	Sitzungsberichte
SC	Sources Chrétiennes
SS	Scriptores
TG	Von des todes gehugde
TRE	Theologische Realenzyklopädie
ThWAT	Theologisches Wörterbuch zum Alten Testament
ThWNT	Theologisches Wörterbuch zum Neuen Testament
VL	Verfasserlexikon
WdF	Wege der Forschung
WW	Wirkendes Wort
ZfdA	Zeitschrift für deutsches Altertum
ZfdPh	Zeitschrift für deutsche Philologie
ZrP	Zeitschrift für romanische Philologie

Literaturverzeichnis

Textausgaben

Heinrich: Von des todes gehugde. In: Deutsche Gedichte des zwoelften Jahrhunderts und der naechstverwandten Zeit. Zweiter Theil. Hrsg. von H. F. Massmann. Quedlinburg/Leipzig 1837. (Bibliothek der gesammten deutschen National-Literatur von der ältesten bis auf die neuere Zeit. 3,2.) S. 343–357.

Joseph Diemer: Heinrich's Gedichte von dem gemeinem lebene und des todes gehugde. Wien 1856. (Sb. d. k. Akad. d. Wiss., phil.-hist. Cl. 18.) S. 271–310. ND in: Joseph Diemer (Hrsg.): Kleine Beiträge zur älteren deutschen Sprache und Literatur XVI. Tl. 3. Wien 1856. S. 71–110.

Richard Heinzel (Hrsg.): Heinrich von Melk. Berlin 1867.

Der sogenannte Heinrich von Melk. Nach R. Heinzels Ausgabe von 1867 neu hrsg. von Richard Kienast. Heidelberg 1946. (Editiones Heidelbergenses. 1.) ²1960.

Die Gedichte des »Heinrich von Melk«. »Von dem gemeinem lebene« und »Von des todes gehugde«. In: Die religiösen Dichtungen des 11. und 12. Jahrhunderts. Nach ihren Formen besprochen und hrsg. von Friedrich Maurer. Bd. 3. Tübingen 1970. S. 302–359.

(Teil-)Übersetzungen

Heinrich von Melk. In: Deutsche Dichtung des Mittelalters. Hrsg. von Friedrich von der Leyen. Frankfurt a. M. 1962. S. 117–122 [Übers. der Verse 199–224, 319–372, 597–635].

Heinrich von Melk: Von des tôdes gehügede (Vergänglichkeit des Leibes). In: Mittelhochdeutsche Texte. Mhd./Nhd. Hrsg. von Rüdiger Krohn und Peter Wapnewski. Ausgew. und übers. von Rüdiger Krohn. Göttingen 1973. S. 24–27 [Übers. der Verse 597–657].

Heinrich (von Melk?) [Aus:] Vom gemeinsamen Leben. [Aus:] Memento Mori. In: Deutsche Dichtung des Mittelalters. Hrsg. von Michael Curschmann und Ingeborg Glier. Bd. 1: Von den Anfängen bis zum hohen Mittelalter. München/Wien 1980, S. 154–177 [Übers. der Verse 319–372, 455–790 von Michael Curschmann].

Primärliteratur

Alanus ab Insulis: Summa de arte praedicatoria. PL 210, Sp. 109–198.
Alber: Tundalus. In: Visio Tnugdali, S. 119–186.
Altdeutsche Predigten. Hrsg. von Anton Emanuel Schönbach. 3 Bde. Graz 1886–91. Unv. ND Darmstadt 1964.
Das Alte Passional. Hrsg. von Karl August Hahn. Frankfurt a. M. 1845.
[Das Alte Passional:] Hans-Georg Richert: Marienlegenden aus dem Alten Passional. Tübingen 1965. (ATB 64.)
Amalar von Metz: De ecclesiasticis officiis libri IV. PL 105, Sp. 985 bis 1242.
Ambrosius: De officiis ministrorum libri tres. PL 16, Sp. 25–194.
Das Anegenge. Textkritische Studien. Diplomatischer Abdruck, kritische Ausgabe. Anmerkungen zum Text von Dietrich Neuschäfer. München 1966. (Medium Aevum. 8.)
Annales Mellicenses. MGH SS IX, S. 501–535.
Das Annolied. Mhd./Nhd. Hrsg. von Eberhard Nellmann. Stuttgart 1975. (RUB 1416.)
Arator: De Actibus Apostolorum. CSEL 72, S. 161–180.
Aurelius Augustinus: De civitate Dei. CCSL 47.48.
Aurelius Augustinus: Enchiridion. CCSL 46, S. 21–114.
Aurelius Augustinus: Enarrationes in Psalmos. CCSL 40.
Aurelius Augustinus: In Iohannis Evangelium tractatus CXXIV. CCSL 36.
Pseudo-Augustinus: De vera et falsa poenitentia. PL 40, Sp. 1113–30.
Frau Ava: Leben Jesu. In: Maurer II, S. 398–491.
Bartsch, Karl (Hrsg.): Die Schweizer Minnesänger. Frauenfeld 1886. Unv. ND Darmstadt 1964.
Beda Venerabilis: In Cantica Canticorum. In: Bedae Venerabilis Opera. Pars II: Opera exegetica. CCSL 119B.
Benedicti Regvla. Hrsg. von Rudolf Hanslik. Ed. altera emendata. Wien 1977. CSEL 75.
Die Benediktusregel. Lateinisch-deutsch. Hrsg. von P. Basilius Steidle, OSB. Beuron ^{3}1978.
[Benediktusregel:] Middle High German Translations of the Regula Sancti Benedicti. The Eight Oldest Versions. Ed. with an Introduction, a Latin-Middle High German Glossary and a Facsimile Page from each Manuscript by Carl Selmer. Cambridge, Mass., 1933. (Old German Prose Documents. 1.)

[Benediktusregel:] Die althochdeutsche Benediktinerregel des Cod. Sang. 916. Hrsg. von Ursula Daab. Tübingen 1959. (ATB 50.)

Bernhard von Clairvaux: Gaufredi Abbatis Declamationes ex S. Bernardi sermonibus. PL 184, Sp. 435–476.

Berthold von Regensburg: Deutsche Predigten. Hrsg. von Dieter Richter. München 1968. (Kleine deutsche Prosadenkmäler. 5.)

Biblia Sacra. Vulgatae Editionis. [. . .] Die Heilige Schrift des Alten und Neuen Testamentes. Mit dem Urtext der Vulgata. Übers. und mit erkl. Anm. vers. von Augustin Arndt S. J. 3 Bde. 4., verm. Aufl. Regensburg / Rom / New York / Cincinnati 1907.

Boethius: Philosophiae Consolatio. CCSL 94.

Bonizo von Sutri: Liber de vita christiana. Hrsg. von Otto Perels. Berlin 1930. (Texte zur Geschichte des römischen u. kanonischen Rechts im Mittelalter.)

Bruder Marcus: Visio Tnugdali. In: Visio Tnugdali, S. 3–56.

S. Brunonis Episcopi Signiensis Expositio in Exodum. PL 164, Sp. 233 A – 378 A.

[Bücher Mosis:] Vorauer Bücher Mosis. Hrsg. von Joseph Diemer. In: Deutsche Gedichte des XI. und XII. Jahrhunderts. Wien 1849. S. 3–90.

Burchard von Bellevaux: Apologia barbis. Hrsg. von E. Ph. Goldschmidt. Cambridge 1935.

Carmina Burana. Mit Benutzung der Vorarbeiten Wilhelm Meyers kritisch hrsg. von Alfons Hilka und Otto Schumann. Bd. 1: Text. I. 1 und I. 2. D I. 3. Hrsg. von O. Schumann und Bernhard Bischoff. Heidelberg 1930. Bd. 2: Kommentar. Ebd. 1930. 2. unv. Aufl. Ebd. 1961.

Cassiodor: Variarum XII,1. MGH Auctores XII, S. 360.

Marcus Tullius Cicero: De Oratore. Der Redner. Lat./Dt. Übers., komm. und mit einer Einl. vers. von Harald Merklin. Stuttgart 1976. (RUB 6884.)

Codex Laureshamensis. Bd. 1: Einleitung, Regesten, Chronik. Bearb. und neu hrsg. von K. Glöckner. Darmstadt 1929.

Corpus Iuris Canonici. Hrsg. von Emil Friedberg. Leipzig [2]1879.

Corpus altdeutscher Originalurkunden bis zum Jahre 1300. Bd. 1. Hrsg. von Friedrich Wilhelm. Lahr 1929.

Pseudo-Cyprianus: De duodecim abusivis saeculi. Hrsg. von Siegmund Hellmann. Leipzig 1909. (Texte und Untersuchungen zur altchristlichen Literatur. 34,1.)

Dante Alighieri: La Divina Commedia. Testo critico della Società

Dantesca Italiana. Riveduto, col commento scartazziniano, rifatto da Giuseppe Vandelli. Mailand [19]1965.
Ebernand von Erfurt: Heinrich und Kunigunde. Zum ersten Male nach der einzigen Handschrift hrsg. von Reinhold Bechstein. Quedlinburg/Leipzig 1860 (Bibliothek der gesammten deutschen National-Literatur. 39.)
Egbert von Lüttich: Fecunda ratis. Hrsg. von Ernst Voigt. Halle 1889.
[Exodus:] Die altdeutsche Exodus. Untersuchungen und kritischer Text. Hrsg. von Edgar Papp. München 1968. (Medium Aevum. 16.)
Ezzo: Cantilena de Miraculis Christi. In: Maurer I, S. 269–303.
Gerhoch von Reichersberg: Adversus Simoniacos. PL 194, Sp. 1335 bis 1372.
Gilbert von Hoyland: Sermones in Canticum Salomonis. PL 184, Sp. 11–252.
Gottschalk der Sachse: Oratio. Hrsg. von L. Traube. MGH Poetae III, S. 729–731.
[Gratian:] Decretum Gratiani. PL 187.
Gregor der Große: Dialogum libri IV. PL 77, Sp. 149–430.
Gregor der Große: Liber regulae pastoralis. PL 77, Sp. 13–128.
Gregor der Große: Moralia in Iob. CCSL 143, 143A, 143B.
Guibert von Nogent: Tropologiae in Prophetas Osee et Amos. PL 156, Sp. 341–488.
Guillelmus abbas S. Theodorici: Expositio in Epistolam ad Romanos. PL 180, Sp. 547–694.
[Hartmann:] Der Arme Hartmann: Rede vom heiligen glouben. In: Maurer II, S. 568–628.
Hartmann von Aue: Der arme Heinrich. Hrsg. von Hermann Paul. 15., neu bearb. Aufl. bes. von Gesa Bonath. Tübingen 1984. (ATB 3.)
Hartmann von Aue: Erec. Hrsg. von Albert Leitzmann, fortgef. von Ludwig Wolff. 6. Aufl. bes. von Christoph Cormeau und Kurt Gärtner. Tübingen 1985. (ATB 39.)
Hartmann von Aue: Gregorius. Hrsg. von Hermann Paul. 12. Aufl. bes. von Ludwig Wolff. Tübingen 1983. (ATB 2.)
Hartmann von Aue: Iwein. Eine Erzählung von H. v. A. Hrsg. von Georg Friedrich Benecke und Karl Lachmann. Neu bearb. von Ludwig Wolff. 7. Ausg. Bd. 1: Text. Berlin 1968. Bd. 2: Handschriftenübersicht, Anmerkungen und Lesarten. Ebd. 1968.
Pseudo-Haymo von Halberstadt: In Divi Pauli Epistolas expositio. PL 117, Sp. 359–938.

Heinrichs Litanei. In: Maurer III, S. 124–251.
[Heinrich von Hesler:] Die Apokalypse Heinrichs von Hesler aus der Danziger Handschrift. Hrsg. von Karl Helm. Berlin 1907. (DTM 8.)
Heinrich von Melk: Priesterleben. In: Maurer III, S. 258–301.
[Heinrich von Veldeke:] Henric van Veldeken: Eneide. Hrsg. von Gabriele Schieb und Theodor Frings. Bd. 1: Einleitung. Text. Berlin 1964. (DTM 58.)
Herborts von Fritzlar Liet von Troye. Hrsg. von Karl Frommann. Quedlinburg/Leipzig 1837. (Bibliothek der gesammten deutschen National-Literatur. 5.)
Hieronymus: Commentarii in Prophetas. Osee. CCSL 76, S. 1–158.
Hieronymus: Commentariorum in Hiezechielem libri XIV. CCSL 75.
Hieronymus: Epistola XXVII (c). PL 22, Sp. 431–433.
Hildebert von Lavardin: Sermones de Tempore XLVIII. PL 171, Sp. 577–580.
Hildebert von Tours: Liber de S. Eucharistia. PL 171, Sp. 1195–1212.
[Himmlisches Jerusalem:] Vom himmlischen Jerusalem. In: Maurer II, S. 140–152.
Die Hochzeit. In: Maurer II, S. 179–223.
Honorius Augustodunensis: Elucidarium. PL 172, Sp. 1157–76.
Honorius Augustodunensis: Sermo generalis PL 172, Sp. 861–870.
Honorius Augustodunensis: Sermo de Maria Magdalena PL 172, Sp. 979–982.
Honorius Augustodunensis: Speculum Ecclesiae. PL 172, Sp. 807 bis 1108.
Hrabanus Maurus: De clericorum institutione ad Heistulphum archiepiscopum libri tres. PL 107, Sp. 293–420.
Hrabanus Maurus: Enarrationum in Epistolas Beati Pauli libri XXX. PL 111, Sp. 1273–1616.
Hrabanus Maurus: Commentaria in Libros Macchabaeorum libri II. PL 109, Sp. 1126–1256.
Hrabanus Maurus: De universo libri XXII. PL 111, Sp. 9–614.
Hugo von St. Victor: De fructibus carnis et spiritus. PL 176, Sp. 997 bis 1007.
Hugo von St. Victor: De sacramentis Christianae fidei. PL 176, Sp. 173–618.
Innozenz III.: De contemptu mundi sive De miseria conditionis humanae. PL 217, Sp. 701–746.

[Innozenz III.:] Lotharii Cardinalis De miseria humanae conditionis. Ed. Michele Maccarone. Lucca 1955.

Innozenz III.: De sacro altaris mysterio libri sex. PL 217, Sp. 773 bis 914.

Isidor von Sevilla: Etymologiarum sive originum libri XX. Hrsg. von W. M. Lindsay. 2 Bde. Oxford 1911. Unv. ND 1971.

Jacobi a Voragine Legenda aurea, vulgo Historia Lombardica dicta. Hrsg. von Johann Georg Theodor Graesse. Repro. ND d. 3. Aufl. 1890. Osnabrück 1965.

Jonas von Orleans: De institutione regia ad Pippinum regem. PL 106, Sp. 279–306.

[Jüngstes Gericht:] Das Hamburger Jüngste Gericht. In: Maurer I, S. 408–417.

Kaiserchronik eines Regensburger Geistlichen. Hrsg. von Edward Schröder. 1895. Unv. ND Berlin/Zürich ³1964. (MGH Deutsche Chroniken 1.)

[Pfaffe Konrad:] Das Rolandslied des Pfaffen Konrad. Hrsg. von Carl Wesle. 2. Aufl. bes. von Peter Wapnewski. Tübingen 1967. (ATB 69.)

Konrad von Megenberg: Die deutsche Sphaera. Hrsg. von Francis B. Brévart. Tübingen 1980.

Konrad von Würzburg: Engelhard. Hrsg. von Paul Gereke. 3., neu bearb. Aufl. von Ingo Reiffenstein. Tübingen 1982. (ATB 17.)

Konrad von Würzburg: Silvester. Hrsg. von Paul Gereke. Halle a. d. S. 1925. (Konrad von Würzburg: Die Legenden 1.)

Herzog Konrad von Zähringen: Rechtsbrief. In: Deutsche Stadtrechte des Mittelalters. Mitgetheilt von H. G. Ph. Gengler. Nürnberg 1866. S. 124–131.

Kudrun. Hrsg. von B. Symons. 4. Aufl. bearb. von Bruno Boesch. Tübingen 1964. (ATB 5.)

Lamprechts Alexander. Nach den drei Texten. Mit dem Fragment des Alberic von Besançon und den lat. Quellen hrsg. von Karl Kinzel. Halle a. d. S. 1884. (Germanistische Handbibliothek. 6.)

Legende von St. Veit. In: Maurer III, S. 615–619.

Leyser, Hermann (Hrsg.): Deutsche Predigten des 13. und 14. Jahrhunderts. Quedlinburg/Leipzig 1838. (Bibliothek der gesammten deutschen National-Literatur von der ältesten bis auf die neuere Zeit. 11,2.) Unv. repr. ND Darmstadt 1970.

Lucidarius. Hrsg. von Felix Heidlauf. Berlin 1915. Unv. ND Dublin/Zürich ²1970. (DTM 28.)

Maurer, Friedrich (Hrsg.): Die religiösen Dichtungen des 11. und 12. Jahrhunderts. 3 Bde. Tübingen 1964–70.
Memento Mori. In: Maurer I, S. 249–259.
Die Millstätter Sündenklage. In: Maurer II, S. 57–101.
Das Nibelungenlied. Nach der Ausgabe von Karl Bartsch hrsg. von Helmut de Boor. 21., rev. und von Roswitha Wisniewski erg. Aufl. Wiesbaden 1979. (Deutsche Klassiker des Mittelalters.)
Otfrid: Evangelienbuch. Hrsg. von Oskar Erdmann. 6. Aufl. bes. von Ludwig Wolff. Tübingen 1973. (ATB 49.)
Pseudo-Paterius: Expositio veteris et novi Testamenti. PL 79, Sp. 683–1136.
Petrus Damiani: Epistolarum libri octo. PL 144, Sp. 205–498.
Petrus Lombardus: Sententiarum libri quatuor. Ed. Collegium Bonaventura. Quaracchi 1916.
Petrus Lombardus: Collectanea in Epistolas D. Pauli. PL 191, Sp. 1297–1696. PL 192, Sp. 9–520.
Petrus Venerabilis: Statuta Congregationis Cluniacensis. PL 189, Sp. 1023–48.
Marcus Fabius Quintilianus: Ausbildung des Redners. Zwölf Bücher. Hrsg. und übers. von Helmut Rahn. 2 Bde. Darmstadt 1972–75. (Texte zur Forschung. 2. 3.)
Rather von Verona: Praeloquia libri VI. PL 136, Sp. 143–344.
Vom Rechte. In: Maurer II, S. 156–177.
Regula ad servos Dei. PL 32, Sp. 1377–87.
Jean Renart: Roman de la Rose ou de Guillaume de Dôle. Hrsg. von Félix Lecoy. Paris 1969. (CFMA 91.)
[Rhetorica ad Herennium:] Ad C. Herennium de ratione dicendi libri IV. Hrsg. und übers. von Harry Caplan. Cambridge, Mass., 1954. ND 1964. (Loeb Classicals.)
Rudolf von Ems: Barlaam und Josaphat. Hrsg. von Franz Pfeiffer. Leipzig 1843. Unv. ND Berlin 1965. (Deutsche Neudrucke. Reihe: Texte des Mittelalters. 5.)
Rupert von Deutz: Commentaria in XII Prophetas minores. PL 168, Sp. 9–836.
Rupert von Deutz: Liber de divinis officiis. PL 170, Sp. 11–332.
Schwabenspiegel. Normalform. Hrsg. von Karl August Eckhardt und J. Eckhardt, geb. Rauch. Aalen 1972 (Bibliotheca rerum historicarum. Land- und Lehnrechte. 6.7.)
Speculum Ecclesiae. Hrsg. von Gert Mellbourn. Lund 1944. (Lunder Germanistische Forschungen. 12.)

Deutsche Stadtrechte des Mittelalters. Mitgeteilt von H. G. Ph. Gengler. Nürnberg 1866.

Der Stricker: Die törichten Pfaffen. In: Kleindichtungen des Strickers. Hrsg. von Wolfgang Wilfried Moelleken. 5 Bde. Göppingen 1973 bis 1977. Bd. 4. (GAG 103.) S. 13–33.

Summa Theologiae. In: Maurer I, S. 304–316.

Theodulf von Orleans: Sermones de omnibus ordinibus hujus saeculi. PL 105, Sp. 280–282.

Visio Sancti Pauli. In: Maurer II, S. 279–289.

Visio Tnugdali. Lat. u. deutsch hrsg. von Albrecht Wagner. Erlangen 1882.

[Vulgata:] Nova Vulgata. Bibliorum Sacrorum editio. Vatican 1979.

[Wahrheit:] Die sogenannte ›Wahrheit‹. In: Maurer I, S. 426–432.

Walahfried Strabo: De ecclesiasticarum rerum exordiis et incrementis. PL 114, Sp. 919–966.

Pseudo-Walahfried Strabo: Glossa ordinaria. PL 113.

Walther von der Vogelweide: Die Gedichte. Hrsg. von Karl Lachmann. 13., aufgrund der 10., von Carl von Kraus bearb. Ausg. neu hrsg. von Hugo Kuhn. Berlin 1965.

Die Lieder Walthers von der Vogelweide. Unter Beifügung erhaltener und erschlossener Melodien neu hrsg. von Friedrich Maurer. Bd. 1: Die religiösen und die politischen Lieder. 3., durchges. Aufl. Tübingen 1967. (ATB 43.) Bd. 2: Die Liebeslieder. 3., verb. Aufl. Tübingen 1969. (ATB 47.)

Williram von Ebersberg: The »Expositio in Cantica Canticorum« of Williram Abbot of Ebersberg 1048–1085. A Critical Edition by Erminnie Hollis Bartelmez. Philadelphia 1967.

[Wittenwiler, Heinrich:] Heinrich Wittenwilers Ring. Nach der Meininger HS. hrsg. von Edmund Wiessner. 2 Bde. Leipzig 1931. (Deutsche Literatur in Entwicklungsreihen. Reihe Realistik des Spätmittelalters. 3.) Unv. ND Darmstadt 1973.

Wolbero von St. Pantaleon: In Cantica Canticorum Salomonis. PL 195, Sp. 1017–1278.

Wolfram von Eschenbach: Parzival. Studienausg. (Text nach der Ausg. ›Wolfram von Eschenbach. 6. Ausg. von Karl Lachmann. Berlin/Leipzig 1926‹.) Berlin 1965.

Wolfram von Eschenbach: Willehalm. Nach der gesamten Überlieferung kritisch hrsg. von Werner Schröder. Berlin / New York 1978.

Hilfsmittel

[Anderson, Robert R. / Goebel, Ulrich:] Wortindex und Reimregister zum sogenannten ›Heinrich von Melk‹. Bearb. von Robert R. Anderson und Ulrich Goebel. Amsterdam 1976. (Indices Verborum zum altdeutschen Schrifttum. 3.)

Behaghel, Otto: Deutsche Syntax. Eine geschichtliche Darstellung. 4 Bde. Heidelberg 1923–32.

[Benecke/Müller/Zarncke:] Mittelhochdeutsches Wörterbuch mit Benutzung des Nachlasses von Georg Friedrich Benecke ausgearbeitet von Wilhelm Müller und Friedrich Zarncke. 3 Bde. Leipzig 1854–61. ND in 4 Bdn. Hildesheim 1963.

Calwer Bibelkonkordanz oder vollständiges biblisches Wortregister. Unv. fotomech. ND der 3. Aufl. von 1922. Stuttgart 1972 [u. ö.].

Concordantiarum universae Scripturae Thesaurus. Hrsg. von Peulter, Etienne, Gantois. Paris ²1939. (Cursus Sacrae Scripturae. Sectio quarta. 5.)

Du Cange: Glossarium mediae et infimae latinitatis [. . .]. Bd. 1–10. Niort 1883 ff.

Forcellini, Egidio: Lexicon totius Latinitatis. [. . .] curantibus Fr. Corradini et I. Perin emendatum et [. . .] red T. 1–6. Patavii 1940.

Graff, Eberhard Gottlieb: Althochdeutscher Sprachschatz oder Wörterbuch der althochdeutschen Sprache. 6 Tle. (nebst) Index von H. F. Massmann. Berlin 1834–46. ND Hildesheim 1963.

Grimm, Jacob und Wilhelm: Deutsches Wörterbuch. Hrsg. von d. Dt. Akad. d. Wiss. zu Berlin. 16 Tle. in 32 Bdn. Leipzig 1854–1960.

Handbuch der Kirchengeschichte. Hrsg. von Hubert Jedin. Bd. 3: Die mittelalterliche Kirche. Freiburg i. Br. / Basel / Wien 1968.

Handbuch der Liturgiewissenschaft. Hrsg. von Aimé-Georges Martimort. 2 Bde. Freiburg i. Br. / Basel / Wien 1963.

Handwörterbuch des deutschen Aberglaubens. Hrsg. von Hanns Bächtold-Stäubli unter Mitw. von Eduard Hoffmann-Krayer. 10 Bde. Berlin/Leipzig 1927–42. ND Berlin / New York 1987.

Handwörterbuch der deutschen Rechtsgeschichte. Hrsg. von Adalbert Erler und Ekkehard Kaufmann. Bd. 1 ff. [geplant 4 Bde.]. Berlin 1971 ff.

[Karg-Gasterstädt/Frings/Grosse:] Althochdeutsches Wörterbuch. Auf Grund der von E. Steinmeyer hinterlassenen Sammlungen im Auftr. d. Sächs. Akad. d. Wiss. zu Leipzig begr. von E. Karg-

Gasterstädt und Th. Frings. Hrsg. von Rudolf Grosse. Berlin 1952 ff.

Köbler, Gerhard: Lateinisch-althochdeutsches Wörterbuch. Göttingen / Zürich / Frankfurt a. M. 1971. (Göttinger Studien zur Rechtsgeschichte. Sonderbd. 12.)

Lausberg, Heinrich: Handbuch der literarischen Rhetorik. Eine Grundlegung der Literaturwissenschaft. München 1960.

Lexer, Matthias: Mittelhochdeutsches Handwörterbuch [zugleich Supplement und alphabetischer Index zum Mittelhochdeutschen Wörterbuch von Benecke/Müller/Zarncke]. 3 Bde. Leipzig 1872 bis 1878. ND Stuttgart 1965.

Lexikon der christlichen Ikonographie. Begr. von Engelbert Kirschbaum (†). Hrsg. von Wolfgang Braunfels. 8 Bde. Rom / Freiburg i. Br. / Basel / Wien 1968–76.

Lexikon christlicher Kunst. Themen. Gestalten. Symbole. In Verb. mit der Lexikonredaktion des Verlages Herder erarbeitet von Jutta Seibert. Freiburg i. Br. / Basel / Wien 1980.

Lexikon des Mittelalters. Bd. 1 ff. München/Zürich 1980 ff.

Lexikon für Theologie und Kirche. Begr. von Michael Buchberger. Hrsg. von Josef Höfer und Karl Rahner. 2., völlig neu bearb. Aufl. Bd. 1–10. Freiburg i. Br. 1957–65.

Maaler, Josua: Die Teütsch spraach. Dictionarium Germanicolatinum novum. Mit einer Einf. von Gilbert de Smet. Hildesheim / New York 1971. (Reprogr. ND der Ausg. Zürich 1561.)

Menhardt, Hermann: Verzeichnis der altdeutschen literarischen Handschriften der österreichischen Nationalbibliothek. Bd. 1. Berlin 1960. (Deutsche Akad. d. Wiss. zu Berlin. 13.)

Morvay, Karin / Grube, Dagmar: Bibliographie der deutschen Predigt des Mittelalters. Veröffentlichte Predigten. München 1974. (MTU 47.)

Niermeyer, J. F.: Mediae latinitatis lexicon minus. Leiden 1976.

Paul, Hermann: Mittelhochdeutsche Grammatik. 22., durchges. Aufl. von Hugo Moser, Ingeborg Schröbler und Siegfried Grosse. Tübingen 1982. (1. Aufl. 1881.)

Realencyklopädie für protestantische Theologie und Kirche. Hrsg. von D. Albert Hauck. 3. Aufl. 24 Bde. Leipzig 1896–1913.

Theologische Realenzyklopädie. In Gemeinschaft mit Horst Robert Balz [u. a.] hrsg. von Gerhard Krause (†) und Gerhard Müller. Bd. 1 ff. Berlin / New York 1977 ff.

Reallexikon der deutschen Literaturgeschichte. Begr. von Paul Merker und Wolfgang Stammler. 2. Aufl. Bd. 1–3 hrsg. von Werner Kohlschmidt und Wolfgang Mohr. Bd. 4 hrsg. von Klaus Kanzog und Achim Masser. 4 Bde. Berlin / New York 1958–84.

Religion in Geschichte und Gegenwart. Handwörterbuch für Theologie und Religionswissenschaft. 3., völlig neu bearb. Aufl. [...] Hrsg. von Kurt Galling. 6 Bde. Tübingen 1957–62.

Rienecker, Fritz (Hrsg.): Sprachlicher Schlüssel zum griechischen Neuen Testament nach der Ausg. Nestle. Gießen [13]1970.

Stegmüller, Friedrich: Repertorium biblicum medii aevi. 11 Bde. Madrid 1950–80.

Trübners Deutsches Wörterbuch. Begr. von Alfred Götze. Hrsg. von Walther Mitzka. 8 Bde. Berlin 1939–57.

[Verfasserlexikon:] Die deutsche Literatur des Mittelalters. Verfasserlexikon. Begr. von Wolfgang Stammler, fortgef. von Karl Langosch. 1. Aufl. Berlin 1933–55. 2., völlig neu bearb. Aufl. unter Mitarb. zahlr. Fachgelehrter hrsg. von Kurt Ruh [u. a.]. Bd. 1 ff. Berlin 1978 ff.

Weinhold, Karl: Bairische Grammatik. Berlin 1867.

Weinhold, Karl: Mittelhochdeutsche Grammatik. 2. Ausg. Paderborn 1883. Unv. ND Paderborn 1967.

Theologisches Wörterbuch zum Alten Testament. In Verb. mit George W. Anderson hrsg. von G. Johannes Botterweck (†), Helmer Ringgren [ab Bd. 4: Heinz-Josef Fabry]. Bd. 1 ff. Stuttgart/ Berlin/Köln/Mainz 1973 ff.

Theologisches Wörterbuch zum Neuen Testament. Begr. von Gerhard Kittel (†). In Verb. mit zahlreichen Fachgenossen hrsg. von Gerhard Friedrich. 10 Bde. Stuttgart/Berlin/Köln/Mainz 1933–78.

Sekundärliteratur

Albrand, Helga: Untersuchungen über Sinnbereich und Bedeutungsgeschichte von ahd. *triuwa* und mhd. *triuwe* bis einschließlich Hartmann von Aue. Diss. Göttingen 1963/64. [Masch.]

Altaner, Berthold / Stuiber, Alfred: Patrologie. Leben, Schriften und Lehre der Kirchenväter. Freiburg i. Br. / Basel / Wien [9]1980.

Anciaux, Paul: Das Sakrament der Buße. Geschichte, Wesen und Form der kirchlichen Buße. Mainz 1961.

Ariès, Philippe: Geschichte des Todes. München 1980. [Frz. Orig.-Ausg. Paris 1978.]

Armknecht, Werner: Geschichte des Wortes ›süß‹. I. Diss. Berlin 1936. (Germanistische Studien. 171.)
Auerbach, Erich: Literatursprache und Publikum in der lateinischen Spätantike und im Mittelalter. Bern 1958.
Backes, Herbert: Bibel und ars praedicandi im Rolandslied des Pfaffen Konrad. Berlin 1966. (Philologische Studien und Quellen. 36.)
Baesecke, Georg: Die deutschen Worte der germanischen Gesetze. In: PBB 59 (1935) S. 1–101.
Baunack, Theodor: Beiträge zur Erklärung Heinrichs von Melk. In: ZfdA 54 (1913) S. 99–116.
Baunack, Theodor: Zur Erklärung Heinrichs von Melk. In: Xenia Nicolaitana. Festschrift zur Feier des vierhundertjährigen Bestehens der Nicolaischule in Leipzig. Hrsg. von Oskar Dähnhardt. Leipzig 1912. S. 109–125.
Beissel, Stephan: Die Verehrung der Heiligen in Deutschland bis zum Beginn des 13. Jahrhunderts. Freiburg 1890. (Stimmen aus Maria Laach. 47.)
Ben-Porat, Ziva: The Poetics of Literary Allusion. In: PTL 1 (1976) S. 105–128.
Benzinger, Joseph: Invectiva in Romam. Romkritik im Mittelalter vom 9. bis zum 12. Jahrhundert. Lübeck/Hamburg 1968. (Historische Studien. 404.)
La bibbia nell'alto medioevo. Atti della settimana di studi del centro italiano di studi sull'alto medioevo X, 26 aprile – 2 maggio 1962. Spoleto 1963.
The Bible and Medieval Culture. Ed. by W. Lourdaux and D. Verhelst. Leuven 1979. (Mediaevalia Lovaniensia. 1,7.)
Bihlmeyer, Karl: Kirchengeschichte. Bd. 2: Das Mittelalter. Paderborn 1930.
Bischoff, Bernhard: Wendepunkt in der Geschichte der lateinischen Exegese im Frühmittelalter. In: Sacris Erudiri 6 (1955) S. 189–218.
Bloomfield, Morton W.: The Seven Deadly Sins. An Introduction to the History of a Religious Concept with Special Reference to Medieval English Literature. Michigan State College Press 1952.
Boelens, Martin: Die Klerikerehe in der kirchlichen Gesetzgebung vom II. Laterankonzil bis zum Konzil von Basel. In: Ius Sacrum. Klaus Mörsdorf zum 60. Geburtstag. Hrsg. von Andomar Scheuermann und Georg May. München/Paderborn/Wien 1969. S. 593 bis 614.
– Die Klerikerehe in der Gesetzgebung der Kirche unter besonderer

Berücksichtigung der Strafe. Eine rechtsgeschichtliche Untersuchung von den Anfängen der Kirche bis zum Jahr 1139. Paderborn 1968.

Boesch, Bruno: Lehrhafte Literatur. Lehre in der Dichtung und Lehrdichtung im deutschen Mittelalter. Berlin 1977. (Grundlagen der Germanistik. 21.)

Bosl, Karl: Die Gesellschaft in der Geschichte des Mittelalters. 3., erw. Aufl. Göttingen 1975. (Kleine Vandenhoeck-Reihe. 1231.)

– Potens und pauper. Begriffsgeschichtliche Studien zur gesellschaftlichen Differenzierung im frühen Mittelalter und zum Pauperismus des Hochmittelalters. In: K. B.: Frühformen der Gesellschaft im mittelalterlichen Europa. Ausgewählte Beiträge zu einer Strukturanalyse der mittelalterlichen Welt. München/Wien 1964. S. 106 bis 134.

– Die Reichsministerialität als Element der mittelalterlichen deutschen Staatsverfassung im Zeitalter der Salier und Staufer. In: Adel und Bauern im deutschen Staat des Mittelalters. Hrsg. von Theodor Mayer. Leipzig 1943. Unv. ND Darmstadt 1980. S. 74 bis 108.

– Die Reichsministerialität der Salier und Staufer. 2 Bde. Stuttgart 1950–51. (Schriften der MGH. 10.)

Botte, Dom Bernard: L'ange du sacrifice et l'épiclèse de la messe romaine au Moyen Age. In: Recherches de Théologie ancienne et médiévale 1 (1929) S. 285–308.

Brandt, Ahasver von: Mittelalterliche Bürgertestamente. Neuerschlossene Quellen zur Geschichte der materiellen und geistigen Kultur. (Sb. der Heidelberger Akad. d. Wiss. Philos.-hist. Kl. Jg. 1973. 3.)

Braun, Josef: Die liturgische Gewandung im Occident und Orient. 2 Bde. Freiburg i. Br. 1907. Unv. ND Darmstadt 1964.

Brinkmann, Hennig: Mittelalterliche Hermeneutik. Tübingen/Darmstadt 1980.

Brinktrine, Johannes: Die Lehre von Gott. Bd. 2: Von der göttlichen Trinität. Paderborn 1954.

– Die Lehre von den letzten Dingen. Paderborn 1963.

Broich, Ulrich / Pfister, Manfred (Hrsg.): Intertextualität. Formen, Funktionen, anglistische Fallstudien. Tübingen 1985. (Konzepte. 35.)

Broich, Ulrich: Formen der Markierung von Intertextualität. In: Broich, Ulrich / Pfister, Manfred (Hrsg.): Intertextualität. Formen,

Funktionen, anglistische Fallstudien. Tübingen 1985. (Konzepte. 35.) S. 31–47.
Bumke, Joachim: Studien zum Ritterbegriff im 12. und 13. Jahrhundert. 2. Aufl. mit einem Anh.: Zum Stand der Ritterforschung 1976. Heidelberg 1977.
Butler, Dom Cuthbert: Benedictine Monachism. Studies in Benedictine Life and Rule. 2., erg. Aufl. London [u. a.] 1924.
Caflisch-Einicher, Emma: Die lateinischen Elemente in der mhd. Epik des 13. Jahrhunderts. Reichenberg 1936. (Prager Deutsche Studien. 47.) Unv. ND Hildesheim 1974.
Caplan, Harry: The Four Senses of Scriptural Interpretation and the Medieval Theory of Preaching. In: Speculum 4 (1929) S. 282 bis 290.
Classen, Peter: Gerhoch von Reichersberg. Eine Biographie. Mit einem Anhang über die Quellen, ihre handschriftliche Überlieferung und ihre Chronologie. Wiesbaden 1960.
– Gerhoch von Reichersberg und die Regularkanoniker in Bayern und Österreich. In: La vita commune del clero nei secoli XI e XII. Mailand 1962. (Miscellanea del centro di studi medioevali. 3.1.) S. 249–277.
Congar, Yves: Les laïcs et l'ecclésiologie des ›Ordines‹ chez les théologiens des XIe et XIIe siècles. In: I Laici nella ›societas christiana‹, S. 83–117.
– Der Laie. Entwurf einer Theologie des Laientums. Stuttgart ^{2}1957.
Conrad, Hermann: Deutsche Rechtsgeschichte. Bd. 1. Karlsruhe ^{2}1962.
Cormeau, Christoph: Hartmanns von Aue ›Armer Heinrich‹ und ›Gregorius‹. Studien zur Interpretation mit dem Blick auf die Theologie zur Zeit Hartmanns. München 1966. (MTU 15.)
Crombie, A. C.: Von Augustinus bis Galilei. Die Emanzipation der Naturwissenschaft. Köln/Berlin ^{2}1965.
Culler, Jonathan: Presupposition and Intertextuality. In: MLN 91 (1976) S. 1380–96.
Curschmann, Michael: Hören – Lesen – Sehen. Buch und Schriftlichkeit im Selbstverständnis der volkssprachlichen literarischen Kultur Deutschlands um 1200. In: PBB (Tüb) 106 (1984) S. 218–257.
Curtius, Ernst Robert: Europäische Literatur und lateinisches Mittelalter. Bern/München ^{8}1973.
Daniel, Herm. Adalb.: Codex litvrgicvs ecclesiae romano-catholicae in epitomen redactvs. Leipzig 1847.

Delaruelle, Etienne: Les ermites et la spiritualité populaire. In: L'Eremitismo, S. 212–241.
– La culture religieuse des laïcs en France aux XIe et XIIe siècles. In: I Laici nella ›societas christiana‹, S. 548–581.
Denzler, Georg: Zur Geschichte des Zölibats. Ehe und Ehelosigkeit der Priester bis zur Einführung des Zölibatsgesetzes im Jahre 1139. In: Stimmen der Zeit 183 (1969) S. 383–401.
– Das Papsttum und der Amtszölibat. Tl. 1: Die Zeit bis zur Reformation. Stuttgart 1973. (Päpste und Papsttum. 5,1.)
– Priesterehe und Priesterzölibat in historischer Sicht. In: Existenzprobleme des Priesters. München 1969. (Münchener Akademieschriften. Katholische Akademie in Bayern. Hrsg. von Franz Henrich. 50.) S. 13–52.
Diemer, Joseph: Anmerkungen und Verbesserungen zu Heinrich's Gedicht vom gemeinen Leben und der Erinnerung an den Tod. Sb. d. Akad. d. Wiss. Wien. Philos.-hist. Kl. 28/1858. ND in: J. D.: Kleine Beiträge zur älteren deutschen Sprache und Literatur. Tl. 4. Wien 1858. S. 291–356.
– Über Heinrich's Gedicht vom »Allgemeinen Leben und der Erinnerung an den Tod«. Sb. d. Akad. d. Wiss. Wien. Phil.-hist. Kl. 18/1855. ND in: J. D.: Kleine Beiträge zur älteren deutschen Sprache und Literatur. Tl. 3. Wien 1856. S. 3–67.
Dinzelbacher, Peter: Reflexionen irdischer Sozialstrukturen in mittelalterlichen Jenseitsschilderungen. In: Archiv für Kulturgeschichte 61 (1979) S. 16–34.
– Vision und Visionsliteratur im Mittelalter. Stuttgart 1981.
Doerr, Otmar: Das Institut der Inclusen in Süddeutschland. Münster 1934. (Beiträge zur Geschichte des alten Mönchtums und des Benediktinerordens. 18.)
Dorn, Erhard: Der sündige Heilige in der Legende des Mittelalters. München 1967. (Medium Aevum. 10.)
Dubois, Jacques: L'institution des convers au XIIe siècle. Forme de la vie monastique propre aux laïcs. In: I laici nella ›societas christiana‹, S. 183–261.
Duby, Georges: Krieger und Bauern. Die Entwicklung der Wirtschaft und Gesellschaft im frühen Mittelalter. Frankfurt a. M. ²1981. [Frz. Orig.-Ausg.: Guerriers et paysans, VII–XIIe siècle. Premier essor de l'économie européenne. London 1973.]
– Die drei Ordnungen. Das Weltbild des Feudalismus. Frankfurt a. M. 1981. [Frz. Orig.-Ausg.: Les trois ordres ou l'imaginaire du féodalisme. Paris 1978.]

Düwel, Klaus: Werkbezeichnungen der mittelhochdeutschen Erzählliteratur (1050–1250). Göttingen 1983. (Palaestra. 277.)

Eis, Gerhard: Rez. zu R. Kienast, Der sogenannte Heinrich von Melk. In: ZfdPh 71 (1951/52) S. 214–216.

Emonds, Hilarius: Geistlicher Kriegsdienst. Der Topos der Militia spiritualis in der antiken Philosophie. Anh. zu: Adolf von Harnack: Militia Christi. Die christliche Religion und der Soldatenstand in den ersten drei Jahrhunderten. Tübingen 1905. Unv. ND Darmstadt 1963.

Erdmann, Carl: Die Entstehung des Kreuzzugsgedankens. Stuttgart 1939. (Forschungen zur Kirchen- und Geistesgeschichte. 6.) Unv. ND Darmstadt 1980.

L'Eremitismo in occidente nei secoli XI e XII. Atti della seconda Settimana internazionale di studi Mendola 1962. Mailand 1965. (Miscellanea del Centro di Studi medioevali. 4.)

Ernst, Ulrich / Neuser, Peter-Erich (Hrsg.): Die Genese der europäischen Endreimdichtung. Darmstadt 1977. (WdF 444.)

Faral, Edmond: Les Arts poétiques du XIIe et du XIIIe siècle. Recherches et documents sur la technique littéraire du moyen âge. ND der 1. Aufl. 1924. Paris 1971.

Fechter, Werner: Eine Sammelhandschrift geistlicher Dichtung des 12. und 13. Jahrhundert (Wien 1696). In: Festgabe Friedrich Maurer zum 70. Geburtstag. Düsseldorf 1968. S. 246–261.

Feine, Hans Erich: Kirchliche Rechtsgeschichte. Die katholische Kirche. 5., durchges. Aufl. Köln/Wien 1972.

Finkenzeller, Josef: Die Lehre von den Sakramenten im allgemeinen. Von der Schrift bis zur Scholastik. In: Handbuch der Dogmengeschichte. Hrsg. von Michael Schmaus [u. a.]. Bd. 6. Fasc. 1a. Freiburg i. Br. / Basel / Wien 1980.

Frank, Hieronymus: Der älteste erhaltene Ordo Defunctorum der römischen Liturgie und sein Fortleben in den Totenagenden des frühen Mittelalters. In: Archiv für Liturgiewissenschaft 7 (1961/62) S. 360–415.

Franz, Adolf: Die kirchlichen Benediktionen im Mittelalter. Freiburg i. Br. 1909. Unv. ND Graz 1960.

Freisen, Josef: Zur Lehre vom Cölibat. In: Theologische Quartalschrift 66 (1886) S. 179–201.

Freund, Walter: Modernus und andere Zeitbegriffe des Mittelalters. Köln/Graz 1957. (Neue Münstersche Beiträge zur Geschichtsforschung. 4.)

Freytag, Hartmut: Kommentar zur frühmittelhochdeutschen Summa Theologiae. München 1970. (Medium Aevum. 19.)

Freytag, Wiebke: Das ›Priesterleben‹ des sogenannten Heinrich von Melk: Redeformen, Rezeptionsmodus und Gattung. In: DVjs 52 (1978) S. 558–580.

Frühwald, Wolfgang [u. a.] (Hrsg.): probleme der kommentierung. Kolloquien der DFG Frankfurt 1970 und 1972. Referate und Diskussionsbeiträge. Bonn 1975. (deutsche forschungsgemeinschaft. kommission für germanistische forschung. mitteilung. 1.)

Fuchs, Vinzenz: Der Ordinationstitel von seiner Entstehung bis auf Innozenz III. Eine Untersuchung zur kirchlichen Rechtsgeschichte mit besonderer Berücksichtigung der Anschauungen Rudolph Sohms. Bonn 1930. (Kanonische Bücher und Texte. 4.)

Fuhrmann, Horst: Die Fälschungen im Mittelalter. Zum mittelalterlichen Wahrheitsbegriff. In: HZ 197 (1963) S. 529–554.

– Die Sorge um den rechten Text. In: Deutsches Archiv 25 (1969) S. 1–16. Wiederabgedr. in: Geschichte heute. Positionen, Tendenzen und Probleme. Hrsg. von Gerhard Schulz. Göttingen 1973. S. 9 bis 23.

Gadamer, Hans-Georg: Wahrheit und Methode. Tübingen ²1965.

Ganz, Peter F. / Schröder, Werner (Hrsg.): Probleme mittelhochdeutscher Erzählformen. Marburger Colloquium 1969. Berlin 1972. (Publications of the Institut of Germanic Studies. 13.)

Geiselmann, Josef Rupert: Die Eucharistielehre der Vorscholastik. Paderborn 1926.

Genicot, Leopold: L'érémitisme du XIe siècle dans son contexte économique et social. In: L'Eremitismo, S. 45–72.

Germes, Gerd-Willi: ›Von des todes gehugde‹ des ›armen chnecht Heinrich‹. Studien zu der Verwendung biblischer und theologischer Elemente. Unveröff. wiss. Arb. im Rahmen der 1. Staatsprüfung für das Lehramt an Gymnasien. Bonn 1977.

Gernentz, Hans Joachim: Formen und Funktionen der direkten Rede und der Redeszenen in der deutschen epischen Dichtung von 1150 bis 1200. Habil.-Schr. Rostock 1958. [Masch.]

– Heinrich von Melk. Ein Beitrag zur Analyse der gesellschaftlichen Kräfte und der literarischen Strömungen in der zweiten Hälfte des 12. Jahrhunderts. In: Weimarer Beiträge 6 (1960) S. 707–726.

Gernhuber, J.: Die Landfriedensbewegung in Deutschland bis zum Mainzer Reichslandfrieden von 1235. Bonn 1952.

Gilson, Etienne: Michel Menot et la technique du sermon médiéval. In: E. G.: Les idées et les lettres. Paris ²1955. S. 93–154.

Gilson, Etienne: De quelques raisonnements scripturaires usités au moyen-âge. In: E. G.: Les idées et les lettres. Paris ²1955. S. 155–169.

Gougaud, Louis: Ermites et reclus. Études sur d'anciennes formes de la vie religieuse. Ligugé 1928. (Moines et monastère. 5.)

Grant, Edward: Das physikalische Weltbild des Mittelalters. Zürich/München 1980.

Greshake, Gisbert / Lohfink, Gerhard: Naherwartung – Auferstehung – Unsterblichkeit. Untersuchungen zur christlichen Eschatologie. Freiburg i. Br. / Basel / Wien ⁴1982. (Quaestiones Disputatae. 71.)

Grimm, Jacob: Rez. zu Massmann, Deutsche gedichte des zwölften jahrhunderts. In: Göttingische Gelehrte Anzeigen 1838. S. 553 bis 559. Zit. nach: J. G.: Kleinere Schriften. Bd. 5. Berlin 1871. ND Hildesheim 1965. S. 282–286.

Grimm, Reinhold R.: Paradisus coelestis, paradisus terrestris. Zur Auslegungsgeschichte des Paradieses im Abendland bis um 1200. München 1977. (Medium Aevum. 33.)

Grosse, Siegfried: Zur Ständekritik in den geistlichen Spielen des späten Mittelalters. In: ZfdPh 86 (1967) Sonderh. S. 63–79.

Grubmüller, Klaus: Meister Esopus. Untersuchungen zu Geschichte und Funktion der Fabel im Mittelalter. München 1977. (MTU 56.)

– Nôes Fluch. Zur Begründung von Herrschaft und Unfreiheit in mittelalterlicher Literatur. In: Medium Aevum deutsch. Beiträge zur deutschen Literatur des hohen und späten Mittelalters. Fs. Kurt Ruh. Hrsg. von Dietrich Huschenbett, Klaus Matzel, Georg Steer, Norbert Wagner. Tübingen 1979. S. 99–119.

Grünewald, August: Die lateinischen Einschiebsel in den deutschen Gedichten von der Mitte des 11. bis gegen Ende des 12. Jahrhunderts. Phil. Diss. Göttingen 1908.

Grundmann, Herbert: Adelsbekehrungen im Hochmittelalter. Conversi und nutriti im Kloster. In: Adel und Kirche. Fs. G. Tellenbach. Hrsg. von Karl Schmid und Josef Fleckenstein. Freiburg i. Br. / Basel / Wien 1968. S. 325–345.

– Religiöse Bewegungen im Mittelalter. Über die geschichtlichen Zusammenhänge zwischen der Ketzerei, den Bettelorden und der religiösen Frauenbewegung im 12. und 13. Jh. und über die geschichtlichen Grundlagen der deutschen Mystik. Anhang: Neue Beiträge zur Geschichte der religiösen Bewegungen im Mittelalter. ND der 1. Aufl. 1935. Darmstadt ⁴1977.

– Deutsche Eremiten, Einsiedler und Klausner im Hochmittelalter (10.–12. Jh.). In: Archiv für Kulturgeschichte 45 (1963) S. 60–90.

Grundmann, Herbert: Freiheit als religiöses, politisches und persönliches Postulat im Mittelalter. In: HZ 183 (1956) S. 23–53.

– Litteratus – Illitteratus. Der Wandel einer Bildungsnorm vom Altertum zum Mittelalter. In: Archiv für Kulturgeschichte 40 (1958) S. 1–65. Wiederabgedr. in: H. G.: Ausgewählte Aufsätze. Bd. 3. Stuttgart 1978. (Schriften der MGH. 25,3.) S. 1–66.

Gumbrecht, Hans Ulrich: Konsequenzen der Rezeptionsästhetik oder Literaturwissenschaft als Kommunikationssoziologie. In: Poetica 7 (1975) S. 388–413.

Hallinger, Kassius: Ausdrucksformen des Umkehrgedankens. Zu den geistigen Grundlagen und den Entwicklungsphasen der Instituta Conversorum. In: Studien und Mitteilungen aus dem Benediktinerorden 70 (1959) S. 169–181.

– Woher kommen die Laienbrüder? In: Analecta Sacri Ordinis Cisterciensis 12 (1956) S. 1–104.

Hampel, Gerd: Reimwörterbuch und Beiträge zur Reimtechnik der Gedichte Heinrichs von Melk. Phil. Diss. Wien 1949. [Masch.]

Hansel, Hans: Zur Geschichte der Magdalenenverehrung in Deutschland. In: Volk und Volkstum. Jahrbuch für Volkskunde 1 (1936) S. 269–277.

– Die Maria-Magdalena-Legende. Bottrop 1937. (Greifswalder Beiträge zur Literatur- und Stilforschung. 16,1.)

– Magdalenenkult und Magdalenenlegende. In: Görres-Gesellschaft. Drei Vorträge vor der Limburger Generalversammlung 1935. Köln 1936. S. 45–59.

Hansen, Monika: Der Aufbau der mittelalterlichen Predigt unter besonderer Berücksichtigung der Mystiker Eckart und Tauler. Phil. Diss. Hamburg 1972.

Harnack, Adolf von: Militia Christi. Die christliche Religion und der Soldatenstand in den ersten drei Jahrhunderten. Tübingen 1905. Unv. ND Darmstadt 1963.

Harvey, Ruth: ›Gelwez Gebende‹ – The ›Kulturmorphology‹ of a Topos. In: GLL N. S. 28 (1974/75) S. 263–285.

Hauck, Albert: Kirchengeschichte Deutschlands. Bd. 6. Berlin [9]1958.

Hehl, Ernst-Dieter: Kirche und Krieg im 12. Jahrhundert. Studien zu kanonischem Recht und politischer Wirklichkeit. Stuttgart 1980. (Monographien zur Geschichte des Mittelalters. 19.)

Heinemann, Wolfgang: Zur Ständedidaxe in der deutschen Literatur des 13.–15. Jahrhunderts. In: PBB (H) 88 (1966) S. 1–91; 89 (1967) S. 290–403; 92 (1970) S. 386–437.

Hellgardt, Ernst: Zum Problem symbolbestimmter und formalästhetischer Zahlenkomposition in mittelalterlicher Literatur. Mit Studien zum Quadrivium und zur Vorgeschichte des mittelalterlichen Zahlendenkens. München 1973. (MTU 45.)

Hempel, Wolfgang: Übermuot diu alte ... Der Superbia-Gedanke und seine Rolle in der deutschen Literatur des Mittelalters. Bonn 1970. (Studien zur Germanistik, Anglistik und Komparatistik. 1.)

Hennig, Ursula: Zur Gattungsbestimmung frühmittelhochdeutscher alttestamentarischer Dichtungen. In: Studien zur frühmittelhochdeutschen Literatur. Cambridger Colloquium 1971. Hrsg. von L. Peter Johnson, Hans-Hugo Steinhoff, Roy A. Wisbey. Berlin 1974. S. 136–150.

Hergt, Martha: Soziale Anschauungen der frühmittelhochdeutschen Dichter. (Ihre Stellung zu Besitz und Stand.) Phil. Diss. Heidelberg 1925. [Masch.]

Hinschius, Paul: System des katholischen Kirchenrechts mit besonderer Rücksicht auf Deutschland. 6 Bde. Berlin 1869–97. Unv. ND Graz 1959.

Hofmeister, Philipp: Eremiten in Deutschland. In: Wahrheit und Verkündigung. M. Schmaus zum 70. Geburtstag. Hrsg. von L. Scheffczyck, W. Dettloff, R. Heinzmann. Bd. 2. München/Paderborn/Wien 1967. S. 1191–1214.

– Die Rechtsverhältnisse der Konversen. In: Österreichisches Archiv für Kirchenrecht 13 (1962) S. 3–47.

Hückstädt, Gerhard: Der Testamentsvollstrecker im deutschen Recht des Mittelalters. Diss. Kiel 1971.

Jauß, Hans Robert: Theorie der Gattungen und Literatur des Mittelalters. In: Hans Robert Jauß / Erich Köhler (Hrsg.): Grundriß der romanischen Literaturen des Mittelalters. Bd. 1. Heidelberg 1972. S. 107–138.

Jolles, André: Einfache Formen. Legende. Sage. Mythe. Rätsel. Spruch. Kasus. Memorabile. Märchen. Witz. Tübingen ^{5}1974.

Jungmann, Josef Andreas: Missarum Sollemnia. 2 Bde. Wien / Freiburg i. Br. / Basel ^{5}1962.

Kästner, Hannes: Mittelalterliche Lehrgespräche. Textlinguistische Analysen, Studien zur poetischen Funktion und pädagogischen Intention. Berlin 1978. (Philologische Studien und Quellen. 94.)

Karg-Gasterstädt, Elisabeth: Ehre und Ruhm im Althochdeutschen. In: Ritterliches Tugendsystem. Hrsg. von Günter Eifler. Darmstadt 1970. (WdF 56.) S. 253–276. [Zuerst in: PBB 70 (1948) S. 308–331.]

Keiblinger, P. Ignaz Franz: Geschichte des Benedictiner-Stiftes Melk in Nieder-Österreich, seiner Besitzungen und Umgebung. 2 Bde. Wien 1851–69.

Kettler, Wilfried: Das Jüngste Gericht. Berlin / New York 1977.

Kimmig, Erika: Das Verhältnis des sog. Heinrich von Melk zur mittellateinischen Dichtung. Phil. Diss. Tübingen 1952. [Masch.]

Kirchert, Klaus: Grundsätzliches zur Bibelverdeutschung im Mittelalter. In: ZfdA 113 (1984) S. 61–78.

Klostermeyer, Monika: Hölle und Teufel im deutschsprachigen Theater des Mittelalters und der Renaissance. Wien 1966.

Kochendörffer, Karl: Erinnerung und Priesterleben. I. In: ZfdA 35 (1891) S. 187–204; II. S. 281–315.

Köbler, Gerhard: Richten – Richter – Gericht. In: Zeitschrift der Savigny-Stiftung für Rechtsgeschichte. Germ. Abt. 87 (1970) S. 57 bis 113.

Köneke, Bruno: Untersuchungen zum frühmittelhochdeutschen Versbau (›Erinnerungen an den Tod‹, ›Priesterleben‹, ›Rolandslied‹, ›Straßburger Alexander‹). München 1976. (Studien und Quellen zur Versgeschichte. 6.)

Kranz, Gisbert: Lexikon der christlichen Weltliteratur. Freiburg i. Br. / Basel / Wien 1978.

Kranzmayer, Eberhard: Historische Lautgeographie des gesamtbairischen Dialektraumes. Wien 1956.

Kristeva, Julia: Bachtin, das Wort, der Dialog und der Roman. (Dt.) In: Ihwe, Jens (Hrsg.): Literaturwissenschaft und Linguistik. Bd. 3. Frankfurt a. M. 1972. S. 345–375. [Zuerst in: Critique 23 (1967) S. 438–465.]

Kroeschell, Karl: Deutsche Rechtsgeschichte. Bd. 2. Reinbek 1973 (rororo Studium. 8. 9.)

Kroll, Josef: Gott und Hölle. Der Mythos vom Descensuskampfe. Leipzig/Berlin 1932.

Kuhn, Hugo: Zwei mittelalterliche Dichtungen vom Tod. ›Memento mori‹ und ›Der Ackermann von Böhmen‹. In: DU 5 (1953) H. 6. S. 84–93.

– Gattungsprobleme der mittelhochdeutschen Literatur. München 1956. (Sb. d. Bayer. Akad. d. Wiss. Philos.-hist. Kl. Jg. 1956. 4.) Wiederabgedr. in: H. K.: Dichtung und Welt im Mittelalter. Stuttgart 1959. S. 41–61.

– Gestalten und Lebenskräfte der frühmittelhochdeutschen Dichtung. Ezzos Lied, Genesis, Annolied, Memento mori. In: DVjs 27

(1953) S. 1–30. Wiederabgedr. in: H. K.: Dichtung und Welt im Mittelalter. Stuttgart 1959. S. 112–132.

Kuhn, Hugo: Frühmittelhochdeutsche Literatur. In: Reallexikon der deutschen Literaturgeschichte. Bd. 1. Berlin ²1958. S. 494–507. Wiederabgedr. in: H. K.: Text und Theorie. Stuttgart 1969. S. 141–157.

Kyll, Nikolaus: Tod, Grab, Begräbnisplatz, Totenfeier. Zur Geschichte ihres Brauchtums im Trierer Lande und in Luxemburg unter besonderer Berücksichtigung des Visitationshandbuches des Regino von Prüm. Bonn 1972. (Rheinisches Archiv. 81.)

I Laici nella ›societas christiana‹ dei secoli XI e XII. Atti della terza Settimana internazionale di studi Mendola 1965. Mailand 1968. (Miscellanea del Centro di Studi medioevali. 5.)

Lammers, Walter (Hrsg.): Geschichtsdenken und Geschichtsbild im Mittelalter. Ausgewählte Aufsätze und Arbeiten aus den Jahren 1933 bis 1959. Darmstadt 1965. (WdF 21.)

Landau, Marcus: Hölle und Fegefeuer in Volksglaube, Dichtung und Kirchenlehre. Heidelberg 1909.

Landgraf, Artur Michael: Dogmengeschichte der Frühscholastik. 8 Tle. in 4 Bdn. Regensburg 1953.

Leclercq, Jean: Comment vivaient les frères convers. In: I laici nella ›societas christiana‹, S. 152–176.

– Les traductions de la Bible et la spiritualité médiévale. In: Lourdaux, W. / Verhelst, D. (Hrsg.): The Bible and Medieval Culture. Leuven 1979. (Mediaevalia Lovaniensia. Ser. 1. Studia. 7.) S. 263 bis 277.

Lecoy de la Marche, Albert: La chaire française au moyen âge, spéc. au XIIe siècle. Paris ²1886.

Lehmann, Paul: Mittelalterliche Büchertitel. Zuletzt in: P. L.: Erforschung des Mittelalters. Bd. 5. Stuttgart 1962. S. 1–93.

Lehmann-Langholz, Ulrike: Kleiderkritik in mittelalterlicher Dichtung. Der Arme Hartmann, Heinrich ›von Melk‹, Neidhart, Wernher der Gartenaere und ein Ausblick auf die Stellungnahmen spätmittelalterlicher Dichter. Frankfurt a. M. / Bern / New York 1985. (Europ. Hochschulschriften. Reihe 1. Bd. 885.)

Leuenberger, Robert: Die Bibel in der deutschen Predigt des Mittelalters vor den Anfängen der Mystik. Diss. Bern 1955.

Leuthold, Gottfried Rupprecht: Gnade und Huld. Phil. Diss. Freiburg i. Br. 1953. [Masch.]

Linsenmayer, Anton: Geschichte der Predigt. München 1886.

Lorenz, Ottomar: Heinrich von Melk. Der Juvenal der Ritterzeit. Halle a. d. S. 1886.

Lubac, Henri de: Exégèse médiévale. Les quatre sens de l'écriture. 2 Bde. Paris 1959.
Lütge, Friedrich: Deutsche Sozial- und Wirtschaftsgeschichte. Ein Überblick. Berlin / Heidelberg / New York [3]1966. (Enzyklopädie der Rechts- und Staatswissenschaften. Abt. Staatswissenschaft.) S. 76–79.
Manz, Luise: Der Ordo-Gedanke. Ein Beitrag zur Frage des mittelalterlichen Ständegedankens. Stuttgart/Berlin 1937. (Beiheft zur Vierteljahrsschrift für Sozial- und Wirtschaftsgeschichte. 33.)
Maurmann, Barbara: Die Himmelsrichtungen im Weltbild des Mittelalters. Hildegard von Bingen, Honorius Augustodunensis und andere Autoren. München 1976. (Münstersche Mittelalter-Schriften. 33.)
Meersseman, Gérard G.: (Diskussionsbeitrag) In: I laici nella ›societas christiana‹, S. 181.
– Eremitismo e predicazione itinerante dei secoli XI e XII. In: L'Eremitismo, S. 164–179.
Meier-Welcker, Hans: Die Simonie im frühen Mittelalter. In: Zeitschrift für Kirchengeschichte 64 (1952/53) S. 61–93.
Meissburger, Gerhard: Grundlagen zum Verständnis der deutschen Mönchsdichtung im 11. und im 12. Jahrhundert. München 1970.
Mertens, Volker: Gregorius eremita. Eine Lebensform des Adels bei Hartmann von Aue in ihrer Problematik und ihrer Wandlung in der Rezeption. Zürich/München 1978. (MTU 67.)
Minis, Cola: Rez. zu Bruno Köneke, Untersuchungen zum frühmittelhochdeutschen Versbau, München 1976. In: Amsterdamer Beiträge zur älteren Germanistik 13 (1978) S. 181 f.
Mirbt, Carl: Die Publizistik im Zeitalter Gregors VII. Leipzig 1894.
Misrahi, Jean: A Vita Sanctae Mariae Magdalenae (BHL 5456) in an 11th-Century Manuscript. In: Speculum 18 (1943) S. 335–339.
Mitteis, Heinrich: Deutsches Privatrecht. München/Berlin [2]1953.
– Der Staat des hohen Mittelalters. Grundlinien einer vergleichenden Verfassungsgeschichte des Lehnszeitalters. Weimar 1940. 10., unv. Aufl. Darmstadt 1980.
Müller, Michael: Die Lehre des hl. Augustinus von der Paradiesesehe und ihre Auswirkung in der Sexualethik des 12. und 13. Jahrhunderts bis Thomas von Aquin. Regensburg 1954. (Studien zur Geschichte der katholischen Moraltheologie. 1.)
Müller-Dyes, Klaus: Literarische Gattungen. Lyrik, Epik, Dramatik. Freiburg i. Br. / Basel / Wien 1978. (Studio visuell. Literatur.)

Murphy, James J.: Medieval Rhetoric. A Select Bibliography. Toronto/Buffalo 1971.

Nau, Elisabeth: Epochen der Geldgeschichte. Stuttgart 1972.

Naumann, Bernd: Dichter und Publikum in der deutschen und lateinischen Bibelepik des frühen 12. Jahrhunderts. Nürnberg 1968. (Erlanger Beiträge zur Sprach- und Kunstwissenschaft. 30.)

– Ein- und Ausgänge frühmittelhochdeutscher Gedichte und die Predigt des 12. Jahrhunderts. In: Studien zur frühmittelhochdeutschen Literatur. Cambridger Colloquium 1971. Hrsg. von L. Peter Johnson, Hans-Hugo Steinhoff und Roy A. Wisbey. Berlin 1974. S. 37–57.

Neumann, Peter Horst: Das Eigene und das Fremde. Über die Wünschbarkeit einer Theorie des Zitierens. In: Akzente 27 (1980) S. 292–305.

Neuschäfer, Dietrich: Das Anegenge. München 1966. (Medium Aevum. 8.)

Neuser, Peter-Erich: Zum sogenannten ›Heinrich von Melk‹. Überlieferung, Forschungsgeschichte und Verfasserfrage der Dichtungen ›Vom Priesterleben‹ und ›Von des todes gehugde‹. Köln/Wien 1973. (Kölner germanistische Studien. 9.)

Ochs, Ingrid: Wolframs ›Willehalm‹-Eingang im Lichte der frühmittelhochdeutschen geistlichen Dichtung. München 1968. (Medium Aevum. 14.)

Oexle, Otto Gerhard: Die funktionale Dreiteilung der ›Gesellschaft‹ bei Adalbero von Laon. Deutungsschema der sozialen Wirklichkeit im frühen Mittelalter. In: Frühmittelalterliche Studien 12 (1978) S. 1–54.

Ogris, Werner: Geschichte des Arbeitsrechts vom Mittelalter bis in das 19. Jahrhundert. Ein Überblick. In: Recht der Arbeit 20 (1967) S. 286–297.

Ohly, Friedrich: Desperatio und Praesumptio. Zur theologischen Verzweiflung und Vermessenheit. In: Festgabe Otto Höfler zum 75. Geburtstag. Hrsg. von Helmut Birkhan. Wien/Stuttgart 1976. (Philologica Germanica. 3.) S. 499–556.

Panzer, Friedrich: Vom mittelalterlichen Zitieren. Heidelberg 1950. (Sb. d. Heidelberger Akad. d. Wiss. Phil.-hist. Kl. 1950. 2.)

Perri, Carmela: On Alluding. In: Poetics 7 (1978) S. 289–307.

Pitz, Ernst: Wirtschafts- und Sozialgeschichte Deutschlands im Mittelalter. Wiesbaden 1979. (Wissenschaftliche Paperbacks Sozial- und Wirtschaftsgeschichte. 15.)

Pfister, Manfred: Konzepte der Intertextualität. In: Broich, Ulrich / Pfister, Manfred (Hrsg.): Intertextualität. Formen, Funktionen, anglistische Fallstudien. Tübingen 1985. (Konzepte. 35.) S. 1–30.
Plett, Heinrich F.: Sprachliche Konstituenten einer intertextuellen Poetik. In: Broich, Ulrich / Pfister, Manfred (Hrsg.): Intertextualität. Formen, Funktionen, anglistische Fallstudien. Tübingen 1985. (Konzepte. 35.) S. 78–97.
Post, Paul: Das Kostüm und die ritterliche Kriegstracht im deutschen Mittelalter von 1000 bis 1500. Berlin 1928–39. (Ergänzungen zum Deutschen Kulturatlas.)
Prang, Helmut: Formgeschichte der Dichtkunst. Stuttgart/Berlin/Köln/Mainz 1968.
Pretzel, Ulrich: Zum Prolog von Hartmanns ›Gregorius‹ mit einem Exkurs über einen Sondergebrauch vom mhd. *ein*. In: U. P.: Kleine Schriften. Berlin 1979. S. 123–131. [Zuerst in: Fs. Gerhard Cordes. Bd. 1. Neumünster 1973. S. 117–125.]
– Deutsche Verskunst mit einem Beitrag über altdeutsche Strophik von Helmuth Thomas. In: Deutsche Philologie im Aufriß. 2., überarb. Aufl. Bd. 3. Berlin 1962. Sp. 2357–2546.
Prosdocimi, Luigi: Lo stato di vita laicale nel diritto canonico dei secoli XI e XII. In: I Laici nella ›societas christiana‹, S. 56–77.
Quaine, Edwin A.: The medieval accessus ad auctores. In: Traditio 3 (1943) S. 215–264.
Rahner, Hugo: Symbole der Kirche. Die Ekklesiologie der Väter. Salzburg 1964.
Ris, Roland: Das Adjektiv *reich* im mittelalterlichen Deutsch. Geschichte – Semantische Struktur – Stilistik. Berlin / New York 1971. (Quellen und Forschungen zur Sprach- und Kulturgeschichte der germanischen Völker. N. F. 40.)
Rodi, Frithjof: Anspielungen. Zur Theorie der kulturellen Kommunikationseinheiten. In: Poetica 7 (1975) S. 115–134.
Rödiger, Max: Die Litanei und ihr Verhältnis zu den Dichtungen Heinrichs von Melk. In: ZfdA 19 (1876) S. 241–346.
Rolf, Hans: Der Tod in mittelhochdeutschen Dichtungen. Untersuchungen zum St. Trudperter Hohenlied und zu Gottfrieds von Straßburg ›Tristan und Isolde‹. München 1974. (Medium Aevum. 26.)
Rosenfeld, Hellmut: Die Entwicklung der Ständesatire im Mittelalter. In: ZfdPh 71 (1951/52) S. 196–207.
Roskoff, Gustav: Geschichte des Teufels. 2 Bde. Leipzig 1869. ND Aalen 1967.

Rost, Hans: Die Bibel im Mittelalter. Beiträge zu Geschichte und Bibliographie der Bibel. Augsburg 1939.

Roth, Dorothea: Die mittelalterliche Predigttheorie und das Manuale Curatorum des Johann Ulrich Surgant. Basel/Stuttgart 1956. (Basler Beiträge zur Geschichtswissenschaft. 58.)

Rudolf, Rainer: Ars moriendi. Von der Kunst des heilsamen Lebens und Sterbens. Köln/Graz 1957.

Rüegg, August: Die Jenseitsvorstellungen vor Dante und die übrigen literarischen Voraussetzungen der »Divina Commedia«. 2 Bde. Einsiedeln/Köln 1945.

Ruh, Kurt: Die trinitarische Spekulation in deutscher Mystik und Scholastik. In: ZfdPh 72 (1953) S. 24–53.

Rupp, Heinz: Deutsche religiöse Dichtungen des 11. und 12. Jahrhunderts. Untersuchungen und Interpretationen. Freiburg i. Br. 1958. ^{2}1971.

Salmon, Pierre: Mitra und Stab. Die Pontifikalinsignien im römischen Ritus. Mainz 1960.

Saxer, Victor: Le culte de Marie Madeleine en occident des origines à la fin du moyen âge. Auxerre 1959. (Cahiers d'archéologie et d'histoire. 3.)

Schilling, Michael: Rota Fortunae. Beziehungen zwischen Bild und Text in mittelalterlichen Handschriften. In: Deutsche Literatur des Spätmittelalters. Hamburger Colloquium 1973. Hrsg. von Wolfgang Harms und L. Peter Johnson. Berlin 1975. S. 293–313.

Schimmelpfennig, Bernhard: Zölibat und Lage der »Priestersöhne« vom 11. bis 14. Jahrhundert. In: HZ 227 (1978) S. 1–44.

Schmid, Karl: Zur Problematik von Familie, Sippe und Geschlecht, Haus und Dynastie beim mittelalterlichen Adel. In: Zeitschrift für die Geschichte des Oberrheins 105 (1957) S. 1–62.

Schmidt, Roderich: Aetates mundi. Die Weltalter als Gliederungsprinzip der Geschichte. In: Zeitschrift für Kirchengeschichte. Folge 5,67 (1955/56) S. 288–317.

Schmidtke, Dietrich: Die künstlerische Selbstauffassung Hugos von Trimberg. In: WW 24 (1974) S. 325–339.

Schmitz, Gerhard: quod rident homines, plorandum est. Der »Unwert« des Lachens in monastisch geprägten Vorstellungen der Spätantike und des frühen Mittelalters. In: Stadtverfassung – Verfassungsstaat – Pressepolitik. Fs. Eberhard Naujoks zum 65. Geburtstag. Hrsg. von Franz Quarthal und Wilfried Setzler. Sigmaringen 1980.

Schmitz, Philibert: Geschichte des Benediktinerordens. 4 Bde. Einsiedeln/Zürich 1947–60.

Schnackenburg, Rudolf: Der Weg der katholischen Exegese. In: R. Sch.: Schriften zum Neuen Testament. Exegese in Fortschritt und Wandel. München 1971. S. 15–33.

Schneider, Karin: Gotische Schriften in deutscher Sprache. I. Vom späten 12. Jahrhundert bis um 1300. Textband und Tafelband. Wiesbaden 1987.

Schneyer, Johann Baptist: Die Laienpredigt im Mittelalter. In: Münchener theologische Zeitschrift 18 (1967) S. 205–218.

Scholz, Manfred-Günther: Hören und Lesen. Studien zur primären Rezeption der Literatur im 12. und 13. Jahrhundert. Wiesbaden 1980. [Rez.: F. H. Bäuml in: Speculum 57 (1982) S. 936–939; D. Kartschoke in: IASL 8 (1983) S. 253–266.]

Scholz-Williams, Gerhild: The Vision of Death. A Study of the »memento mori« Expressions in Some Latin, German, and French Didactic Texts of the 11th and 12th Centuries. Göppingen 1976. (GAG 191.)

Schröder, Edward: Das Anegenge. Eine Litterarhistorische Untersuchung. Strassburg/London 1881. (Quellen und Forschungen zur Sprach- und Culturgeschichte der Germanischen Völker. 44.)

– Aus den Anfängen des Buchtitels. In: Nachrichten von der Gesellschaft der Wissenschaften Göttingen. Phil.-hist. Kl. Fachgr. 4. N.F. 2,1 (1937).

Schröder, Werner: ›Armuot‹. In: DVjs 34 (1960) S. 501–526.

Schüppert, Helga: Kirchenkritik in der lateinischen Lyrik des 12. und 13. Jahrhunderts. München 1972. (Medium Aevum. 23.)

Schützeichel, Rudolf: Das alemannische Memento Mori. Das Gedicht und der geistig-historische Hintergrund. Tübingen 1962.

Schwarz, Hans: Ahd. ›Liod‹ und sein sprachliches Feld. In: PBB 75 (1953) S. 321–365.

Schweigert, Ernst: Studien zu Heinrich von Melk. Phil. Diss. München 1952. [Masch.]

Schwer, Wilhelm: Stand und Ständeordnung im Weltbild des Mittelalters. Die geistes- und gesellschaftsgeschichtlichen Grundlagen der berufsständischen Idee. 2. Aufl. mit Vorw. und Nachw. hrsg. von Nikolaus Monzel. Paderborn 1952. (Görres-Gesellschaft zur Pflege der Wissenschaft. Veröffentlichung der Sektion für Wirtschafts- und Sozialwissenschaft. 7.)

Schwickert, Thomas Anton: Die Reimkunst des frühmhd. Gedichts

Vom himmlischen Jerusalem verglichen mit den übrigen Gedichten des österreichischen Sprachgebietes von ca. 1130–1160. (Phil. Diss. Köln 1925.) Leipzig 1926.

Schwietering, Julius: Singen und Sagen. Phil. Diss. Göttingen 1908.

– Die Demutsformel mittelhochdeutscher Dichter. Berlin 1921. (Abh. der Kgl. Akad. d. Wiss. zu Göttingen. Phil.-hist. Kl. N.F. 17,3.) Wiederabgedr. in: J. Sch.: Philologische Schriften. München 1969. S. 140–215.

Seemüller, Joseph: Rez. zu Wilhelm Wilmanns, Beiträge zur Geschichte der älteren deutschen Literatur, H. 1. Der sogenannte Heinrich von Melk. In: ZfdPh 19 (1887) S. 369–378.

Seraphim, Hans-Christian: Von der Darbringung des Leibes in der Messe. Studien zur Auslegungsgeschichte des römischen Meßkanons. Diss. München 1970.

Silvestre, Hubert: Le schéma ›moderne‹ des accessus. In: Latomus 16 (1957) S. 684–689.

Simon, Gertrud: Untersuchungen zur Topik der Widmungsbriefe mittelalterlicher Geschichtsschreiber bis zum Ende des 12. Jahrhunderts. In: Archiv für Diplomatik 4 (1958) S. 52–119; 5/6 (1959/1960) S. 73–153.

Smalley, Beryll: The Study of the Bible in the Middle Ages. Oxford 1952.

– L'exégèse biblique dans la littérature latine. In: La bibbia nell'alto medioevo, S. 631–656.

Soeteman, C.: Deutsche geistliche Dichtung des 11. und 12. Jahrhunderts. Stuttgart ^{2}1971. (Sammlung Metzler. 33.)

Sonderegger, Stefan: Die althochdeutsche Literatur. In: Europäisches Frühmittelalter. Hrsg. von Klaus von See. Wiesbaden 1985. (Neues Handbuch der Literaturwissenschaft. Bd. 6.) S. 189–216.

Southern, Richard William: Kirche und Gesellschaft im Abendland des Mittelalters. Berlin / New York 1976.

Sowinski, Bernhard: Lehrhafte Dichtung des Mittelalters. Stuttgart 1971. (Sammlung Metzler. 103.)

Spicq, Ceslas: Esquisse d'une histoire de l'exégèse latine au Moyen Age. Paris 1944.

Spilling, Herrad: Die Visio Tnugdali. Eigenart und Stellung in der mittelalterlichen Visionsliteratur bis zum Ende des 12. Jahrhunderts. München 1975. (Münchner Beiträge zur Mediävistik und Renaissance-Forschung. 21.)

Steer, Georg: Zum Begriff ›Laie‹ in deutscher Dichtung und Prosa des

Mittelalters. In: Literatur und Laienbildung im Spätmittelalter. Symposion Wolfenbüttel 1981. Hrsg. von Ludger Grenzmann und Karl Stackmann. Stuttgart 1984. (Germanistische Symposien-Berichtsbände. 5.) S. 764–768.

Steger, Hugo: David rex et propheta. König David als vorbildliche Verkörperung des Herrschers und Dichters im Mittelalter nach Bilddarstellungen des 8.–12. Jahrhunderts. Nürnberg 1961. (Erlanger Beiträge zur Sprach- und Kulturwissenschaft. 6.)

Stempel, Wolf-Dieter: Intertextualität und Rezeption. In: Dialog der Texte. Hrsg. von W. Schmid und W.-D. Stempel. Wien 1983. S. 85 bis 109.

Störmer, Wilhelm: Früher Adel. Studien zur politischen Führungsschicht im fränkisch-deutschen Reich vom 8. bis 11. Jahrhundert. 2 Bde. Stuttgart 1973. (Monographien zur Geschichte des Mittelalters. 6,1.2.)

Stroppel, Robert: Liturgie und geistliche Dichtung zwischen 1050 und 1300 – mit besonderer Berücksichtigung der Meß- und Tagzeitenliturgie. Frankfurt a. M. 1927. (Deutsche Forschungen. 17.)

Suchomski, Joachim: ›Delectatio‹ und ›Utilitas‹. Ein Beitrag zum Verständnis mittelalterlicher komischer Literatur. Bern/München 1975.

Suntrup, Rudolf: Die Bedeutung der liturgischen Gebärden und Bewegungen in lateinischen und deutschen Auslegungen des 9. bis 13. Jahrhunderts. München 1978. (Münstersche Mittelalter-Schriften. 37.)

Tellenbach, Gerd: Das Reformmönchtum und die Laien im elften und zwölften Jahrhundert. In: Cluny. Beiträge zu Gestalt und Wirkung der cluniazensischen Reform. Hrsg. von Helmut Richter. Darmstadt 1975. (WdF 241.) S. 371–400. [Zuerst in: I Laici nella ›societas christiana‹, S. 118–142.]

– Irdischer Stand und Heilserwartung im Denken des Mittelalters. In: Fs. Hermann Heimpel. Zum 70. Geburtstag am 19. Sept. 1971. Hrsg. von den Mitarbeitern des Max-Planck-Instituts für Geschichte. Bd. 2. Göttingen 1972. (Veröffentlichungen des Max-Planck-Instituts für Geschichte. 36,2.) S. 1–16.

Teske, Wolfgang: Laien, Laienmönche und Laienbrüder in der Abtei Cluny. Ein Beitrag zum ›Konversenproblem‹. In: Frühmittelalterliche Studien 10 (1976) S. 248–322; 11 (1977) S. 288–339.

Tilke, Max: Kostümschnitte und Gewandformen. Tübingen 1948.

Tschischka, Evelyn: Der sogenannte Heinrich von Melk und Gerhoch von Reichersberg. Phil. Diss. Graz 1976. [Masch.]

Türk, Franz: Der Wortschatz der Predigtsammlung Dietrichs von Gotha. Gießen 1926.

Vollmann-Profe, Gisela: Wiederbeginn im hohen Mittelalter. Frankfurt a. M. 1986. (Geschichte der deutschen Literatur von den Anfängen bis zum Beginn der Neuzeit. Hrsg. von Joachim Heinzle. I,2.)

Wallner, Anton: Zu Walther von der Vogelweide. In: PBB 33 (1908) S. 1–58.

Waltz, Matthias: Zum Problem der Gattungsgeschichte im Mittelalter. Am Beispiel des Mirakels. In: ZrP 86 (1970) S. 22–39.

Weber, Hermann J.: Die Lehre von der Auferstehung der Toten in den Haupttraktaten der scholastischen Theologie. Von Alexander von Hales zu Duns Scotus. Freiburg i. Br. / Basel / Wien 1973. (Freiburger Theologische Studien. 91.)

Weinfurter, Stefan: Salzburger Bistumsreform und Bischofspolitik im 12. Jh. Der Erzbischof Konrad I. von Salzburg und die Regularkanoniker. Köln/Wien 1975. (Kölner historische Abhandlungen. 24.)

Weiss, Hermann: Kostümkunde. Geschichte der Tracht und des Geräthes im Mittelalter vom 4ten bis zum 14ten Jahrhundert. Stuttgart 1864.

Weisweiler, Heinrich: Die Wirksamkeit der Sakramente nach Hugo von St. Viktor. Freiburg i. Br. 1932.

Weisweiler, Josef: Buße. Bedeutungsgeschichtliche Beiträge zur Kultur- und Geistesgeschichte. Halle a. d. S. 1930.

Weitzel, Joseph: Begriff und Erscheinungsformen der Simonie bei Gratian und den Dekretisten. München 1967. (Münchner theologische Studien. Kanonistische Abt. 25.)

Werner, Ernst: Pauperes Christi. Studien zu sozial-religiösen Bewegungen im Zeitalter des Reformpapsttums. Leipzig 1956.

Werner, Ernst / Erbstösser, Martin: Ketzer und Heilige. Das religiöse Leben im Hochmittelalter. Wien/Köln/Graz 1986.

Wesle, Karl: Frühmittelhochdeutsche Reimstudien. Jena 1925. (Jenaer Germanistische Forschungen. 9.)

Wilmanns, W[ilhelm]: Der sog. Heinrich von Melk. Bonn 1885. (Beiträge zur Geschichte der älteren deutschen Literatur. 1.)

Wirth, Alois Peter: Vor- und Frühgeschichte des Wortes ›arm‹. Phil. Diss. Freiburg i. Br. 1966.

Wolter, Hans: Das Papsttum auf der Höhe seiner Macht (1198–1216). In: Handbuch der Kirchengeschichte. Hrsg. von Hubert Jedin. Bd. 3,2. Freiburg i. Br. / Basel / Wien 1968. S. 168–236.

Wolter, Hans: Das nachgregorianische Zeitalter / Bedrohte Kirchenfreiheit. In: Handbuch der Kirchengeschichte. Hrsg. von Hubert Jedin. Bd. 3,2. Freiburg i. Br. / Basel / Wien 1968. S. 3–143.

Zeimentz, Hans: Ehe nach der Lehre der Frühscholastik. Eine moraltheologische Untersuchung zur Anthropologie und Theologie der Ehe in der Schule Anselms von Laon und Wilhelms von Champeaux, bei Hugo von St. Viktor, Walther von Montagne und Petrus Lombardus. Anh.: Der Ehetraktat »In primis hominibus« aus der Schule von Laon als Quelle des Ehetraktates der »Sententiae Artrebatenses« und Walthers von Montagne. Düsseldorf 1973. (Moraltheologische Studien. Historische Abt. 1.)

Zellinger, Johannes: Der geköderte Leviathan im Hortus deliciarum der Herrad von Landsperg. In: Historisches Jahrbuch der Görresgesellschaft 45 (1925) S. 161–177.

Zerfaß, Rolf: Der Streit um die Laienpredigt. Eine pastoralgeschichtliche Untersuchung zum Verständnis des Predigtamtes und zu seiner Entwicklung im 12. und 13. Jahrhundert. Freiburg i. Br. / Basel / Wien 1974. (Untersuchungen zur praktischen Theologie. 2.)

Zimmermann, Charlotte: Die deutsche Beichte vom 9. Jahrhundert bis zur Reformation. Diss. Weida i. Th. 1934.

Zimmermann, Gerd: Ordensleben und Lebensstandard. Die Cura corporis in den Ordensvorschriften des abendländischen Hochmittelalters. Münster 1973. (Beiträge zur Geschichte des alten Mönchtums und des Benediktinerordens. 32.)

Zwierzina, Konrad: Mittelhochdeutsche Studien. In: ZfdA 44 (1900) S. 1–116, 249–316, 345–406; 45 (1901) S. 19–100, 253–313, 317 bis 419.

Mittelalterliche Literatur Englands und Frankreichs

IN RECLAMS UNIVERSAL-BIBLIOTHEK

Geoffrey Chaucer: The Canterbury Tales / Die Canterbury-Erzählungen. Mittelengl./Dt. (H. Bergner u. Mitarb.) 560 S. 7 Abb. UB 7744

Chrétien de Troyes: Erec et Enide / Erec und Enide. Altfrz./Dt. (A. Gier) 453 S. UB 8360 – Perceval. Altfrz./Dt. (F. Olef-Krafft) 683 S. UB 8649

Die englische Literatur in Text und Darstellung. Bd. 1: *Mittelalter.* (H. Bergner) 544 S. UB 7764

Fabliaux. Französische Schwankerzählungen des Hochmittelalters. Altfrz./Dt. (A. Gier) 335 S. UB 8058

Frauenlieder des Mittelalters. Zweispr. (I. Kasten) 309 S. UB 8630

König Artus und seine Tafelrunde. Europäische Dichtung des Mittelalters. (W.-D. Lange / K. Langosch) 760 S. UB 9945 – auch geb.

Lyrik des Mittelalters. Probleme und Interpretationen. (H. Bergner u. Mitarb.) Bd. 1: *Die mittellateinische Lyrik. Die altprovenzalische Lyrik. Die mittelalterliche Lyrik Nordfrankreichs.* 578 S. UB 7896 – Bd. 2: *Die mittelhochdeutsche Lyrik. Die mittelenglische Lyrik.* 446 S. UB 7897

Mittelalterliche Lyrik Frankreichs. (D. Rieger) I: *Lieder der Trobadors.* Altprov./Dt. 325 S. UB 7620 – II: *Lieder der Trouvères.* Altfrz./Dt. 328 S. UB 7943

Mittelenglische Lyrik. Engl./Dt. (W. Arens / R. Schöwerling) 184 S. UB 9985

Tristan und Isolde im europäischen Mittelalter. (D. Buschinger / W. Spiewok) 367 S. UB 8702 – auch geb.

Philipp Reclam jun. Stuttgart

Deutsche Literatur des Mittelalters

IN RECLAMS UNIVERSAL-BIBLIOTHEK

Althochdeutsche poetische Texte. Ahd./Nhd. 359 S. UB 8709

Das Annolied. Mhd./Nhd. 192 S. 4 Abb. UB 1416

Berthold von Regensburg: Vier Predigten. Mhd./Nhd. 267 S. UB 7974

Deutsche Gedichte des Mittelalters. Mhd./Nhd. 607 S. UB 8849

Deutscher Minnesang (1150-1300). Mhd./Nhd. 174 S. UB 7857

Das Donaueschinger Passionsspiel. 351 S. UB 8046

Das Eckenlied. Mhd./Nhd. 333 S. UB 8339

Meister Eckehart: Vom Wunder der Seele. Auswahl. 87 S. UB 7319

Erhebe dich, meine Seele. Mystische Texte des Mittelalters. 400 S. UB 8456 – auch geb.

Frauenlieder des Mittelalters. Zweispr. 309 S. UB 8630

Friedrich von Hausen: Lieder. Mhd./Nhd. 184 S. UB 8023

Gottfried von Straßburg: Tristan. Mhd./Nhd. Bd. 1: Text. Verse 1-9982. 595 S. 10 Abb. UB 4471 – Bd. 2: Text. Verse 9983-19548. 590 S. 11 Abb. UB 4472 – Bd. 3: Kommentar, Nachwort und Register. 390 S. UB 4473

Hartmann von Aue: Der arme Heinrich. Mhd./Nhd. 134 S. UB 456 – Gregorius, der gute Sünder. Mhd./Nhd. 256 S. UB 1787 – Lieder. Mhd./Nhd. 181 S. UB 8082

Heinrich der Glîchezâre: Reinhart Fuchs. Mhd./Nhd. 184 S. UB 9819

Heinrich von Melk: Von des todes gehugde / Mahnrede über den Tod. Mhd./Nhd. 251 S. UB 8907

Heinrich von Morungen: Lieder. Mhd./Nhd. 247 S. UB 9797

Heinrich von Veldeke: Eneasroman. Mhd./Nhd. 895 S. UB 8303

Heliand und die Bruchstücke der Genesis. 261 S. UB 3324

Herzog Ernst. Mhd./Nhd. 429 S. UB 8352

Johannes von Tepl: Der Ackermann und der Tod. 96 S. UB 7666

König Artus und seine Tafelrunde. Europ. Dichtung des Mittelalters. 760 S. UB 9945 – auch geb.

Konrad von Würzburg: Heinrich von Kempten. Der Welt Lohn. Das Herzmaere. Mhd. 167 S. UB 2855

Moriz von Craûn. Mhd./Nhd. 176 S. UB 8796

Neidhart von Reuental: Lieder. Auswahl. Mit den Noten zu neun Liedern. Mhd./Nhd. 134 S. UB 6927

Das Nibelungenlied. 408 S. UB 642

Otfrid von Weissenburg: Evangelienbuch. Auswahl. Ahd./Nhd. 272 S. UB 8384

Das Redentiner Osterspiel. Mnd./Nhd. 293 S. UB 9744

Reineke Fuchs. Das niederdt. Epos »Reynke de Vos« von 1498. 295 S. 40 Holzschn. d. Originals. UB 8768

Reinmar: Lieder. Nach der Weingartner Liederhandschrift (B). Mhd./Nhd. 405 S. UB 8318

Das Rolandslied des Pfaffen Konrad. Mhd./Nhd. 823 S. UB 2745

Sachsenspiegel. Landrecht und Lehnrecht. 267 S. UB 3355

Der Stricker: Erzählungen, Fabeln, Reden. Mhd./Nhd. 279 S. UB 8797

Tagelieder des deutschen Mittelalters. Mhd./Nhd. 308 S. UB 8831

Tristan und Isolde im europäischen Mittelalter. 367 S. UB 8702 – auch geb.

Wernher der Gärtner. Helmbrecht. Mhd./Nhd. 216 S. UB 9498 – Meier Helmbrecht. Versnovelle. 64 S. UB 1188

Heinrich Wittenwiler: Der Ring. Fnhd./Nhd. 696 S. UB 8749

Wolfram von Eschenbach: Parzival. Mhd. Bd. 1: Bücher 1-8. 736 S. UB 3681 – Bd. 2: Bücher 9-16. 704 S. UB 3682 – Parzival. Auswahl. 80 S. UB 7451

Oswald von Wolkenstein: Lieder. Auswahl. Mhd./Nhd. 128 S. UB 2839

Philipp Reclam jun. Stuttgart